沈寧 著

目次

一　火災起人仰馬翻　黑衣人趁亂打劫

公元十七世紀中葉，大明王朝已近末年，實底子早已爛透，朝不保夕。朝廷昏庸，官府腐敗，社會不公，民不聊生。但表面上仍要打腫臉充胖子，從上到下，整日裡高呼盛世，聲色犬馬，醉生夢死，就像臨終之人的迴光返照。

這年夏秋交接之際，京城裡乍涼還熱。已近半夜時分，市區到處通明如晝，車水馬龍，人們摩肩接踵，聚在大街小巷，捕捉一些涼爽。

西城遠處的春槐斜街，卻很不相同，一派暗淡和靜謐。巷口邊兩根石柱頂端，掛了四盞巨大的燈籠，火光交叉，直射巷口空間，滿地雪亮。雖然春槐斜街名字不響，是個死衚衕，巷子不長，可這小巷裡住的都是一等一的朝廷命官，或許有些達官貴人，偏要找偏僻地方安家，一是求清靜，一是求安全。因為住著許多大官人家，這小巷的保安工作本來嚴格，近半個多月，更突然格外地緊張。

小巷口多了兩個衛兵，穿著京軍軍服，腰掛大刀，手提長槍，很認真地檢查每個行人的通行文書，男女老幼，一視同仁。大明軍制，分衛所軍與營伍兵兩大類。衛所軍多為地方衛戍之用，所謂都指揮使，乃衛所軍官職。營伍兵則更像野戰部隊，所謂總兵，是營伍兵官銜。衛所軍與營伍兵，二者不統屬，但衛所軍建軍早，人員廣，營伍兵經常從衛所軍中抽調。但因是常規武裝，營伍兵系統的官職比衛所軍高許多，地方衛所軍最高官職的都指揮使調入營伍兵，則位在總兵，副總兵，參將，游擊四級之下。京軍三大營更非普通的營兵，那是由皇帝親自指揮的軍隊，五軍都督府都不得過問。京軍三大營裝備最精良，訓練最嚴格，擔當著保衛皇上和朝廷的重責。現在京軍三大營的士兵，居然來春槐斜街站崗，實在有點非同尋常。

進了巷子，燈火很少，到處黑暗。每過一袋煙左右工夫，便見有京軍士兵巡邏，兩人一組，佩刀提槍，大步行走。一個婦女推個小車，匆匆走過，被巡邏士兵擋住詢問：「通行文書拿來。」

那女人忙取出通行文書遞過來，說：「奴家是十號張老爺家的佣人，白天送小孩子串門，把小車忘了，剛去取回來。」

一個巡邏士兵檢查過通行文書，遞還給她，沒說話。

另一巡邏士兵則已經彎腰在兒童車裡檢查過一遭，揮揮手說：「走吧。」

女人話也不敢再說，推車匆匆走開。

兩個巡邏士兵繼續前行，頭也不回。

過去不遠，便是掩在許多樹木之間的幾處大宅子，個個外面都有高牆圍著，看不到牆後面的房屋。只是每座寬大的院門口，都懸掛著兩個明亮的大燈籠，照著門前的台階，和緊閉的院門。

到了接近巷底，一處住宅周圍，擔任警衛的京軍兵士更多，除了行走巡邏的兵士之外，院前還站有固定崗哨：院門口左右各一，兩邊四個院角各一。所有崗哨都掛刀提槍，遙可相望。院門裡還不時走出走進一兩個兵士，顯是在院內各處巡邏。

一晚安安靜靜，滿巷鴉雀無聲。將近午夜，更夫剛剛敲過更，巷底幾處住宅忽然一齊冒煙，好像同時起火。喊聲馬上從許多窗口傳出，各處房屋有人紛紛點燈，黑影閃動，有人從窗中探出頭，大聲問話。也有人開始爭先恐後，在巷子裡擁擠，朝巷口奔跑。

巷子裡外站立的兵士都朝巷底衝，嘴裡吶喊，卻不見巷底巡邏的幾個兵士露面。

更多居民被驚動，紛紛點起燈，走出院門張望，跟著驚慌喊叫，小孩子叫得尤其起勁，還夾雜著尖聲的笑。

裡外巡邏的京軍士兵，都急忙從四面八方狂奔，集到巷底空場上。一個個子短粗，身穿軍服，腰掛大刀的軍官，不知從哪裡突然冒出來，拼命地左右奔忙，揮手大喊，可沒有一個人在聽他喊些什麼。在這裡居住的人家，都見過大世面，誰也不把兵士放在眼裡，哪怕是京軍三大營的軍官。

巷底裡，人們開始從各處住宅湧出，老的老，小的小，你推我搡，驚慌失措。幾個女人懷裡抱著嬰兒，跌跌撞撞，一路呼喊。嬰兒們齊齊扯著喉嚨啼哭，揪扯人心。一個白鬍老人一腳踩空，朝前撲倒，兩邊人連聲驚叫，都發了傻，有的退著步，有的站著看。幾個兵士看見，使出手腳，衝開人群，幾步趕上，有扶有拉，將那老人從地上提起來，雖然面門碰傷，鼻青臉腫，嘴裡流血，染紅鬍鬚，總算沒讓後面湧來的亂腳踩斷一身老骨頭。

或許因為家家戶戶都衝出房屋，大開了門窗，本來在宅內翻滾的濃煙，從各家各戶的窗口冒出來，白色的，灰色的，黑色的煙，層層疊疊，團團朵朵，前擁後擠，猛冒不停，好像整個巷子都著了大火，形勢一時顯得更加嚴重。

巷子前面幾處住宅的居民，女人們都站在院門口，扯著尖嗓子，拼命喊叫，除了添亂，一點忙也幫不上。小孩子都想奔去巷底看熱鬧，家裡老人不許，死死扯住，大聲叫罵，跟小孩子爭吵。一些男人，披衣出門，趕往現場，呼喊著要上手幫忙滅火。有幾個人聰明，已從自家提來盛水木桶，一到巷底，不顧一切，對準冒煙的門口，潑將過去。你潑一桶，我潑一盆，大老遠的，根本潑不到煙火上，卻都落到逃命者們的身上，滿頭滿臉，更使得人群驚恐萬狀，狼狽不堪。

從巷底裡湧出的人越來越多，大人叫，小孩哭，喊爹的，叫娘的，擁擠衝撞，亂作一團。滿處哭嚎嘶叫，尖厲悽慘，震人耳聾，也壓住人的一切喊叫，誰也聽不見誰。四處巡邏的京軍士兵，本來只會做些警戒作戰的事情，沒有受過救險和救火的訓練，看著濃煙滾滾，奔來跑去，除了喊叫，卻不知所措。各處奔跑的人，忙著尋找相識的親朋好友，在人群裡穿插奔忙，大呼小叫，分不清哪些是巷底逃出來的人，哪些是巷前來幫忙的人，亂上加亂。

這一派混亂喧囂之中，忽然聽到一連串砰砰的響聲，幾處宅子門前的燈籠都滅了，巷底周圍立刻一片漆黑，人們馬上加倍驚慌，呼喊不停，腳下七踩八踩，前面跌倒的人絆了後面湧來的人，便又跌倒下來，一層一層，堆成人山，慘叫聲不絕於耳。

數十個京軍士兵，匆匆忙忙從腰裡拔出火絨點著，對準巷子照射，火光晃動之際，見到人踩人的景象，都慌了，衝上來七手八腳地搶救。

這時刻，從警衛森嚴的那所宅子黑洞洞的門裡，在慌亂驚呼的人群中，擠出來一個男子，一手推開面前擋路的人，一手攙扶一個年輕女子，急急走出院門。這男子全身穿著黑色短衣褲，頭紮黑巾裹住頭髮，足登黑色軟靴。他本來身材不低，卻有意縮著身體，避免高人一頭，鶴立雞群，顯出特別。院門外的京軍士兵，都把手裡的火絨對準跌倒在地的人，忙著搶救，沒有注意這個有點特別的黑衣人。

居民一出院門，便馬上朝前朝後朝左朝右，四散亂奔，大人呼兒喚女，小孩喊爹叫娘，家人相逢互擁而泣，誰也顧不得旁人，更沒人注意到那黑衣男子。

那黑衣男子很沉著，不慌不忙，隨著人群，出了院門。然後迅速側身橫行，順著牆腳，扯著手臂間拖拉的姑娘，掩進暗影，急步順院角朝旁邊樹叢趕去。

各處院裡的人大多已跑出宅子，囂叫終於減弱下來，便聽見那個軍官，高舉著手裡的刀，連聲喊叫：「點燈，點燈！」

這時候，慌亂中的兵丁人等，才注意到那軍官身上的官服和手裡的大刀。那金黃色的官服，人稱飛魚服，是錦衣衛檢校穿的，那繡春刀也是只有錦衣衛檢校才掛得。那五短身材的軍官，原來是錦衣衛的人。大明天下，錦衣衛可非一般的官府，那是皇帝親率禦林軍，是專門替皇上監控朝廷官員的特種部隊，非同小可。這下子，所有人都更加慌了，趕緊啞了聲音，聽從他的指揮。沒一會兒，幾處住宅大門前的燈籠重新點燃，巷底又是一片光明。

那錦衣衛軍官呼喊：「進去查，快進去查，四十六號，四十六號！」

幾個京軍士兵聽見命令，馬上朝四十六號院門裡跑，可哪裡擠得動，巷底湧出來的人，把巷子堵得水泄不通。旁邊幾個兵士有機靈些的，趕緊搭了人梯，順牆攀上，一個房頂一個房頂地走過，接近四十六號院子。

春槐斜街，巷子前面，樹叢之中，那黑衣男子看到無人跟隨，便把手臂裡的女子朝肩上一扛，加快離去。那女子好像始終昏迷不醒，緊閉雙眼，無聲無息，任由擺布。

黑衣人對巷中路徑非常熟悉，依著牆跟和房邊，躲在樹叢的陰影裡躥行，不久便接近巷口。這裡一條寬闊大路，敞開著，再無樹叢掩身，那黑衣男子只能走到路上。他照舊扛著肩上女子，快步朝巷口飛奔。他的奔法似乎與眾不同，並非雙腳交錯，在地面上跑，而是一縱一躍地往前竄，而且不竄直線，忽左忽右地閃動。練過武功的人，不難看出那人身上輕功了得。

巷口兩個京軍士兵，早已聽到巷內囂叫，站在巷口，背對背，橫握長槍，一人朝裡，一人朝外，警戒車馬道。那個面朝巷裡的京軍士兵，看見黑衣男子朝巷口奔來，便兩手挺槍，高聲喊叫：「站住，站住！」

聽見喊聲，他背後的京軍士兵也立刻轉身，與他並排站好，抖擻著手裡的長槍，盯著來人。

那黑衣男子並不停步，眼看還有十來尺，便到巷口。兩個京軍士兵左右一跳，分列兩側，一前一後，手挺長槍，弓腰舉步，朝黑衣人包抄而來。那男子右手緊抱肩上姑娘，自己腳步絲毫不減，繼續朝巷口急奔，同時左手從口袋裡摸出一粒石子，夾在指間。

行不幾步，前邊那個京軍士兵突然一個箭步，躍上來，大呼一聲：「站住——」

話音未落，只見那黑衣男子左手一揚，將指間那枚石子擲出，如箭離弦，嗡嗡作響。只聽撲的一聲，那正跳躍間的京軍士兵，身體猛然直立而起，長槍丟落，雙手捂住右肩，朝後仰倒下去，斜斜跌到地上，打了幾個滾，便一動不動。

這檔口，另一京軍士兵早已欺身而至，將手裡的長槍，朝那黑衣人的面門刺過去。他剛要開口喝叫，忽覺腰間猛受一擊，疼痛難耐，身子不由得歪下去。於無形中，那黑衣男子已飛出左腳，大概把那京軍士兵右腎踢破。尚不及喊叫出聲，那士兵腮邊又已挨重重一擊，頓覺眼前烏黑，金星亂飛，頭昏腦漲，額前血流如注，順頰而下，滲進嘴角，發黏發鹹，瞬間人事不知，跌到路邊。

那黑衣男子不及細看路邊兩人死活，扛著肩上女子，三腳兩步，躍出巷口，身子一側，立刻隱入巷口牆外的陰影。

這時巷子裡面燈火更加多了，照得四十六號宅子門裡門外雪亮如晝。燈光之中，房屋前面的煙霧發白，團團打轉，滾滾上升，濃烈迷漫。煙霧裡面，人影亂竄。許多京軍士兵一邊幫助安頓逃出的人，一邊大聲呼喊：「沒有火，沒有火，不要慌，不要慌！」可是根本沒有人聽。

巷外陰影裡，那黑衣男子腳步不停，兩眼微微一笑，轉過牆角。那裡有一叢矮樹，下面隱著一匹全身烏黑的馬，見到黑衣人，只打了幾聲響鼻，並不嘯叫，顯是受過良好的訓練。黑衣人先將肩上昏迷的女子橫放到馬背鞍上，然後自己飛身上馬，抓住馬韁，並不出聲，兩手一抖。那馬便從樹叢後面衝出，四蹄騰空，一路疾奔，向北馳去。

路面空蕩，燈火昏黃，人馬一體，轉眼便已無影無蹤。

二　錦衣衛受命佈防　臨敵手無可奈何

這時候一行三騎，自東而來，風馳電掣，趕到春槐斜街巷口，急速轉彎，駛入巷子，見路邊地上躺了兩個京軍士兵，卻也毫不停頓，繼續急速馳過，趕到巷底。

窄小的巷子裡面，市民兵丁，四處奔跑，傳盆遞桶，忙著潑水救火。那個錦衣衛軍官一直大叫：「沒有火，沒有火，別噴水，別噴水！」

直衝過來的三名騎手，到得人前，不待坐騎停穩，便一起飛身下馬。三個人都是一色金黃飛魚服，腰跨繡春刀，全是錦衣衛的官員。

正對著眾人喊叫的短粗錦衣衛一見，丟開眾人，奔到馬前，不及停下，便雙膝一跪，叩著頭，嘴裡呼叫：「千戶大人！羅超聽候吩咐。」

錦衣衛神銳所千戶孟嘯，順順腰間的繡春刀，朝前邁出一步站定，沒有理會羅超，兩眼只盯著面前四十六號大宅，那個紛亂的院門，那些冒煙的窗口。他將近四十歲年紀，身材並不高大，可是強壯有力，臉色烏黑，雙眉緊皺，目光如刀。

大明王朝，朝廷兵部是個文職機構，只掌管朝中武官的選用，以及軍隊行政事務，包括安排訓練和後勤等等，領軍帶兵做戰之事，則由都督府負責。所謂兵部有出兵之令而無統兵之權，都督府有統兵之權卻無出兵之令。洪武十三年，太祖皇帝為進一步分散和限制都督府的軍權，進行編制改組，把軍權分為五個都督府，各都督府由兩個都督率領，又有都督同知和都督僉事及副都督佐協。各都督府互不統轄，有事分別與兵部聯絡，統一由皇帝裁決。都督府之下，由朝廷指定分別設立和統轄各處都司和衛所三級，任一都督府不得更改。

都司全名稱都指揮使司，是由都督府統轄的下一級軍隊指揮機關，多為朝廷設在省一級的地方軍區，為省級政府三司之一，設一名都指揮使，兩名都指揮使同知，四名都指揮使僉事。都司統轄下屬若干衛和所，衛和所就是具體的兵丁組織，上前線生死做戰的隊伍了。衛由一名衛指揮使率領，統兵約五千六百人。每衛下設五個千戶所，長官稱千戶，各統兵約一千一百二十人。而每個千戶所以下，又設十個百戶所，各統兵一百二十人，長官稱百戶。百戶所以下，又設兩個總旗，各領軍五十人。每個總旗下面再設五個小旗，每個小旗領軍十人。

此外朝廷還設立一批特殊衛所，不屬地方政府或任何都督府管轄，而由皇帝親自掌控，人稱親軍上十二衛，後來更增加到親軍二十六衛，是專門負責警衛皇宮皇城的禦林軍。其中最有名的，就是錦衣衛，發展成為專門的密探組織，權勢沖天，讓人聞其名而膽戰心驚。

本來錦衣衛只是一個密探機關，錦衣衛的密探，稱做檢校，替皇帝偵察朝廷官員的日常言行，用以控制百官，鞏固皇帝的絕對威權。所以錦衣衛成員都是會裝扮能隱藏的密探，並沒有多少軍隊背景和訓練，雖然個個頭腦都是絕頂的聰明，可是人人手無縛雞之力，更別說玩槍弄棒。後來錦衣衛越來越大，職責越來越多，人員必須引入武裝行動的訓練。於是作為一種試驗，朝廷批准由京軍三大營調了半個鏢騎所，轉到錦衣衛名下，設置為一個神銳所。公務有三，一是給予錦衣衛密探必要的搏擊技能訓練，二是根據需要，派往各地，負責保衛錦衣衛密探行動安全，以求解除密探們的後顧之憂，能夠安心執行自己收集情報的職責。神銳所的第三個要務，就是執行一些不歸錦衣衛其他各所經管的特殊差事，比如這次警戒春槐斜街的差事。原來京軍三大營鏢騎所的千戶孟嘯，也因此調任錦衣衛神銳所的千戶。

站在孟千戶身邊的神銳所佐吏彭奇，問羅超：「巷口怎麼不設警衛，任人出入？」佐吏不是個多麼大的官職，僅僅是千戶的助理，可是因為親隨千戶左右，瞭解情況，也瞭解千戶脾氣，所以經常能夠替千戶大人作主，決定些事情。而孟嘯的兩個佐吏，更非同小可，簡直就是孟嘯的左右雙臂，很得孟嘯信任和重用。

羅超仍舊跪著，急忙答道：「巷口有警衛，兩個，下官親自派的，也按時查過崗。」

孟千戶身後另一名佐吏童康不再多聽，跑開幾步，對一個正奔跑的京軍兵士喝叫：「站住，站住！」那京軍兵士聽喝，扭頭見是一位錦衣衛官吏，趕緊停步，跪倒在地，叩著頭，大聲說：「吳立聽候大人吩咐。」

童康手一指，說：「你再去找個人，找兩個吧，馬上到巷口去警戒，不許一個人一匹馬進來，也不準一個人一匹馬出去。所有進出人馬，全部扣留，等候盤查，聽清沒有？記住，認準我是誰，沒有我親自命令，誰也不準撤崗，快去辦。」

吳立揚起頭，眨眨眼，盯著童康看了幾眼，同時回答：「得令！」然後急急忙忙爬起來，跑回人堆，找到另外兩個京軍兵士，一起朝大門口飛奔而去。

羅超看著眼前這一切，弄不懂是怎麼回事，又不敢在千戶面前貿然講話，只瞪著兩眼，跪著發傻。

「站起來，說，怎麼回事？」彭奇一聲喝，才把他驚醒過來。

「遵命！」羅超慌忙應了，匆匆地站起來，答說，「大概一個時辰以前，這裡幾所宅子突然同時起火，之前沒有發現任何異樣情況。」

孟嘯打斷他說：「別的我都不管，只問你四十六號院裡那個文翠還在不在？」

羅超身子哆嗦一下，但也不敢停頓，努力穩住心跳，報告：「我早下令進院去查，到現在為止，還沒有找到。全巷的人都跑出來了，正在分頭查看。實在太亂，要查清楚也得一陣子。」

孟嘯大聲打斷他的話，發怒地問：「四十六號院門口的兩個衛士呢？院裡的那個衛士呢？三個人都沒能把她看住？也沒跟她一塊跑出來？我早下令，那三個衛士跟文翠同生同死。你聽好，丟了人，我要他們三個的命。」

「他們三個大概已經沒命了。」羅超報告。

孟嘯聽了，鐵青著臉，不再說話。他很想拼命罵一陣人，罵羅超，罵那三個笨蛋警衛，可是他現在罵不出口，人家命都已經送了，還能怎麼罵呢？

彭奇皺緊眉頭，問：「什麼叫也許已經沒命了，到底死了還是沒死？」

羅超說：「不知道，還在搶救。每一組值班衛士中，我都挑選三個最精幹的，去那三個哨位，沒想到會這樣。」

大約十天前，神銳所千戶孟嘯忽然接到一個命令，要他馬上安排這個住宅大院的一級保衛，一級就是最高級。照理說，負責個什麼保衛工作，就算紫禁城皇宮，也自有京軍三大營負責，怎麼也輪不到錦衣衛的頭上，更沒理由找到孟嘯的神銳所，何況只是一個普普通通的住宅大院，簡直就是殺雞用了宰牛刀。

孟嘯的神銳所，說是千戶，實際總共不到四百人。原先在京軍時，鏢騎所裡的每個人，都是孟嘯親自從京軍三大營各處挑出來的，十有八九都曾得過大比武的高名次。孟嘯帶著半個鏢騎所轉到神銳所的時候，又一次從自己部下精選了一番，才帶人調過錦衣衛。然後又對神銳所全體官兵進行許多與密探工作有關的訓練，所以人人是十八般武藝，樣樣精通，文武雙全了。看守一座住宅大院，不過小菜一碟，哪裡用得到這樣的特種部隊。可是這一次，孟嘯真作了難，他手裡沒有人，他的部下各司其責，都不在身邊。

神銳所四百人馬，共分四個百戶，各所根據差事側重不同，人數也不等。他的第一百戶，負責錦衣衛密探的軍事技能訓練，雷打不動，絕對不許轉派作別的工作。第二百戶人數最多，負責監控朝廷派往各地的錦衣衛其他各所密探，保衛他們的生命安全。第三百所目前派駐全國各地驛站，偵破全國交通運輸道路上的犯罪團夥。第四百戶人數最少，算是神銳所裡的特勤隊，負責臨時性的特殊差事，現在大半被派到江南，跟隨皇上出巡，協助保衛工作。

「咱們把整個保衛策劃好，派個小旗去監管，奏請京軍三大營派兵站崗，不就得了。保衛朝廷命官的身家性命，本來就是京軍三大營的職責。」看見千戶孟嘯抓耳撓腮，彭奇出主意說。

彭奇已經年近三十，雖然他腦筋並不笨，動作也很靈活，可因為相貌醜陋，小眼睛，扁鼻子，從小在私塾受同學嘲笑，自悲感很重。後來決定不再繼續讀書，剛碰上錦衣衛有缺，便報名加入了錦衣衛。那錦衣衛人員，本來如有傷亡，需要補充，便由原錦衣衛官兵的兄弟子侄接替。只有在傷亡官兵沒有兄弟子侄的情況下，才在社會上招募。錦衣衛選人，非同尋常，首先身形有個標準，必是虎臂蜂腰螳螂腿，而且必須擅走，要能日行百六十里以上，也得擅跳，兩丈高牆，伸手能上，最後是必須擅鬥，拳腳兵器，心狠手辣。彭奇趕上錦衣衛招人，報名投考，心想，他若能穿上金黃飛魚服，佩上繡春刀，走在街上，自然便沒人敢再笑他。他雖然自小練過拳腳，但從來沒有下過苦，功夫平平，當然選不進錦衣衛，只好投軍。

在京軍三大營做個小走卒，仍然交不上女朋友。於是彭奇鐵了心，起早貪黑，鑽研武功，居然在京軍三大營武功大賽裡奪得拳鬥第一名，引起孟嘯注意，把他調進自己的鏢騎所。彭奇不負孟千戶重望，加倍勤學苦練，心無旁顧，連年比武得名，晉升小旗總旗兩級，然後成了百戶。孟嘯帶了鏢騎所，轉入錦衣衛之後，有心要培養彭奇，便將他安排在身邊，做千戶佐吏，一天到晚跟著自己，處理大小日常事務，在實幹中增加經驗。這麼多年的成功，總算慢慢消除了彭奇從小積蓄起來的自悲感，漸漸多了些自信力。對於孟嘯對自己的栽培和提拔，彭奇心知肚明，感激萬分，將孟嘯視為再生父母，忠誠倍至，願為孟嘯赴湯蹈火，以報知遇之恩。

聽了彭奇這個建議，孟嘯點點頭，說：「現在也只有這麼個辦法，只怕那些京軍兵丁缺乏訓練，會誤大事。這是一級保衛，不能出錯。」

孟嘯的另一佐吏童康撇撇嘴，說：「明知神銳所人都外出了，還下特別警衛令，讓人如何做法？乾脆下令把第四百戶調回來，那咱們保證萬無一失。皇上出巡，帶京軍三人營還不夠，還調咱們的人。要不咱跟京軍三大營要人馬做警戒，看他們幹不幹。」

「住口，」孟嘯喝叫一聲，說，「說兩句不理你就算了，越說越不像話，哪來那麼多的牢騷。你是朝廷命官，錦衣衛佐吏，不許這麼議論朝廷的事情。」

「遵命，孟大人。」童康應了一聲，不敢再說話，可顯然一臉的不服氣。

孟嘯看看他，搖搖頭，也沒別的辦法。他喜歡童康頭腦靈活，年輕氣盛，朝氣蓬勃，可又時常擔心他自作聰明，口無遮攔，惹出禍端。

童康今年二十七歲，四年前考取了舉人，不去考進士，突發奇想，當兵參加了京軍三大營。當時那是大明王朝三百年頭一個文舉人當兵，很引起一陣議論。自古中國傳統，好鐵不打釘，好男不當兵，讀過書的文人自然更看不起當兵，再別說考中文舉人的了。兵丁之中，十九大字不識，只知聽人擺布。練過些武功，考過武舉或者武科進士的，做得軍官，頂多讀過些《孫子兵法》之類，算不得有文化，跟文科舉人或文科進士不可同日而語。

童康就憑這一招，也足夠引起孟嘯的注意。也許因為多讀過些書，他對槍械火器特別有興趣。百年以來，大明兵部和各都督府，一直沒有停止過開發火器。京軍三大營中，專設了個神機營，就是火槍營，裝配線膛槍，射程遠，精度高，裝填簡便。因為這種火繩槍安裝的槍托，彎如鳥嘴，所以明軍稱之為鳥銃。此槍槍管以熟鐵製成，底部設火孔，與火藥池相連，池上蓋有銅蓋，可擋風雨。槍管下設一木托，裝有搠杖，用以填送彈藥。據說開槍時後手不棄把，點火則不動，故十發八九中，即飛鳥之在林，皆可射落。

讀書之人，腦筋靈活，自然懂得鳥銃槍之威力，遠遠大過刀劍，所以格外用心，勤學苦練，不過一年，童康就奪得京軍三大營鳥銃射擊第一名，被稱做神槍手。隨後孟嘯就把他調進錦衣衛神鋭所，親自訓練了兩年的軍事特技，作神鋭所千戶第二佐吏，學習計謀及統領之術。舉人學士，天之驕子，頭腦靈活，自由慣了，從跟了孟嘯之後，童康總算還聽話，有時候說話幹事有失檢點，孟嘯也不多責罰。

根據彭奇的建議，孟嘯帶著兩個佐吏，在春槐斜街前前後後，四十六號宅院裡裡外外，實地勘察了兩天兩夜，作出詳細的警戒計畫，哨位安排，巡邏路線，派神鋭所小旗羅超現場指揮，又親自從京軍三大營挑選了五十名精明強幹的兵丁壯士，專門負責執行小巷警戒。可是結果大出所料，真誤了事。

看著孟嘯冷冰冰的臉，彭奇問羅超：「還有別的損失嗎？」

羅超回答：「沒有，其實並沒有真起火，不知怎麼會冒那麼大的煙，幾座房子同時出煙，卻不見火，真是奇怪。」

童康哼了一聲，險些又說出幾句刻薄話，看孟嘯一眼，又噓回去。

彭奇問：「所以院裡三個京軍，並不是燒死，而是讓人殺了。」

孟嘯不等羅超回答，插嘴說：「巷口還有兩個。」

羅超沒聽懂，問：「什麼巷口還有兩個？」

孟嘯把頭一擺，嘆了口氣，說：「你到巷口去查一查。」

羅超答聲：「得令！」轉身往巷口跑去。

彭奇說：「巷口的兩個哨，也都被殺了？」
童康說：「什麼人？心這麼狠，竟然一出手連傷五人。」
彭奇說：「也許來了不少人，計畫很周密，協同作業。」
孟嘯搖搖頭，說：「這樣的行動，人多了反而不易成功。」

三　文元龍蒙冤潛逃　孟千戶心知肚明

既然確定沒有火災，春槐斜街安靜下來。巷前巷後趕來救火的人，各自回家，人群慢慢散盡。

孟嘯看了片刻，忽然說：「彭奇，派人報告指揮使大人，即刻調動京城各處錦衣衛幹員，以這小巷為心，五十里，一百里，一百五十里為徑，畫三個圓，在三個圓上把所有路口都封鎖起來，設三道卡子，嚴密檢查過往行人和車輛，凡見有一男一女同行者，儘數扣留待審，不準放行。當地沒有錦衣衛幹員的，要京軍三大營協助。」

彭奇聽完指示，忙把剛從大門口跑回來的羅超拉到一邊，仔細地交代清楚，又讓羅超覆述。關係重大，他要確保羅超傳遞孟嘯命令，一字不差，還要求羅超帶回錦衣衛官府的回話，然後才讓羅超騎了馬，飛馳去了。

那邊彭奇交代羅超，這邊孟嘯轉過頭，說：「童康，通知衛府，馬上派人，趕往北路，命沿途驛站備馬，辦妥通關文書。我帶領你們二人，明天一早上路，換馬不換人，連夜趕去關外。」

童康點頭問：「走哪條驛道？」

明朝兩百多年間，在關外遼陽為中心，在東北地區修造了四條驛道幹線。一至山海關，途設十七個驛站。一至旅順口，途設十二驛站。一至開原，途設五驛站。一至九連，途設七驛站。各驛站均設驛兵，轎夫，車船，騾馬，以備官府交通使用。除各處官員攜驛券或官文，在各驛道上來往之外，凡朝廷降旨宣文，大臣們也恭持璽書，前呼後擁在各驛站出入，甚至有馳驛不下百餘馬的壯景。

孟嘯答說：「我們明日趕到盛京，山海關驛道必須有備。然後通知關外各驛道，隨時準備，我們說不定需要去哪裡。」

童康點點頭，更不多問，從衣袋裡取出一管毛筆，拔下筆套，將筆尖伸進嘴裡潤潤。同時從衣袋裡取出一張宣紙，蹲下身，放在地上。然後立刻奮筆急書起來。

童康本是中了舉人的才子，寫個命令告示，不在話下。而他所用的那管筆，更是他最得意的創造。因為跟隨孟嘯出巡，經常需要發布緊急文告，現場時常難以臨時找到紙墨筆硯，於是童康自己想出個辦法，特製一管粗筆，竹筆桿裡存放了研好的墨汁，由一極細的鵝毛管道，滲透到筆頭的羊毫，所以可以隨時書寫。這筆跟著童康，已不知完成了多少緊急差事，很得孟嘯喜愛。

童康寫完了文書，又從衣袋裡取出一隻信鴿，將那文告塞進信鴿腳上的圓筒，然後放飛，讓信鴿將文告送回錦衣衛官府。

兩個佐吏各自完成，回到孟嘯身邊。孟嘯站著，低頭思索，默不出聲。彭奇和童康跟隨孟嘯不是一天兩天，熟知他脾性，見他這樣，都靜靜站在一邊，不打攪他。過了一陣，孟嘯才好像想通了，長出一口氣，抬起頭來，說：「他已經得手，文翠已經丟了。」

童康跟著走前幾步，問：「為何要去關外？會是關外來人幹的嗎？」

孟嘯並不直接回答童康的問題，只是說：「我們保護文翠，他們劫走文翠，都為了什麼？都是為了文大人。文大人目前人在關外，我們當然只有到關外才找得到他。」

文元龍文大人是文翠的父親，朝廷兵部武選清吏司員外郎，住在春槐斜街。他的夫人文萬氏，女兒文翠，一家三口，相安無事。誰料突然之間，禍從天降，三個多月前文萬氏不明不白地死了。關於文元龍在外包小妾的傳聞，已經很久，所以很多人懷疑文萬氏之死，是一起情殺。但是京城官府和錦衣衛分別調查了一個多月，無法證明該命案與文元龍有關，倒發現不少證據，顯示文萬氏遭他人謀殺的跡象。

一個月前文元龍奉命到關外公幹，踰期未歸，朝廷幾次催促，都毫無回音，後來他乾脆在關外隱藏起來，消失了行跡，連找也找不到了。作為朝廷高級官員，不從皇命，是很嚴重的犯罪行為，馬上被懷疑為叛逃嫌疑。也是因此，孟嘯的錦衣衛神鋭所接到命令，監管文元龍的女兒文翠。一方面希望通過女兒這條線索，尋找到文元龍在關外的行蹤，另一方面也希望通過扣押女兒，施加壓力，迫使文元龍自己回京投案。但是那麼簡單一個差事，隨便哪個官府衙門都做得到，何以要錦衣衛神鋭所出動，就頗費猜想，難道文元龍的出走，還有更加重要或者更機密的內幕？

彭奇說：「文萬氏那案子，不是已經查出跟文大人沒關系了嗎？那些日子文大人在西安，有很多人作了證。」

「但文萬氏的屍體在慶和茶園發現，總免不掉他的干係。文大人是個戲迷，大家都知道。而且他在慶和班……」童康說著，突然停下話頭，望了孟嘯一眼，再不出聲。

彭奇似乎沒有感覺到童康的變化，接著說：「所以才不對頭。文大人那樣的老軍官，不會做這麼小兒科的蠢事。明顯的，屍體是死了之後，別人拖到慶和茶園去的，我們已經有證據。」

童康這次沒有接話，孟嘯也沒有出聲，靜了片刻。

彭奇又嘆道：「我怎麼也想不通，文大人會為了夫人的不幸，走上叛國投敵的路。」

未等他話音落地，孟嘯立刻回答：「他沒有叛國投敵，他絕對不會。」

彭奇說：「那他為什麼在關外藏起來？本來文萬氏的案子沒他什麼事，這麼一鬧騰，嫌疑倒更大了。」

孟嘯說：「文嫂的命案，一定會弄清楚。我想裡面疑點還很多，需要進一步調查，文大人自有他的難言之苦。」

彭奇說：「所以文大人才更應該回來，協助破案。」

孟嘯轉過身，開始走動，顯出不願意繼續這個話題的樣子，說：「迫不得已，挺而走險。」

童康跟著孟嘯走了兩步，看一眼旁邊的彭奇，轉個話頭，說：「孟大人，你說是關外人來京城作案，把文翠劫走了，可有點太離譜了。就算他們能在這個巷子裡得手，還能真的一路過關斬將，到得了關外？兩個時辰，能跑多遠，現在各處道路都封鎖起來，他們恐怕連京城地面都出不去。」

孟嘯搖搖頭，說：「這個巷子我們警戒得嚴不嚴？人還不是照樣丟了？我下令設卡封路，只不過是盡盡人事而已，並沒有成功的希望，更沒有成功的把握，所以才要及早準備下一步行動，追到關外去，最好在他們幹出什麼大事之前，找到他們。」

彭奇說：「我真是想不通，安排得如此周密，簡直點水不漏，他們就算能進得了巷子，又怎麼能進得去宅院做手腳呢？」

童康說：「這幫京軍兵士簡直都是飯桶，大活人進去出來也看不見，站的什麼崗。」

孟嘯轉頭四處張望一陣，然後說：「難者不會，會者不難。」

童康沒明白，問道：「孟大人知道劫匪們如何進入春槐巷的？」

孟嘯說：「人有輕功絕技，你能防得住嗎？」

彭奇說：「孟大人的意思，劫匪們是施展輕功，跳牆進去的。」

孟嘯不答話，轉頭四處張望一陣，然後緊盯左前方，說：「他沒走門，也沒有跳牆。他沒有走地面，而是走空中，他從那兒進的院子。」

「哪兒？哪兒？」彭奇問著，順著孟嘯眼光看過去，除了黑乎乎的夜色背景前面，一層層正在慢慢消散的煙霧之外，什麼都看不見。

孟嘯邁開大步，朝巷子右側旁邊走過去，同時命童康從路過的院門邊，摘下一盞大燈籠，舉在手裡，繼續前進。

走到地方，那裡有幾棵很高大的樹，枝葉繁茂。孟嘯站住腳，揚起頭張望。藉著燈火，看得到離地丈餘高的空中，橫著一根細細的鋼索，從一棵大樹樹幹連到四十六號宅院的高牆頭上。

彭奇望著那根鋼索，問：「我們院裡院外崗哨巡邏人馬多，他不得近身，所以只有捨近求遠，騰空而入，倒是沒有想到。」

孟嘯想了想，搖搖頭，說：「好臂力，蹲在樹上，身體用不上力，一弩竟也可以射這麼遠。」

童康問：「大人怎麼曉得他們用弩？」

孟嘯說：「我們到樹下去找找，也許找得到。」

三個人便順著空中的鋼索，走到大樹下面。地面上什麼都沒有找到，彭奇抬頭看了看，縱身爬上那棵大樹。他們是經過專業訓練的錦衣衛，飛簷走壁，穿房越脊，自是拿手好戲。果然在枝葉茂密之處，拉出一張很大的弩弓，還有兩枝粗壯的短箭，看來是沒有用的後備箭矢。

彭奇把弩和箭都丟下地，又丟下一個沉甸甸的黑色布包，然後身子一縮，跳下樹來，拍拍手。

童康拾起那張弩，看了看，沒有講話，遞給孟嘯。

孟嘯接過弩弓，說：「他今天勝過我一籌。」

童康說：「那也沒能瞞過大人，一下子就料到了。」

孟嘯把弩交到童康手裡，說：「事後諸葛亮有什麼資格逞英雄。我們幹這行的，要緊的是事先料得到。

我勘查這個巷子的時候，顧及過這幾棵樹，想過在這兒裝個燈，或者安個哨，最後都沒辦，以為沒人能毫無動靜在這麼遠的距離架起通道，進入四十六號宅院。」

童康翻弄著手裡的弩，忽然說：「這裡有點什麼痕跡，看不清楚，或許他們受了傷，我們可以來化一化血跡。」

彭奇笑了，說：「別犯傻，這麼專業的老手，還會留下血跡讓你化嗎？」

童康說：「常在河邊走，難能不濕鞋。」

彭奇說：「不過，就算能能夠化一下血跡，如果真是關外派來的人手，對我們來說，也沒什麼用，恐怕我們的血跡庫裡沒有記錄。」

「我們有他的記錄，」孟嘯隨口說完，好像又有些後悔，立刻打住，不再繼續，轉而去搜查那個黑色布包，從裡面拿出一個三腳鋼爪，在手裡掂掂，又拉出一條鋼索，也在手裡掂掂，說：「什麼都是兩套，準備得很仔細。」

童康繼續擺弄手裡那張弩，說：「這麼大一件東西，怎麼能夠帶進巷子裡來？巷口崗哨很嚴，日夜警戒，帶這麼大的弩，怎麼可能不發現？」

孟嘯說：「這肯定是折疊的，攜帶方便，使用時打開。」

童康說：「如果是折疊的，恐怕就使不上那麼大的勁，射那麼遠。」

孟嘯說：「所以很值得我們好好研究一下這些東西。」

童康點點頭，說：「我一定要仔細看看，這套玩藝到底是怎麼回事，說不定我們以後也用得著。」

彭奇說：「我們以後一定用得著。」

孟嘯擺弄著手裡的幾樣靈巧裝備，說：「你們看，這些東西多麼堅固，又多麼輕巧，所以可以用弩箭射得這麼遠，又經得住人爬過去。」

彭奇仰頭來回看著，說：「樹幹這邊低，樓頂那邊高，要從低往高爬這麼大長一段距離，恐怕不容易，很要費力。」

童康也揚著頭，望著鋼索，說：「就算他們白天進了巷子，藏在樹裡。可要射弩安索，無論如何總得等天黑才行，否則巡邏的京軍士兵不會不發現。」

彭奇點頭說：「現在天還算長，晚上八點鐘才會暗下來，給他們射弩安索的機會。」

童康說：「可是要爬過這數丈的空間，不被人發現，怎麼著也得等到九點多以後，天更黑了才辦得到。而煙是午時前後起的，幾處宅院同時起，就是說他們進了巷子，還得有足夠時間在幾處宅院安裝煙霧，還得防著讓巡邏的京軍士兵看見，只能瞅空幹那麼一下。」

彭奇說：「而且顯然是一定已經被宅院裡的京軍士兵發現了，所以他們才不得把他們殺掉。」

童康說：「兩個時辰之內，要幹這麼多事，算下來，他們怕連半個時辰爬鋼索的時間都沒有，怎麼能爬得過去？而且能爬過去好幾個人。」

孟嘯聽他們兩個這麼一問一答的，看看兩個佐吏，心裡很滿意，卻沒誇獎，只簡單地說：「他的功夫，是你們做夢也想不出來的。」

童康道：「關外滿人功夫真有那麼大？而且竟然吃了豹子膽，敢來京城做案，太歲頭上動土？」

孟嘯轉個身，說：「他不是滿清人，他是我們大明的人，可是他從關外來。」

童康睜大眼睛，更加吃驚，問：「大人說，就一個人做的這個案嗎？」

孟嘯說：「我想，就一個人。」

彭奇看著孟嘯，問：「聽大人的口氣，好像是認識這個人？」

「好了，我這裡完事了，忙你們自己的去吧，準備一下，過幾個時辰，我們要上路去關外。」孟嘯轉身走了幾步，又忽然補充說：「如果我沒猜錯，這個人我認識，不光認識，而且很熟，熟得不得了。」

彭奇和童康都不說話，緊緊跟著孟嘯走路，等著孟嘯說完後半句更重要的話。

孟嘯走了一陣，終於說：「他叫雷豪。」

四　雷豪趕路遇賊人　昏迷小姐藏糞桶

雷豪就是那個從春槐斜街四十六號宅院裡背出一個女子的黑衣男子，那女子就是文元龍的女兒文翠。此刻，雷豪騎著黑馬，趁著夜色，早已奔出京城市區，順著大路，朝北飛馳。

走得遠了，路邊漸漸荒涼起來，少了住家房屋，更多平坦田地。大片收穫過了的玉米林，密密叢叢，一人多高，乾杆枯葉，在夜風裡刷刷作響。又跑過一陣，到了懷柔，西北遠遠可依稀辨出西山山型和山脊上蜿延的古長城，不過這麼深的夜，當然辨認不清。

雷豪轉向，馳出大路，順一條土路，折而向東，走不多久，便遠遠繞過密雲城外。然後他折下土路，轉上一條幾乎看不大出來的田間小路，曲曲彎彎，繼續策馬向東南方向跑。走了半個多時辰，前面遠處顯出幾叢灌木林，看來久疏照料，雜亂無章，還發著股股惡臭。

土路更窄，地上積了死水，泥濘不堪。雷豪勒住韁繩，點燃一粒火絨，一手舉著，照到面前，剛好一尺方圓，既可看清腳前路面，又不驚擾暗夜，引人注意。雷豪由著馬，踏著泥路，一步一步朝灌木叢走。

橫臥在鞍前的的文翠，仍然昏睡不醒，彷彿根本不存在。

正行走間，雷豪突然勒馬轉向，不動聲色，走下田間小路，匆匆折往野地裡的一棵樹邊。方一繞過那樹，雷豪便噗地一口，吹熄手裡火絨，就在同一瞬間，飛步下馬，抖落韁繩，縱身躍往左側數步，又躍至來路後方若干步，伏下身來，睜眼觀望。

這個時刻，在一片漆黑之中，便依稀辨出小路上有個人影跟隨在後，正悄悄走來。由於一直追隨著的火絨光點突然熄滅，失去目標，人眼一時未及調整，四周顯得格外黑暗，那人只得蹲下身，不敢亂動，等待眼睛適應。

雷豪一提氣，使出輕功，腳不點地，奔到那人身後，伸手在他肩上一拍，低聲問：「喂，老弟，你在這裡幹什麼？」

那人一驚之後，不見身動，卻已向前躍出丈許，雙腳尚未落地，便在空中轉身，面對雷豪，馬步蹲襠，氣沉丹田，穩住下盤，吐個門戶。

見他行動如此靈便，雷豪也不由讚嘆：「沒看出來，還真有點功大！你是幹什麼的？為什麼跟著我？」

「深更半夜獨行客，會是好人麼？」那人啞著喉嚨，應道，「不管你有什麼，見面分一半。」

原來是攔路搶劫，雷豪放了點心。近年來世面不平安，到處是搶匪強盜，不足為怪。只是此刻重任在身，不容延誤，必須三拳兩腳解決了面前這強人，繼續趕路。如此想著，雷豪一步躍過去。

那人眼睛也頗好使，一見他動，立刻撤開兩腿，移後重心，平伸雙掌，準備迎戰。

雷豪一看他做出這招守門步，便知是少林連手短打的路數，微微一笑，呼的一掌擊出，直指對方心口。

那人一凜，蹲下馬步，意導丹田之氣，注入掌心勞宮，猛一呼氣，舉手對雷豪擊來之掌拍將下來。哪知雷豪這一掌本是虛招，那人手未拍到，他的掌早已收回。這也是少林短打的引手入扣之招，所謂前手虛，後手實，前一叫，後一遞。對方若不出手相迎，此掌為實，力可擊打對方，對方若出手抵擋，此掌便轉而為虛。

雷豪欣賞那人功夫，知他打少林拳，所以也用少林招法，不與他為難。

那人果然有備，已看出端倪，見一掌不中，立刻變步側身，躲開雷豪，穿插遊走，逼到樹前，忽然於無聲處，一掌橫切而來。

雷豪側身一躍躲過，那人掌力擊在樹幹上。樹幹紋絲未動，連被那掌側擊中之處的樹皮都沒有破碎，可樹另側的一根大枝幹卻驟然震動了幾下，一根小枝還居然斷為兩截，撲撲幾聲，落到地上。

這是什麼招法？少林拳中絕無此一招。雷豪頗感意外，也很感嘆對手如此年輕，內力功夫已達到這個水平，相當可觀，所以不免遲緩了手腳。

那人顯然是看了出來，洋洋自得地說：「怎麼樣？不認識這一招吧？想你武功也不過平平。」

「你這一掌，是什麼拳法，能否賜教一二。」

「告訴你吧，長點學問，這叫木棉掌。」那人揮舞兩手，紮了個勢子，卻不繼續，接著說，「中原最古老的拳術之一，無敵不摧，我家祖傳。」

「武門世家子弟，欽佩欽佩。」

「那就快受降吧。」那人更加得意，乾脆直起了身子。

這時雷豪忽然聽見，旁邊樹叢，發出幾聲極輕的絲絲響，猛然悟道，他不能再多耽誤。想到此，雷豪不再與那人廢話，悄悄從口袋裡摸出一粒石子，兩指一彈，就像發鏢一樣，將石子擊向那人。

黑暗之中，那人沒有看見有暗器打來，待感覺到了，已經來不及躲避。他剛剛直起身子，前胸門庭大開，於是紫宮穴即被打中，通的一聲，其力道之大，立時封住穴位。那紫宮本是人體任脈上一處大穴，一旦被封，全身氣血不行，四肢就失去動作功能。只見那人身子一歪，連搖也沒有搖，便木柴也似直挺挺倒在地上。

雷豪走過去，彎腰看著他，說：「我並沒有使多少內力，不過暫時封了你的穴，不會傷你。四個時辰，你就可以自己活動。」

那人聽著他的話，看著他，卻只有眼珠能夠轉動，連話也說不出。

雷豪丟下他不管，快步走到自己坐騎邊，飛身上馬，點亮火絨，回到原路，加快朝前面遠處的灌木叢走。

小時候練功，師傅就說：慣用某種特製兵器，特別是鏢這一類暗器，總不是方便的事情。因為你並不能隨時隨地攜帶自己習慣用的兵器或飛鏢，那麼一旦手邊沒有這些兵器，你便赤手空拳，英雄無用武之地了。所以師傅從小就訓練雷豪，把普通石子當做飛鏢使用，那石子是不管什麼地方都撿得到，永遠不缺，隨手可得。天長日久，雷豪練出神功，隨處拾起一粒石子，挾風加力，十數丈之內，彈無虛發，輕得致傷，中可封穴，重則斃命。而且石子使用過後，也不必去收集，地上到處都是石子，並不怕他人查出用什麼暗器傷人，找到追蹤線索。如此一舉幾得，石子可說是天下最佳暗器。

雷豪不管到哪裡，總會先拾些拇指般大小的石子，當做暗器，裝在口袋裡備用。在春槐斜街宅院門口，打碎多盞燈籠，他用的就是石子。在巷口，他也是發射了一枚石子，擊斃衝過來的一個哨兵，才得以出巷。眼下於急迫之中，雷豪又是發一枚石子，打中那跟蹤的賊徒，封了他的穴位。

走不一陣，到了灌叢深處，雷豪縱馬繞到後面，下了馬，藉著手中火絨照耀，伸手到亂枝衰葉上面一扯，一片灌木便完整地倒下，原來那卻是編織滿枝葉的一張網。網後樹叢掏了一個洞，洞裡掩藏一輛小木車，車上裝個圓型木製糞筒，塗滿糞汁尿液，都乾了，發著臭味。

這時忽然來路方向的天空，升起一個極小的火球，暗紅顏色，帶着一絲細細的哨音，不過眨眼之間，凡人根本注意不到，卻逃不過雷豪的耳朵和眼睛。

怎麼回事？是什麼信號？誰放射的？雷豪有些吃驚。這方圓十幾里，都是荒地農田，夜黑風高，絕無一人，那麼只能是剛才被他封了穴的那個攔路強盜所發。可那麼一個人，怎麼會有這樣的夜空信號？而且他手腳都動不了，怎麼發射得出來？再說恐怕普通強盜很難弄到這種能夠升空如此之高信號。所以他並非普通的攔路搶劫犯？那傢伙或許有點非常背景？而且他這信號是發射給誰的呢？難道周圍還有他的夥伴，要來圍劫他？雖然那人會使一手木棉掌，雷豪卻並不怕他，再多那麼三五個，雷豪真打起來也易如反掌，只怕這夥人不那麼簡單，如果是孟嘯派的錦衣衛神銳所官兵圍捕上來，那就可能麻煩得多。

但是現在什麼辦法也沒有，雷豪沒有時間再回去找那個倒在地上的賊人詢問，而且就算問出話來，也已經沒用了，他信號已經放出，看到的人，也已經看到了。現在重要的是加快行動，趁他們尚未集結停當，闖出重圍。雷豪想著，迅速動手，將糞車拉出樹叢，打開糞筒後面一個圓蓋，圓筒裡面倒是非常乾淨，一塵不染。雷豪伸手從筒內拉出一個裝得鼓鼓的布袋，放到地上。然後轉身到坐騎邊，將鞍上的文翠抱下，轉身塞進糞車圓筒。

文翠好像動了一動，卻並沒有醒來。雷豪皺皺眉頭，從上衣一個口袋裡取出一個小瓶，打開蓋，伸到圓筒內，在文翠鼻前搖幾搖，再將瓶收起。

然後雷豪轉身，走到坐騎身邊，把韁繩纏到旁邊一棵樹幹上，又從樹叢洞裡掏出一袋黑豆馬料，倒在黑馬面前的地上，然後拍拍馬脖子，輕聲說：「好了，你的事辦完了，在這裡吃點東西，養養體力，等一陣子，就會有人來騎你回去。」

那馬好像聽得懂他的話，不嘶叫，不噴鼻，不出任何聲響，卻也並不低頭去吃馬料，只是站著，靜靜地望著雷豪。

雷豪回過身，再將那編滿枝葉的網蓋住洞口，眼前便又好像除了灌木樹叢，別無他物。確認樹叢蓋嚴之後，雷豪將手裡火絨咬在嘴裡，動手脫去身上黑短衣，團起來，塞進糞車圓筒，擠在文翠身邊上。這時候，就可以看見他衣服裡面，環胸紮緊一條皮帶，左肋下綁個尺把長皮套，內插一把寬刃短刀。看不到刀身，只見刀柄上全是繡紋，非常華貴的樣子。那是雷豪在關外的一個朋友，送給他的禮物。經過許多年的不斷經驗，雷豪認定，在他所使用過的各種刀之中，這把最合用，既輕又堅，削鐵如泥，一刀斃命，所以執行最難以預料的差事時，雷豪總會帶這把刀護身。

雷豪從肋下解下短刀，綁到腿側，那是他以後路上唯一的武器了。然後他把剛從圓筒裡拿出丟到地上的布袋打開，取出一身粗布衣褲，一雙老布鞋，破爛骯髒，臭味熏鼻。換到身上之後，再把頭上黑巾摘下，連同剛脫下的靴子，一起都塞進布袋，綁緊袋口，塞進糞車上的圓筒，然後蓋好筒蓋，兩手按緊，確認蓋嚴，扭緊扣鎖。之後他從剛穿上身的衣袋裡，取出一條發黑的白毛巾，綁在頭上。齊全之後，他在樹叢邊地上拿起一個事先藏好的瓦罐，裡面盛滿水，端起來，舉到車上糞筒邊，小心地順著次序，一溜一溜將瓦罐裡的水澆到糞筒上。一罐水澆完，整個糞筒便顯得溼淋淋，更加骯髒，也更加難聞。

一切弄妥，雷豪又從身上爛衣褂口袋裡取出一根草繩，綁緊腰間，繼而取出一個鐵盒打開，將裡面黑灰粉末倒在兩手裡，翻來覆去，抹到臉上，脖間，手背。霎時間，英武的雷豪消失，換成一個拉糞車的鄉村漢子，站在那裡。

雷豪不及細細欣賞自己的美妙化裝，將車把間繩索套到肩上，把一直在嘴裡咬著的火絨拿下，捏在手指間，豆大的光亮，照耀面前尺把地面。然後雷豪仰臉，看看天上的星斗，約莫是凌晨時分了。雷豪吸口氣，兩手操起糞車把手，彎腰弓背，從樹叢邊走上一條小路，在刷刷的玉米林裡，急匆匆朝東南方向走下去。

走了一陣，便出了玉米地，雷豪登上大路，停下車，前後張望一番。時間還早，鄉下路上，空無一人，也沒有任何車輛往來。雷豪重新拉起車，邁開大步，飛快朝前走。這裡走過去，步行將近個時辰，就出了京城地區邊境，進入天津衛地界。

不出所料，剛能遠遠在夜色裡見到些房屋村落的燈火，便聽見轟隆隆的車馬聲，夾雜一些人聲呼叫。雷豪馬上放慢腳步，手指捏滅了火絨，彎腰探身，拖拉著兩條腿，還好像有點瘸拐，嘴裡哼哼著，一步一步朝前走。

一個十字路口上，停了一彪人馬，數十火把照耀之下，大隊士兵忙忙碌碌，有些搬運路障，橫到四面路上，一些用力架設燈桿，另一些則在燈桿上懸掛燈籠。還有一些官兵，仍然騎在馬上，走來踱去，信馬由韁。

雷豪拉著糞車，直直走到路口，乾脆停下來，站在路邊，好像很好奇地觀看士兵們架設路障燈杆。

「嘿嘿嘿，你，站這兒看什麼？」一個士兵聞到糞筒惡臭，轉過身來，看見雷豪，朝他大喊。

於是好幾個士兵都轉過頭來，盯著他看。

雷豪不說話，伸手指指燈杆，大聲笑笑，像個憨憨。鄉村人半夜三更出門掏糞是經常的事，毫不稀罕，特別如果要走遠路，進城鎮裡去掏大戶人家的糞水，各村鄉民更得大早趕路，才能搶在人前，有些收穫。軍隊裡大多是鄉村招的兵，都懂得這些道理，見到雷豪凌晨時分拉糞車走路，也不覺稀奇，連問也不問。

一個士兵走過來，手捏著鼻子，朝他揮手，叫道：「快走，快走，臭死人了。」

雷豪還是不想離開，手腳不動。

那士兵把長槍一端，指著他，大罵：「我們辦差，設卡攔人，你他媽的在這兒湊什麼熱鬧。再不走，槍尖不認人。」

旁邊有人叫：「可別刺漏了他的糞筒，流一地，咱就躲不開臭了。」

那個端槍的士兵喝叫：「快走，走遠些。再磨蹭，抓你坐班房啦。」

雷豪這才顯得有點怕，趕緊彎腰操起車把，低下頭，匆匆走過路卡。沒有幾步，又停下來，回轉身，好像打算再站下來。

身後面便又有士兵叫：「不準停，不準停，快走，快走，走遠，走遠。媽的，這股臭味，多久才能消。」

雷豪只好轉回身，繼續拉著糞車，慢慢朝前走。走出十幾丈，遇見一個岔路，雷豪悄悄側臉朝後望望，不見有士兵跟來，便立刻折身拐進小路，這就看不見路卡上的士兵們了。

五　再逢劫匪拼拳腳　又見童丐似己身

「哪裡走？」忽然背後聽得一聲悶悶的喝叫，「你終也不出我所料。」

雷豪一驚，急忙將車把一去，縱身一躍，往左手跳開幾步，然後轉身，睜眼細看。雖說凌晨，正是最黑的時分，又在鄉間農田，本無光亮，不過剛才走過的路口，新裝幾處大燈籠，將天空打得通亮，就算離了數十丈，也仍能分享約微，足以看清對方的人影。

面對之人，個子不高，身體不壯，好像還是個少年模樣，全身都是夜行者裝扮，短衣皮靴，紮袖紮腿，乾淨利落。他見雷豪往左縱躍，便也跟著往同一方面跳過，兩臂微張，自空中輕輕落下，仍然離雷豪不過幾步之遙。黑暗之中，難以辨認對方的面目，所以也無從確定他的身分，但從那騰空一躍的身手，可以看出此人練過多年，輕功不弱。

若論打鬥，莫說這麼一個年輕後生，就算十個八個聚在一處，雷豪也並不看在眼裡。但是他沒有那份閒情逸致跟人對練拳腳，也沒那時間讓他耽誤，此時此刻，雷豪只想息事寧人，早早離開此地，趕路要緊。於是他兩手在胸前一抱拳，說：「何方高人，怎麼稱呼？」

那人並不答話，只在那裡站著，不遠不近，紋絲不動。

此地畢竟距離軍隊卡子太近，雷豪不能點火絨，便使出內功，目中閃光，看見對方年輕得緊，嘴上無毛，清清秀秀，像個讀書人，只那兩個眼睛閃著冷冷的光亮，正盯著自己。雷豪便又一拱手，道：「我做大哥的，有什麼不是，這裡給您小弟謝罪了，還望高抬貴手，放我一條生路。」

他一直壓低著喉嚨講話，聲音雖弱，但字字清楚。雖然這裡早已看不見路口剛設立的卡子，可是夜深人靜，曠野無遮，聲音傳播遠，只怕萬一那卡子上有哪個士兵偶然聽到，衝過來查看，那就麻煩大了。此刻雷豪最擔心的，就是怕對方提高聲音講話。這麼想著，雷豪悄悄伸手，探進口袋，去摸那暗裝的石子，想著再發一枚，封住對方穴位了事。卻不料，眼下身上穿的是一身掏糞農民的爛衣服，那裝石子的黑衣，早給裝在糞筒裡了。

現在身上口袋裡，沒有一塊可做暗器使用的石子，只摸到一把鑰匙。如果眼下把鑰匙當鏢打出去，這麼荒山野地，萬一尋找不見，等一會兒到了地方，就要出更大的麻煩。雷豪暗自懊惱片刻，責備自己疏忽。他本來計畫得很周密，卻沒有想到半路上遇見劫路的土匪，耽誤了些時間，致使換衣服時匆忙了些，便忘記了取出那黑衣口袋裡的石子，眼下鑄成大錯。雷豪盤算著，暗暗蹲下些身，想從地上拾起一個石頭片或者土塊。

「別動。」不想，對面之人也並不高聲呼喊，只短短地喝了一聲，便又無聲息。

雷豪暗想，也許他是剛才那個攔路搶劫者的夥伴，見到升空信號，趕到這裡來替同夥報仇，所以也並不敢招惹路口的士兵。或許他並不知道自己糞車筒裡藏了文翠，雷豪這樣想著，稍覺放點心，直起身，又說：「我一個掏糞鄉民，除了糞水，別無一物值錢。」

「留下這車，走你的路。」那人說著，舉手將雷豪側後面不遠處的糞車一指。他好像也使勁壓著喉嚨，所以聲音不大，很粗，極不自然。

雷豪說：「那是我的吃飯傢伙，怎能給你。」

「沒功夫跟你鬥嘴，不給也得給。」那人忽然說了一聲，隨即縱身而上，使出一招李廣開弓，迎面一拳，朝雷豪打來。

雷豪早有防備，上身朝後一仰，讓過來拳，心知肚明，原來這一夥劫匪，練的都是少林連手短打。卻想不到，對方小夥這句話講出來，聲音卻是又尖又利，聽起來好像有些什麼不大頭。雷豪這麼一邊想著，手腳動作卻也不停，腰間搖擺，急轉一百八十度，側身直起，旋即左手如風，施展擒拿，去抓對方擊來之手的手腕，同時右手二指伸出，直點對方雙目。

那人顯是沒有料到這個變數，也不知那是什麼招法，如何應拆，一邊抽臂，避開雷豪之抓，另一臂慌忙舉起，格架來指。不想雷豪這二指未到，手已變掌，在他格架之臂上一搭，反手抓住。那人一驚，忙用力後扯，便露出肋下空檔，被雷豪左手一拳擊中，聽得通的一聲。跟著那人哼了一聲，身體彎曲，旋轉半圈，倒在地上。

照雷豪的功夫，這一拳就算用上三分力，也早在眨眼之間便結果了對方的性命。但他並不想傷人，拳出時只加了半分的力度，已將那年輕人摔出一丈開外。然而那一聲叫，聽起來更讓雷豪覺得怪，卻又一時辨不出哪裡不對，只道擊他太重，趕緊邁步上前，想查看一下。

尚未到對手跟前，那人早一個鯉魚打挺，跳將起來，颼一聲，躍到雷豪側面，同時腕底一翻，自身邊抽出一對匕首，使個旗鼓，交叉揮舞，便朝雷豪砍將過來。

雷豪猛聽得耳邊呼呼風響，知是有刀刺到，將身一矮，展開兩臂，順聲辨位，空手入白刃，轉手一撈，抓住對方刀背，順力一拉，跟著另手劈面一拳，打在對方臉上，頓覺手背沾上發黏液體，想是鼻血。

那人這次倒在地上，丟開手裡剩下那把短刀，兩手捂臉，再也不動。

雷豪擺著應戰架式，等了片刻，不見對方躍起，這才把奪到手的短刀丟出兩三丈遠，然後走過去，彎下腰，看看他，輕聲說：「實在抱歉，沒有打傷你吧？」

對方仰面躺著，兩手捂臉，聽得出喘息急促，身體並不動。

「不過，還得委屈你幾個時辰。」雷豪說著，伸手插進自己衣服口袋。

那人忽然原地翻轉，轉做匍伏，將臉埋在土地裡。

「我不是要綁你，也不會點你的穴。」雷豪從口袋裡取出剛才熏文翠的那個小藥瓶，自己閉住呼吸，打開瓶蓋，又彎腰抓住對方一隻手，強行拉離他的臉，將那小瓶伸過去，在他鼻下搖晃幾下，然後拿個手指塞住瓶口，這才放開自己鼻子呼吸一下，輕輕手把那人手臂放下。

這下子，他才感覺到什麼不對頭，那隻手軟得奇怪。雷豪剛才幾度抓住過對方的手，格鬥之中，間不容髮，一抓即放，更無閒暇去思想手抓之物的感覺。此刻對方嗅了迷藥，已然不醒人事，雷豪再無急迫之感，便細想了一下所抓之手的感覺。對方昏迷之中，手臂自然無力，但也決不會軟成這樣，而且皮膚柔膩，手指纖細，好像完全是個女子的手。

他正待再加細查，忽聽得遠處路口傳來一連串的惡聲吆喝，想是卡子的人在阻擋什麼人。雷豪聽到，心裡一驚，丟開躺在地上的人，再也不顧，幾步過去，抓起糞車，直起身來，甩開大步，急急飛奔。

走出不多遠，忽然之間，背後的夜空，又升起一個小小的火球信號，跟剛才看到的一模一樣，也帶著輕微的哨音。看來他們一夥，並非普通攔路搶劫團夥，而是專門派來圍追堵截他的，還有別人在前面等著他嗎？雷豪想著，加快腳步，行走如飛。

這條小路斜插過去，走出七八里路，便進入一個小鄉鎮。凌晨時分，四處空無一人。兩條落滿乾土的路邊，稀稀落落停了幾輛破舊骯髒的大車。打更人嘶啞的叫聲，有氣無力，在風中搖晃，使這小鎮更顯荒涼。

雷豪拉著糞車，沿著鎮上街道，蹣蹣跚跚，走過幾個路口，在大街頂頭轉角處一個背人的地方停下來。那裡有個茅廁，牆上白粉剝落，地上黑水流淌。廁所旁邊漆黑一片，什麼也看不清。雷豪將糞車轉到茅廁後面的糞池邊，那牆根邊有個小小的草棚，木門上鎖。

忽然間茅廁裡吭吭兩聲，有人咳嗽了兩聲，頗出意外。雷豪只怕又是圍捕的強人，忙放開糞車車把，彎腰從腿側拔出短刀，倒握在右手腕邊，準備迎戰。雷豪想好了，此番搏鬥，決不再手軟，必得殺了對手滅口。現在是在城鎮之中，但有任何聲響，便免不了驚動附近居民，那就大大的糟糕。所以他必得在對方尚無喊叫之前，便殺了他。

聽得一陣鞋底拖地的走路聲，又見一人從茅廁裡走出來，兩手還提著褲腰。繞過牆角的時候，偏頭看一眼雷豪，嘴裡罵：「這麼早就他媽來掏糞，吵得人連泡屎都拉不痛快，真他媽鄉下土包子。」罵罵咧咧，嘟嘟囔囔，一路去了。

雷豪直起身，站在茅廁後面糞池邊上，看那人走遠，轉過彎，不見了，才收起手裡短刀，插回腿側皮套。然後趴著茅廁後面矮牆，朝裡面望望，確定裡面再沒有閒人，這才走到茅廁後面小草棚邊，從衣袋裡摸出那把鑰匙，開了木門上的鎖，拉出裡面站立的一匹駿馬。

這時他忽然隱約聽到，草棚裡面發出一些奇怪聲響。雷豪身子一矮，輕輕放開牽馬的手，再次從腿邊拔出軍刀，同時慢慢轉身，回進門，伏下身子，張大雙目，仔細張望。

草棚裡面角落，堆了些乾麥草，草堆裡躺著兩個孩子。雷豪站直些身，點了火絨，捏在手裡，看清兩個都是男孩。一個稍大，好像九歲左右，睜大著眼睛，盯著雷豪張望，聲音大概就是他移動身體發出來的。他旁邊的另一個，大概只有五六歲，仍然卷著身體，繼續熟睡，根本不知道旁邊來了人。兩個孩子一個樣，頭髮蓬亂。身上的衣服都很破爛，絲絲縷縷，不過是些布條而已，很難說是衣服。他們的臉上手上腿上，到處汙黑，簡直看不到一處人身的肉色。

看來雷豪藏馬的這個草棚，被這兩個討飯為生的流浪孩子發現，當作了過夜的家。他見到眼前這兩個孩子，久遠而模糊的記憶猛然間甦醒過來，震蕩著他的胸膛，引起一波又一波的生理性疼痛。兩個孩子，沿街乞討，昏頭昏腦，從早到晚，飢餓難忍。天黑了，他們偎依一起，找個牆角，縮在麥草堆裡，度過嚴寒刺骨的夜晚。一剎那間，那一切都復甦了，他和哥哥的童年，在眼前閃爍，就像發生在昨天，雷豪覺出喉頭猛然冒出一股微鹹的水，兩個眼睛也濕了。遠處一兩聲雞啼，打斷了雷豪的冥想。

雷豪回復現實，現在該怎麼辦？首先，他不能允許兩個孩子發出任何一點聲響，如此想著，他的手便不自覺地探入衣袋，摸到剛才給文翠和劫路人用過的那瓶迷藥。如果哪個孩子有跡象會發出聲響，他就立刻施藥，把他們迷倒。當然他也可以一掌把他們擊昏，但他絕不忍心打孩子。既然他們看到他時，沒有發出尖叫，那麼他們大概不會再出聲，所以似乎沒有立刻動手的必要。

他望著孩子，那大些的孩子，也望著他，全身根本不動，只有兩個眼睛發著微弱的光亮。顯然，如果雷豪不設法去趕，兩個孩子不可能自動離開。可他絕對不能把兩個孩子趕出草棚，否則讓他們到哪裡去尋找過夜的地方呢。但他們已經看到自己，萬一講出去，壞了大事，卻又如何？小孩子的嘴巴，誰也保不準。不過無論如何，雷豪已經決定，絕對不對兩個孩子用迷藥，或者點穴封脈。他又想，就這樣把他們兩個放掉，即使天亮之後，他們對別人講到他的出現，也已經晚了，他早就跑得無影無蹤。再說這麼兩個討飯孩子對人講的事情，又有幾個人會相信。總而言之，這兩個孩子，對他構不成任何威脅。

雷豪忽然轉過身，回到坐騎身邊，從馬鞍旁拉出一個布袋。那袋裡裝著兩個麵饃，兩大塊肉乾，一壺水酒，是雷豪準備的乾糧。按照他的計畫，等他搶出文翠，趕到這裡，必定已經將近佛曉。他緊張忙碌一夜，必定餓極了，所以騎馬上路以後，就可以邊趕路邊大吃。

現在情況有變，雷豪想著，從袋裡抽出一塊麵饃，又抽出一條肉乾，放在左手裡。那酒是不能給小孩子們的，不去碰。他用右手封了袋口，回身進了草棚，把手裡捧著的食物，遞給那個大男孩。那孩子仍然躺在麥草堆裡，一動不動。

「拿著吧，是吃的東西。」雷豪輕輕地說。

聽見一個吃字，大孩子兩眼一亮，馬上欠過身子，像搶一樣把東西從雷豪手裡奪走。那小幾歲的孩子，也居然聽到這個吃字，便從夢中驚醒，坐起身來，兩手揉著眼睛。

「別急，那就是給你們的，」雷豪笑了一下，補充說。

大孩子把東西藏在自己的懷裡，兩手不鬆，瞪著雷豪。小孩子則毫不理會雷豪，只顧歪著頭盯緊哥哥懷裡的食物。

雷豪望著他們，望了片刻，然後嘆了口氣，慢慢地轉過身，走出草棚，輕輕地掩上門，沒有再上鎖，用不著了。然後他又透過門縫，再次向裡面張望了一下，看見兩個孩子，掏出懷裡的食物，哥哥動手分配好，然後專心致志吃起來。他們仍然是那麼安靜，好像是這個世界所遺忘乾淨了的兩個影子。

雷豪又深深地嘆了口氣，轉身走到坐騎邊。如果不是有重任在肩，他一定想方設法要把兩個流浪孩子安頓妥當。可他沒有多餘時間，必須加快動作，馬上趕路。他把糞車拖到馬邊，三把兩把將身上破衣爛褲都脫下來，丟到地上，然後轉身打開糞筒蓋，將裡面布包取出，掛到馬鞍上。又彎腰將圓筒裡的文翠，連帶蓋在她身上的自己那件黑衣，一起抱出，轉身在馬鞍上放好。然後他從馬鞍上的布袋裡，拿出一雙布鞋。他脫下腳上的破爛老布鞋，丟進廁所糞坑，換上那雙乾淨布鞋，從地上把剛脫下的破衣爛褲一團，塞進糞筒，蓋上筒蓋，再把糞車朝前推了幾步，在糞池邊停穩，天亮之後真有人來看到，會以為是掏糞老鄉走開片刻，暫時不會起疑。

都弄妥了之後，雷豪飛身上馬，勒轉馬頭，收緊韁繩，慢步走下土坡，不使馬蹄出聲。直到出了窄巷，這才放鬆馬韁，兩腳一夾馬肚，飛奔起來。傾刻間便繞上大路，快馬加鞭，正直南下。

左側東方漸漸顯出魚肚白，而後不久轉成粉色，再不久又微微發紅，接著好像突然一下子，滿天彩霞。

太陽未升，天已大亮。

六　文翠夢醒費思索　雷豪露面告真情

雷豪轉往東北，馬不停蹄。將近中午，下了大路，進得一處小鎮，左轉右拐，直奔一個小客棧。客棧門內，好像有人一直張望，剛見雷豪下馬，便有兩個夥計走出店門。雷豪並不說話，只將文翠裹著自己的黑外衣，一起扛到肩頭，轉身朝店門走。一個夥計上前，伸手牽住韁繩，把馬牽到店後飲水餵料。另一夥計扶著門，讓雷豪走進店去，重新關好了門，才急忙轉身，引雷豪抗著文翠，繞到店後一個客房。

進了客房，那夥計關好門走了。雷豪把文翠放到床上，拿掉裹著她的黑外衣，穿到自己身上，然後在床褥下面摸出一個小藥瓶，打開瓶蓋，伸到文翠鼻子前，輕輕搖幾搖，蓋好瓶蓋，放進自己身上口袋，又伸手捏住文翠左手腕，細數她的脈搏，再放開，拉開被子給她蓋上，站直身子，看了她兩眼，便走出客房，在身後關好門。

過了大約半個時辰，文翠慢慢醒來，抬手摸摸臉，移動一下兩腿，仍然睜不開眼睛，眼皮好像十分沉重，黏在一起。她張張嘴巴，嘴唇似乎微微開一條縫，吸進些空氣，可是嘴角乾裂得生疼。她震震喉嚨，一點發不出聲。

怎麼回事？不舒服？發燒了？半夜裡忽然感冒了？她感到渾身很疲倦，兩臂酸痛，便把手從臉上拿開，鬆弛下去，攤到枕頭上。這一下子，她覺出大不對了，這不是她自己的枕頭。心裡一急，文翠猛地睜開眼，便馬上看到，她不是在自己的房間裡。她在哪兒？不知道，不認識，看不出來。

她身子一縮，從床上坐起，掀開被子，看看身上，還穿著自己的睡衣，外面裹著睡袍。奇怪，她從來不裹睡袍睡覺。她抬起臉，盯著看眼前。

房間很小，四壁粉白，一個窗都沒有。室內只有一張窄床，一個小桌和一把小椅。桌子點著個油燈，木板牆掛一張很粗糙的山水畫，床對面牆上裝個行李架。這是一個客棧房間，文翠看出來。這客棧在哪裡？她怎麼會到這裡來？發生了什麼事？她腦子裡亂哄哄的，兩額蹦跳，千頭萬緒，理不清楚。

昨天晚上，文翠像平時一樣，吃過飯，覺得實在無聊，便換上睡衣，坐進床裡，靠著床頭，點著油燈，看了兩個時辰書，然後關燈睡覺。媽媽不在了，爸爸沒回家，她整天獨自一人，生活沒有任何意思。再說近些天，忽然之間，她受到軟禁，房門外邊，站了京軍兵士，完全失去自由之身。她一步也不出家門，連飯也懶得吃。每天只有給爸爸寫信的時候，她才感覺到生命的存在。可她寫了許多信，卻一封也發不出去，她根本不曉得現在爸爸在哪裡，也不願意自己的信被錦衣衛跟蹤，找到爸爸。

雷豪手裡有鑰匙，在施放煙霧之前，先已悄悄進了文翠的家，在她睡夢之中，給她聞了迷藥。所以宅院起煙，被人扶出門，扛出大院，騎馬遠行等等一系列行動，她都毫無所知，更無所記。

房門輕輕推開，一個穿布衣的年輕女人微笑著走進來，一手裡端著個托盤，裡面放了一塊麵饃，一個煎蛋，一碟蒸肉，一碗馬奶，另一手在身後關緊房門。

「文小姐，您慢用。」她說，聲音很柔軟，同時輕輕將托盤放到小桌上。

文翠覺得奇怪，她才剛剛醒來，跟誰都沒有講過話，這女人怎麼會曉得她姓文呢？不過轉念一想，既然她已經在這客棧，那女人當然就會曉得她的姓名了。顯然那把她送到客棧來的人，曉得她是誰。文翠不看那托盤，聲音乾巴巴地問：「我這是在哪兒？」

女人仍然微笑著，輕聲軟氣回答：「這裡是沙河驛。」

「沙河驛？沙河驛在哪兒？從來沒聽說過。」

女人回答說：「小姐，吃些東西吧，等一會兒還有很遠的路要趕呢。」

文翠更糊塗了，忙問：「我還要趕路？」

女人笑笑，沒有回答。

已經不是一天兩天了，文翠的生活裡發生各種奇奇怪怪的突然事件，所以她習慣於逆來順受，處變不驚。聽說自己糊裡糊塗到了一個叫沙河驛的客棧，她也並不覺得過份激動，只是順口問：「我們要去哪兒？」

女人躬著腰，微笑著，輕聲回答：「盛京。」

文翠皺皺眉頭，她不知道盛京在哪裡，也不懂得她為什麼要去盛京。她看一眼面前的女人，知道從她那裡得不到答案，便轉而問道：「你知道我怎麼到這裡的嗎？誰送我來的？」

女人沒有回答她，仍然甜甜地微笑著，說：「小姐有事叫我，我馬上就來。」

文翠問：「你能幫我找一身衣服嗎？我還穿著睡衣。」

「是，床頭那個小櫃裡，放了小姐的衣服。」女人說完，又笑了一笑，轉身走出房間，隨手關了門。

文翠明白，她一定被關在這個房間裡，不能自由行動，恐怕根本不能走出這個房門，凡事都得叫這個女人來做。這麼想著，她跳下床，走到門邊，伸手推推門板，果然從外面鎖了，裡面打不開。

她走回床邊坐下，並不覺得怎麼生氣。她知道，憤怒也好，傷心也好，發瘋也好，痛哭也好，眼下都無濟於事，既然人家能夠神不知鬼不覺，把她從自己家床上弄到沙河驛的客棧，那麼可以肯定，她絕對沒法子從這裡逃出去。而既然她能至今活得好好的，身上皮肉無傷無痛，看來劫持她的人並沒有加害於她的意思，她完全可以也只能隨遇而安，不焦不躁，等著看事態怎麼發展。

想到這裡，文翠從床邊站起來，轉身打開床頭小衣櫃，裡面果然放了些衣服，內衣褲外衣裙都有，只有一身，折得整整齊齊。她先把內衣褲拿出來，一色潔白，正是自己的尺碼，還是新縫製的。

她把內衣褲放到枕頭上，又伸手取下外衣，抖開來，正是自己喜愛的淡綠色。她看著，好像突然悟出一點門道，是不是爸爸買的呢？只有爸爸知道她衣服的大小，知道她喜歡淡綠和紫紅顏色。文翠覺得心裡跳蕩起來，難道是爸爸來接她？可為什麼爸爸不跟她說一聲？既然能夠給她送衣服，難道不能留個字條給她說明？

文翠腦子裡亂亂糟糟，一忽兒興奮，一忽兒沮喪，把手裡衣服放到床上，又把小櫃裡拿出的裙子也放到床上，站著發愣。過了一陣，她轉過身來，走到牆角的洗臉盆前面，低頭從盆內水面，看見自己，臉色蒼白，疲備憔悴，頭髮蓬亂，眼圈發黑。

二話不說，文翠三把兩把脫下身上的睡袍和睡衣，迅速地穿上新衣裙。到牆角的臉盆前面，仔細地洗了臉，又對著洗臉盆水面，梳了頭髮。水面裡，十九歲的面容體態，美麗輕盈，充滿活力。文翠微微笑笑，拿手抹抹臉蛋，於是感到真有點餓了，便坐下來用早餐，慢慢地吃喝。

為什麼要去盛京？一個問題突然跳到她的腦子裡。如果真是爸爸來接她，那個盛京就是關外了，她聽人講過，爸爸在關外滯留不歸，所以惹怒了朝廷。文翠不由得放下手裡的東西，發起呆來。那麼說，她是在離開大明京城的路上。這樣不辭而別，在中原和京城，被稱做外逃，屬於大逆不道，也就表示，她今生今世再沒有機會重返故國家園。這麼想著，她感到一種深深的悵惘和遺憾。她還有外祖父外祖母在中原，他們的女兒已經死了，現在外孫女忽然又不見了，老人家會很傷心麼？還有她的叔伯姐姐和姐夫，那個可愛的外甥女，還有多年的朋友，沒有辭個別，他們會怎麼說她？

可是既然她現在能離開京城，那就是說她一定有機會到達關外，重新見到爸爸。只要能夠重新見到爸爸，是否跟國內親友們辭過行，就算不得什麼了。

想像著自己歷盡千辛萬苦，終於得與爸爸團聚的場景，文翠兩手壓著胸膛，控制不住心情激蕩。文翠年紀不大，但在中原生活的十九年裡，痛苦和失望的經歷，遠比快樂和滿足多得多。很多時候她甚至會覺得難以繼續忍受，經常會想到活著好沒有意思。文翠不是一個偉大的英雄，她只是一個普通女人。

她慢條斯理地吃呀，想呀，不知過了多久。突然門上有人輕輕敲了幾聲，接著那個女人又輕輕推開門，探進頭來，微笑著說：「文小姐，收拾好了嗎？」

文翠站起來，兩手扯扯衣服下襟，沒有說話。

女人有點驚喜地望著她，說：「小姐真漂亮。」

文翠舉手理理頭髮，露出微笑，沒有說話。從小到大，所有的人都說她漂亮，她自己也知道了，為此很驕傲。

女人大開房門，伸一隻手，說：「小姐可以出來，要上路了。」

文翠舉步邁出房門，覺得空氣清新許多。轉頭看過去，走道裡空無一人，只在頂頭門口，站著一個高大的黑色人影，逆著背後投射的光芒，無法辨認人臉。文翠忽然產生一個幻覺，就是那人把她劫到客棧裡客棧裡來的，也許他站在那裡守衛她的房間。既然他要帶她去找爸爸，那他就一定不是壞人。

女人從門邊提起一把雨傘，引導著文翠，說：「小姐這邊走，到後面院子去。」

文翠跟著她走，問：「要我去後面院子去幹什麼，不是要上車嗎？」

女人笑了笑，說：「出去您就知道了。」

文翠隨著女人，走到走廊頂頭，卻又已不見了剛才站在門邊的那人。出了門，才發現居然下起瓢潑大雨，風也很大，滿天地霧濛濛的，睜不開眼。女人撐開雨傘，罩在文翠頭上，跟隨她一起走進雨地裡。

繞過整座房子，她才看見後院裡，停了一輛馬拉的轎車。車邊站個人，穿著黑色長衣，頂著雨霧，身影十分威武。

女人站住腳，說：「來接你的，小姐自己打傘，過去吧。」

文翠很覺奇怪，可是什麼也沒問。事已如此，只好聽人擺布。她接過雨傘，罩在頭上，朝馬車走過去。接近跟前，她很想抬臉張望車邊那人。可風雨交加，抬不起頭，睜不開眼。文翠只好又閉緊兩眼，低下頭，憑直覺朝前走，忽然聽到耳邊一聲叫：「細翠兒，手抓緊，踏腳很滑。」

她禁不住渾身一顫，停住手腳，強睜眼睛，轉過身來，順著聲音向身旁人看去。

那人很高大，頭上紮了布巾，臉色黝黑，雖然對她講話，卻並不看她，兩眼不住警惕地四處轉。

文翠心裡一動，是誰？是他把我從家裡偷出來，是他把我運到沙河驛客棧，是他要送我去見爸爸嗎？那聲音好像在哪裡聽見過，那面影也好像在哪裡見過，然而記憶好像已經非常遙遠，模模糊糊的了。可是他叫她細翠兒，她絕沒有聽錯，他確確實實叫她細翠兒。從小到大，所有的人都只叫她小翠兒，只有爸爸媽媽叫她細翠兒。很多年前，曾經有過另外三個人，也跟爸爸媽媽一樣，把她叫作細翠兒。那是爸爸最喜愛的三個部下，經常帶來家裡玩，簡直就像一家人。不過他們之中，一個早就死了，一個也離開十年了，只剩嘯叔還留在京城。但是面前這人，不是孟嘯。

「豪叔，是你麼？」文翠突然大聲問。她記得，十年以前，她九歲的時候，豪叔忽然失蹤了。急得爸爸和嘯叔到處找，很久沒有結果。後來又是突然之間，誰也不再提他了。文翠問過幾次，爸爸媽媽一直什麼都不解釋，只堅持說，三個叔叔都絕對是天下最優秀的人。

雷豪點點頭，說：「細翠兒，是我，你還記得豪叔。文大人派我來接你。」

呵，爸爸來接她了，她真的要去關外，跟爸爸團聚。文翠的眼裡一下子湧滿淚，忙抬手抹擦，不及說話。

「細翠兒，這一路你受委屈了，實在對不住，沒辦法。」雷豪說了一句，忙又補充，「這裡不能久留，你趕緊上車。」

文翠跟著爸爸過了十多年軍營生活，早習慣軍人習性，聽雷豪這麼一說，便也不再多話，手腳並用，急匆匆爬上馬車。

她還沒有坐穩，便聽到客棧前面有人奔來後院，高聲喊叫，聲音很緊張：「快走，快走！」

雷豪飛身上馬，一邊問來人：「追兵到了？」

「還差五十里，有人報了信來。」

雷豪叫一聲：「上路。」

聽得車夫甩一聲鞭響，然後吆喝：「駕！」

馬車便震動起來，朝客棧旁邊的車門飛奔而去，轉眼便上了大路。

文翠拉開窗上布簾，探頭張望。

車後雨中，雷豪騎在馬背上，站在路邊，前後張望一陣，然後抖擻韁繩，策馬飛馳而來。他身上那件巨大的黑衣，在半空中鼓盪飄飛，仿彿雄鷹展翅。

七　文元龍孤注一擲　房門外滿漢相鬥

關外盛京市區，座落許多高大的飯館和客棧。盛京大酒樓三層的一個房間裡，文元龍弓著後背，坐在一個寬大的太師椅上，閉住眼睛，一動不動，只有胸部不住地起伏著。他穿著一件暖色長袍，兩只布底便鞋。他現在人在關外，滿清人都光頭，頭後垂著根細長辮子。文元龍是明軍將官，哪裡來的辮子，所以頭戴一頂方巾，用來遮蓋，倒將他變得如同一名中年儒生。

現在一切都齊備了，他可以按照預定計畫，採取下一步行動。雷豪發來信息，女兒文翠安全過了寧遠衛，進入滿清管轄的地區，已無任何危險，再過兩天，就到達盛京。現在他再沒有退路，只有朝前走出這一步。雖然兩年來，日日夜夜，他不斷地計畫這個時刻的到來，可事到臨頭，他還是感到有些不安。

文元龍頭髮已經花白，面臉色憔悴，眼睛不停地眨，嘴唇哆嗦不止。那只是緊張，並不是膽怯。文元龍不是個膽小鬼，他當兵幾十年，打過很多仗，從來沒怕過。如果十餘年前沒有受到降兩級處分，他現在已經是都指揮使的軍級，說不定還是都督同知了呢。

又一個時辰過去，文元龍睜開眼睛，伸出右手，拿起桌上的酒，一口喝盡，閉住兩眼，慢慢嚥下去，然後睜開眼，放下酒杯，毅然拉動召喚僕人的繩鈴。

聽到敲門之聲，文元龍從懷裡摸出一封早已寫就的信，查了一下封口，然後叫道：「進來。」

門開了，一個夥計走進來，問：「老爺有什麼吩咐？」

文元龍把手裡的信遞過去，說：「你把這信送到漢營正白旗帳下。」

夥計接了信，說：「老爺放心。」

文元龍曉得那夥計不識字，就囑咐：「你要親手交給一個姓王的佐領大人，不可以交給別人，此事重大，不可誤了。」

夥計說：「小人會用心，萬無一失。」然後走出去，在身後關了房門。

從五年前開始，文元龍每年總要來關外好幾次，他所有的外訪活動，都由滿清漢營正白旗佐領干洪王大人負責安排和接待。經過幾年交往，文元龍知道王大人很可靠，也很誠實，所以後來連自己的個人事情，也都跟他討論，並得到他很大的幫助。

想了一會，心情鎮定一些，文元龍又拉動召喚僕人的繩鈴。另一個夥計敲門進來，文元龍給他一錠銀子，吩咐他即刻到客棧旁邊的富貴記烤肉店，買八菜四湯一桌酒席回來，還特別囑咐多買些餃子。夥計拿了銀子，點頭哈腰地去了。

文元龍站起來，走到桌邊，研墨提筆，在白紙上書寫起來：

細翠我兒：如果出了什麼意外，我見不到你，父親希望你能夠明白，我文元龍一輩子光明磊落，從不低三下四求人，想不到現在走上絕路，再也沒有回頭機會，實在迫不得已。

然後他提著筆，寫不下去，身子往後靠在椅背上，閉上兩個眼睛。

雖然文元龍出身貧寒，但父親是私塾教師，懂得怎樣教育子女，所以文元龍幼承庭訓，熟讀經史諸子，自小富正義感，是非分明，熱愛自己的祖國和人民。因此他決心報效朝廷，十九歲報名從軍，才受過三個月的新兵訓練，便跟隨部隊到前線，真槍實彈地參戰了。幾個月內，他受過兩次傷，立了三次功，成了有名的戰將，屢次升遷。之後二十餘年軍隊生涯，除最後這五六年在兵部任職，幾乎全部都在戰場上中度過。他到過東北，打高麗戰爭，槍林彈雨，也到過西南，參加交趾戰爭，你死我活。

他痛恨一切外國人和外族人，凡是朝廷指認曾經對大明王朝不友好的人，他都視為不共戴天的仇敵。他是軍人，保衛祖國和朝廷是他的天職，對敵人充滿仇恨原本天經地義。朝廷再三警告中原國民，關外異族亡我之心不死，是可忍孰不可忍。近幾年後金皇太極居然稱帝，建立了大清國號，公然與大明王朝叫陣，令全體中原人怒不可遏。

卻又沒有想到，五年之前，文元龍第一次奉命到關外，有機會見到不同於中原人的社會和生活，才獲知自己對異族人的偏見和敵視，實在盲目和荒唐，毫無事實根據。轉過關外幾個地方之後，回到盛京，上司安排一天自由活動。別人都逛街購物，文元龍突發奇想，約了幾個過去的舊部，喝了幾乎一天的酒。那幾個舊部，因為幾次戰鬥失敗，被清軍捕獲，便都從了清軍，成為滿清漢營八旗的官兵。

酒席之上，那些舊部請文元龍嘗到不少關外的美味、如黃金肉、黏耗子、餑餑、酸湯子、薩其瑪、大盆糕、金絲糕等等。也是那次酒席，文元龍吃到關外的餃子，關外人說的餃子，在中原一直沿襲唐代稱呼，叫做扁食。不過關外的餃子，確實另有特色，好吃得多。美味打開談興之後，大家又談了些關外文化和生活奇聞，比如關外三大寶，人參貂皮烏拉草。又如關外三大怪，窗戶紙糊在外，女人叼個大煙袋，養活小孩弔起來等等。可是談得最多的，當然還是舊部們在關外清軍中的生活。

大明朝廷年復一年，日復一日地對國民宣傳：滿清是惡魔，殺人不眨眼，見漢人就殺，一個不留。所以中原大眾對滿清充滿仇恨，也充滿恐懼，把所有投奔滿清的漢人都罵做賣國賊，恨不得千刀萬剮。可是在酒席上，文元龍的舊部們告訴他，大明朝廷那些話，都是謊言。可惜中原之人，耳目閉塞，到不得外國，見不得外人，瞭解不到外情，終日只能聽從朝廷胡說八道，日久天長，不由得不信，所謂謊話重複一千次，就變成了真理。

事實跟朝廷所講完全不同，甚至相反。從努爾哈赤統一後金，開始成為中原的一個威脅，就訂立了一條規則，便是招募漢人，不准濫殺。皇太極繼位之後，更將這條規則確立為「善養人」的法條。滿州八旗之外，皇太極先收編了蒙族八旗，然後又將俘虜和投奔而來的漢人編為漢營八旗。許多中原軍隊名將，如孔有德，耿仲明，尚可喜等，都在滿清漢營八旗中繼續領兵，官至總兵。皇太極稱帝，建立滿清王朝之後，就有漢人在六部衙門任職，位達承政參政，僅在貝勒一人之下，全權參與滿清政軍大事。事實上，皇太極是聽從了一個漢官寧完我的建議，按照明朝廷組織，建立六部政府，健全滿清王朝政體。

聽了那些舊部的話，文元龍感到震驚之外，也發覺自己內心裡的無盡悲哀。他被朝廷欺騙數十年，對異族充滿盲目仇恨，實在又愚蠢又可怕。捫心自問，如果你根本沒有在異族之地生活過，對異族社會生活和文化毫無所知，你憑什麼去愛，又憑什麼去恨。就比如你從來沒有吃過餃子，根本不知道餃子的滋味，你憑什麼說餃子好吃，或者餃子不好吃。難道僅僅因為別人都說餃子不好吃，所以你也就跟著討厭餃子麼？難道僅僅因為整天聽朝廷咒罵異族社會，所以你也就跟著去仇視異族，恨不得把異族人斬盡殺絕麼？

也許有些人，受過一次騙，受了許多罪，也已發覺，但對騙子們仍然盲目相信，還要再受第二次騙，或者第三次騙，乃至第一百次騙，被騙到死。但文元龍不是那種人，沒有那麼愚蠢，他發覺自己長年受騙之後，便對靠欺騙大眾維持統治的朝廷再無絲毫信任。他必須尋找一種新的信念，對得起自己，也對得起祖國。文元龍沉浸在無盡無休的懊惱之中，他想不到，幾層樓下，一系列的行動已經暗暗地展開。

盛京大客棧燈火輝煌的門口，停下兩匹高頭大馬，跳下兩個男子，差不多身高，均八尺有餘，身體強壯，腦後都拖著細長的辮子。兩人都穿著滿清鑲黃旗壯勇軍服，腰掛大刀。他們步伐迅急，不言不語，轉眼就進了店門。

客棧守門人，看見八旗將士進出，大氣不敢哼，愣在一邊。

兩名旗人壯勇專心於自己的軍務，旁的什麼都不注意，走進大堂，左右約略張望一下，便快步走到樓梯口。大堂裡人不多，夥計比客人還多，都閒著，站在那裡，東張西望。樓梯口前，一個男子坐在一張椅上，兩手拿一卷書，遮去面目，翹著二郎腿，一搖一搖。他雖有長辮，但不拖在腦後，卻纏在項間，顯然是個漢人。

兩名旗人壯勇舉步登樓，三腳兩步，就上了二樓。

樓梯口看書男子，好像突然醒悟過來，將書一卷，幾步衝過來，也走上樓梯。此人名叫刑田，並非秀才，那書在他手裡，如同螞蟻地穴圖，點滴看不懂。他原是練武之人，在這裡擔負著警戒的差事，那書不過是個道具而已。

兩個旗人壯勇，訓練有素，上得三樓，一進樓道，馬上一個在左一個在右，背貼牆壁，手按腰間刀柄，同時甩頭觀察。樓道裡空無一人，靜悄悄的，好像空氣中振動著一種嗡嗡的聲響。他們站著不動，聽了一陣，才一齊轉身，朝左手走去。他們不說話，一前一後走著，好像在軍營裡走正步。忽然間，他們彷彿發覺什麼動靜，同時站住，對視一眼，即刻一個箭步，側躍開去，一左一右，緊貼樓道牆壁，同時舉手，拔出腰跨的大刀，挺在胸前。

樓道頂頭轉角處，可以看到一個人，也將長辮纏在脖子上，邁步走過來。此人名叫俞鎮，是又一個被派在這裡擔任警戒的保鏢。同時兩個特壯勇也看見，樓梯口大步走來一個人，就是樓下剛才讀書的那位。

四個人面對面，都站住了。一條樓道裡，兩個旗人壯勇背靠背，一個面對樓道頂頭的俞鎮，一個面對樓梯邊的邢田。

「你們是什麼人？」一個壯勇低聲問，手裡提著刀。

沒有人回答。

兩個壯勇幾乎同時說：「我們奉命辦差，閒雜人等，不得干擾。」

對面的俞鎮邢田聽了，馬上都舉起兩個空手，讓到一邊，貼牆站立，表示不會打擾官府作業。

兩個壯勇便將大刀插回刀鞘，恢復神氣，邁開大步，走到樓道轉彎處。

突然，靠牆站在轉角處的俞鎮躍前一步，擋在二人面前，掄起臂膀，對準前面一名壯勇，兜頭就是一拳。若是旁人，或者功夫差些，一定早被打中，額頭不開花也會起個大包，疼得叫爹叫娘。可那旗人壯勇也不是個白吃飯的廢物，而且早有提防，見這拳迎面襲來，一腿撤後，身一側，頭一偏，便將那一拳輕輕讓過，隨即一臂猿伸，照那偷襲自己的俞鎮腰間送去，只等俞鎮拳空，身子收不住而朝前撲的時候，借力使力，架斷他兩條肋骨。不想俞鎮拳至他面門之際，並不繼續前擊，半路之中，忽然以拳變掌，橫向外掃，直劈那旗人頸部。這壯勇驚得出了一身冷汗，匆忙收回長臂，另一肘提起，遮擋來掌。

這邊兩個人剛接上手的同時，另一名旗人壯勇早已轉過身來，擺開架式，等待後隨之人的進攻。跟隨他們上樓的邢田，果然幾個箭步跳過，兩臂前後一展，如鵬展翅，欺近身來。這名旗人壯勇兩手交錯出拳，極快極狠，緊緊封住自己面門，也逼得衝過來的邢田施展不開手腳，只能連連躲閃。數擊之後，邢田突然略一疏忽，面前門戶大開。旗人壯勇一見，機不可失，使足全力，一拳打來，眼看邢田右半個臉就要遭殃。好男子，不慌張，身一矮，手一揚，左腿馬步，右腿掃堂，直攻對手下盤。那旗人壯勇一驚，急忙收拳，雙足加力，縱身後撤，方才躲過那一擊。

四人兩對，你進我退，近身搏鬥，間不容髮，可他們又好像事先已有約定，不得驚擾住店客人，所以雖然打得激烈，各自呼呼大喘，卻並沒有一個人喊叫出聲，更沒有人弄槍使刀，亂砍亂砸。

忽然一個身穿漢營正白旗佐領將服的軍官，陪著一位穿著更加豪華的軍官走上樓梯來，看見四人打鬥，馬上高聲喝叫：「你們幹什麼！」

四個人聽到呼聲，都停下手，後縱身體，跳出圈子。俞鎮邢田兩個市井凡夫，站到牆邊，氣喘吁吁，望著來人。而兩個旗人壯勇，一見來人身上官服，立刻雙雙單腿跪下，一手撐地，口稱：「喳！」。

那旁邊軍官做答：「起來吧。」

兩個壯勇又「喳！」了一聲，才站起身，靠牆站著，緊握腰間刀柄，緊張地注視面前的幾個人，看得出來，如果面前再有異動，他們決定不再徒手搏鬥，而要動刀開殺了。

站得最遠，守在樓道轉角的俞鎮，也很為警惕，張著雙手，擺著隨時備戰的架式。

這陣騷動，似乎驚動了房客，聽得一聲門響，文元龍探出半個臉來。

離房門最近的俞鎮，縱身躍去，用身子掩住門，一隻手將文元龍推回進房去，同時順手關緊屋門。

「你是派來保護文大人的，是嗎？」那名漢營軍官看到，便大步朝俞鎮走過去，用流利的漢語說，「很好！我是漢營正白旗佐領王洪，應文大人之邀，專門來會見他。」

「這位呢？」俞鎮點點頭，好像知道王洪是誰的樣子，眼睛望著王洪身後的那個滿人將領，問道。

王洪回身，繼續用漢語介紹說：「這位漢營正白旗都統孫大人。」滿清軍隊中，有滿營八旗，蒙營八旗，漢營八旗。每旗最高長官，滿語稱固山額真，漢語就是都統，掌兵萬人之眾，威風不可一世。難怪連兩名滿族壯勇見了，也不得不下跪。

「他們兩個是誰？」文元龍房間門口的俞鎮，指著那兩個剛才對打的旗人壯勇，問道。

王洪轉頭看看，聳聳肩，表示不清楚。然後用滿語問：「你們是誰派來的？」

一名滿人壯勇說：「奉命前來保護十四號房間的客人。」

「噓——！」樓道轉角處的邢田突然長噓一聲，悄然轉身移步，側過臉去張望轉過彎去的長樓道。

八 酒席桌上談交易 一語烏鋼定乾坤

一個全身滿清官服的男人，邁著大步，匆匆上樓走來，猛然看見面前樓道裡站了這麼一堆人，吃了一驚，隨即又放鬆了臉面，露出笑容，放慢腳步。

王洪一見，慌忙單膝跪下，一手撐地，垂頭用滿語答說：「在下漢營正白旗佐領王洪，向額大人請安。」旁邊靠牆站立的兩個旗人壯勇，見了來人，更是驚恐，雙膝跪下，扣首在地，說不出話來。只有那都統孫大人，仍然站著，斜了跪在地上的王洪一眼，對來人抱拳打躬，口稱：「想不到，額大人也來了。」

額大人也趕緊抱拳回躬，笑著說：「孫都統大人不要見怪，小將沒有過問大人公務的意思。只是奉皇上的旨意，特別對文大人施行保護而已，所以派了我帳下兩個壯勇，前來效力，看來就是這兩個了。」

孫大人吃了一驚，說：「這事難道皇上也曉得了麼？」

「如此之大的事情，皇上怎麼會不知道？」額大人又笑了笑，繼續說，「皇上聖明，天下事無所不知的。」

孫大人點點頭，又一抱拳，說：「那麼額大人參加這次會見，面見皇上時，如實稟報才好。」

額大人也抱拳答：「皇上面諭，一定善待文大人，答應他所有的要求。」

孫大人應道：「謝額大人。」

兩位大人這裡一對一答，似乎根本沒有把旁人放在眼裡，任王洪和兩個壯勇跪在地上。旁邊俞鎮邢田，倒一直站著，邊看邊聽。

最後兩個大人講完話，額大人才點點頭，手一招，對跪著的三人說：「好了，都起來吧。」

王洪等三人齊聲道：「喳！」然後慢慢直起身來。

額大人說：「那位文大人現在在哪裡？」

一直守在房門口的俞鎮，這時擰動門把手，用滿語說：「各位大人，請。」說著，他推開門，側身讓三個滿漢官員魚貫走進房間。然後回身出來，關緊房門，對兩個旗人壯勇說：「這裡交給你們了，最好別出什麼意外。」

兩個旗人壯勇根本不搭話，一肚子氣，站在那裡，目送俞鎮邢田兩人快步轉過樓道，消失了。

文元龍站在房間中央，不知外面發生了什麼事，剛才要看一眼，卻被人推回房內，而且再也打不開房門。

「你好，文大人，」王洪一邊對文元龍抱拳打躬，一邊用漢語問，「門外誰給你派的保鑣？」

文元龍說：「不知道啊，以前出出進進從來沒注意到。」

王洪說：「他們在外面跟滿軍鑲黃旗驍騎營派來的壯勇打得你死我活。」

「哦，那實在很對不起，我去道個歉。」文元龍說著，要朝門外走。

王洪繼續用漢語說：「算了，兩個兵丁而已，沒什麼重要。我來介紹一下，這位是漢營正白旗都統孫大人。」

文元龍聽了，兩手撩起身上長袍，便要跪下去。

孫大人一見，趕緊上前扶住，說：「文大人，不敢當。文大人是前輩，文大人做都使的時候，在下還只是參將呢。」

文元龍便兩手抱拳，打躬說：「好漢不提當年勇，恭敬不如從命了。」

王洪又繼續介紹：「這一位是滿軍鑲黃旗驍騎營協領額爾都額大人。」

文元龍轉臉看去，心裡有些猶豫，不知是否該下跪。清軍一旗之中，最高統帥是都統，都統下面還有副都統，其下才是協領。既然剛才他沒有給孫都統大人下跪，那麼他現在就更沒有理由對一個協領下跪，否則可讓孫大人不好看了。但面前這個協領額大人，可非同尋常，權勢或許比都統孫大人更大得多。第一，清軍中雖然滿漢各有八旗，官職也都相當，但無論如何滿營比漢營更近皇室，所以自有尊貴之處。第二，滿清八旗之中，鑲黃旗，正黃旗，正藍旗，是上三旗，旗內無王，由皇上親統，所以稱為皇上親軍。那鑲黃旗人更多皇親國戚和文武百官，不可一世。相比之下，孫大人和王洪所屬的正白旗，雖然後來被升入上旗，可當時還在下旗，地位是低得多了。第三，鑲黃旗的驍騎營，是旗內最精銳的部隊，等於就是皇太極的衛隊，所以協領額爾都是皇上身邊的親隨，他就等於是皇上專門派來參加會見的特使，決不可慢待。

這時有人敲門，眾人一驚，轉過頭去，也算緩解了文元龍的猶豫。房門打開，卻是一個壯勇，跪在門外，報告說：「外面一個夥計，說是來送飯。」

文元龍趕緊說：「不錯，我剛才訂的酒席。叫他進來。」

壯勇應了，站起來，退到旁邊。

飯店夥計手提著大餐盒，走進屋來，招呼說：「文大人訂的八菜四湯席。」

文元龍馬上應道：「擺到桌上。」

眾人一見酒席，自然喜笑顏開，氣氛馬上輕鬆起來。

文元龍面有愧色地解釋：「因為在下這次行動，暫時還需要保密，所以不便外出，只好叫人送一桌席來，在這裡委屈各位大人。日後在下一定到盛京最大的酒樓再擺一桌，向各位大人請罪。」

「算了，算了。」額大人擺擺手，道。

「額大人漢語講得很流利，真真佩服。」文元龍點點頭說。

額爾都說：「不過常跟漢人打交道，學些皮毛而已。」

王洪趕忙笑著說：「額大人是皇上的一隻左右手呢。」

文元龍點頭說：「那是不錯，早有所聞。」

夥計擺好酒桌，倒退著走出房門，眾人便前前後後走到桌邊，紛紛落座。

王洪說：「文大人是聞名中原的戰將，現在明軍五個都督府屬下，都設有一個特騎所，經受各種特別訓練，專門完成非正常的特種軍事要務，那就是文大人創立起來的。」

孫都統大人點頭，兩手打躬，道：「在下早年也曾吃過特騎所幾年飯，受益匪淺，多謝文大人了。」

文大人趕緊抱拳，答道：「不敢當，不敢當。那是在交趾反擊戰的時候，戰事所需，不得不為。」

王洪繼續說：「文大人現在兵部武選清吏司任職，銜授員外郎，專責明軍將領的甄別核查之事。」

「那麼文大人此次約我們來，有什麼指教呢？」孫都統大人直截了當問。

文元龍猶豫了片刻，嚥了口唾沫，說：「我可以提供很多軍情，但在我講出之前，必須先獲得承諾，確保我女兒在關外的安全和生活。」

孫都統大人問：「只是你女兒麼？」

「只是我女兒，」文元龍回答，「我自己將來怎麼樣，並不重要，生死早已置之度外。」這是一句真心話，如果不是為了女兒，說什麼他也不會把一生的事業和英名都丟光，走出這一步。不過這還不是全部的真心話，但是另外的一半，純屬個人恩仇，他只能獨自悶在心裡，無論如何講不出口，更不能對外人講。

額爾都大人似乎隨口冒出一句話：「據說文大人在中原有很大的麻煩，回去的話，會有一些意外危險。」

文元龍看了額爾都一眼，想了一想，搖搖頭說：「情況並不想你想的那麼嚴重，我手上有重要砝碼，足夠討價還價，朝廷不敢對我怎麼樣。」

額爾都大人立刻問：「這個砝碼是否也是你打算提交給我們的軍情？」

文元龍沒有回答，既不點頭，也不搖頭，簡直連眼皮也沒有眨動。這位額爾都大人確實厲害，腦筋轉得夠快。

過了大約抽一口煙的功夫，孫都統大人問：「那麼你要怎樣？」

文元龍這才轉過眼睛，看著孫大人，說：「我和女兒得在一個絕對安全的地點安下一個家，並且保證我們的生命安全。」

額爾都大人立刻說：「皇上已經有了聖旨，文大人的一切要求，我們都無二話，絕對照辦。所以煩請文大人交出軍情，讓我轉呈皇上吧。」

文元龍笑了一笑，說：「出走的念頭我早有考慮，不過一直下不了決心，所以我所要提供的軍情，並沒有帶在身邊。」

孫都統大人有點驚奇地問：「你這次來關外之前，還沒有下定決心嗎？我以為……」他沒講完，就停下來。

文元龍說：「沒有。這次來，我並沒有想從此留在關外。女兒留在中原，我不能丟下她不管。我只是想把這件事，再多考慮一下，所以上個月沒有按時回去京城，不想馬上引起軒然大波，沒過兩天，他們就把我家封鎖起來，管制我女兒的行動。於是我想，這下子我被當做叛國了，再想回去都做不到了。於是我才下了留在關外的決心，也才動了把女兒偷運出來的念頭。」

額爾都大人顯然不耐煩聽這一大套，說：「總而言之，你現在什麼也提供不出來。你得回中原去才能拿到你的軍情，而你現在又絕對無法回去。你講了一大堆空話，我們大家都在這裡浪費時間。」

文元龍站起來，走了兩步，藉以利用時間，考慮對策。然後他站住腳，說：「我想，各位都還記得寧遠之戰吧。」

此話一出，就像爆炸了一枚萬鈞炸彈，滿座皆驚。孫大人臉色雪白，十五年前，他在袁崇煥軍中任個小旗微職，也就因為寧遠之戰的勝利，他才開始官運亨通，直到投降清軍。而旁邊的額爾都大人，則滿面通紅。寧遠之戰，是清軍歷史上的一個恥辱記錄，清軍不僅大敗，而且太祖皇帝努爾哈赤被炸傷，最後因此而亡。額爾都那時只有十幾歲，他的父親跟隨努爾哈赤，犧牲於寧遠之戰。所以努爾哈赤死前，專門囑咐皇太極把額爾都留在身邊，好生照看。

文元龍見到效果，便坐下來，繼續慢條斯理地說：「如果我告訴你們，中原現在有一種火砲，比當年的紅夷大炮威力更大，你們做何感想？」

那紅夷大炮，就是當年袁崇煥在寧遠之戰中使用的武器。努爾哈赤被炸受傷後，至死不忘，說：「我二十五歲以來，攻無不克，戰無不勝，想不到死在明軍的大炮之下。」這話便成了清軍的一道死命令，重視火炮武器的發展，但是收效甚微。明軍一直不斷地努力開發火炮，但保密工作特別嚴格，特別防備著滿清，所以清軍始終難以獲取中原火炮的機密。明軍精銳部隊，早已裝備精鐵鑄造的火炮，分平射炮，曲射炮，臼炮，野炮，各有大中小不同口徑。採用爆炸彈丸，分裝彈藥，後膛裝填，配有射表，瞄準具等。那炸死努爾哈赤的紅夷炮，淨重三千斤，射程十里，每發可斃千人。而滿清軍隊，卻只有最簡陋的火炮，射程只有一里。現在忽然之間，文元龍主動提出能夠提供火炮製造技術，並且是比紅夷大炮威力更大的火炮，那豈非喜從天降。

額爾都緊張得話也講不清楚：「文大人，你此話當真？」

文元龍點點頭，說：「自然，軍中無戲言。」

孫都統大人放下酒杯，問：「文大人，你確實握有此份軍情。」

「股掌之中。」文元龍說完，捏起拳頭。

額爾都彷彿自言自語：「真有比紅夷大炮更可怕的火炮，已經造出來了麼？叫什麼？」

文元龍笑了一下，沉吟片刻，才說：「叫做烏將軍。」

孫都統大人搖搖頭，說：「沒有聽說過。」

額爾都著急地問：「你講講，這個烏將軍是怎麼回事？」

文元龍喝了一口酒，然後說：「因為這種火炮用特殊的鋼鑄造出來，渾身烏黑，所以叫做烏將軍。這烏將軍不僅發射的砲彈比紅夷大砲更遠，而且砲彈內裝特種火藥，爆炸開來，殺傷力也比紅夷大砲厲害，據說可以炸百里之內，無得生者。」

孫都統大人問：「這烏將軍，何人所造？」

文元龍笑了一笑，沒有回答。

額爾都馬上說：「只要我們能夠得到烏將軍，你要求什麼，我們一定滿足你什麼？你可以繼續帶兵，也可以在朝廷裡任職，隨便你要做什麼。」

孫都統斜額爾都一眼，問文元龍：「你知道烏將軍現在何處？」

文元龍說：「我在查訪五軍都督府武官職守的時候，偶然發現了烏將軍，便繼續在暗中調查，用了幾乎兩年的時間，寫了一部《烏鋼要義》。除我之外，沒有第二個人知道，包括兵部的上司。」

額爾都有些氣喘地說：「這《烏鋼要義》，你打算交給我們嗎？」

文元龍說：「對，但是現在不在我手裡。」

額爾都正要接著問什麼話，卻被孫大人搶了先：「難道你這件事情，朝廷不知道麼？這烏將軍大砲，不是朝廷開發的？」

「對，朝廷不知道。」文元龍回答。

孫大人低下頭，似乎在思索什麼。

於是額爾都得到機會，問：「文大人，那麼我們怎麼能夠得到《烏鋼要義》呢？你能夠肯定沒有落入旁人之手？你說的，錦衣衛早已封鎖了貴宅，限制了尊小姐的行動。」

文元龍說：「如此重要的《烏鋼要義》，我會留在家裡麼？當然不會，我藏匿在一個最穩妥的地方，只有我自己去，才能找得到。」

孫都統大人說：「你不願將《烏鋼要義》呈送兵部，其中必有道理。」

文元龍嘆了口氣，說：「雖然我做得很機密，後來還是透露了些風聲。發現我的調查之後，有好多人來找我，索要《烏鋼要義》。因為我不給，已幾次險遭暗殺。後來他們殺了我的夫人，作為威脅，所以我開始想逃跑躲避的方法。」

孫大人問：「為什麼不向皇上面稟？」

「我一個小小員外郎，哪裡來私下面見皇上的機會。如果上朝的時候，我啟奏皇上呈《烏鋼要義》，還是讓滿朝文武都曉得了。這《烏鋼要義》一公開，我的性命就完了。」

額爾都說：「此話怎講？」

文元龍喝了一口酒，嘆了口氣，說：「都跟你們說了罷。那烏將軍大砲，是左軍都督湯耀祖湯大人造的。」

這句話，給滿座人造成的震蕩，比文元龍講出紅夷大炮更加巨大。幾乎半袋煙功夫，沒有人講話。明朝軍隊，分前，後，中，左，右五軍，設五軍都督府，各自統轄。其中湯耀祖雖為五軍都督之一，可因為在滿朝文武都反對的時刻，獨領聖旨，率軍拘捕斬殺袁崇煥，深得皇上寵信，所以地位比另外四軍都督都高，軍政大權居五軍之首。這情況下，如果文元龍把自己的《烏鋼要義》上呈兵部，毫無疑問，便立刻落入湯耀祖之手。那麼《烏鋼要義》不僅上達不了皇帝，而且文元龍確實馬上就沒了性命。湯耀祖必定傾全軍之力，追殺文元龍。

最後孫都統大人緩過勁來，問道：「湯大人製造烏將軍，何以不稟報皇上？難道他心存不軌？」

文元龍點點頭，說：「孫大人果然心明如鏡。那湯耀祖所以私下研製烏將軍，目的就是壯大自己武裝，等有了機會，取而替代大明天下。」

額爾都不滿了，大聲說：「豈有此理，有我們大清數十萬精兵強將，怎有他區區湯耀祖一席之地。」

文元龍聽了，不言語。心說，湯耀祖有了烏將軍，只怕你清軍奪不去中原天下呢。

見文元龍不做聲，孫大人也不開口，只用眼睛看著他，傳遞話語：我知道你心裡的想法，你是不肯幫助湯耀祖奪取大明的天下。

文元龍接著孫大人的目光，自然明白他的意思，微微點頭，也用目光回答：不錯。

額爾都說：「文大人放心，我回去稟報皇上，挑選驍騎營的精兵，保護文大人回去，取回《烏鋼要義》，萬無一失。」

文元龍微微一笑，說：「那樣下手過重，驚天動地，難免一仗，卻於索取《烏鋼要義》無益，恐怕不妥。」

「那麼文大人心裡已經有什麼計畫了麼？」額爾都皺皺眉頭，問道。

孫都統點點頭，說：「我想，文大人的意思是，悄悄下手，人不知鬼不覺。」

這個時候，忽然之間，門上輕輕敲了一敲，所有人同時一驚，轉身盯著房門。

九 調虎離山進客店　富察公主道背景

雷豪穿著一件黑色長袍，頭上長辮纏在項間，昂首挺胸，走進大門，略略放緩兩步，臉一擺動，便看清了大廳裡的這一切，然後慢慢朝樓梯走去。

樓梯前面的木椅上，坐了一個人，假裝打瞌睡，一眼就看得出是一名旗人密探。既然前面有個密探，後面一定還有一個。雷豪身體不動，眼珠一轉，馬上看到另外那個相呼應的旗人密探。

雷豪眼睛看著，腳下不停，繼續朝樓梯走。於是面前那個假裝打瞌睡的旗人密探，忽然睜開眼睛。雷豪突然一轉身，又快步往大門口走。他的那身裝扮，本來一進門就已經引起兩個旗人密探的注意，這個猛然轉身並且回返的動作，更造成重大嫌疑。

樓梯前的密探馬上站起身，跟隨雷豪朝外走。另外那個密探，也跟著站起來，迎向雷豪走來。

雷豪看到，更加快腳步，小跑一般，躲過迎面而來的密探，衝出客棧大門，轉身順馬路急走。

兩個密探肩並著肩，緊跟著衝出客棧大門，略一張望，也轉過彎，尾隨雷豪朝前走。

一切如願，雷豪心中暗喜。他不願意在盛京客棧裡面，跟任何人發生衝突。那樣做，一定會鬧得盛京一片喧嘩，暴露文元龍住在這裡的機密，惹出大麻煩。所以他如此設法，把廳裡擔任警戒的兩個密探引開客棧現場。

剛才進客棧大門之前，他已經認出路邊停的兩匹駿馬，無疑是密探的坐騎，準備隨時追趕什麼人用的。所以他走到一個街口，伸手拉住自己騎來的馬，躍身而上，飛馳而去。

後面追趕他的兩個密探一看，馬上轉身，跑回客棧門口，跳上各自的坐騎，揚鞭策馬，跟隨雷豪，一路追下來。

與此同時，客棧樓上，文元龍的房門被打開，一個旗人壯勇進來，單膝跪下，道：「稟告大人，外面有一位小姐求見。」

門開著，看得到那個小姐站在那裡，未著女服，一身戎裝，正對門外的旗人壯勇講話，然後點點頭，才轉過身，走進屋子。

在門邊的王洪一見，趕緊雙膝跪下，口稱：「小的給富察小姐請安。」

房間裡面的其他兩位大人，也都垂首站立，說：「富察小姐萬安。」

這富察小姐確是皇親，貴為公主，連額爾都都那麼恭敬。可她不稀罕那地位，自小放任自由慣了，不準任何人輕易泄漏她的真實身分，知道的人也只許稱她小姐。富察小姐擺擺手，說：「都免了，都免了。我這裡有緊急軍務，趕快說正事。」

然後她轉身在木椅上坐下，說：「剛才我的部下截獲一份大明使館密報，知道他們專門派人來關外，捕捉文大人。我想，這位就是文大人了？」

文元龍趕忙上前，雙手抱拳，回道：「在下正是文元龍。」

富察小姐點點頭，繼續說止事：「錦衣衛派了三名官員，估計今天已經到達盛京。我稟明了皇上，對文大人更要加強保護，所以特別趕來，建議文大人馬上轉移，換個住地比較好。」

王洪問：「這個地點暴露了嗎？」

文元龍說：「從我住進來，只出去過幾次，都是晚上，也很小心，能確信誰都沒見到。也從沒人來敲過我的門，怎麼會暴露。」

富察小姐說：「文大人，您在這裡住了五天，對不對？這麼長時間，很難保證不暴露。我們寧願疑其有，不可信其無，小心不出大錯。」

孫大人本來舉起一隻手，準備說什麼，聽完富察小姐最後這一句，便又放下手，沒話可說。

額爾都說：「要麼搬到我們鑲黃旗大營裡面去？」

王洪說：「這倒是個好主意。」

額爾都肯定地說：「放心，我們一定盡全力保衛文大人的安全，不允許錦衣衛在關外為所欲為。」

孫大人這時插嘴說：「我擔心的不是怎樣保護文大人，而是怎樣防範那幾個錦衣衛。」

額爾都說：「我想，我們得多出點人，多下點功夫。在獲得《烏鋼要義》之前，不能出一點點意外。」

富察小姐轉著頭，問：「《烏鋼要義》？什麼《烏鋼要義》？」

眾人都看著富察小姐，沒有回答。最後還是額都爾說：「說來話長，我等一會仔細告訴你好了。」

於是富察小姐也就不再做聲。兩個人都知道對方與皇太極的親密關係，誰也不敢向對方擺大架子，也不願在對方面前降低自己，所以都儘量客氣。

文元龍始終站在一旁，這時見眾人靜了，便插話問：「小姐是否知道，錦衣衛派的三個人是誰？」

富察小姐點點頭，說：「一個叫孟嘯，是錦衣衛神鋭所千戶，本事很大。」

文元龍聽到這話，顯然有些吃驚，臉上變色，說：「真的嗎？真是孟嘯。」

額爾都很警覺，馬上問：「怎麼？文大人認識他？」

文元龍來回踱起步來，掩飾緊張，說：「認識？太認識了，他是我二十年前親手訓練的出來的。」

額爾都笑了，說：「那就省事了，老部下，怎麼也不會對文大人動粗。」
富察小姐說：「還有一個是彭奇，一個是童康。」
文元龍說：「這兩個也是錦衣衛數一數二的人手，孟嘯的左右兩臂。」
富察小姐說：「他們以前都到關外來過，我們知道一些。」
文元龍站起來，往床頭桌邊走，說：「我最好馬上發個信，找朋友問問……」
額爾都問：「問什麼？」
文元龍站住，轉過身，說：「問他能不能來幫幫忙。」
額爾都不滿意了，說：「你不信任我們鑲黃旗驍騎營能夠保護得了你文大人。」
王洪接口問：「你又去找雷豪幫忙？」
富察小姐正喝酒，聽見王洪的話，右手一晃，幾滴酒濺出酒杯，忙用左手一遮，才沒有落在自己身上。她抬起臉，有些氣短地問：「你說誰？雷豪？」
文元龍說：「對，找雷豪。我相信，只有雷豪能夠對付得了孟嘯和他的兩個助手。」
孫大人看見富察小姐的神情舉動，便問：「你認識這個人，富察小姐？這個雷豪？」
富察小姐放下酒杯，擦擦手，臉色發紅，點點頭，沒說話。
額爾都很鄭重地說：「文大人，我保證，鑲黃旗驍騎營一定有能力保證你的人身安全。」
文元龍搖搖頭，說：「我不是不信任鑲黃旗驍騎營的能力，你們不懂。」
額爾都聽了，很不高興，問道：「我們不懂什麼？」
孫大人好像為了打消不愉快的僵局，對文元龍說：「孟嘯是你的老部下。做為軍人，他應該不會反叛你。」

文元龍說：「如果是他一個人來找我，他絕不會傷害我，我很明白。實話說，前兩年我幾次逃脫別人設計的謀殺，能活到今天，都靠了他。我這次來關外，算是私自做主，不是他幫忙，我絕不能出關。可這次，他們來了三個人，情況就不一樣。而且如果不是特別重大，大概也不會派他一個千戶親自來追捕我，大概是上邊軍令如山，可能從朝廷直接派下來，只怕他想放鬆也放鬆不了。孟嘯是個非常優秀的軍人，這種情況下，他只有服從命令。」

額爾都實在不耐煩，插話說：「你要找的那個雷豪，他能夠保護你的生命。」

文元龍點頭，說：「對，就是這麼回事。」

額爾都說：「就是說，他能夠殺掉孟嘯。」

文元龍聽了，忽然睜大眼睛，連連搖頭說：「不會，絕對不可能……雷豪只來保護我，他絕不會傷害孟嘯。」

額爾都問：「我猜，文大人，從京城救出你女兒來的人，就是這個雷豪。」

文元龍點點頭，沒說話。

王洪這時插嘴道：「雷豪在泰吉開了個鏢局，生意不錯。」泰吉離盛京兩百多里路，是關外一個不小的城鎮。

額爾都說：「看來他真有些不尋常的本領。富察小姐，你既然認識他，介紹一下這個人的背景吧。」

「其實他在關外也很有名，大家都熟悉他的故事，只不過不直接知道他的名字。」富察小姐說完這句，又喝了一口酒，好像藉以壓制心情的動蕩，然後繼續說，「我想，大家都記得前幾年正藍旗軍械庫被盜的事件吧？」

額爾都頭一個反應，問：「那是雷豪幹的嗎？」

富察小姐臉又紅了，說：「當時他在八旗神探合練營受訓，那次盜竊正藍營軍械庫是他們的畢業作業。」

孫大人說：「那可真了不起，正藍營軍械庫的警戒是最高級別，沒想到他們能夠突破。」

額爾都問：「你說他們，就是說不是他一個人幹的，還有誰跟他一夥？」

富察小姐臉更紅了，低頭回答：「是我跟他，兩個人幹的。」

額爾都問：「那時你也在一起受訓？」

富察小姐說：「是，我跟父親大人吵了很久，終於得到他同意，接受軍事特技訓練，日後到中軍帳做機密工作。雷豪以前在明軍幹過神探，很有實戰經驗，教給我很多有用的實用本事。」

額爾都皺緊眉頭，說：「一個漢人，怎麼能進我們的神探合練營受訓？」

富察小姐說：「那時他在盛京一個鏢局任職，老闆是個老將軍，神探合練營長官是他的部下。」

額爾都說：「那乾脆吸收他到我們的驍騎營，一箭雙鵰。」

富察小姐說：「他要是願意，早就到我的中軍帳了。我們想過，訓練結束時向他提出過，可是他堅決不肯。」

文元龍說：「大明傷透了他的心，他不信任一切朝廷。」

且說雷豪出了客棧大門，騎著馬，引著兩個緊緊跟隨的旗人密探，在盛京繞過半圈，到了西南區，在幾個破舊丟棄的小房子前面才停下來。下馬之後，雷豪把馬拴在一旁，自己繞過房角，站在一片長滿野草的荒涼地上，等候追趕他的人。

不過片刻，兩個密探也從房角徒步轉過來。顯然他們一進入這個地區，便知有詐，所以早早下了馬，前後呼應，順牆過來。一看見雷豪直挺挺站在一片空地當中，迎著他們，兩個密探大吃一驚，馬上左右跳開一步，跟雷豪站成一個三角型，同時各自抽出腰間的刀劍。

「如果是我，我就不用刀。」雷豪兩手插在長袍口袋裡，平靜地用滿語說。

一個密探小心地朝前邁了兩步，喝叫：「你是什麼人？」

雷豪沒有理睬，兩個眼角，分別盯住兩個密探的每個微小動作。

另一個密探也朝前走了兩步，喝叫：「你叫什麼名字？是從中原來的嗎？」

雷豪笑了一下，說：「我把你們二位引到這裡，盛京客棧的警戒還怎麼辦？」

兩個密探聽了，忽然一愣，腳步都停下來，相互望了一眼，才明白雷豪這是有意施了調虎離山計，給他的同夥闖入客棧行兇造了空檔。

見他們稍一猶豫，雷豪狼腰款扭，兩腳點地，縱身前躍，一招霸王摘花，衝入一個密探陣門，右腿踢出，照他襠部一點。近在一臂之內，加之迅急不及掩耳，那名密探一時無法使刀，慌亂之中，本能地伸出雙手來抱雷豪的腿。卻不料雷豪那一踢腿本乃虛招，他手剛剛抱到之際，雷豪變轉身步，躍至他側面，輕舒猿臂，右掌劈下，一招惡虎拍心，打在他腦門頂上。那人頓覺眼前一花，便丟掉手中的劍，軟軟坐倒在地，不動不動。

整個回合不過一眨眼間，站在旁邊的另外那個密探還沒有明白眼前發生了什麼，同伴已經倒下。他再不及細想，掄圓了大刀，朝雷豪砍過來。

雷豪側身朝旁躍過，躲過那一刀。

這名密探追趕雷豪，轉過身來，準備繼續舉刀劈砍雷豪，忽覺握刀之手驟然一麻，五指一張，刀便掉到地上，抬手看時，一個手背烏青發紫，顯是被什麼硬物東西擊中。轉臉看去，雷豪的手正再次揚起，半空中又有一個黑點正向自己飛來，眼看就到腦門。他急忙矮身低頭，終究沒有來得及，額頭早被那飛來之物擊中，力道之猛，打得他身朝後仰，幾乎雙腳離地，斜著身子飛出去，通一聲跌到地上，失去知覺。

雷豪走過去，把兩個人扶起，一臂夾一個，拖過房角，找到他們騎來的兩匹馬，把他們放到馬腳旁邊。然後他騎上自己的坐騎，跑回盛京客棧。

將馬拴在客棧門口之後，雷豪走進客棧，走過大廳，上了樓。

盛京客棧樓上，文元龍房間裡，幾個大人已經商討完畢，互道珍重，準備離去。王洪打開房門，探頭一看，見到門外只有一個旗人壯勇在，背靠著牆，垂著頭，坐在地上一動不動。另外一個人，不見身影。

王洪颼的一聲，從腰後拔出一把短刀，握在手裡，跨步出門，橫刀胸前，擺開架勢。這才看見，另一名警戒的壯勇，也坐在樓道轉角，背靠著牆，一動不動。顯然兩個人都失去了知覺。此外別無一人，四處空空如也。

王洪查看了一陣，覺得外面並沒有什麼危險，便招呼房間裡的各位大人出來。文元龍也隨後走出屋子，左右張望。

「他們兩個怎麼了？」額爾都奔來奔去，查看兩名旗人壯勇，發現他們都並沒有死，只是昏迷不醒。其他人都圍著，站在一邊，不知所故，也幫不上忙。

文元龍走過去，搬過一人的頭，在他後脖子下面看到一小塊圓圓的紫色印記，拿手摸摸，然後又趕到另一人身邊，在他後脖子下面也發現同樣一個紫色圓斑。文元龍微笑起來，對眾人說：「你們都回去吧，這裡沒事了。」

額爾都說：「我鑲黃旗驍騎營兩名精兵遭到襲擊，我怎麼能走。」

文元龍說：「扶著他們走吧，回去休息，大約四個時辰，他們自己就會醒來。他們不過讓人封了穴位，一時封閉神志，不礙事。」

額爾都皺緊眉頭，自己嘟囔：「誰那麼大本事，一下子就能制住鑲黃旗驍騎營兩名精兵。」

這問題不必回答，看看文元龍，人人估計得到會是誰。

孫大人說：「這樣子，文大人房間的警戒怎麼辦？」

富察小姐說：「我留在這裡。」

額爾都問：「他們兩個人都擋不住，你一個人怎麼能行。」

文元龍說：「不用擔心，我現在萬無一失。富察小姐也……」

額爾都轉過身，問：「雷豪來了，對嗎？這都是他幹的？」

文元龍點點頭，臉上抑制不住的歡喜。

額爾都問：「他人在哪兒呢？為什麼打傷我的人，卻不露面？」

富察小姐說：「你們走吧，你們在這裡，他不會露面，他不願見到任何朝廷官員。」

孫大人點點頭，便領先走了。王洪抱拳向文元龍道別，在後面緊緊跟隨。

「我回去馬上另外派兩個人來。」額爾都說完，也隨著走了。

富察小姐囑咐：「來人就留在樓下警戒，不必上樓來。」

等樓道都空了，文元龍站在自己房門邊，再次左右看看，然後輕聲招呼：「雷豪，進來吧。」

十　師徒相見忙搬家　舊戀不泯怎重圓

文元龍站在房門口，連叫了兩聲，沒人答應，也不見有人顯身。文元龍皺了一下眉頭，拿不定主意該不該關門，跟富察小姐一起，背轉身子，張望著外面，從門口退進屋子。剛轉過身，還沒來得及關上房門，兩個人都倒吸一口涼氣，眼睛睜得溜圓。

雷豪站在房間中央，穿著長袍，面無表情，英邁挺拔。

文元龍忙在身後把房門關緊，轉了鎖，一邊說：「不聲不響，偷偷摸摸，嚇人一跳。」

富察小姐眼望著雷豪，大聲說：「雷豪，你到底又來見我了。」

雷豪瞇起眼睛，望著富察小姐，臉上的肌肉凝固如鐵，冰冷僵硬。

富察小姐臉色變紅，眼睛有點潮溼，嘴唇哆嗦不已，愣了一瞬，忽然轉身，急步走到床邊，騰地坐下，垂頭不語。

文元龍笑了一下，雙手抱拳，對雷豪，說：「你把她嚇壞了，一個年輕輕女子。」

雷豪也抱拳一躬，勉強做出一笑，說：「就派那麼幾個窩囊廢來保護你？邢田他們跟我這麼說，我還不大信。真是屁也不頂，人到跟前也察覺不到。」

「喝點吧，還有乾淨酒杯。」文元龍指指酒桌，說，「他們只是辦差，又不知道我到底值多少，當然不用心。」

雷豪走到桌邊，剛剛坐下，富察小姐忽然大聲問：「你把我樓下兩個人怎麼了？」聽見問，雷豪趕緊又站起來，垂頭喪氣地說：「我不知道他們是幹什麼的，所以才動了手。如果知道是你的人馬，早說清楚了。」

富察小姐不聽他說話，又問：「他們人在哪裡？」

「沒事，真的什麼事也沒有，只點了他們一拳，睡一陣就醒過來了。」雷豪說，「等他們醒了，替我陪個不是。」

「坐下，坐下，雷豪，別老這麼站著。」文元龍說著，對雷豪連連招手。

雷豪只好轉回頭，看看文元龍，重新坐下來。

「先得謝謝你，把細翠兒救出來，講講，怎麼個經過？」文元龍給雷豪倒著酒，問道。

雷豪耳朵在腦後面，聽富察小姐的動靜，順口應承：「沒什麼可說的，也沒什麼可謝的。」

文元龍把酒杯遞過來，問：「她現在怎麼樣？。」

雷豪接過酒杯，卻不喝，放到桌上，說：「都很好，你放心，文大人。都安排好了，萬無一失，否則我不會離開她，到你這兒來。」

這時富察小姐走過來，問道：「你來這兒幹什麼？」

雷豪趕緊又站起來，回答：「孟嘯他們來關外，一定是衝著文大人來的，估計這裡有需要，趕來助一臂之力。」

文元龍笑著說：「剛才我還說要給你發個信，求你來幫忙，沒想到你自己已經來了。坐，坐，怎麼又站起來，我看著都累得慌。」

雷豪看著富察小姐在桌邊先坐下，自己才又坐下，轉臉對文元龍說：「文大人，從您住進這裡，我就派了人日夜戒備，這裡情況我隨時都瞭解。」

文元龍說：「這我今天才知道，他們在外面打鬥，把鑲黃旗派的壯勇整了一頓。」

雷豪派來保護文元龍的兩個，就是俞鎮和邢田。他二人都是苦出身，幸得雷豪救助，所以對雷豪敬佩加感激，最是忠心不二，而且也都武藝高強，成了雷豪最得力的助手，跟著雷豪南征北戰，總是擔當最艱難也最危險的差事。

邢田是湖北人，原在一家造車作坊做工，因為會一身武功，很受工友們的擁戴。作坊老闆拖欠工錢，引發眾怒，紛紛怠工破壞，老闆告到官府，派了大隊兵馬，到作坊裡鎮壓工潮。邢田見狀，義不容辭，祕密組織工友與官府對抗。不料幾個膽小的工友經不住官府威逼和老闆利誘，出賣同伴，結果邢田被官府捉拿入獄，嚴刑拷打。等他終於出獄，家中妻子已經因為焦急憂慮，臥床不起，奄奄一息。邢田掩埋了妻子的當晚，便闖到那幾個出賣自己的工友家中，二話不說，殺了他們全家老小，又偷進作坊老闆家裡，刀刃滿門，最後潛入官府，把縣太爺和那幾個逮捕和拷打自己的衙役，全部殺死，從此遠走高飛，再也沒有回過一次家鄉。

俞鎮是山西人，出生貧困農家，自幼看到官府橫行鄉里，魚肉人民，十分憤恨。因此他從小學武，意在保衛自家父老。長大之後，練得一身好拳腳，方圓百里聞名，一次縣太爺接待巡撫大人，便命衙役找他到縣府演示。俞鎮恥於與官府為伍，便悄悄躲開不露面。這可讓縣太爺在巡撫大人面前丟了顏面，所以下令把俞鎮的母親捉到縣城，站囚籠示眾，然後活活亂棒打死。俞鎮獲得消息，大病一場，誓與官府不共戴天。他病好之後，偷入縣衙，刀刃上下二十餘官員衙役，報了殺母之仇，然後亡命天涯，直到被雷豪收容。

雷豪最喜愛俞鎮邢田這種具備強烈復仇意志的人，在雷豪看來，自古至今，復仇一直都是世界上最崇高偉大的行為。如果個人的仇恨，如殺父，殺母，殺妻，殺子，殺兄，殺妹，殺親，殺友，這樣的仇恨，都能夠聽一句平反昭雪的漂亮話，就輕易勾銷，好像從來沒有發生過，容得殺人者逍遙，那麼什麼為國為民等等，就是十足的謊話。不報私仇的人，必定是最懦弱的膽小鬼，絕不會為任何別人去犧牲。俞鎮和邢田這樣的人，敢於拼命報私仇，所以為雷豪浴血奮戰也絕無二話。

說了半天正經公事，富察小姐總算穩定住心情，問：「你認識他？我是說，孟嘯。」

「我跟他很熟，他是中原第一神探。」雷豪說著，轉頭看文元龍一眼，補充，「文大人家的戒備是他組織的，可惜他只能用京軍三大營的兵執行，所以我才能得手。如果都是他手下的錦衣衛警衛，他親自坐鎮指揮，就沒那麼容易了。」

富察小姐說：「那麼他到底是因為覺得在他手裡丟了人，沒能辦好差，所以自己要到關外來將功補過呢？還是上邊下命令，派他來的？如果不是上邊有死命令，事情就好辦些，總不至於會跟文大人太過意不去吧。」

雷豪伸手拿起剛放下的酒杯，說：「如果那樣，這事才更難辦了。」

富察小姐問：「那為什麼呢？」

雷豪喝了一口酒，說：「他是個男人，從來沒有失敗過，他得保持自己的尊嚴和驕傲。」

富察小姐好像生氣了，大聲說：「你說什麼？女人就可以不在乎自尊和驕傲嗎？」

文元龍忙插進來調和，搖著手，說：「不要吵，不要吵，碰上這種事，永遠講不清楚。」

富察小姐又要張嘴，雷豪突然抬起手，捂住她的嘴，搖搖頭，示意她不要出聲，然後躡手躡腳走到門口，側耳細聽。

富察小姐見狀，便不講話，跟著雷豪輕輕走過去，貼在他身後。

果然聽到門外有個人，輕手輕腳把耳朵貼到門板上，傾聽房間裡面的動靜。

是誰？怎麼辦？雷豪回過頭，與富察小姐對視一眼。兩個人又同時轉過頭，看看文元龍。

文元龍仍然靜靜站在房間當中，看著他們，一動不動，好像在繼續想自己的心事，根本沒有注意到屋裡或門外發生了什麼意外情況。

雷豪轉頭看著富察小姐，抬手指指她，又指指文元龍，再指指房門背後，然後指指自己，再指指房門。

富察小姐懂了他的意思，點點頭，顛著腳尖走過去，拉住文元龍，輕輕挪到房門背後的角落，蹲下身，靜靜等著。

見他們藏好，雷豪挪到房門中央，輕輕伸手拉著門把，突然猛地一拉。門外那人頓時失去重心，跌進門來。

富察小姐同時伸腳，將門踢關。一眨眼間，兩人動作諧調，一氣合成。

雷豪抓住來人衣領，提在手裡，另一手握拳，高舉在空中，對著他的腦袋，嘴裡說：「你是什麼人，在這裡鬼鬼祟祟，幹什麼？快說，不說一拳打扁你的腦殼。」

「我是，我是隔壁飯館的夥計，來這裡收碗筷的。」那人哆哆嗦嗦地回答。

此話聽來好像有些道理，但來收碗筷就來收碗筷，何以如此鬼鬼祟祟？雷豪這麼想想，終究覺得不安，決定還是以保險為重，便伸出兩個手指，點了那人兩處人穴，封了他全身筋脈。然後一手提了，丟到房角裡面。

文元龍走過來，看了看那人，說：「剛才是不是他送飯來，也沒注意。」

雷豪說：「管他呢，多封他些時候，然後再給他些銀子，就行了。」

富察小姐說：「總而言之，這個地點已經暴露，保險起見，文大人必須搬家。」

雷豪轉身對文元龍說：「文大人，你馬上收拾一下東西，現在就搬。」

文元龍站著發愣，問：「搬哪兒去？」

雷豪伸手指指，說：「不遠，就在隔壁。」

富察小姐馬上明白了，站起來，說：「雖然好，但也不是長久之計。」

雷豪說：「哪裡用得著長久之計，過不了一兩天，孟嘯他們一動作，馬上滿城風雨。」

富察小姐問：「那時候怎麼辦？」

雷豪說：「那時候也已經見了分曉，文大人再用不著躲躲藏藏。」

文元龍說：「那時我一定遠遠離開盛京，找個安靜地方，頤養晚年。」

雷豪說：「那是以後的事，現在您得趕快收拾東西搬家。」

文元龍說：「我有什麼東西可收拾，一大一小兩件行李，拿起來就走，家具都是客棧的，又不能搬。」

雷豪說：「你們別急，我先出去看看。」說完，他開門出去，轉了一遭，回來，對文元龍點點頭。

文元龍便提了包袱，跟隨雷豪走出房間，走過樓道。

雷豪早已打開另一個房間的門，請他進去。

這屋子跟隔壁那間完全一樣結構，安排，和裝飾。文元龍笑了笑，說：「跟沒搬一樣。這是誰的屋子？」

雷豪說：「我的，我租的。我派來保護你的人，就住在這裡。」

文元龍搖搖頭，說：「你總是神神鬼鬼的，也不說一聲。隔壁住人一天到晚盯著我，我可一點不知道。」

雷豪問：「富察小姐呢？沒有跟你過來？」

文元龍說：「不知道，我去找找吧。」

雷豪看看他，說：「文大人，你收拾自己的床鋪物什，不要出門。我去看看，就回來。」

說完，雷豪便出了房間，關緊房門，輕輕走回文元龍以前住的房間。

富察小姐還留在房間裡，呆坐著，望著滿桌的酒菜，發著愣，聽見雷豪走進門的動靜，才一機靈，醒悟過來。

「準備收拾鍋碗瓢盆麼？那可不是你富察大小姐的事。」雷豪故意假裝輕鬆地說，可是聲音聽得出十分緊張。

富察小姐回答：「大小姐有什麼可驕傲的，還不是一樣讓人看不起。」

雷豪看看牆角昏睡的飯店夥計，說：「你還在生氣？」

「我生什麼氣？我有什麼可生氣的？我有什麼資格生氣？誰管我生氣不生氣？我招誰惹誰了，要我生氣？」富察小姐突然唧哩咕嚕說了一堆。

雷豪聽完，「哦」了一聲，不敢再說話。

富察小姐站起來，轉過身子，說：「你什麼意思？怎麼了？我又惹了你了？」

雷豪不敢動作，嘟囔：「我沒什麼意思，只表示我在聽。」

富察小姐說：「你聽？你如果會聽別人講話，那就好了，太陽從西邊出來。你從來不聽人講話，你心裡只有你自己。」

雷豪這次聽完，連哦的一聲也不敢發出，呆立在那裡。

富察小姐等了一會兒，不見雷豪應聲，便說：「你看，我沒說錯吧，你又根本沒有聽我講話，哼。」

過了寂寞難忍的一個片刻，兩個人忽然同時抬起頭，同時開口：

「我……」

「你……」

然後兩人又同時住口，看著對方，同時說：「你先說吧。」

可是沒有人再開口。

又過了漫長的一個片刻，雷豪終於開口，說：「孟嘯來了，而且他下了決心，事情比我想像的要麻煩得多。」

富察小姐點點頭，仍舊沒有說話。

雷豪說：「他在很多方面比我強，我們得小心，得好好想想對策才行。」

富察小姐這次連頭也沒有點，還是不說話。

雷豪再無話可說，低著頭坐下。

富察小姐靜了一會兒，嘆口氣，說：「你為什麼不辭而別？」

雷豪搖搖頭，嚥了口唾沫，張了張嘴，終於沒有講出聲音來。

「這麼多年，連個信也沒有。」富察小姐又說，「你知道怎麼找到我。」

雷豪又嚥了口唾沫，乾咳了兩聲，終於啞著喉嚨，說：「抱歉，告罪，真的。」

富察小姐抬手抹抹眼睛，抖著嗓子，說：「我找過你很多次。」

雷豪說：「我知道。」

富察小姐說：「為什麼不找我一次？我們起碼應該把話講清楚。」

雷豪又乾咳兩聲，說：「不知道該對你說什麼。」

文元龍突然推開門，走進來，說：「怎麼這麼久不回來，沒出什麼事吧？……哦，抱歉，打擾你們了，你們正在討論什麼嗎？」

雷豪和富察小姐同時都搖搖頭，異口同聲：「沒什麼，沒什麼。」

「我們不過是討論怎樣對付孟嘯先生。」富察小姐補充說。

雷豪說：「我們還是趕緊搬過去吧。」

富察小姐站起來，說：「走吧。」

雷豪過去，再次確定那飯店夥計不至很快醒來。

文元龍看見，說：「飯店見夥計不回去，恐怕會找來吧。」

雷豪說：「我們找客棧夥計來收碗筷，送過去就得了。」

「我告訴他們，我要出去走走。」文元龍說完，拉拉叫人的繩鈴。

雷豪立刻伸手提起軟做一團的飯店夥計，快步走出房間，挪進隔壁。富察小姐緊緊跟在後面，進了屋子立刻關門。

客棧夥計已經走上樓來，對文元龍鞠躬請安：「老爺有何吩咐？」

文元龍指著屋裡的桌子說：「我要出去走走，你把這桌子收拾一下，送回到旁邊富貴記烤肉店去吧。」

夥計說：「老爺放心，小的這就做。」

文元龍走出房間，轉到隔壁，側身入門。

窗外已經相當暗淡了，忽然傳來依稀的歌聲，什麼地方有人在唱小曲，委婉動聽。

雷豪站起來，走到窗邊，說：「沒想到這裡臨街，文大人有福氣聽小曲了。」

文元龍笑起來，說：「你還是舊習不改。記得過去你就是個小曲迷，自己不會唱，可比誰都更愛聽。」

雷豪說：「因為自己不會唱，所以覺得那些唱小曲的人特別了不起。」

富察小姐問：「你怎麼自己不會唱呢？聽起來，你嗓子好像不錯。」

「我也不是一點不會，只是唱得不好，比那些唱小曲的人差得多。唱小曲那本領，要想學到家，得從小開始。我小時候……沒機會。」雷豪說說，突然停頓，然後有氣無力地結束。

文元龍說：「像雷豪出生長大的河南那種窮地方，飯都吃不上，哪裡顧得到唱小曲那樣的奢侈事情。」

「別說了，聽小曲。」雷豪打斷文元龍，看來他不願意多談童年時代的生活。

富察小姐早曉得他這脾氣，也不多說話，看看文元龍。她一直很關心雷豪，對他永遠孤獨內處的性格又敬仰又擔憂，總覺得那與他幼時生活遭遇有關。現在好了，文元龍來了關外，她可以慢慢從文元龍那裡更多瞭解雷豪的童年和少年生活，那麼她以後就有辦法接近他，幫助他。可是在那之前，她必須首先能夠保護住文元龍。如果孟嘯他們把文元龍捕回京城去了，她當然也就無法向他瞭解雷豪的往事。

雷豪坐著，前傾身體，一動不動，緊盯著窗子。

文元龍也坐下來，說：「等一切都安排好了，哪天我請你到園子裡去聽戲。」

雷豪不言語，閉起眼睛，搖頭晃腦，好像非常地陶醉。

文元龍笑了，說：「真沒想到，你也還有像小孩子的那種時候。」

富察小姐看著雷豪，心裡感覺很混雜，說不清楚。本來她簡直感到憤怒，兩個人好不容易碰面，他不想多說說話，倒急著聽什麼聽小曲，聽小曲難道比她更要緊麼？小曲可以天天聽，可多少年了，她這才跟他見一次面。但聽文元龍那麼一番話，她又覺得心裡有愧。不管她多麼愛他，思念了他多少年，多想跟他傾心相談，她卻絕對沒有權力剝奪他享受輕鬆生活的片刻時分。特別是雷豪這麼個人，他的一生之中，快樂時刻太稀少，太珍貴了。

富察小姐忽然站起來，說：「時間不早了，我該走了，明天我再來。」

文元龍忙也站起，張著嘴，望著她，一時不知說什麼好。

雷豪仍坐著，說：「別走了，不安全。」

文元龍忙說：「就是，這裡再租間屋，你可以睡。」

雷豪又說：「這裡只我一個人警戒，抽不出身送你。」

「誰要你送，」富察小姐說著，往門口走，又補充，「有什麼新情況，我會通知你們。你們有需要，也可以隨時找我。」

文元龍說：「那你該把地址留下。」

富察小姐頭也不回，說：「他知道怎麼能找到我。」

雷豪還坐著，說：「如果一定要走，你最好直接回家，不要再去別處。」

富察小姐伸手推門，又停住，說：「我需要你命令我做什麼嗎？」

「謝謝你的幫助，富察小姐。」文元龍陪她走到門口，打斷她跟雷豪之間不友好的交談。

雷豪坐著，仍然一動不動，不再開口。

「明天見！」富察小姐說完，關門走了。

文元龍走回屋裡來，問：「你覺得她會有危險嗎？」

雷豪說：「誰知道。你知道孟嘯的本領，她絕對鬥不過。」

「但願不會出什麼事吧，」文元龍看著雷豪，搖搖頭，說：「坐這麼多年兵部衙門，那套敏銳都磨光了，搞不懂你們在幹什麼。」

雷豪說：「文大人，看你說的。我們會的這些，不都是你一點一點教的？現在有我們在跟前，還能再讓你操心麼？」

文元龍心裡感到暖暖的，很多年沒有聽到過這麼簡單但是真誠的話了。他突然說：「富察小姐說，她以前就認識你，跟你曾經很接近。可是我看，你們兩個好像不大友好。有什麼誤會麼？解決一下，我看她是個很好的姑娘……」

雷豪皺起眉頭，說：「你幹什麼？文大人。」

「不說了，不說這些。」文元龍轉身走開，說：「你聽你的小曲，我先睡了。」

雷豪轉頭看看窗外，說：「天色已暗，我去探他一探，估計孟嘯該到了。」

文元龍說：「富察小姐說，他們已經到了。」

雷豪站起身說：「事情緊急，不宜拖延，我現在就去，兩個時辰之內回來。順便把這飯店夥計丟到外面去，省得留在這裡多事。文大人，外面我都安頓好了，你盡可以放心休息。」

十一　難兄難弟悄言語　情哥情妹滿心懷

夜黑風高，盛京南城一條寬大而空曠的街上，雷豪順著房屋的陰影，快步走到一所豪華大宅門前。門前高懸兩個大紅燈籠，上面印了大字：大明使節府，那是大明王朝派駐盛京的使節住地。雖然皇太極在東北登基稱帝，自號大清，而且多年來時常侵擾大明江山，但是一方面雙方並未正式宣戰，另方面大明王朝仍然擺著大國姿態，所以兩方還保持著冠冕堂皇的關係。大清在明朝京城設有使節府，大明在滿清盛京也設立特使館。凡大明朝廷官員到達盛京，便都下榻使館。孟嘯是錦衣衛千戶，當然也是住在那裡。

雷豪沒有走到大門中央，而是側身門邊，舉手拍拍門板。

「誰呀？」門裡人應。

「我找剛從京城來的孟嘯孟大人。」

「找錯了，沒這人。」

「有這人，他剛到……」

「天晚了，明兒個再說吧。」

「那好，你轉告他一下，說有個姓雷的找他。」

雷豪說完，便迅速離開那門口，朝右側快步走出街口，躲進一片小林，依在一株大樹後面等待。

不足一袋煙功夫，便聽到一陣極輕的腳步，越走越近，到了林邊，便停下來。

「你好，嘯哥，知道你不會不來。」雷豪說，卻並不顯身，仍然躲在黑暗中，說話聲音也很低。

「你找我，我能不來麼？」孟嘯回答，聲音不大，也隱身某處，不見蹤影。

「我知道你在等我找你。」

「我知道你一定會找我。」

「我當然知道你知道我一定會找你。」

「說吧，什麼事？」

「給你陪個不是。」

孟嘯沒有講話。

「你知道，我也是沒有辦法。你們不能永遠扣住細翠兒，不讓文大人父女團聚吧？」

「你當我願意？上頭交代的差事，我怎麼辦？誰教他做出傻事來的。」

「什麼叫做傻事？文大人實在無路可走。老話說惹不起躲得起，當然只能躲開。」

「就為湯耀祖霸佔溫小葉這麼點事……」

「別瞎說，湯耀祖霸佔溫小葉是確有其事，文大人當然不滿意。可其實溫小葉並不是文大人的相好，他們之間沒有那麼回事，都是別人瞎傳，不懷好心，你別信那些小道消息。」

「你以為我道聽途說？我吃的是錦衣衛的飯。」

「我知道你是錦衣衛，調查別人隱私是你們的本行，可怎麼也不能查到別人家的臥室裡去，鑽在人家床下面偷聽。」

「為個女人，就值得投敵？」

「胡說，你把文大人看成什麼人了。我說，嘯哥，一塊出生入死那麼多年，你怎麼還不瞭解？」

「我知道文大人是條好漢子。」

「這話你沒說錯，文大人還保存了做人的正直，所以湯耀祖非要置他於死地。」

「這事我知道的比你多。」

「你看看湯耀祖，那才是當官的料子，昏庸無能，狂妄自大，滿肚壞水，滿嘴謊話，獨斷專行，陰險毒辣，貪得無厭，無法無天。你也知道，文大人從來就憎惡他，可一直在他手下受氣。這一次文大人逮到機會，可以好好把他的醜聞劣跡抖露出來，公諸於眾，讓他罪有應得。可人家勢力大，文大人鬥不過，還是只有逃跑。」

「家醜不可外揚，文大人可以在京城裡解決，何必鬧到關外來。」

「實話告訴你，嘯哥，我可真看不出來，大明王朝那麼個爛攤子，還能靠自己解決得了，搞掉湯耀祖那路貪官汙吏。」

「你甭給我上課。」

「得，咱不說天下大事，現在只說眼下這件事咱們怎麼了斷。」

「先聽你的。」

「我知道你來關外，要把文大人帶回去，但是你想想，那可能嗎？目前這種情況下，如果文大人回去，咱們都想得出來，他肯定沒活路。你知道我絕不能讓文大人自投羅網，我想你也不會願意看著文大人遭人謀害。」

「我跟你擔保，只要我孟嘯還有一口氣，文大人在京城受不了罪。」

「細翠兒連出門的自由都沒有，還不算受罪麼？」

「那是為了逼文大人回去。只要文大人回去了，我保證沒人敢限制他的行動。」
「那由不了你。」
「那也由不了你。」
「那就後會有期。」
「親兄弟，明算賬，若有失手，這裡先陪不是了。」
「奉陪到底。」
兩人再不出聲，可是誰也沒有動，更沒有離開。
過了片刻，孟嘯說：問：「這兒就你一個人？」聲音低了一層。
「就我一個人。」
孟嘯靜了一靜，聲音更低了些，問：「你怎麼樣？」
雷豪閉閉眼睛，說：「還好。十年了，你……們都好嗎？」
孟嘯沒說話。
雷豪也不說話。
兩個人靜靜的，無聲無息。
最後孟嘯說：「那我走了，你替我照顧好文大人。」
「他們滿漢八旗都調動了，嘯哥，多加小心。」
不聽動靜，轉眼之間，二人各奔東西，迅速消失。直到此刻，兩人始終沒有見一面。
孟嘯和雷豪兩個，曾經一鍋裡吃飯，一鋪上睡覺，一戰壕裡流血，跟隨著文元龍，同生共死很多年。而文元龍對他們而言，不僅僅是個上級大人，更是領他們入門並且養育過他們的恩人。

文元龍最初是在京軍中服役，戰功卓著，一路升遷，做到千戶之職。後來朝廷要在軍隊中新設立一個特騎所，訓練專門到敵後進行偵察或者破壞的特種兵丁。文元龍就被調去任了這個特騎所的千戶，有權在五軍都督府內各處，甄選一千精兵，進行各種高強度的特技訓練。孟嘯和雷豪，就是那時候到了文元龍的帳下。

一年之後，文元龍統領這個特騎所，轉戰南北，戰力日強，人數也倍增，於是擴充成衛，文元龍升任都指揮使。孟嘯和雷豪也都一起升為百戶，後至千戶同知。

交趾反擊之戰，文元龍的特騎衛屢立奇功，後來不幸在一次伏擊戰中失敗。朝廷大為震怒，以指揮失調，用人不當為由，降罪文元龍，官落三級，調山東衛做個百戶。孟嘯和雷豪也都連坐獲罪，解甲歸田。雷豪一怒之下，遠走高飛，到關外去謀生。孟嘯閒散一年，文元龍又將他召回自己部下。三個人可謂難兄難弟，同榮共辱，跌跌撞撞，度過十餘年艱辛歲月。卻誰也沒有料到，竟然會在眼下這麼一種境況中相遇。

文元龍東山再起，是兩年以後的事情。按照朝廷規定，外省衛所得以班軍身分，分期到京師宿衛和操練。文元龍所在山東衛所，進京服役時，被當時京營的中軍都指揮使湯耀祖認出來，重新將他調入京師右哨營，特命組織訓練一個選鋒團，重升千戶，其實就是當年特騎所的翻版。當時湯耀祖已生獨霸天下的野心，一意培養自己親軍，強化自己標兵營的戰鬥力，所以文元龍正是他所最需要的人才。

卻不知真是皇上覺察出湯耀祖的作亂野心，或者是歪打正著，湯耀祖升任左軍都督府都督的時候，文元龍沒有跟著走，卻被調入兵部，官授員外郎，專責對五軍都督府高級軍官的檢察考績。這一來，文元龍不再是湯耀祖的部下，反成了冤家對頭。不過，那正合文元龍的心意，孟嘯和雷豪也很高興，他們三人把湯耀祖恨到骨頭裡去，絕不肯永無止境地為湯耀祖賣命。

回到客棧，文元龍還沒有睡，坐著等雷豪。

「見到了嗎？」

「您甭操這些心，萬事有我。」

「那麼我就先睡了，你也別太晚了。」

「我晚上習慣要練一會兒功。」

文元龍說：「練吧，我不打擾你，早點睡。」

文元龍上床躺下，雷豪吹熄了燈，脫去外面長袍，解開腰帶，拿去身上綁的各種武器裝備，然後脫去緊身衣，只剩一件黑色短衫，又解下綁在腿上的幾條帶子和上面掛的小口袋，都放在椅子上，舒展舒展胳臂，走到牆邊坐下，兩腿盤起，腳掌朝天，打蓮花座，雙手置於膝頭，掌心向上，拇指捏中指，上身直挺，閉住眼睛，胸不顫，肩不搖，調勻呼吸，意守丹田。

這是他每夜要做的功夫，運過內息之後，通常還要打兩套拳。可是今晚，他形似以往，意卻難以守住。腦子裡混雜一片，眼前總是浮現富察小姐的面容，耳邊也總響著她的問話：「為什麼不辭而別？為什麼不辭而別？」

真的，他當時為什麼不辭而別呢？

十年前，雷豪來到關外，那時還不到二十四歲。他先做些短工，學了些滿語，然後投考盛京最大的鏢局。因為他武功出色，資歷超眾，當即被雇傭。那家鏢局的老闆，是個滿人老將軍，在滿軍八旗關係很多。過了一年，老闆送雷豪到一個訓練營受訓。

當時這個訓練營裡還有一批學員，富察小姐也在其中。滿人在進關之前，遠不同於中原漢人，性別歧視不那麼嚴重，女人也可以從軍領兵，特別是富察小姐這樣的皇親家族，更有許多特權。

八個月間，他們從早到黑，一起摸爬滾打，學習設備武器，搏擊打鬥，應急本領，通訊聯絡方法。雷豪本來在明軍幹過神探，打過實戰，經驗豐富，加上用功刻苦，勤於思索，成績優秀，很得同學敬重。因為常幫助富察小姐，兩人接近起來。

訓練營結業前，每個學員要自選完成一項特別作業，做為最後考核。雷豪和富察小姐結成一個小組，選擇了一個前所未聞的作業項目。他們運用特種技能，突破嚴密警衛，進入正藍旗軍械庫，盜走一批武器，這個作業當然是全班第一。因為這次成功，雷豪聲名大噪，在關外鏢界成了泰斗級人物。

兩年以後，正當雷豪的成就如日中天，他忽然辭去舊職，消聲匿跡半年多，才在距離盛京兩三百里遠的泰吉，重出江湖，創辦了自己的鏢局。沒有人知道他為什麼這樣做，除了他自己，或者還有富察小姐。訓練營之後，她跟雷豪兩人，你來我往，越來越親密。當雷豪發覺，富察小姐對自己的感情發生變化，從友情發展成一種戀情，他怕起來。他喜歡富察小姐，如果以前沒有戀愛過的話，他也許會同富察小姐要好。

可是不幸，他年輕的時候，在中原曾有過一個戀人。雖然現在遠隔千山萬水，他心底仍然保存著初戀的溫情，不能忘懷。雷豪懂得，如果他不能向富察小姐付出百分之百的感情，他就沒有理由接受富察小姐的愛，他不能欺騙她，傷害她。於是他一夜之間突然從盛京消失，已經五年沒有跟富察小姐見過面，直到今天。

正想之間，忽然看見，一隻信鴿停在窗棱上，咕咕地哼叫著，焦急踱步。雷豪心裡猛然一驚，忽然跳起來，打開窗戶，抓過信鴿，找到它腳下捆綁的信筒，抽出信紙：

明日交換。

雷豪一屁股坐到椅子上，覺得眼前發黑。

文元龍被驚醒，坐起來，點起燈火，看著雷豪，問：「出了什麼事？」

雷豪沒作聲。

「到底什麼事？」文元龍下了地，從雷豪手裡拿過字條。

雷豪說：「他們捉住了富察小姐。」

文元龍吃了一驚，說：「他們不會傷害她吧？」

「他們不會，他們要換人。」

「換人？誰？」

「你。」

文元龍不講話，轉身把燈火放到桌上，坐下來。

雷豪站起來，說：「我去安頓一下人手。」

「我跟她換，不能讓富察小姐出危險。」文元龍說，可是雷豪已經走出了門。

十二 換人質各施心機　鬧客棧寡不敵衆

第二天晚上，雷豪帶了他的兩個得力人手，刑田和俞鎮，帶了傢伙，騎著馬，把文元龍圍在當中，悄悄到了換人的地方。一天之中，雷豪與孟嘯聯繫了兩次，約定了換人的時間和地點。他們互相瞭解得太深，許多話不必說，就能想到一塊，所以聯繫很方便。但也因此，兩人也都曉得互相打交道的困難，簡直無法出其不意，所以只能老老實實照約定行事。

四處靜悄悄的，除了馬蹄踏碎地面乾枯落葉的沙沙聲，別的一點聲息都沒有。天空很黑，沒有月亮，星星很密，略有光亮。雖然算是個樹林，樹木卻很稀疏，林間走馬，毫不費力。這地方離大路相當遠，見不到燈光，也聽不到喧鬧。真想不到，孟嘯對盛京地區居然如此熟悉，找得到這樣一個地方交換人質。

「他們在前面。」俞鎮忽然低聲說。

前面遠處的一叢樹後，相隔十丈，約略可見若干暗影，分不清是人是馬，也辨別不出有多少人。雷豪揚了揚手，停下馬，他旁邊的俞鎮也停下來，從腰間拔出刀。

似乎事先約定過，雙方人馬並不交談，也沒發送任何信號，互相靜止地注視對方片刻，忽然之間，所有人同時下了馬，隨即都點燃火把，照得當中空地一片雪亮。

孟嘯左手拉著富察小姐，半掩在自己身後，站在前方。背著火光，看不見他的臉，只能依稀辯出孟嘯穿短衣，右手挺著一把長劍，在火光中錚錚做響。

彭奇跟在孟嘯背後，舉著火把。童康不在跟前，他老早來了，遠遠埋伏在旁邊，隱在黑暗中，刀劍出鞘，緊盯著火光閃爍之處。他們二人雖然跟隨孟嘯，經歷過許多危險場面，可大多是在中原，只是處理些烏合之眾，雖然心毒手狠，卻沒有專業訓練，對於錦衣衛神銳所，根本沒有還手之能。眼下這種戰鬥，還是頭一次，身處如此境地，在關外的土地上，面對的是雷豪。孟嘯事先安排得仔仔細細，可真到現場，他們還是都覺得很有些緊張，心通通跳個不停。

雷豪右手拉著文元龍，同樣掩在身後，背著火光，一步一步慢慢向孟嘯走過來。他還是穿著那件黑色長袍，遮去身上佩帶的一切，走起路來，下擺飛揚。他沒有帶方巾，左手倒提一條短棍，指著地面。

俞鎮和邢田都站在坐騎旁邊，手裡各自橫握刀槍。他們吃鏢局飯，跟隨雷豪，闖蕩江湖，這樣場面早不知經過多少了，根本不當回事。

孟嘯和雷豪面對面，各自朝前走了幾步，然後同時站住腳，打量對方。這是他們十年之後，第一次見面。

雷豪先開口：「十年了，你還是老樣子。」

孟嘯說：「你可變了不少，不認識了，看來關外水土不同。」

雷豪說：「不鬧出點事來，也見不到你。」

孟嘯說：「誰說的，我前幾次來關外，見過你，不過沒講話。」

雷豪說：「很遺憾，我可沒見到你。」

孟嘯說：「沒想讓你見到。」

雷豪說：「現在總算見了。」

孟嘯說：「這麼見面，不是我的本願。」

雷豪說：「我也不願意，你逼得我沒辦法。」

孟嘯轉過頭，問：「文大人好嗎？」

文元龍從雷豪身後跨出一步，大聲說：「我很好，孟嘯，只要你不打死我。」

孟嘯低了低頭，說：「文大人，軍務在身，恕卑職不拜了。」

「誰要你拜，只怕你連我這個文大人都不認了。」

「文大人這麼說，教卑職無地自容了。」

「哼！」文元龍沒有再講話。

孟嘯說：「文大人恕罪，卑職不過辦差。文大人過去一直教育卑職，軍人以服從為天職。」

文元龍說：「可軍人必須首先是人，是人就起碼要懂得正直，要有正義感，不能助紂為虐，坑害自己同胞。」

孟嘯說：「所以文大人背叛祖國？」

文元龍大聲說：「我永遠不會背叛祖國，你知道，我為自己的祖國流過多少血。可是我現在終於明白過來，不願意繼續為那個昏庸朝廷盲目賣命，只可惜太晚了。」

孟嘯說：「就算祖國曾經虧待過你，那還是你的祖國。」

文元龍說：「不，祖國從來沒有虧待過我，是朝廷欺騙了我，是朝廷虧待了所有國人。你聽清楚，祖國和朝廷是兩回事。朝廷幾十年一變，就算苟延三百年之久，終究會要更替，古今從來沒有萬歲的朝廷，以後也不會有。可是祖國永遠生存，永遠長青。」

孟嘯聽了，沒有再說話。

文元龍似乎此刻特別激動，大聲繼續說：「惡人之所以能夠作惡，能夠獲得成功，只是因為正直的人們什麼都忍受了，什麼都不說，什麼都不做。我現在決定了，我必須開始說點什麼，開始做點什麼，不能容忍惡人繼續作惡，繼續得意洋洋。」

周圍所有人都沒有出聲，似乎都在琢磨文元龍這幾句話。

過了片刻，雷豪才出聲問：「富察小姐，你好嗎？他們沒有虧待你吧？」

沒有聲音回答，可她明明站在孟嘯背後。

雷豪有點生氣，喝問道：「孟嘯，我們說好了，不能虐待富察小姐，你怎麼封她的嘴。」

孟嘯說：「你不知道這女人有多愛嘮叨，她不停地講話吵鬧，簡直煩死人。沒法子，只好封嘴。」

雷豪說：「把她放了吧。我們漢人之間的事，別拉上滿人瞎攪和。」

孟嘯說：「你能擔保她不喊叫？她的尖叫十分可怕，能殺人，比刀劍更鋒利。」

雷豪說：「我可以擔保她不會出聲，你放人吧。」

孟嘯說：「只要你讓我把文大人帶回去，我當然馬上放人。」

雷豪說：「這事我做不了主，要聽文大人的。我從來沒綁他，他完全可以自由行動。可講到回京城，那要看他自己願意不願意。」

孟嘯說：「那由不得……」

正說到這裡，忽然遠處傳來一陣嘈雜的馬蹄聲，夾雜眾多的呼喊，可知不少人馬正向這片小樹林飛奔而來。

孟嘯和雷豪幾乎同時將各自身後掩護的人一拉，同時抬腳迅速後退，異口同聲，說：「你帶了八旗人馬……」

緊接著，兩人又同時說：「……不是我帶的……」

誰也沒有動手，甚至再沒有交換一句話。孟嘯拉著富察小姐，雷豪拉著文元龍，同時急急退到自己陣前，飛身上鞍，勒轉馬頭，飛馳而去。

遠處童康也同時上馬，卻沒有跟隨孟嘯撤退，反追趕著俞鎮一眾，衝將前去。

眨眼之間，這裡已經空空如也，一點亮光也沒有了。突然之間，地上翻身躍起一個人，急急行走，長衣飄動，那是雷豪。

眾人都急忙上馬的時刻，雷豪卻臥倒在地，等眾人都離開了，他才起身。雷豪幾步奔到旁邊一棵樹後，拉出自己藏好的坐騎，飛身而上，朝孟嘯遠去的方向追過去。他看得清楚，如他所料，孟嘯讓彭奇拉了幾匹馬奔跑，調虎離山，而自己把富察小姐藏在馬背上，兩人一騎，企圖逃開。

雷豪跟各種匪徒作戰，遇到這種意外情況不是一次兩次，早把各種可能都估計到，當然也仔細計算過怎樣擺脫跟蹤。白天時候，他和俞鎮邢田騎著馬，在這一片地區繞來繞去，走過許多個來回，哪種情況下走哪條路，都記在腦子裡。現在俞鎮邢田明知後面有人馬跟蹤，卻不慌張，左轉右轉，急速奔馳。

「準備下馬。」俞鎮轉過一個彎，忽然說。

跟在後面的邢田和文元龍兩人，都不作聲，他們明白自己要做什麼，雷豪事先早都交代清楚了。

俞鎮猛轉過一個路口，把後面追趕的童康和彭奇拉開些距離，叫一聲：「下馬！」

隨著叫聲，刑田和文元龍各自兩腳一提，脫鐙飛身，躍下馬背，就地一滾，落到路側，再也不動。而他們的兩匹馬，跟隨著俞鎮，繼續向前疾馳。

後面追趕過來的童康，轉過彎來，只看見前面俞鎮三匹馬的影子還在飛奔，便不存疑，繼續急急忙忙追趕，完全沒有注意路邊臥倒的文元龍和刑田。這個時候，彭奇也追到他身邊。本來按照孟嘯的計畫，遇有意外，彭奇獨自騎馬外奔，引雷豪的人馬追捍。可是他才跑出片刻，便發現身後根本沒有人馬跟隨，顯然是雷豪的人沒有上當。那麼他繼續跑就沒有了意義，於是臨時做主，勒轉馬頭，追上童康，以便需要時相助。

等這彪人馬駛遠，邢田才輕輕爬起來，抖落身上的塵土。文元龍也跟著站起來，扯平身上的衣服。然後兩個人不言不語，急急忙忙跑過兩條街，那裡拴了兩匹備用的馬。他們解下馬匹，各自騎上，向另外方向駛去。

俞鎮騎著一馬，領著二馬，一直駛到盛京客棧，飛身而下，把三馬轠繩交給門口的夥計。

童康彭奇在後面緊緊追趕到這裡，才知道文元龍住在此地。兩人停在客棧前面，下了馬，整整衣服，摸摸滿身掛滿的刀槍武器，然後對視一眼，轉身邁步，往客棧大門走去。

「最好別用傢伙，不要傷人，孟大人交代了的。」彭奇伸手開門的時候，囑咐童康一句。

童康點點頭，跟著彭奇走進門廳，左右一看，便說：「小心點，到處是武士。」

彭奇說：「別動聲色，去問文元龍住哪兒。如果真打起來，你掩護我。」

童康說：「客人這麼多，他們不敢用刀槍，使拳腳咱就不怕。」

他們一邊說著，一前一後，左顧右盼，快步朝櫃檯走過去。

額爾都的滿軍鑲黃旗驍騎營和孫大人的漢營正白旗，各自在這裡布置了警戒，異常嚴密，水泄不通。見到彭奇和童康走進來，大廳各角落的滿漢武士們都站了起來，轉臉張望，盯著彭奇童康兩個，同時慢慢移動，聚攏起來，跟到櫃檯前。

彭奇站在童康身後，背頂著背，面向圍攏過來的滿漢武士們。童康則趴到櫃檯上，眼露兇光，瞪著櫃台裡面的一個夥計，用滿語問：「文元龍住哪個房間？」

那夥計早已看出大廳裡情況有變，眼珠亂轉，嘴唇哆嗦，答說：「我們客棧規定，客人房間不得外露。」

彭奇在背後說：「你囉嗦什麼？快點。」

童康猛伸手，一把揪住那夥計胸口衣領，惡狠狠地說：「你最好老實一點，不要惹我生氣。」

那夥計看出童康早已很生氣了，嚇得瑟瑟直抖，眼看揪住自己衣領的那隻大手，喘著氣說：「文……文大人今早退了房，不住這裡了。」

童康一愣，手裡揪得更緊些，問：「你不查怎麼曉得？你認識他？」

夥計被揪得腳跟離了地，身體亂抖，兩手直搖，說：「我們有通知，特……特別保護文……大人，所以……都曉得。」

這話有理，絕不會假，童康回頭對背後的彭奇說：「我們中計，他搬走了。」

面前滿漢武士已經形成包圍之勢，站成半圓，對著他們。

彭奇眼觀六路，耳聽八方，對童康說：「剛才那三匹馬明明跑到這裡停的。」

童康說：「恐怕是調虎離山計。」

彭奇說：「那我們得去後院看看啦。」

童康手一鬆，櫃台裡的夥計哼了一聲，往後便倒，昏迷過去。

「注意，要打了。」彭奇輕聲警告。

童康轉過身，打眼一看，面前幾個滿漢武士已經欺近身來，於是兩臂一展，蹲下馬步，說：「來勁，今兒個有得玩了。」

彭奇說：「別想著玩，別讓他溜了。」

童康點點頭，說：「我來轉移他們目標，你快脫身，我隨後就來。」

隨著話音，他早一個鯉魚打挺，朝右躍出幾尺，手一伸，早從剛才擦身而過的一名武士手中奪下短刀。腳剛落地，舉起那刀，半空裡搖搖，大喊滿語：「咱看看誰玩得快，怎麼樣？」

這突然變動，引得包圍二人的滿漢武士們都轉過身去，只顧看童康一人。

「不要動刀！不要動刀！」滿漢武士群裡有人喊。

滿漢武士人數雖然不少，可是櫃台前那一塊地方卻很小，加上彭奇和童康，還要留出空間來打鬥，所以不管旁邊人多急，真要交手，頂多也只能有兩三個武士上前，分別跟彭奇或者童康交手。

童康所以這樣飛躍，目的只是要吸引滿漢武士的注意力，調虎離山，讓彭奇得到空檔，脫身到後院去，查看俞鎮的馬匹。他把奪過來的短刀往自己腰裡一插，伸手朝面前兩個武士招一招，目不斜視，喊一句漢語：「奇哥，動身！」話音未落，先下手為強，踏前半步，迎面一拳，擊中面前一名武士的鼻樑。那人頓時鼻血橫流，兩手捂臉，轉過身去。旁邊兩人忙伸手扶住他，朝後移動。

彭奇見機，縱身外躍，剛過一人，腳方落地，忽覺身邊一陣風至，忙矮身一側，讓過襲來之拳，隨即揚起右掌，托住頭頂來拳，順勢一送，扯那武士身體傾過，露出胖胖的胸腹，左拳一擊，聽得啊喲一聲，七尺高大的武士，兩手捧腹，斜斜飛去，撞在旁邊同伴身上，仍收不住，帶住那二人，一起跌倒在地，人壓人，半天爬不起來。周圍幾個武士看到，都一驚，紛紛把手插進腰間，好像有點忍耐不住，準備拔刀。

彭奇趁著這一停頓，大叫一聲：「我去了！」兩腳點地，一躍而起，兩個筋斗，從包圍的人群頭上跳出，一溜煙奔出門去。

那幾個武士見了，拔出刀槍高舉著，一路喊叫：「別讓他跑了！別讓他跑了！」追將出去，撞得大廳裡客人東倒西歪。

童康見了，手腳不停，臉上微微一笑，喊叫：「都去追，都去追，他跑得快。」

可面前兩個武士並不上當，繼續糾纏不休，注意力卻也分散了許多。童康一見，心中暗喜，身子一蹲，右手拿住對面人袖子一扯，左腳一鉤，攬住對方腳脛，右腳跟著踹將過來，聽得媽呀一聲嘶喊，那武士小腿骨折，往後便倒。旁邊人一見，再顧不得與童康戀戰，忙伸手攬著那斷骨同伴後腰，兩人一起倒到地上。後面幾個武士忙趕上前，護住同伴，虎視眈眈，盯著童康，卻再不敢上前。

童康見狀，搖搖頭，拿手一指地上的人，用滿語大喊：「那是我手下留情了。你們誰再來惹我，我可真不客氣了。」

說著轉身，一陣急跑，從滿漢武士包圍圈一處空檔衝將出去，奪門而出。

滿漢武士們見他身形迅捷異常，下手又狠，先一拳打碎人鼻樑，又一腳踹斷人腿，自知非他對手，誰也不敢跟進，站在那裡，面面相覷，未敢出聲。

童康其實心裡也虛，自知再多打幾場，終必寡不敵眾，所以萬不得已，使出一個陰招，斷掉一人腿骨，震住眾人，然後放出一句狠話，趁人虛驚，溜之大吉。跑到街邊，飛身躍上自己的坐騎，掉轉馬頭，衝進後院，去尋找彭奇。

十三 姜喜蓮勇鬥孟嘯 燕虎拳威鎮強敵

雷豪奔上大路，緊緊追趕孟嘯和富察小姐。忽然之間，從後面衝來一彪人馬，超過雷豪，跟到孟嘯馬後，然後就不再加速，眾馬隨著孟嘯，一馬趕到他左側，與之齊頭平行，搖起一面黃旗，指揮孟嘯。是八旗武士追來了？雷豪一愣。

那眾人馬頂著孟嘯的馬，卻並不叫他停下。孟嘯減慢速度，往路邊靠，後面跟隨的眾馬卻繞到右側路脊，阻止他靠邊，逼他繼續向前行駛。這是怎麼回事？雷豪在後面跟隨，看到情景，覺得奇怪，難道會是八旗人馬派來保護孟嘯的？或者劫持孟嘯的？

前面不遠處有個叉路口，那眾人馬好像打算逼迫孟嘯走這叉路，頻頻搖旗，並且不斷向右貼擠。可孟嘯偏偏不肯聽命下路，堅持直行，乃至時不時與左側馬身相碰。

這下子孟嘯可一定惹惱八旗武士，真要倒楣，雷豪想著，緊上幾步，準備隨時動手，如果八旗武士真要傷害孟嘯，他雷豪絕不會坐視不救。但是那眾人馬，卻絲毫沒有要動手的意思。

孟嘯到底駛過這個出口，沒有下路，於是那眾人馬好像便又鬆開，不再擠他，繼續跟他並行，仍然不準孟嘯靠邊停下，迫他直行。

雷豪開始覺得不大妙了，這眾人馬看來不像八旗武士。難道另外還有什麼人要劫持孟嘯，或者要劫持富察小姐？所以他們不準孟嘯靠邊，卻要逼孟嘯走剛才那條叉路，那裡可能埋伏了他們的人。

這麼想著，注意力稍一放鬆，便沒有看到前面又遇一個叉路口。這次那眾人馬沒有相逼下路的企圖，而孟嘯卻在繼續直行之間，猛然一轉馬頭，朝叉路口衝過去。他這個動作實出突然，毫無預示，跟在他馬後那些人馬措手不及，未能趕去阻擋，被孟嘯衝下叉路。於是這眾人馬只好緊急掉頭，斜斜歪歪，左轉右抖，奔下路口，繼續追趕。

雷豪自然也急忙調轉馬頭，跟隨著追趕的人眾，順著叉路，飛奔而去。

這並不是個大出口，路邊什麼都沒有，沒有商店和住家，只有一條小路，可能通往某處鄉村集鎮，大概相當遠，眼睛所及，根本看不到有什麼密集的燈火。

孟嘯順路急馳，毫不停歇。後面一眾人馬，也緊緊追趕，毫不遲延。雷豪已經看不到孟嘯是否在前面，可他一步不鬆，認定前面人眾一定看準了孟嘯，緊追不捨，所以他只要跟著這人眾，就丟不了孟嘯和富察小姐。

前前後後三彪人馬接連急馳，揚起灰土，遮星避月。最前面的孟嘯當然不受太大影響，眼前豁亮，照舊飛奔。跟在他後面不遠的人馬，就被孟嘯馬後揚起的半天土灰遮去視線，不得不減低些馬速，以免掉進路邊溝壑。而最後面的雷豪，更浴在前面揚起的土塵之中，一點也看不見眼前的路面。

不過因為有這條飛揚的土塵，所以雖然隔得遠些，倒也不至丟了前面要追趕的人馬，只要順空中揚起的土追過去就是。正行進間，雷豪忽然覺出前面塵土略減，再走不多時，便見到路邊，一群馬匹停著，卻空無一人。

雷豪趕忙停馬，翩腿跳下，揮手撣去眼前的灰土，舉目四望，便見若干人影在路側不遠處奔跑，向一片不大密集的小樹林衝過去。

想必孟嘯他們是跑進那裡去了，這些人才往那裡追趕。既然富察小姐不在路邊，那麼也必被他帶著跑了。雷豪想著，腳下使力，急奔起來，衝將過去。

待他跑進樹林的時候，已聽得到前面乒乒砰砰打成一片。雷豪先不急著參戰，掩身一棵樹後，細細辨認面前這幾人。面前林間原有一塊空地，五個人正在圍打一人。顯然圈中被圍打之人，就是孟嘯，而圍打他的那五人，一定是追捕者。這五人身材都不算高大粗壯，全部一色緊身衣褲，也都默不做聲，只顧與孟嘯拳腳相鬥。他們使的全是標準少林拳腳，可見不是八旗武士。他們是誰？追趕孟嘯，要幹什麼？

雷豪想了一想，不得要領。忽見圈子中央孟嘯一腳不穩，打個趔趄，急忙倒退幾步，想要得個間歇，穩住自己的下盤。那相圍追打之人，顯然也是行家裡手，早已見到這個難得空檔，四面八方，一齊縱身上去，泰山壓頂，拳腳相加，眼見孟嘯已然全無逃脫之能。

千鈞一髮間，雷豪突然一聲呼嘯，雙腳一縱，飛身躍起，凌空而下，落在圈中，掩到孟嘯身前，大叫：「何方盜賊，在這裡欺人。」

剛剛躍近來的那五人，忽見孟嘯多了個幫手，自天而降，大吃一驚，不由倒退了幾步，紮勢護住自己上下。

雷豪不回頭，低聲說：「嘯哥，你還好嗎？」

孟嘯這才穩住兩腿，一把拔出腰間短刀，也低聲問：「你怎麼在這裡？」

雷豪答道：「等會兒再說……仔細，來啦，接招！」

趁兩人輕聲交談之時，側後一人悄悄欺近身來，對準雷豪便是一拳。那雷豪何等功夫，聽得耳後風聲，不及躍開退避，迅急側身，讓過來拳，口裡叫著，矮下身去，左拳虛晃，右掌穿出，向對方肚子打去。

那人功夫不弱，卻是個左撇子，以左掌遮擋門面，右拳橫守丹田，見雷豪一掌擊至，立刻沉拳下擊。兩拳相擊，到底雷豪勁力更足，聽得手臂骨頭格格作響，對面人悶悶哼了一聲，便往地下倒去。

他們兩個在這裡交掌插拳，旁邊孟嘯與另外兩人鬥開了短刀，只聽得一陣金屬相擊之聲，叮叮咚咚，猶如珠落玉盤，不絕於耳。

雷豪本也不想傷人，見對手倒地，便就停手，轉臉去看孟嘯有無危險。不料旁邊一人呼地跳到，身形矯捷，快不可當，剎那之間，已將那倒地之人拖出圈子，然後自己翻轉身來，一躍而回，呼一拳，照準雷豪面門襲來。

李廣開弓，少林短打，似在哪裡見過，雷豪腦中閃了一下，但不及再想，已見拳來，忙將手臂一翻，讓過來手，順勢一送，於躲避之中，變掌成拳，擊向對方胸口。那人大驚，足尖一點，後縱一步，蹲穩馬步，氣沉下盤。雷豪並不收勢，長身前探，一臂延伸，又轉拳做掌，擊中那人右肩，運力一推。那人向後倒跌兩步，立足不住，只得順勢打個筋斗，落地即行馬步蹲襠，方算穩住身體。

「好功夫！」雷豪倒有些驚訝，不由叫出聲來。通常有人讓他這一掌打中，十個裡有十個一定跌倒不起，可眼前這對手功夫了得，而且機靈得夠，居然一個筋斗轉危為安，沒有跌倒。

那人並不答話，凝神運氣，化解雷豪剛才打在身上的掌力，刷刷刷掄起雙臂，作出幾個預備式，調勻呼吸，意守丹田。

本來從這幾人使出的幾套擒拿搏擊功夫，雷豪差不多可以斷定他們是明軍訓練出來的士兵。他自己也受過同樣的訓練，還在京軍三大營裡當過搏鬥技能教官。他很熟悉，明軍練的擒拿拳腳，不少從少林短打中演變而來，搏擊中依稀顯出像幾招少林短打沒什麼稀罕。可眼前這人，明明使的純是少林短打，一招一式，都是真功夫，又似乎並非明軍所操練的擒拿術。

「你在京城路上劫過我一次麼？」雷豪忽然問，而後又一想，肯定不對，現在是在關外，一夥子中原搶匪，怎麼可能追到關外來。

那人不答話，卻趁著雷豪片刻猶豫，團體滾進，欺上身來。旁人格鬥，見對方近身，必然側步或後退，以行躲避。可這雷豪早已看出對手拳路，也熟知少林短打講究打人近身，不容對方躲開。便以其人之道，還治其人之身，毫不後退，就近接招。那人進得快，退得快，兩人環臂相接，一經連手，轉眼之間，已交了十數個回合。

少林連手短打，以攔截擠靠、踢打摟抱、勾掛絆掃幾套徒手摔打動作，分以攻守、進退、虛實、剛柔結合而成，共有四趟，每趟九種技擊手法，共計三十六招，各招動作分明，迅速敏捷，勁健有力，法勢嚴密。見此人使出這一整套拳腳，動作爐火純青，絕非等閒之輩，雷豪便也小心起來。

突然間，旁邊傳來低低一驚呼，短促尖銳，難以分辨是何人，出了什麼事，千萬不要是孟嘯挨了一刀才好。

雷豪剛要扭頭看看，這稍一疏忽之間，對手已經一拳擊來。情急之下，雷豪連不及辨認對方拳法招數，心裡又惦記趕緊結束自己這邊，以便去照看一下孟嘯，所以情不自禁，見招接招，伸右手下按來拳之腕，一經扣住，順勢回帶，同時左手向下，將那小臂向後一扯，上左步咬住對方右腿，掌其胸，使力推出。這一奇招轉瞬使完，一氣呵成，渾然一體，天衣無縫。對手不及抵擋，身體一仰，通一聲跌坐地上，禁不住發聲喊出長長「啊喲！」一聲。

雷豪一聽，竟是女聲，而且是地道中原女子的叫法，不由心裡一驚。

不待他想出眉目，對手坐在地上，倒問：「你這叫什麼怪招，亂打一氣。」

雷豪呵呵冷笑一聲，道：「什麼叫怪招，年輕人少見多怪，不知天高地厚。說給你聽聽，我這是燕虎拳的一招，其實只是半招，要不你哪裡還能有力氣說話。」

這燕虎拳是戰國之時，由燕桓公創立。當時齊楚燕韓趙魏秦七國爭霸，連年征戰不休。燕桓公為久戰不勝，不得統一天下，終日憂心忡忡，總想創造一種武術，能夠百戰百勝，從而得以稱王天下。他為此朝思暮想，茶飯不思。偶然一次，他在山裡出獵，腦子裡還想著拳法，忽見二虎相搏，你進我退，此起彼伏，撲跳躲閃，章法分明。燕桓公久觀不去，靈犀驟通，遂創一套神拳搏擊術，一十八招，三十六式，七十二形，一百四十四變，通稱做燕虎神拳，重在搏擊實戰，招招速急力猛，講究三招之內必致敵於死路。這套燕虎拳全部創建成熟之後，只傳給宮內幾個王親國戚，未及教習全體燕軍官兵，燕桓公便死了。後來襲位的幾個燕王，都沒有恆公的雄心，只把這套燕虎拳當做看家武術，用來克私敵保王位，秘不外傳。燕國被秦滅後，這拳史只在河北燕王嫡孫中單傳百代，時日久遠，世間所知甚微。

雷豪兄弟幼時自河南逃荒到河北，寄居一個小山村內，幫人打短討飯吃。那收容他們的人家，見他們兄弟淳厚老實，吃苦耐勞，便領他們焚香起誓，拜天地祭列祖，收兩兄弟為義子，花了七年時間，披星戴月，把這套神祕無敵的燕虎拳全部傳給他們。那老人家卻原來真是燕桓公第七十一代嫡系玄孫。

因為身懷絕技，兄弟倆先後當兵之後，武術比賽自然屢戰屢勝，便被選進神探營，而後又被選入文元龍組建的特騎所。可是因為燕王祖訓，雷豪兄弟從來沒有廣播燕虎拳，也從來沒有對外演示過全套拳術，頂多在比武或實戰的危急時刻略出一兩招，反敗為勝。就連最要好的戰友孟嘯，雷豪也只傳了他九招十八式。孟嘯借此一躍而為中原第一拳。

聽得那被他擊倒之人，居然看出他此一招不同尋常，雷豪頗覺意外，便知此人不凡。出於惺惺相惜之感，忍不住道出燕虎拳之說。剛一出口，他立覺有違家訓，居然對敵人說出祖傳神拳來了，於是極為不安起來。心一恍惚，他便又馬上感到剛才沒有發覺的奇怪，那被他擊倒之人怎會發出女聲，如此一想，便又不禁憶起在京城郊外，曾抓住攔路打劫對方一隻手時所有過的感覺，連忙縱身後躍，跳出圈子，高呼一聲：「都住手，自己人，別傷了誰。」

一聽雷豪招呼，孟嘯馬上虛晃一招，使出拳術裡的陰陽五行，兩臂在臉前交叉掄開，只見刀光劃圓，看得人眼花撩亂，幾圈過後，刀光尚在，人已不見，早退出五幾丈遠了。

正跟他交戰的那兩個人，本已聽見熟悉的自己人一聲驚叫，心裡就有些發毛，又聽雷豪召喚，接著看到孟嘯退出戰鬥，得空忙轉頭去看，便見到一人倒地，正在運氣調息，大驚之下，趕忙先後跳過來，各自手握短刀，護在他身邊，其中一個怒聲喝叫：「交出文元龍，相安無事。」

講的是漢語，果然是同胞，不過不是自己人。

「我這裡沒有文元龍，你們跟錯人了。」孟嘯呵呵冷笑一聲，輕描淡寫地說，同時急步走過來，站在雷豪身邊，雙刀已經收進腰間。

隨著孟嘯話音，倒地之人連忙一個鯉魚打挺，直起身來。

「原來你真是個女子。」雷豪這下子看清楚了，倒吸一口冷氣，不由說出聲來。

那女子毫不理會雷豪，也不再繼續掩飾自己女性真身，邁前一步，面對孟嘯，厲聲喝問：「那麼跟你一起跑的是誰？」

孟嘯舉手朝旁邊一指，若無其事，說：「你們自己去看吧。」

對方四人集成一個方陣，扶起讓雷豪剛才打斷手臂的那個同伴，相互掩護，側身挪過去，方才辨認出躺在地上的原來是個關外女子。那是富察小姐，被孟嘯點了穴，身不由己，睜眼躺著，一動不能動，一聲不能吭。

眾人都愣了，一邊後退，面面相視，不知該說什麼。

雷豪連忙趕過去，蹲下身，伸手之間，已給富察小姐解開那幾處穴道，然後推宮過血，讓她恢復活動能力，同時悄悄在她耳邊說：「別出聲，有我在，沒人能傷害你。」

這時孟嘯突然喝叫：「姜喜蓮，你們實在也欺人太甚，這筆帳早晚要算清。」

「現在算也行，你以為我們不會奉陪嗎？」那個被叫做姜喜蓮的女子說完，嘿嘿冷笑幾聲，又補充，「就憑你，百八十人，京城城裡，連個娘兒們都看不住，害得我們追這麼遠，還有臉逞什麼威風。」

這可揭了孟嘯的痛處，他頭腦一下子充血，轟轟鳴響，險些昏過去。他一生事業裡，並非沒有過失手的時候，可在京城密密重圍中丟失細翠兒，可算是痛中之最，能讓他餘生不得安寧。

雷豪正扶富察小姐站起來，聽見此話，料到孟嘯難免腦羞成怒，又要一場好打，便忙也冷笑一聲，說：「你也用不著不服氣，碰在我手裡，讓你千把百人，看能不能守住她。」

姜喜蓮順話就說：「那麼我們要不要試一試，你把文元龍交給我們，由我來看守，再劫一次看看？」

雷豪呵呵一笑，說：「小丫頭片子，抖機靈。還用試麼？從京城出來，你們兩次劫我，怎麼樣？擋了我走路嗎？實話告訴你們，那兩次交手的時候，細翠兒就在我身邊，你們碰到她一下沒有？還在這裡班門弄斧，擠打別人，真是沒臉沒皮。」雷豪平時並不饒舌，此刻故意多說幾句，為了給孟嘯消氣解恨。

孟嘯當然不是猜不出來，很感激雷豪，接著又說：「如果春槐斜街都是我的神銳所警戒，誰也甭想得手。還不是用了你們左軍都督府的兵馬，頂不上事，才放走了人。」

雷豪這麼一聽，才曉得剛才對打一陣的幾個對手，原來果然都是明軍的人馬，難怪武功不錯，還使得出那麼多密招。那就是說，明軍也派了人，要對文元龍下手，而且是左軍都督府的人，那就是說湯耀祖在追蹤文元龍。想到這裡，雷豪心裡一緊，覺出事情比原來的估計更為嚴重。

這麼老半天過去，富察小姐的手腳能夠活動了，推開雷豪的手，說：「哈，點了我的穴，沒想到天下還真有這套功夫。」

姜喜蓮身邊一個男人不由得驚訝，說：「這滿洲韃子居然講漢話……」

十四 八旗圍捕急逃亡　使館互道生死別

他的話音被一陣狂呼打斷，眾人抬起頭來，林子周圍忽然亮起無數火把，把林子照了個透亮。

「快走！」孟嘯說完，一把拉住富察小姐，拔腳就走。

這時只聽四周圍一片高高低低的呼喊聲，樹陰黑暗之中，不知來了多少八旗人馬，紛紛高喊：「你們被包圍了，趕快投降。」

「撤！」跟著呼叫，姜喜蓮抬手一揚，刷的一聲，一支袖箭升到半空，啪的一響，炸開一團極亮的光，耀眼刺目，引起周圍一片哇哇喊聲，大概許多八旗人馬都瞪眼盯著看，不免閃花了雙目，只得急忙伸手捂住兩眼。

雷豪和孟嘯也並不知那是什麼新花樣，只不過他們此時只顧尋空突圍，無暇張望姜喜蓮施出的迷光花彈，所以正好借八旗人馬閉眼之機，拉著富察小姐，急跳幾步，衝進樹木較密的去處。

姜喜蓮那批人當然早知有此一招，聽得姜喜蓮喊聲撤，早低了頭便跑，毫不受那光彈影響。就在那光亮閃出的瞬間，姜喜蓮一縱身，向樹林深處躥去。她輕功不錯，彈跳輕盈，幾跳便已不見身影。另外四人都跟著，三腳兩步，連跑帶跳，慌忙逃進黑暗中去。待得姜喜蓮施放的亮光消失，這幾人已不見了蹤影。

孟嘯拉著富察小姐，急忙在林中奔跑，與姜喜蓮相反方向。雷豪斷後，側著身子，且望且走，掩護二人。

深夜林間，雖有林邊火把照耀，可那火光被相連樹冠遮掩，透入林中，只剩些絲絲縷縷的殘亮，婆婆娑娑，暗暗淡淡。八旗人馬分做兩部，一部去追趕姜喜蓮五人，另一部則緊追孟嘯三人不捨。火箭一批一批地射過來，既照亮，又射人。林邊舉火把的人，不斷喊話：「你們被包圍了，跑不掉了，立刻停下，繳出刀槍……」

孟嘯拉著富察小姐，拼命往林中樹木密集之處奔跑，想找到機會藏身，或者逃脫。可畢竟八旗人馬眾多，不論雷豪孟嘯往哪裡奔，總也甩不開追趕之人。

雷豪忽然喊：「打掉火把，掩護我。」

孟嘯奔跑之中猛然一停，回頭看一眼雷豪，左手一抬，從後腰拔出大刀，反身往追趕的武士揮舞過去。這忽然之間的拼命之舉，倒讓八旗武士大吃一驚，朝後退去。

與此同時，雷豪也跳到旁邊另一棵樹後，揚手一揮，發出一圈飛鏢，掃向林邊高舉的火把，立時打掉大半，林裡馬上一片黑暗。

趁著這空，孟嘯忙拉起富察小姐，由雷豪斷後，又匆忙奔跑起來。跑了一陣，覺得辨不出道路方向，便都停下來。這時林邊的火把，都又重新點燃，開始照耀。火箭也射得更多，有的朝天照亮，有的朝地射人。雷豪等人，重新在林間左繞右繞，奔跑不停。

孟嘯本以為，憑他們自己的經驗和本事，甩掉身後追兵，逃出重圍，應該不難。可萬料不到，這批八旗武士確實受過比中原明軍更好的訓練，他們跑東，八旗武士追東，他們轉西，八旗武士隨西，怎麼也甩不掉，而且眼看越來越近。

孟嘯一手拖拉著富察小姐，動作到底不靈活，忽然間腳髁一麻，痛如鑽心，大叫一聲：「我中箭了……」話音未落，身體便向前撲倒下來，他抓住富察小姐的手死死不放，藉以不倒，富察小姐也拼命拉住他，想扶他站起。可沒來得及，一刹那間，噗的一聲，孟嘯右肩又中一箭，立時血肉翻飛，濺了富察小姐一臉，同時孟嘯身體也軟下來，再次倒向地面。

富察小姐趕緊臥倒在他旁邊，用身體護著他，對雷豪大喊漢語：「他負傷了。」

雷豪一躍，趴到孟嘯身邊，從身上掏出一卷布帶，給孟嘯捆膀肩膀，一邊問：「你怎麼樣？」

「我挺得住。」孟嘯咬著牙，翻過身，兩手舉刀。可是肩頭受傷，手臂哪裡還有力，那握刀之手，激烈抖動。

八旗武士見他們臥倒不動，也都紛紛原地臥倒，不再前進，停止射箭。他們好像有特別命令，只許捉住活口，不準傷人。

孟嘯上下牙打著響，說：「雷豪……你……記著，死不作……作俘虜……」

雷豪聽了，渾身一震，低下頭來，兩手發抖，短刀也掉落在地上。

富察小姐聽見，很覺奇怪，伸手替他拾起刀，遞還他，離得近了，見到雷豪居然兩眼裡全是淚水。

孟嘯又說：「聽見沒有，雷豪，不準投降呵，不行……的時候……給我一刀……你跟……跟孟吟……啊，啊……」

雷豪不理會他說的話，只顧給孟嘯包紮肩膀和腳髁兩處箭傷，兩個手好像很用力，發泄什麼憤恨，疼得孟嘯連連叫出聲來，停了要說的話。

包紮好之後，雷豪緩了幾口氣，便和富察小姐一邊一個，拉著孟嘯，悄悄向右側爬動幾尺。

孟嘯說：「你們放開我，自己衝出去，我掩護你們。他們人多，我這樣子，跑不掉的。」

雷豪說：「嘯哥，別說這話，活一塊活，死一塊死。」

富察小姐忽然說：「我調虎離山，你們衝出去。」

雷豪一聽，便明白了，沉吟片刻，同意了，說：「行。」

孟嘯說：「不行，我不……不讓她……」

雷豪根本不理他，對富察小姐說：「你往左手跑，我們往右，馬在路上。」

富察小姐伸個手，說：「給我一把刀。」

孟嘯有點急，忙說：「不可以！」

雷豪早將手裡的刀，交給富察小姐，說：「謝謝你，明天我去找你。」

富察小姐看他一眼，撇撇嘴，說：「你會找我？誰信。」

雷豪說：「這次一定。」

「隨你怎麼說啦。」富察小姐聳聳肩，又指指孟嘯，說，「好好照料他。」

雷豪點頭說：「你放心，我會。」

富察小姐再一次望望雷豪，說：「我走了，你們保重。」說完，她便悄悄匍伏地上，迅速地朝左方移動過去。

孟嘯和雷豪緊伏地上，一動不動。

過了一陣，忽然之間，左側遠處忽然響起一片滿語喊聲，中間最響亮的是富察小姐的聲音，不停喊：「我是富察小姐，都停下手來……」

跟著就是雜亂的喊叫：「別動手，是富察小姐。」

「富察小姐找到了……富察小姐找到了……」原來這批八旗人馬是專門來尋找富察小姐的，難怪他們不敢亂箭傷人。

雷豪扶起孟嘯，側背在自己背上，彎著腰，施展輕功，朝右方大路邊跑。片刻之後，雷豪已經背著孟嘯到了路邊，急急忙忙把孟嘯扶上馬背，然後自己跳上另一匹馬，拉扯著兩馬的韁繩，掉轉馬頭，急馳而去。跑了好一陣，確認已經丟遠了追兵，這才鬆了口氣，放緩馬步。

孟嘯舉起左手摸摸右肩，問：「你攙和這事幹什麼？出生入死的。」

雷豪兩眼注視前方，回答：「文大人找我，我能怎樣？上刀山下火海，沒二話。你也一樣，只要一句話，我也一定兩肋插刀。」

「這不用說，文大人對你有恩。」孟嘯點點頭，嘆口氣，又說，「唉，雷百戶死得慘。」

雷豪沉默了一剎那，不說什麼話。他知道，雖然他對孟嘯說了，孟嘯要求他幫助的事，他絕不會不答應，但此刻孟嘯絕不會真開那個口，要求他放開文元龍，讓他們把文元龍帶回京城。他對孟嘯的瞭解，簡直跟對自己一樣準確，孟嘯絕不會提出那要求。同時孟嘯當然也懂得，就算真那樣要求，雷豪也不會照做。因為實際上，他們兩個人都得聽文元龍的意思，要看文大人願意不願意回京城。

「送你回使館。」雷豪說。

孟嘯點點頭，沒說話。

過了片刻，孟嘯忽然又嘆口氣，說：「我原想只要看住細翠兒，文大人該不至於……唉，他怎麼會一時糊塗，走上這條路呢？就算我這次來關外辦不了差，朝廷也絕對饒不過他，以後日子好過不了。」

雷豪引著二馬，下了大路，進入市區街道，一邊說：「他一定有他的道理，總也是逼上梁山。我問你，剛才那個姜喜蓮是什麼人？心那麼狠，在京城就跟我交過兩次手。他們為什麼也要劫文大人？」

孟嘯說：「左軍都督府的人，湯耀祖的標兵，身手不凡，萬裡挑一的。」

雷豪咬咬牙，說：「那麼說，是湯耀祖的親信。」

孟嘯說：「我想錯不了。真是命裡註定，怎麼也躲不開那個老傢伙。」

雷豪說：「也是因為文大人這件事裡，有那個老不死的關係，所以我才特別用心。」

「我自然料得到，你離開中原的時候，留下的話是：你回鄉之日，就是報仇血恨之時。十年之後，你回鄉了。」孟嘯嘆了口氣，又說，「不過要小心，他現在實權越來越大，了不得。你看姜喜蓮他們幾個，先不說拳腳功夫，光他們那份效忠的勁頭，就夠嚇人。」

雷豪說：「我在京城郊外交過一次手，也許就是她。那時不知道她是女的，居然能料到我出走的路線，路上劫我，確實很不簡單。」

孟嘯說：「都說她很厲害，比武拿過第一名，男的都打不過她，所以調進湯耀祖標兵親軍。我前兩年也動過念頭，想調她到錦衣衛神銳所來，可是調不動。她的兩個助手，一個叫董釗，一個叫杜亮，也都是左軍都督府的標兵好手。」

雷豪問：「這麼多人，一撥一撥的，都玩命找文大人幹什麼？」

孟嘯說：「文大人是兵部的人，掌握很多軍事機密，他想叛逃，當然問題嚴重。」

雷豪說：「我看不見得，又不是頭一回明軍軍官出走，以前從來沒有這樣大動干戈，居然派你親自出馬。」

孟嘯說：「我來可還真不是上頭派的，是我自己要來的，將功補過，跟朝廷沒關係。」

雷豪張望前面，說：「我想，文大人肯定拿住了那老不死的什麼短，所以老不死的逼他，他才不得不出走，求條生路。」

孟嘯說：「我也這麼覺察，所以我想爭取搶先把文大人弄到錦衣衛，那樣我還能說上句話，保住他。如果真讓左軍都督府弄了去，到湯耀祖手裡，恐怕他難活下去。」

「到了。」雷豪遠遠地把馬貼街邊停下，大明使館在左側，遠遠看得到了。

孟嘯也停下馬問：「這裡下？」

雷豪說：「不，你傷重，不能走這麼遠。等一下過去，到門口你再下。」

孟嘯用力抬起些身子，朝前望望，剛好看見彭奇和童康兩個騎了馬，從使館大門口跑出來。站在馬路上，左右張望一陣，然後朝南掉轉馬頭，策馬飛奔而去。

雷豪說：「他們還在到處找你。」

孟嘯點點頭，說：「難為他們兩個了。這兩人是我的左右臂，都是很出色的人，以後相遇，你多關照，手下留情。」

「那沒問題。」雷豪說著，把二馬挪到街心，慢慢靠到使館門前，沿街停下，又問，「你怎麼辦？」

孟嘯說：「傷了，還能怎麼辦？回京城去。」

雷豪說：「回去一定沒你的好果子吃。乾脆跟文大人學，留在關外得了，跟我一塊幹。」

孟嘯看他一眼，說：「跟你一塊幹？你裝傻，還是真不知道？就因為你在關外，所以我死也不能來關外。明白嗎？你能忘得乾淨，孟吟可忘不了，我們家的人都忘不了，那是殺母之仇啊。」

雷豪低下頭，過了片刻，才喃喃地說：「我派人送了花圈……」

孟嘯說：「那就能過去了？雷百戶死，你怎麼受的？老實告訴你，我對著母親遺體發過誓，跟你不共戴天。」

雷豪垂下兩滴淚來，說：「嘯哥，你怎麼處置我都可以，雷豪絕無二話。我從來沒想到居然犯下如此罪行，願以一死報伯母亡靈。」

孟嘯咬著牙，說：「我確實真想就在這裡給你一刀，了斷你性命。可是偏偏我才剛受你救命之恩，此刻不能忍心下手傷你。今日權且饒你一命，就算我們擺平了，互不該欠。下次窄路相逢，再莫怪我手下不留情。」

雷豪轉臉看著他，說：「今日以後，但見到嘯哥，雷豪絕不動一指一足，任憑嘯哥處置，萬死不辭。」

孟嘯扭過頭去，不看他，說：「最好再也不要見到你。」

「嘯哥，回到京城，千萬小心。雷豪這就告辭，好生保重。」雷豪說罷，勒馬轉頭，慢慢走開去。

孟嘯忍住滿眼的淚水，扭過頭來，望著雷豪的背影。

雷豪走過幾步，突然站定，轉過身來，刷的一聲，從長衣下拔出長刀，轉身朝孟嘯坐騎砍過來。

孟嘯見到，急忙伏身，從馬背上躍開，朝街邊撲出。與此同時，雷豪的刀光所至，已將孟嘯的坐騎砍傷。那馬長嘯一聲，倒下去，壓在孟嘯身上，人血馬血，血流成河。

使館樓裡許多燈火立刻亮起來，人聲鼎沸。遠遠的，彭奇和童康一前一後，飛奔而來，手裡揮動刀槍，大聲呼叫。接著使館大門打開，幾個武士舉著火把燈籠，一齊朝鐵門外奔跑。

雷豪這時早已策馬飛馳，遠去數丈。回過頭來，看見火光之中，孟嘯倒在傷馬之下，將自己身上包裹的繃帶撕掉丟開，伸著一隻手，用力搖動。雷豪看了，大笑一聲，轉身鬆韁，疾馳而去，轉眼不見蹤影。

十五

孟嘯被捕良醫所　兄妹低語傳妙計

為了避免招引滿漢八旗的注意，孟嘯雖然身受重傷，卻不能在關外醫治，當天便由大明使館派專車，送回京城，住進錦衣衛良醫所。並且馬上奏請太醫院派高明大夫，連續三次，挖肉刮骨，才算轉危為安，保住性命。

這日早上，他神志清醒過來，斜靠枕頭躺著，使勁低頭，張望自己身體。整個右半胸部纏滿繃帶，右臂也緊綁在胸前，絲毫不能動彈。只有左手可以動，他一把扯去蓋在身上的白床單，看見整條左腿綁滿夾板，只露出兩個腳趾頭。他用力動動，還能動，那至少說明沒有傷到脊柱，不會下肢攤瘓，他很覺放心，閉了一陣眼。

再睜開眼，側轉頭，看見床頭小桌放了一個瓷瓶，裡面沒有花，插滿一把長長絨絨的狗尾草，在窗口吹入的微風中，輕輕地搖。孟嘯扯扯嘴角，算是笑了一笑。他知道，妹妹孟吟來看過他，也許好幾次了，小桌上瓷瓶的水跡印了好幾個圈。只有孟吟曉得，他最喜歡狗尾草。因為在一場戰鬥中，他負了重傷，在荒山野地躺了兩天兩夜，一點也動不了，只有等死。周圍什麼都沒有，只有臉前幾根狗尾草，總是拂掃他的面孔，不讓他死去。文大人派雷豪找了他兩天兩夜，總算找到了他，把他從死亡邊緣搶回人世。孟嘯想著，把左手搭到裹著繃帶的右臂上，轉過臉來，頭靠在枕頭上，又閉上兩眼。

忽然，三個身穿飛魚服的檢校，腰跨繡春刀，推門走進病房，一見孟嘯，馬上停下腳步，雙膝跪下，齊聲叫：「孟大人萬安。」

孟嘯聽見聲音，仰起點頭，睜開眼睛，看看他們，皺皺眉頭，說：「你們來了……」。

良醫所良醫正黃大夫擠進病房，站在病床邊，面對錦衣衛，大聲說：「你們幹什麼，幹什麼？瞎闖進來鬧什麼？出去，出去！」

跪在最前面的羅超，顯然是帶隊的。他不理會黃大夫的話，兩眼看著孟嘯，很難過地說：「孟大人，您看您……都怨我那趟差沒辦好，把人丟了，讓您跑這麼一趟，受這麼重的傷……」

孟嘯擺擺左手，吃力地說：「別說那話，幹咱們這行，還能不流點血？彭奇和童康呢？他們兩個怎麼樣？」

羅超又嘆口氣，說：「都下了大牢，要不早來看您了。說是您孟大人親自帶了他們兩個，居然沒把文大人捉回來，沒人信。」

孟嘯明白了，說：「所以你們是來捕我的囉。」

羅超仍跪著，支吾一下，低下頭，好半天，不得不答：「稟報孟大人，衛裡都指揮使喚您去一趟，只是問個話。」

黃大夫一聽，火冒十丈，手指著孟嘯，大喊：「他眼下路都走不動，你讓他怎麼個去法？」

羅超說：「知道孟大人走不動，外面停了大轎。」

黃大夫揮著手，簡直嘶叫：「你們這是打算要他的命，知道不知道？不行，我不放人。有什麼話，到這兒來問。」

羅超說：「黃大人，您知道，我這是公務在身，不能不辦的。」

黃大夫抬腳朝病房門口走，說：「不行，我去請太醫院院使大人，上奏朝廷。」

孟嘯笑了，說：「黃大夫，甭瞎忙乎了。他們這是來逮捕我，軍法行事，不去也得去，誰也擋不住。」

羅超站起身，說：「孟大人，軍令如山，只好委屈您了。」

「沒什麼，咱們走。」孟嘯說著，費力地欠起點上身，左手伸過，要拉自己的左腿。

黃大夫一見，忙從門口趕回來，按住孟嘯身子，強迫他重新躺下，連聲說：「別動，別動……」

羅超身後兩個檢校站起來，走上前，一個伸手推開床邊的黃大夫，另一個拿著一條繩，好像要動手綁孟嘯。

「住手！」羅超大喝一聲，急上兩步，手一掄，啪啪，照那兩個檢校臉上抽過去。

兩個檢校被掀得後仰不已，急退腳步，才站穩了，沒有倒下，抬手捂臉，嘴角流血，臉頰紅腫。再看一眼面前的羅超，又趕忙雙膝跪下，連連叩頭，不知自己犯了什麼大法。

羅超站在床邊，漲紅著臉，對著孟嘯跪下，惶恐地說：「對不起，孟大人，都是今年剛從京軍調進衛裡來的，冒犯您了，別在意。」

孟嘯笑笑，說：「他們也是辦差，既說是逮捕，當然要綁。」

羅超站起，轉過身，變了臉，兇神惡煞一般，噴著唾沫星子，對著那兩個檢校破口大罵：「你們他媽的什麼東西，我說讓你們綁了嗎？你們他媽的吃了豹子膽啦，自己敢上去綁孟大人？你們聽明白了，回去給我消十天的假，不準回家探親。不罰罰你們，還上天了，你們兩個他媽狗東西……」

「算啦，算啦。」孟嘯打斷他說。

羅超不依不饒，繼續罵：「告訴你們，聽清楚，孟大人這是客氣，放你們一馬，別他媽的臭得意。就算孟大人這麼受著重傷，兩個指頭一點，也能取了你們他媽的兩條小命。」

兩個檢校跪在地上，臉上被搧得又紅又腫，拿手捂著，一句話不敢說，驚恐的眼睛，一會兒看看羅超，一會兒看看孟嘯。

孟嘯又說：「算了，羅超，別罵了，扶我下地，咱們走。」

羅超還是滿臉怒氣，手指著那兩個檢校，嚷叫：「還他媽的木頭似，快去，給我找個推車，你們小心著，把孟大人平平穩穩推出去，要是讓孟大人哪兒疼著一點，我回去下你們大牢。」

兩個檢校一聽，能有機會躲開孟嘯和羅超，真是迫不及待，趕緊從地上爬起身，你擠我，我擠你，爭先恐後，奪門而出。

這時候，孟吟穿著一件青色衣裙，匆匆從門裡趕進病房，左手捧著一把鮮綠的狗尾草，右手提個布袋，裡面裝些吃食。看見兩個全付武裝的錦衣衛檢校從面前門口發瘋一樣衝出去，吃了一驚，忙問房裡的人：「怎麼了，這是？他們兩個？」

孟嘯搶先說：「沒事，你怎麼這時候來了？」

黃大夫很生氣地說：「你看看，他傷成這樣，他們還來無理取鬧。」

羅超站在一邊，陪著笑臉，對孟吟說：「孟姑娘，你好嗎？」

孟吟走到床頭，把手裡拿的布袋放在床邊地上，拔出櫃上花瓶裡的那把狗尾草，伸手遞給羅超，又把手裡新摘的一把插進瓷瓶，一邊說：「你們來幹什麼？錦衣衛忽然發了善心，知道關心部下了？」

黃大夫仍然賭氣，大聲說：「關心？有那麼好？他們是來逮補孟大人去受審的。」

孟吟聽見這話，嚇了一跳，停下手來，望著羅超，問：「真的？」

羅超沒辦法，只好臉上堆滿笑，說：「這……這，是上頭說的，憑孟大人的能耐，還帶了彭奇和童康兩個，怎麼著也不可能先丟了文翠，後到關外還逮不住文大人。上頭說，孟大人兩次辦差不利，也許是跟文大人合了夥，所以……」

孟吟大怒，喊叫起來：「瞎說八道！」

孟嘯說：「你別朝他嚷嚷，他只是辦差，沒他的事。」

羅超忙說：「就是，就是。我知道這裡頭肯定有誤會，孟大人能自己去解釋解釋，其實也好。」

黃大夫說：「他們就不能到這兒來問問？傷筋動骨一百天，他傷的不是一條筋一根骨，他傷了好幾根骨頭，一大把筋，養上一兩百天也未見得能恢複正常，他又跑不了，過兩個月再問話，又怎麼了。」

孟吟忽然說：「你們能不能出去一下，讓我們兄妹兩個說點話，行嗎？」

黃大夫和羅超聽了，馬上都轉過身，一齊走出去，關了房門。

孟吟坐在床邊上，給孟嘯蓋好床單，問：「他們說的是真的嗎？」

孟嘯問：「什麼真的？他們要逮補我，是真的。說我跟文大人合謀，不是真的。」

孟吟說：「那你怎麼兩次都沒辦妥，讓人家抓住短了。」

孟嘯咽口唾沫，勉強地說：「你別問了。」

孟吟眼裡流下淚來，說：「都是他，對不對？都是他。害了我，害了咱媽，現在又害你……有完沒完，我真是恨他。你怎麼能饒了他？」

孟嘯說：「他救過我的命，不是一次。這次又是他救的，要不我就得待關外大牢，回不來了。本來大明駐盛京使館的人都看見了，能證明我是逮住了文大人，又讓劫走了，當著使館人的面劫的，就在使館大門口。所以我以為沒事了，可不知怎麼搞的，不知哪兒又出了什麼差子。」

孟吟抹著淚，問：「那你現在怎麼辦？」

孟嘯說：「到衛府裡去，我一點不怵。他們總不能把我怎麼樣，也沒準是他們聽見點什麼風聲，先要把我保護起來，免得別人整我。」

孟吟撇撇嘴，說：「當頭的都那麼好心，早天下太平了。」

孟嘯說：「不是他們想對我怎麼好，是他們遇見難事就離不開我。要是他們用不著我，你看誰會把我當回事。」

孟吟點點頭，不說話了。

孟嘯說：「彭奇和童康兩個也都在大牢裡，受了我的連累。兩個好人，心好，也能幹，可惜了。如果我這一去，再見不到他們兩個，你幫我傳個話給他們。」

孟吟落下淚來，說：「你說，哥，我聽著。」

孟嘯說：「你先替我向他們兩個賠個不是，拖累了他們。讓他們好好幹，會有前途。」

孟吟抽抽答答地點點頭，拿手抹著淚，說不出話來。

孟嘯咧了咧嘴，好像忍住點疼痛，又說：「我身邊的人裡，只有彭奇童康他們兩個可靠，信得過，其他的，不論上司還是屬下，都是些隨風倒的勢利小人。以後你如果有什麼需要，只找他們兩個，不要找別人。嗯，當然還有雷豪，他絕不會不幫你。」

孟吟一聽，馬上氣急起來，說：「你別提他名字，行不行？我就是死了，也絕不找他幫忙。」

孟嘯說：「我沒那麼多時間，不說別的了。你替我告訴彭奇和童康，不許他們亂說亂動，老老實實等我的消息。彭奇那人，肯定會服從。童康就不一定，他腦筋靈活，常常有自己的主張。如果他們把我被捕的消息透露給雷豪，那就糟了。」

孟吟忍住淚，抬臉看著哥哥，問：「那會有什麼糟？」

孟嘯說：「雷豪回來救我，那事情就鬧大了，不可收拾。」

孟吟聽了，好像想了一想，忽然面顯微喜，問：「真的麼？」

孟嘯說：「只要他聽到消息，一定馬上回來。只要他來救我，當然一定成功。整個中原天下，除了我，沒一個人能防得住他。可你知道，我就是被他救下來，也仍然不會跟他走，那我還怎麼能夠交代得清楚。」

孟吟又急了，問：「雷豪走了，文大人也走了，你為什麼不能走？非留在中原等死？」

孟嘯嘆口氣，說：「我要是願意走，還不早就走了。你知道我為什麼不走，我跟他不共戴天。」

孟吟看看哥哥，低下頭，小聲說：「哥，都是為了我。」

孟嘯不理她，說：「聽見沒有，你告訴他們兩個，千萬別蠻幹，我出不了什麼大不了的事……」

羅超推門進來，說：「孟大人，實在不能再等，回頭又要挨罵。」

孟嘯抬起左手搖搖，說：「我們走，我們走。」

跟在羅超身後，兩個僕人推了一輛手推車走進屋。那兩個挨了訓的檢校，再不敢進病房一步，靠牆站在門外，靜靜等候。

黃大夫和兩個僕人，以及孟吟，一起上手，輕輕把孟嘯從病床移上推車。然後幾個人簇擁著，慢慢走過院落。走了半天，一路上沒有一個人說一句話，只聽見刷刷的腳步聲，和重重的喘息聲。

出了良醫所大門，幾個人一齊使力，把孟嘯抬進大轎躺穩。前後六個轎夫，發一聲喊，抬起轎子。羅超他們幾人在後面跟隨著，上路走了。

十六　左軍持強遭抵抗　孟吟遞話童康耳

望著消失的轎影，孟吟只覺得一陣頭昏，兩眼緊閉，身體直挺挺向後倒下去。剛好站在她身後的黃大夫連忙一把托住，順手翻開她眼皮看看，轉頭對兩個僕人說：「扶她進去，休息一下，拔兩個罐子。」

這幾人前腳剛剛回進良醫所，後腳兩匹馬，裹風帶電，衝到門口，急急停下。彭奇和童康飛身躍下，腳步不停，往良醫所裡面奔跑。

他們衝過院子，繞過普通傷員住的大房間，轉過牆角拐道，跑進孟嘯住的小號病房。不見孟嘯，卻有一個僕人正在收床單。

彭奇忙問：「喂，我們孟大人呢？」

那個僕人說：「剛才不是出所了嗎？」

童康急了，說：「什麼？剛才幾天，怎麼能出所？」

僕人說：「那我就不知道了，我只知道讓我來收拾病房，說病人出所了。」

彭奇不等她說完，早已轉身衝出病房，通通通跑去找大夫。童康也在後面緊緊跟著，一邊張望左右兩側各間病房。

黃大夫站在那裡，剛剛吼完最後一句話：「……你跟他們說，他們要想讓他多活幾天，問清楚話，明天就接我去看他。簡直沒有王法了，居然敢到良醫所裡來捕人。」

說完，看著一個僕人匆忙跑出去傳話，回過頭來，看見彭奇童康兩個穿著飛魚服，衝進來，黃大夫便又揚著兩手，高聲喊叫：「你們有完沒完，一撥兒走了，又來一撥兒，這回來抓我的嗎？也好，乾脆把我跟孟大人關一間牢房，順便就看護他了，也好，也好……」

童康皺著眉頭，忙解釋說：「我們不是來抓人的，我們來看望我們孟大人。」

黃大夫搖搖頭，說：「看你們孟大人？得了，大牢裡看去吧，剛抓走了。」

彭奇忙上前一步，伸出手去，又半路停下，沒有提起黃大夫的領子，問：「抓走了？誰抓走了？誰他媽敢抓我們孟大人？」

孟吟坐在一個角落裡，剛喝了些水，清醒過來一些，看清眼前是彭奇和童康兩個，眼淚就又流下來，說：「羅超帶了人來抓的。」

童康雙腳一跳，大罵：「他媽的，我回去一刀宰了那混帳小子。」

黃大夫不耐煩地揮揮手，說：「去去去，回去問你們自己人，少在這兒惹麻煩。」

彭奇說：「大夫，您別生氣。我叫彭奇，他叫童康，我們兩個跟孟大人到關外辦差，都沒完成，孟大人受傷，我們也坐了牢，所以這幾天沒來看孟大人。今天說是要我們將功折罪，才放出來，實在忍不住，偷跑出來看看孟大人，沒想到……」

話沒說完，聽見外面院子裡乒乒砰砰亂響一通，顯然是什麼人被推倒，牆邊排列的車子之類被撞翻。接著，幾個粗壯的聲音七嘴八舌，一路喝叫：「快說，快說，孟嘯在哪個病房？」

童康一聽，刷的一聲，搶先一個箭步躍出房間，眼裡噴火，大叫一聲：「什麼人敢直呼我們孟大人的大名？」

彭奇跟著躥將出去，站在院子轉角過道裡，跟童康並排，雙手插腰，擋住來人去路。這兩人在關外，沒一件事辦成，受足冤枉氣，孟嘯還受重傷，自己剛回京城又蹲了大牢，心裡早已憋得幾乎噴血，沒事都想找點碴子，打上一兩架，消消火，泄泄憤。孟嘯被捕的消息，更在兩堆乾柴上猛澆一大桶油，只等一粒火種，管保大燒起來，不惜跟這個世界同歸於盡。現在引火的來了，就在面前。

迎面一行五六個左軍都督府官兵，全副武裝，刀槍之外，還掄著繩索鐐銬。他們前面領頭的是個女子，也是一身短打扮，大步走路。看見彭奇童康突然閃出門來，便站住腳，兩手叉腰，鳳眼倒立，叫道：「軍務火急，讓開路。」

「他們又來抓人的。」孟吟不知何時跟了出來，看見來人架勢，驚呼起來。

童康頭一搖，說：「啊哈，姜喜蓮，多年前孟大人找你的時候，見過一面，忘了嗎？咱們緣分不淺。」

姜喜蓮瞪他一眼，叫：「讓開不讓開？別讓我連你們一塊兒抓了。」

彭奇邁前一步，撇撇嘴，說：「要抓我們兩個，哼，怕沒那麼容易吧。」

見這陣勢，一邊錦衣衛，一邊左軍都督府，眼看要大打出手，院裡往來的醫生、僕人、病人早都縮進病房。無處可躲的，又不敢跑動，只好緊貼牆邊站住，瑟瑟發抖，看看這邊，又看看那邊。一個女僕人懷裡抱了一大抱床單，遮去視線，看不見面前，正走之間，聽見有人驚叫，嚇了一跳，手一鬆，一條床單半截落地，被邁出的一腳踩住，險些跌跤，嚇得哇哇亂喊，更教滿院的人聽了，心驚肉跳。

黃大夫忙跑到兩邊人群當中，揮著手臂，大聲說：「別在這裡鬧，這是良醫所，懂不懂？這是良醫所，別在這裡鬧。孟嘯已經被人抓走，不在良醫所裡了，出去吧，出去吧。」

姜喜蓮歪頭看看黃大夫，又看看面前幾個人，忽然之間，不見她耙勢，身形一動，早已躍到牆邊，輕伸猿臂，單手一翻，便將那抱床單的女僕人一臂扭到背後扣緊。

「好俊功夫，果然名不虛傳。」童康看了，心裡暗暗叫好。

那被拿住了的僕人手一鬆，懷抱的床單撒落一地，這才露出臉來，看清面前的陣狀，不由又發幾聲驚叫。

姜喜蓮手一緊，勒得那僕人疼痛不堪，面色發青，慘叫一聲，然後才問：「老實說，孟嘯在哪兒？」

那個僕人眼淚汪汪，抖著聲音，半哭半說：「他，出……出，出所了。這，這就是他病房的床單，剛收的……」

姜喜蓮手一鬆，哼了一聲：「跑得了和尚，跑不了廟。我們走！」

她帶領的那一隊兵齊聲喊：「得令！」，都轉過身去。

彭奇刷一聲從後腰裡抽出一根短棍，厲聲喝叫：「那麼容易，想來就來，想走就走？」

童康也跟著叫道：「就是，不是要抓我們走嗎？怎麼不抓了呢？」

「怎麼樣？要打一架嗎？」姜喜蓮轉身手一揮，早從腰裡製出兩柄鋒利的匕首，一手一把。從長度上講，與其叫匕首，不如叫短刀更準確。

那一隊左軍都督府官兵，本也都是些幹過多年的武士，一見架勢，紛紛跳動腳步，列出前後呼應相互掩護的隊形，揮拳的，立掌的，拿棍的，舉刀的，不顧良醫所重地，準備大打出手。

彭奇把手裡短棍舞成一個圈，呼呼作響，說：「老子本來滿肚子的火，來來來，黃毛丫頭，過來給老子出出氣……」

話音未落，姜喜蓮一對雙刀早已搠到他胸前。或許是稱她黃毛丫頭，真惹惱了她，不聲不響，頭一招便顯致命之狠。彭奇一驚之下，矮身躲過，踢出一腳掃堂腿，以攻為守。逼得姜喜蓮要想身不倒地，必得收刀後躍，自行撤去雙刀。姜喜蓮功夫也很了得，不見她腳步移動，只將上身一縮，倏地便退開兩尺，緊接著雙刀遮空，劈面砍落。彭奇揮出手中短棍，當頭一格，旋即一順，送上前去，直指姜喜蓮胸口。好個姜喜蓮，臨險不驚，忽一側身，雙刀已合一手，隨將空手一帶，扯住短棍，借力一拉。彭奇出其不意，未及收勢，向前跳了起來，撲倒下去。

那邊四個左軍都督府官兵見了，一陣歡呼，震得屋頂上粉皮直落。這邊孟吟也看到，兩手掩口，兀自驚叫不已。

虧得彭奇臨戰經驗豐富，身體飛行之中，將手裡短棍一伸。那轉角過道處，不過數尺之寬，他身體本來橫向飛動，手臂一伸，那短棍端頭便點在一側牆壁上，平空中忽然便生出一股斜向力，支住他飛動的力道方向，化解了他的前撲之勢。只見他身體朝上一挺，雙腳便已落地，兩腿一彎，馬步蹲襠，穩住下盤，隨手丟去短棍，雙掌穿插，一手上舉，護住面門，一手落下，護住丹田。

這一系列動作，不過轉眼之間，間不容髮，一氣呵成，看得旁邊姜喜蓮眼花繚亂，不由叫出聲：「真好功夫！」

「看看我的如何？」童康喊著，一拳擊來，挾風帶雷，直指姜喜蓮額頭，勁道凌厲。俗話說，擒賊擒王，要打退這一隊官兵，自然先要打退姜喜蓮，所以童康毫不理會旁人，專心攻擊姜喜蓮一個。

姜喜蓮聽得耳邊風聲作響，急忙低頭躲過，未待分刀，只將那空手轉過，抓握童康擊至之拳。卻見童康縱身而起，於空中飄動之際，左手兜過，右拳穿出，逕撲姜喜蓮面門，來勢奇急。姜喜蓮不及抵擋，身體後仰，讓過來拳，見童康落地未穩，便雙手握刀，橫刺過來。

不想童康原本不欲落地，不過虛晃一招，只將腳尖著地一點，又翻身凌空，一個小翻，自她頭頂躍過，不待姜喜蓮轉過身來，雙拳相夾，直擊她背後腋下。姜喜蓮慌忙側身躲避，已來不及，竟被童康兩拳打中，只覺腰背一陣麻痛，彎下身來，手中雙刀也都掉到地上。

旁邊四個左軍都督府官兵一見，大驚失色，發一聲喊，揮刀舞拳，一起衝上來，救護他們的長官。

「好呀！好呀！難道我怕你們人多不成。」童康打得興起，舞拳作勢之際，已從後腰抽出一個烏黑渾鐵的拳環，套在手指上，兩個拳頭握得格格作響。帶上那烏鐵拳環，再要打在誰身上，就不會像姜喜蓮那樣忍得住了。

彭奇一躍，跳到童康面前，對他大喝：「童康，不準胡來。」然後轉身，對姜喜蓮一指，向左軍都督府官兵喝叫：「快把她抬走，不得停留。」

姜喜蓮哪裡容得那四個男人伸手扶持，獨自站立，緊閉雙眼，暗在體內運氣，朝自己後腰衝宮過血，然後大喝一聲，忍住疼痛，轉過身，臉色雪白，緊咬牙關，吐出幾個字：「我們後會有期。」

彭奇厲聲說：「再要惹是生非，撞在我們手裡，下次可再不會這麼客氣了。」

姜喜蓮狠狠盯童康一眼，轉過身去，邁步便走，忽然口一張，噴出一口鮮血，向前撲倒。身邊兩個兵忙伸手托住，架起她兩臂，匆匆朝良醫所門口奔。另外兩個兵斷後，面對彭奇童康，倒退行走，以防偷襲。

黃大夫揮手大喊：「她受了傷，你們哪裡去？這裡就是良醫所……」

可是沒人聽他的話，那一隊官兵，很快消失在良醫所門後。

彭奇轉過身來，一個手指點在童康腦門上，惡狠狠地說：「姑娘家的，教訓教訓她就算了，誰許你出手這麼重？」

童康不服氣，搓著兩手，嘟囔：「她先動手，出招就想要你的命，還拿短刀，比我狠得多了。」

彭奇仍然恨恨地說：「跟你似的？她不會，明知是自己人，她決不會真的傷我。」

童康說：「誰跟他們自己人。」

彭奇說：「你也是當兵出身，是不是？當過一天兵，永遠都是兵，聽過這句話沒有？我們和他們，是自己人。」

童康哼了一聲，沒有再搶辨，心裡說：行，咱們走著瞧吧。

「走吧！」彭奇還氣哼哼地，邊朝良醫所門口走，邊說，「但願別讓孟大人知道咱們打了這一架。要不，你傷了人，非得回去蹲大牢不可。」

童康說：「要是孟大人能知道這事，下令關我大牢，那就好了，多關我幾天，我都樂意。」

聽了童康這話，彭奇先一愣，隨後明白了他的意思，也難過地低下頭，輕輕說：「是啊，只怕他連知也不會知道了。」

這麼說著，他們已經走出良醫所，到了馬邊。童康突然舉起拳頭，猛地一砸，通一聲，打在門外一根木柱上，砸出一個癟坑來。

彭奇看童康一眼，抬手拍拍他的後背，沒有言語。

「也許文大人做得對，不值得為朝廷賣命。」童康發狠說，「孟大人為他們出生入死幾十年，到頭來坐自己人的大牢……」

說到這裡，聽見背後盈盈的哭聲，兩個人趕忙轉過身來，才看見孟吟一直跟著他們，聽見提及孟嘯被捕的話，忍不住哭出聲來。

彭奇手腳一陣忙亂，拉她不是，拍她也不是，不知該怎麼辦，只能連聲說：「別哭，別哭，孟姑娘，我們想辦法，想想辦法……」

孟吟收住眼淚，繼續抽泣道：「你們兩位，是哥哥最信得過的人，你們一定得想法子，把哥哥救出來。」

彭奇轉轉頭，前後左右看了一眼，說：「咱們走，這裡不是久留之地。」

三個人迅速上了馬，離開良醫所門口。

上了大街，童康便問：「咱們還能有什麼辦法？頂多找他們說說情。人是他們捕的，怎麼找他們說情？」

彭奇說：「我想這不是衛裡的意思。衛裡人還不明白，孟大人那樣的，全中原找不到第二個，能讓他坐牢嗎？離開孟大人，衛裡還幹不幹了？」

童康說：「甭管怎麼著，咱不能指望衛裡的頭頭，咱們得自己想個法子救出孟大人來。」

彭奇搖搖頭，說：「咱們自己搞不成，憑咱們兩個人？救不出孟大人，回頭把咱們倆也弄進去了，還給孟大人加禍害。」

童康枯坐馬背，兩眼緊盯面前，什麼也看不見，生悶氣，不說話。

過了片刻，彭奇又說：「咱們想個法子，去見見孟大人，那總能做得到。咱聽聽孟大人怎麼想，看他要咱們怎麼個做法吧。」

孟吟忽然插話，說：「哥哥臨離開良醫所，單獨跟我說，要我轉告你們，說你們兩個是他最信得過的人。他如果坐了牢，我有事找你們兩個幫忙。」

彭奇說：「那沒錯，孟姑娘，隨叫隨到。」

孟吟又說：「哥哥還說，他不會有什麼太大的麻煩，要你們兩個穩住，別胡說八道，輕舉妄動。」

彭奇看童康一眼，說：「對吧，我說的吧。」

童康哼了一聲，仍然不言語。

孟吟繼續說：「哥哥說，這事特別不能讓雷豪知道了。」

彭奇問：「為什麼？」

孟吟說：「哥哥說，只要知道他被捕了，雷豪一定會來京城，不惜一切代價，把他救出來。」

童康轉臉看著孟吟，緊皺眉頭，急速眨眼睛。

「哥哥說了，天下只有雷豪一個人能救出他來。」孟吟又補充一句，然後有意無意瞥了童康一眼。

彭奇嘆口氣，自言自語說：「遠在關外，他怎麼能知道。」

童康說：「沒有透不過風的牆。」

孟吟說：「哥哥說，他這些話轉告給你們。彭奇肯定會服從，童康就不一定。」

童康又轉過臉，正碰上孟吟望過來的眼光。四目一碰，火花一迸，都不講話，轉回臉去。

又騎了一陣，童康忽然問：「奇哥，你知道他們會不會升堂開審？」

彭奇反問：「審誰？」

童康說：「你說審誰？他們抓了孟大人，總不至於私設牢房吧？總得開堂審案吧？」

彭奇哼了一聲，說：「審什麼案，朝廷說句話，就判他個十年八年。」

童康說：「可孟大人什麼官銜，得有個說法吧。」

彭奇看了童康一眼，說：「你可別犯傻，打什麼餿主意。孟大人說了，讓咱們別亂說亂動。」

童康說：「那我知道，我又沒說我要去鬧法場。」

孟吟插嘴，說：「你們人在錦衣衛，這點事還打聽不出來嗎？我是說，開庭審判這種小事情。」

彭奇說：「那當然能打聽出來，沒準還得找我們神銳所去做戒備。」

童康搖搖頭，說：「不會，決不會找咱們神銳所，大概也不會找咱們錦衣衛。」

孟吟說：「可別找姜喜蓮他們這撥人，要不就慘了。」

彭奇說：「那也不會。你要怎麼著？」

童康說：「我沒要怎麼著，就是想盡快打聽出孟大人哪天出庭，咱們也去聽聽。」

彭奇說：「這事不難，我來想辦法。」

童康說：「一打聽到，馬上告訴我，行不行？」

十七　劫法場雷豪施巧　言烏鋼孟嘯得計

孟嘯在牢裡關了兩個多月，最後到官府衙門去了一遭，案子就算審完。公文下來，發落北郊懷柔大院監禁。孟嘯帶著手銬腳鐐，由四個府役押解，走出衙門大堂，進了停在院內一輛馬拉囚車。孟嘯背靠車壁坐著，腳鐐鎖車底的鐵環裡，不經開鎖，他寸步難行，站都站不直身。四個府役手裡都提了刀，左邊兩個，右邊兩個，騎馬跟隨，面無血色。

囚車拉出官衙大門，路邊一溜騎馬的捕快公人，便跟隨上路，前面二馬開道，後面四馬相隨。連帶拉囚車的牲口和車夫，一行十餘人馬，卷著滿天煙塵，浩浩蕩蕩，順著大路，出了京城，向北駛去。

從京城到懷柔，總共六十多里，多在荒野之中，兩邊除了長滿野草的土地，什麼都沒有，路都是土路，不鋪石板，囚車走過，顛來倒去，搖搖晃晃。直至將近懷柔縣城，路面才鋪了碎石路面，好走得多，兩邊房屋漸漸密集，路上來往車輛也多了，馬車驢車，絡繹不絕。

忽然那輛囚車車身一抖，然後停下來。於是跟在囚車旁邊後面的人馬，也都趕緊踩勒馬停住，鬧得滿天塵土揚得更高，前僕後繼。前面開路那二馬兩人，見到後面囚車不見蹤影，趕緊又急急倒奔回來，兩下裡灰塵相交，衝撞一處，團團滾滾，鋪天避日。

捕快們煽著眼前，吶喊：「怎麼了？什麼事？」可一句話沒問完，早已灰頭土臉，迷了鼻眼，趕忙掉轉頭去，呸呸吐著嘴裡的沙石土粒，流著酸淚，擦抹眼角。

囚車車夫下了馬，朝前面開路的那二捕快招招手，便向車後走過去。

前面開路的捕快懂得了那車夫招手的意思，要他們幫忙，便都下了馬，嘴裡嘟嘟囔囔罵著，兩手揮舞，搧趕迎面撲來的塵土，朝囚車後面走。

車夫走到囚車後面，朝緊跟著車後那一眾人馬搖搖手，大聲喊：「沒事，車軸脫了。」

後面捕快見了，以為車夫喊他們幫忙，便也都跳下馬，嘴裡嘮叨：「偏這時候，真他媽的麻煩。」

一個捕快走到囚車邊，對孟嘯說：「老實坐著，別以為你能趁火打劫。告訴你，你想跑也跑不了。」

孟嘯笑了一下，點點頭，說：「當然，只要你們對付得了。」

那個捕快還沒有聽懂此話，車夫忽然縱身而上，展臂伸腿，左一拳右一腳，將車邊兩個捕快打昏，隨即一手一個抓起，轉身朝車後丟去。

緊跟囚車後面的一群捕快，剛湊成一堆，走到囚車後面，還說著話，忽然從前面摔出兩個同伴，凌空落下，慌忙躲避不及，卻叫都砸在自己身上，哎喲哎喲叫著，六七個捕快人壓人，人砸人，摔成一片，倒在土塵飛滿的路上。

那車夫掏出腰裡短刀，朝囚車上的鎖一砍，立時將鐵鎖斬短，然後伸手將裡面孟嘯一抓，便抓了起來。原來在他拳打捕快的那一剎那，孟嘯早已動手解脫了鎖住自己腳鐐的鐵環。他是錦衣衛的千戶，當然對囚車上的一切裝置了如指掌，自有徒手解脫的妙法。那車夫將孟嘯一抓，四足使力，順勢縱身，躍出車外。

被剛才摔過去的兩個捕快砸倒了的幾個捕快，剛剛從地上掙扎著爬起身，卻馬上又被飛身躍出的車夫和孟嘯踩倒地上，踏得鼻青臉腫。

那車夫抓著孟嘯，幾步從倒在地面翻滾的捕快身上躍過，拉過旁邊兩匹駿馬，各自飛身而上，兩腿一夾，繞過囚車，風馳電掣，轉眼消失。

這時那些捕快明白了眼前的的變故，急忙從地上爬起來，拉過各自的馬匹，跳上去，策馬急追。

狂奔一陣之後，那車夫轉頭張望片刻，然後開口說：「嘯哥，是我。」

「知道是你。」孟嘯回答。本來照孟嘯的功夫，就算他傷還未癒，也絕不至於會如此輕易地被人劫持。他早聽出那車夫的聲音，料到他要劫法場，所以一見他動手打擊身邊的捕快，便馬上動手解開腳鐐上的鎖環，配合行動。

雷豪憤恨地說：「他們不能這麼欺負人。」

孟嘯一邊坐在馬背上顛簸，轉手打開自己腕上的手銬，一邊說：「再往前走，你可不容易脫身了。」後面喊聲如雷，一眾捕快，飛馬追趕。前面不遠，也看到有人馬迎面而來。各方呼叫，響成一片。路上車多，人多，嚇得急急躲閃，一片驚叫。前後左右，支支岔岔的路口，還不斷鑽出捕快人馬，加入後面追趕的隊伍，浩浩蕩蕩，急急忙忙，東繞西趕。

雷豪在一個路口，突然右轉，過幾個個路口，找個岔口，急速轉過去，又打了幾個轉彎，早將前面後面幾股追趕自己的武士都甩脫了。看著前面有個小巷，像春槐斜街那樣，巷口有個門洞。雷豪勒轉馬頭，領著孟嘯，衝將進去，直至巷底，卻是個死衚衕。雷豪停了馬，跳下來，然後雙手扶著孟嘯下馬。

孟嘯不說話，跟隨雷豪，走到一道牆邊。那牆不高，雷豪揮掌，剁開一道口子。孟嘯探頭往外面街道張望一陣，然後背靠著牆，坐在地上。他腿上的傷還重，不能久站。

雷豪也坐下來，看孟嘯揉他的腿，喘了幾口氣，說：「嘯哥，你受苦了。」

孟嘯問：「你怎麼曉得我這裡的情況？」

雷豪說：「當然有人通報。」

孟嘯問：「誰？」
雷豪說：「那我怎麼能告訴你，我不能讓他又受到處罰。」
孟嘯想了想，說：「我能猜出來是誰。怎麼通知你的？」
雷豪說：「很簡單，放一隻信鴿而已。」
孟嘯說：「他們倒打聽得清楚，想得出招兒。」
雷豪說：「他們是好意，要救你，只好找我。」
孟嘯說：「我告訴他們不許亂說亂動。」
雷豪說：「他們自己不動手才對了。救你，只有我做得到。」
孟嘯說：「害我也只有你做得到。」
雷豪問：「判了多少年？」
孟嘯說：「終身監禁。」
雷豪不說話，低下頭。
孟嘯嘆口氣，說：「總比就地正法好一點，否則就沒你劫車這一份了。」
雷豪忽然咬著牙，發狠地說：「那我就打進去，劫法場，哪怕同歸於盡。」
孟嘯點點頭，長長呼出一口氣，說：「二十年前我們錯過一次機會，現在後悔莫及。」
雷豪舉起一隻手，蒙住雙眼，過了許久，才說：「沒在戰場上犧牲，倒讓自己人砍頭，真是天大的悲劇。」
孟嘯說：「雷百戶英魂不死，起碼我們所一千多人，還有子子孫孫，永遠都會記著他。」
雷豪噈了一口唾沫，忽然轉話題，說：「跟我走吧，都安排好了，有人接應，嘯哥，你在這裡死定了，跟我走吧。」

孟嘯搖搖頭，沒說話。

雷豪問：「為什麼呢？離不開這塊土地？已經第二次送你上法庭，蠻不講理，慘無人道，情義已絕了吧，還有什麼讓你留戀？」

孟嘯又搖搖頭，說：「這是我的故鄉。」

雷豪說：「要我在人道和故鄉二者之間選擇，我寧願拋棄故鄉。」

孟嘯說：「可我丟不開故鄉，我為她流過血。」

雷豪說：「我也流過。哥哥還為她獻出生命。」

孟嘯說：「如果是我哥哥，我也會毅然出走，從此不回頭。」

雷豪嘆了口氣，說：「你堅決不走，我也不能……嘯哥，有什麼交代的。」

孟嘯說：「你遠在關外，總不能天天回來幫我的忙。」

雷豪說：「你說，只要你交代，我一定辦到。」

孟嘯想了一想，說：「你跟文大人說一聲，我也是沒法子，軍令如山。他走出去，他們不會善罷干休。只怕文大人到了左軍都督府手裡，那就慘了。我是想先下手，把文大人弄在自己身邊，我也許還能使上點勁。」

雷豪點頭，說：「這話我一定轉告，放心，文大人懂，不會怨你。只要有我在，文大人到不了他們手裡。還有什麼嗎？」

孟嘯垂著眼皮，忍了一陣，終於說：「反正我現在是只有一死，得罪你，也顧不得了。孟吟已經快三十了，還是獨身，我很擔心。」

雷豪聽了，低下頭，什麼話也說不出來。

孟嘯又說：「雖然她嘴上說恨你，我知道，她心裡一直想著你。我死了以後，她再沒有一個親人了。你把她帶去關外，好好待她。」

雷豪點點頭，輕聲說：「我對不起她一次，絕不會再有第二次。我一定帶她走，只要她肯。」

孟嘯說：「我給她寫個信，到時候你交給她，她就會跟你走。」

兩人身上誰都沒有帶紙筆，雷豪掀開外衣，從貼身衫子上撕下一塊白布，遞給孟嘯，然後從腰後扒出短刀，也遞給孟嘯。孟嘯接過刀，側鋒切破手指，擠出些血來，快快寫了幾句話，然後把寫了血字的白布，交給雷豪。

雷豪一腿單跪，兩手平端，鄭重地接過那血字白布，收在貼身小褂的胸口處。

忽然聽見一陣人喊，雷豪忙起身，頭探出牆，張望一下，然後縱身躍上身邊屋頂，伏著身子，瞭望一陣，才又跳下來，對孟嘯說：「他們還是追過來了，不少人。」

孟嘯說：「當然會有人看見你進這裡來。」

雷豪說：「來，我扶你上馬，咱們再領他們轉兩圈。」

孟嘯搖搖頭，說：「甭瞎忙乎了，我反正不會跟你出走，這麼跑又有什麼意義。別管我了，你快走吧。」

巷子外面街道，來來往往許多人馬跑過，叫聲此起彼伏，響成一片。

雷豪兩手抓著孟嘯的肩頭，直盯著他的眼睛，說：「你答應我，嘯哥，好好活著。」

孟嘯點點頭，說：「我答應你。」

雷豪站起，轉過身去，走了一步，又轉過身，蹲下來，說：「我告訴你一點情報，嘯哥，也許能保住你的性命。可是你只能向皇上報告，不能跟錦衣衛說。」

孟嘯說：「什麼事，你說吧。」

「這情報有關左軍都督府，」雷豪說，「小心為是。」

孟嘯說：「說吧，我心裡有數。」

雷豪說：「你知道文大人為什麼非出走不可？他一點都不想出走，也是逼上梁山，他在京城無路可走了。」

孟嘯說：「這是我的本行，多少有些瞭解。只是這麼出走，對他不好。如果他不這樣，總會有辦法搞清楚。在京城，有我在，誰也動不了他。」

「這次不一樣，這一次如果人家要害他，你一點辦法都沒有，所以他才行此下策。」雷豪說，「走這條路，他心裡其實很難過。」

孟嘯說：「文大人是什麼樣的人，我很瞭解。」

雷豪說：「你知道文大人受兵部之命，調查一件左軍都督府的案子，假公濟私。」

孟嘯說：「那事我知道，文大人調查的時候，還要我幫過忙。」

雷豪說：「他的調查早做完了，可是摺子一直不敢上奏朝廷，因為怕引起大動蕩，還怕鬧出兵變，發生內戰。」

孟嘯聽了，大吃一驚，說：「什麼事這麼嚴重？」

雷豪咬咬牙，說：「就是那個老不死的，他有一個非法軍械工廠，專門製造大砲，據說已經造出比紅夷大炮威力更大的砲了，叫做烏將軍，可是一直瞞著朝廷。」

孟嘯身子一抖，說：「這關係太重大了，萬一湯耀祖跟朝廷做起對來，他有那種大砲，朝廷還怎麼對付他。」

「就是為這，所以文大人不敢上呈他的《烏鋼要義》。」

「湯耀祖覺察了，所以千方百計想捉住文大人，還害了文嫂，又出關追捕文大人。姜喜蓮他們敢這麼肆無忌憚地跟我們過不去，有他撐腰。」

街上追趕的人馬，終於衝進來，喊聲在空曠的巷子裡震響，回聲很大，刺得人耳朵疼，幾乎要聾。雷豪和孟嘯毫無懼色，也不驚慌，仍舊坐在矮牆邊，繼續談話。

雷豪說：「就是他逼得文大人走投如路，非跑關外去避難。」

孟嘯說：「也是因為能揭出他的底，所以你這樣當仁不讓。」

雷豪沒有接這個話頭，卻說：「肯定也是那老不死的非要置你死地，怕你把文大人先保護起來，更怕你先弄到文大人的《烏鋼要義》。」

孟嘯說：「我們得快下手。文大人到了他們手裡，一定沒活路。」

雷豪說：「文大人那邊你放心，有我在，誰也碰不了他，你先操心你自己。你把這個情況向皇上密奏，說明你不是辦差不利，你查獲了文大人有一份《烏鋼要義》，裡面有左軍都督府叛變的機密。你也告訴他們，只有你能動員文大人回來京城，拿到《烏鋼要義》，這樣皇上一定能下決心保護你。」

孟嘯低下頭，沉思不語。

衝進巷子的人馬，已經繞過各處宅院，搜到巷底。

雷豪從身上抽出一條繩索，把孟嘯手腳綁起，又拿一根布條把孟嘯眼睛蒙上，用力綁緊。然後單腿跪在孟嘯面前，垂頭說：「嘯哥，多多保重，後會有期。」說完迅速站起，縱身一躍，跳出牆頭，立刻消失。

孟嘯坐在牆腳下，聽著他的動作，眼裡默默流淚，都擦在蒙眼的黑布之上。

十八 錦衣衛護主心切　兩佐吏奉命出關

沒幾片刻，六乘人馬同時趕到，左右包圍，舉刀挺矛，對準坐在牆腳的孟嘯，紛亂吆喝。

孟嘯眼睛蒙著，什麼也看不見，但能夠聽清面前有多少捕快，有多遠，趕緊舉起被綁的手，大叫：「就我一個。」

忽然間，一陣怒喝，自遠而來，轉眼到了面前。幾個捕快趕緊轉頭一看，兩個黑糊糊的人影，飛身從牆頭上越過，落到院內。他們身手異常矯健，訓練有素，各自蹲起時，都平端手臂，橫握刀劍，同聲喝道：「放下刀槍！」

看見這兩個人剛才空中飛躍的壯舉，六個捕快早嚇破了膽，聽見喝叫，不由自主把手裡的刀槍都丟到地上，乖乖舉起雙手。

那邊蒙著眼的孟嘯一聽，高聲叫起來：「彭奇，童康，是你們嗎？」

童康搶先高呼回答：「孟大人，我們來晚了。」

兩個人慢慢站起來，仍然橫握刀劍，並肩邁步，相互掩護，警惕地四面注視，向孟嘯挪過來。他們一樣服飾，都是全付夜行裝備，一身黑衣，滿臉塗青，無法辨認面目。

「誰也不許動！」彭奇又叫了一聲。

一時間四處寂靜無聲，只彭奇這一聲喝，在巷底粗糙的牆上碰撞返響，重疊碎斷，聽來格外森然。

捕快們看見他們兩人這副模樣身手，知道別說六個人，就是六十個人，也不是他們的對手，當然哪個也不敢動。

彭奇和童康幾步跳躍，撲到孟嘯跟前，嘴裡連聲叫：「孟大人，哪兒傷了沒有？」

彭奇動手解開孟嘯眼上的蒙布和綁住手腳的繩索，童康則蹲在孟嘯身邊警戒，注視面前那一批捕快。

孟嘯低著頭，幾乎嘴貼著二人耳朵，小聲說：「設法面奏皇上，我有急事稟報。你們兩個立刻親自去辦，誰也不準透露。」

彭奇和童康默默點點頭，沒有講一個字。

越來越多的人馬到來，停了一地，橫七豎八，捕快們都跳下馬，大聲叫罵著，往這邊跑。他們沒有看到彭奇和童康的英武絕技，沒把眼前局面當回事。

「扶我起來。」孟嘯大聲叫，他手腳都放開了。

「我來扶，童康，警戒。」彭奇說完，把手裡長劍插回腰間，極輕地扶著孟嘯胳臂，小心翼翼地站起來。

童康向前跨出一步，站在他們兩人前面，橫握大刀，對準面前跑近來的幾十名捕快。

一個長官大步走到捕快們的前面，高聲叫：「怎麼回事？快講。」

剛才把長槍丟在地上的六個捕快，看見自己人多了，又有當官的出面，便也都放開了膽，拾起刀槍，可還是攝於童康彭奇二人的武功，不敢朝他們示威。

「回劉百戶大人話，逃……逃犯……」一個捕快支支吾吾說了半天，也沒說成句。

劉百戶不耐煩了，朝前走兩步，看見自己的捕快們還離得老遠，完全沒有控制住孟嘯，就生氣了，大聲吆喝：「馬上都給我綁起來！」

跟著劉百戶來的幾個捕快應一聲：「得令！」便從後腰取下鐐銬繩索，手裡搖著，叮零噹啷作響，朝孟嘯他們走過來。

童康嘩啦一揮大刀，擺開架勢，厲聲喝叫：「誰敢過來綁孟大人，我可不客氣。」

兩個拿鐐銬繩索的捕快吃了一驚，住腳不動，回頭望劉百戶。

劉百戶暴跳如雷，唾沫星亂飛，哇哇叫：「你們他媽的什麼人，敢來管老子的公務？」

童康一手持刀，喝叫：「錦衣衛神銳所千戶佐吏童康。那位是神銳所千戶佐吏彭奇。怎麼樣？誰有膽量，跟神銳所的人交交手？」

京城裡，吃官府飯的，誰不知道錦衣衛神銳所是幹什麼的？哪個吃了豹子膽，敢跟神銳所的軍官找討厭，往自己身上戳幾個窟窿眼。剛才看見他們兩個飛進院落的那六個捕快，更嚇得兩腿發軟，慶幸自己剛才沒有真跟他們動手，有一兩個心裡想著，差點尿了褲子，手裡刀槍也掉到地上，匡噹一聲，嚇得人心跳不已。

劉百戶心裡雖然也虛，可是在自己部下面前，總還得想法保持住點面子，而且他也知道，錦衣衛膽子再大，並不敢真動手打官府的公差，所以還要嘴硬，大喊：「孟嘯是逃犯，怎麼不能綁。」

童康火了，大叫：「嘴放乾淨點，你說誰是逃犯？」

彭奇一手仍然扶著孟嘯，這時也忍不住插進嘴來，厲聲說：「有人劫囚車，你們幾十個捕快，阻止不住，丟了人，現在發什麼狠。」

童康哼一聲，接口叫：「一群飯桶，吃軟怕硬，光會欺負老百姓。」

孟嘯喝叫：「住口，童康，瞎說什麼，沒王法。」

可彭奇童康兩人的話，直戳痛處，劉百戶早已火冒三丈，跳起腳來，雙手亂揮，連聲大叫：「給我綁起來，三個人都他媽給我綁起來！」

好幾十名捕快都稀哩嘩啦拔出長槍短刀，對準孟嘯三人，有幾個膽大的，一步一步，小小心心，往前走過來。

見此狀況，彭奇一手繼續扶著孟嘯，另手從腰裡拔出長劍，對準朝前走的捕快。

童康眼裡噴火，緊盯面前的捕快，咬著牙，惡狠狠地警告：「你們看看外邊，最好別亂動。」

聽見這一說，好幾十捕快齊刷刷甩過頭去。萬萬沒有想到，整巷牆頭，站滿了錦衣衛神銳所檢校，服飾裝備都跟彭奇和童康一模一樣，排列有序，都橫握繡春刀，虎視眈眈。錦衣衛神銳所檢校訓練有素，應急作戰，經驗豐富，要打起來，捕快絕不是對手。

孟嘯看見，提高聲音，下令說：「彭奇，叫他們都放下刀，誰也不許胡來。」

彭奇看著孟嘯，愣了一下。

孟嘯盯著他，又說：「彭奇，傳我的話。」

彭奇無法，只好招招手，算是傳達了孟嘯的命令。

童康又補了一句：「原地待命。」

牆頭上的錦衣衛檢校聽到，都垂下刀口，但也並不離去，繼續包圍著巷子，警惕地注視裡面的捕快，待命行動。

童康轉過頭，對著面前的捕快，大聲喝叫：「你們還不滾開，給孟大人讓路。」

捕快們知道無法抵抗，都垂頭喪氣，紛紛放下手臂，落下刀槍。劉百戶見到大勢已去，再也無法指揮部下，便恨恨地揮揮手，說：「讓他們走。」

彭奇和童康，一左一右，一手攙扶著孟嘯，一手倒提繡春刀，邁開步子，直對著捕快們走過去。

團團圍住的捕快，隨著他們走近，一批一批地倒退讓路，好像一層層潮水洶湧。只有劉百戶，寸步不離，跟在他們三人身後，這是他的職責，不能再容孟嘯跑了。

四個人靜靜地走過人群，一起走近巷口。

劉百戶大聲說：「孟嘯，你得馬上稟報朝廷，這是誰幹的？竟敢在京城劫法場，太歲頭上動土，那還了得。」

孟嘯不動聲色，無意似的看了童康一眼，也正碰上他的目光，回答說：「眼睛一直蒙著，沒看見人樣。」

彭奇低聲說：「可是既然沒能救走，這就更害了孟大人。」

「我哪裡會肯走。」孟嘯說，意思是，不是劫法場的人沒成功。

童康看一眼劉百戶，回身問孟嘯：「為什麼不走？他們這麼對不起你。」

孟嘯嘆了口氣，沒有說話。

彭奇卻說：「我猜……」

孟嘯忽然打斷他說：「快走，快走，磨蹭什麼？」

聽見孟嘯這話，童康轉頭看看他。

旁邊彭奇也轉過臉來，看看孟嘯，又看看童康。

孟嘯好像什麼都沒覺出，又說：「我想，你們兩個還得馬上去關外一趟，把文大人弄回來。」

彭奇嚥了口唾沫，轉頭到童康耳邊，輕聲說：「一定都是你幹的好事。」

「我什麼也沒幹……」童康斜他一眼，又轉向孟嘯，說，「那是上邊的命令，孟大人，本來我們是找你辭行，聽見滿城捕快呼叫追捕你，才趕來掩護一下，免得你受了傷。」

彭奇接話，說：「衛府下令，我和童康，明天去關外。」

孟嘯說：「要弄回文大人，我去不成，只有你們兩個。把羅超帶去，多個幫手。」

他們走出巷口的一剎那，牆頭上那些的錦衣衛檢校都刷地一聲，墜落下去，不見了蹤影，顯然是轉移到巷外，準備繼續保護他們的孟大人。巷裡的捕快看了，都臉色臘黃，面面相視，倒吸冷氣，說不出話。

童康接孟嘯的話，哼了一聲，說：「幫手？那個人，木木囊囊，別添麻煩了。這整個倒楣事，還不都因為他……丟了人。」因為劉百戶跟在身邊，童康不敢直接說出春槐斜街的事情。

孟嘯看看身邊的劉百戶，說：「那不能怨他，是我們沒安排好，出了破綻。羅超還年輕，才來神銳所三年。你給他個具體差事，比如監視個人啦……你們明白我的意思，我看他人還機靈，會想出辦法來。」

彭奇說：「沒問題，孟大人，我們把羅超帶去。」

孟嘯點頭，笑了，說：「給他個攔截旁人的差事，他一定能夠辦好。」

彭奇和童康兩人一左一右，攙扶孟嘯，走出巷口。劉百戶緊緊跟在後面。

彭奇繼續說，「上邊說，只要把人帶回來，既往不咎，孟大人和我們倆的案子也都免了。所以我們非去不可，而且得不惜一切……」

巷口外面站滿錦衣衛神銳所幹員，排列兩隊，形成一條屏障，遮避著孟嘯，走往街邊一輛馬車。

孟嘯走到馬車邊，劉百戶伸手一擋，說：「得了，這可到了我管的地盤了，你們兩個不能上車。」

彭奇盯著劉百戶，說：「行，交給你了。孟大人要是斷一根毫毛，找你算帳。」

劉百戶不理他，轉身拉開車門。

童康又說：「聽清楚了，跑得了和尚跑不了廟。」

劉百戶回過頭，看著他們，大聲說：「老子行不更名，坐不改姓，劉大海，怎麼著吧，隨便找。」

孟嘯忙說：「別，別，都是自己人，何必這樣。」

劉百戶說：「我跟你孟千戶無冤無仇，都是公務，你看他們這樣子，怎麼著，打算把我吃了？」

彭奇說：「只要你好好待孟大人，就什麼事都沒有。」

孟嘯說：「算了，算了，他們一直待我不錯，自己人，別擔心啦。」

劉百戶說：「就是嘛，誰不知道你孟嘯孟大人大名鼎鼎，誰還敢怠慢麼？真是……哼，小人之心，度君子之腹。」

孟嘯怕這話又得罪童康，惹起大吵大鬧，忙岔開話題，對彭奇說：「記著我要你辦的事，馬上辦。」

彭奇馬上說：「遵命，這就直接去。」

孟嘯點點頭，轉身蹬上那輛馬車。劉百戶也跟著上去，坐在孟嘯身邊。前面車夫立刻甩鞭，拉馬便行。立刻前前後後幾十人，都紛紛上馬，前呼後擁上了路。因為這場變故，他們不再趕去懷柔大院，而是調轉頭，走上回往京城的路。衹怕孟嘯又要罪加一等，該殺頭了。

彭奇拉童康一把，說：「咱們趕緊走。」

兩個人急忙拉過錦衣衛神鋭所兩匹駿馬，飛身而上。

童康勒住馬頭，轉身對羅超說：「你帶幾個人，跟著那幫傢伙，盯著點，別讓孟大人受氣。」

羅超答說：「得令！」拔腳要跑。

彭奇叫：「站住……完了之後，趕緊準備一下，明天出趟差。」

羅超聽了，有點發愣，不知怎麼回事。

彭奇童康已經跑起馬來，轉頭喊一聲：「跟我們一塊去關外。」

羅超這才明白，高叫一聲：「得令！」連跑帶跳去召集部眾。

彭奇和童康風弛電掣，駛往京城市中心。

十九　彭奇童康商計謀　孟吟湯傑緊趕路

彭奇和童康趕到紫禁城外，憑著自己錦衣衛的身分，找到皇上身邊一個親信太監，塞了兩錠大銀，傳達了孟嘯的要求。皇上一聽，當晚親召孟嘯。隨後傳下聖旨，欽命錦衣衛，嚴密看管孟嘯，不經皇上許可，不準釋放，也不準任何人探視，等候皇上裁決。

明朝皇帝，從太祖開始，歷來對軍隊勢力特別重視，又特別戒備。明軍分設前，後，中，左，右五軍都督府，分別管轄統帥各地方衛所，不得隨便更動。這樣就相對分散削弱了各都督府統領部隊的權力，使得任何一個都督府都無法擴大到足以與朝廷對抗。但另一方面各都督府統帥若干地區衛所，便成為封疆大吏，坐鎮一方天下。所以朝廷對都督府總是存有許多戒心，也因此在兵部設立專門調查五軍都督府的部門，文元龍任職其中。

本來只有京軍三大營才設立一個神機營，其他五軍都督府只設車馬營，雖然也裝配火炮火槍，但相對數量有限，火力也遠比不上京軍的神機營。這樣規定，當然是為保持皇帝親兵京軍三大營的絕對兵力，防止各都督府擴大自己武裝，得與京軍三大營對抗。

現在獲知湯耀祖不奏明皇上，私下在左軍都督府設立神機營，人員三千，火器兩千，已經讓朝廷大為恐慌。再聽報，湯耀祖請來西洋火炮專家，研製出一種比紅夷炮火力更大的武器，叫做烏將軍。據說爆一發烏鋼炸彈，會冒出蘑菇一樣煙雲，遮天蔽日，足以掃平方圓數十里內的一切，見者喪生。那朝廷必然睡不著覺，吃不下飯了。

湯耀祖這樣擴充勢力，對外公開宣言是為了抵抗滿清侵略，保衛大明王朝。私下對左軍都督府的心腹們講，是為了保護自己，不受大明王朝武力挾持，可以獨霸一方。他個人肚子裡的野心，則是準備日後看準時機，推翻朱家，而自己去坐龍椅。但那是除了自己親生兒子湯傑之外，對誰都不能講的。這種狼子野心，朝廷自然不會不知道，大明皇朝也是早年起義推翻前朝才建立起來的，歷來吃政權飯的，都深知朝廷更換的規律。因此皇上聽說了烏將軍大炮的消息，便馬上降旨，保護孟嘯，急求找到文元龍，獲取《烏鋼要義》，一方面可以治湯耀祖的罪，另一方面可以得到烏將軍大砲的造法，擴大明軍的武力。

彭奇和童康聽到皇上的決定，心裡很高興，知道孟嘯晉見皇上之舉，保住了他的性命安全。在錦衣衛自己人手裡，孟嘯不會受罪，更沒有生命之憂。不準任何人接觸，那麼不管五軍都督府或者刑部都不能碰孟嘯了。皇上既說還要裁決，就是說前次判決不算數了。

次日，那個皇上親信太監，又專門跑來錦衣衛，找到彭奇和童康兩人，親自宣讀皇上密旨：即刻動身，趕往關外，務必盡快將文元龍逮捕歸案。要人，要錢，不論什麼，錦衣衛負責協調處理解決。皇上已將此事列為近期頭等大事，所有其他事情都放開，集中全力，辦好這趟差。凡有需要，隨時向朝廷通報，馬上協助解決。

在登車返回紫禁城的一刻，趁人稍一轉身之際，那個太監暗暗在彭奇手裡塞了一個小紙團。

彭奇和童康騎馬外出，在路上才打開那紙團，原來是孟嘯給他們二人一封短短的親筆信，用的是紫禁城裡的黃宣紙，顯然是孟嘯昨晚晉見皇上時，當場匆忙寫的：皇上欽命，不惜一切代價，將文大人尋回，搶湯之先，保證文大人安全，小心從事。

「怎麼個辦法？」彭奇和童康把信看了幾遍，各自背在腦子裡。然後彭奇掏出火石，敲著火，把那張紙條燒燼，揮手拋到空中，看著紙灰飛散。

童康也望著那些飛揚的紙灰，問：「什麼怎麼辦法？明天動身。我想，我們跟雷豪講清楚利害，放文大人回來，能救孟大人，他不致於跟我們為難，他自己也千里迢迢跑來救孟大人。只要他不阻擋，我們找到文大人，就能把他帶回來。」

「那我懂，孟大人一定也跟皇上說妥了什麼條件，文大人回來大概不至於會受什麼罪，否則孟大人不會寫保證他安全這句話。」彭奇沉思著說，「小心從事，什麼意思？」

童康想了一想，說：「我想，當著皇上，孟大人不好隨便寫，他也許想提示我們什麼。」

彭奇點點頭，忽然說：「孟大人肯定是想提示我們，記住上次丟了文翠的教訓，別小看雷豪。」

童康也說：「對，關外那麼大，要找到文大人已經就不容易，大海撈針。也許孟大人提示我們得使用計策，別蠻幹。」

彭奇說：「對，光憑我們會幾手拳腳，恐怕不行。我們得找個千里眼順風耳一起去，至少得能找到文大人。你有認識也可靠的人嗎？」

童康低頭想了半天，沒有說話。

彭奇說：「我結交的都是軍人老粗，大多數文化還沒我高。你考中過舉人，總認得幾個有學問的人吧？」

童康突然一拍大腿，說：「有了，你這一說，我可知道找誰跟我們一塊去了。我們找湯傑，他去了，還怕找不到人。」

彭奇搖搖頭，說：「你簡直是瞎說，湯耀祖是孟大人的死對頭，這次沒準就是湯耀祖使的壞，而且至今還在追捕孟大人。你找他的兒子，那不是自投羅網。孟大人專門說，姜喜蓮他們也在找文大人，命令我們搶先在前。如果跟湯傑一說，他準會通知姜喜蓮，至少泄了密。」

童康說：「這個湯傑跟他老爸不一樣，不願意受軍隊限制，所以不當兵。那人特別喜歡養鷹養狗，據說他的狗能聞十里外的氣味，他的鷹能看百里外的人形，所以他自稱千里眼順風耳，沒有他查不到的機密，咱們錦衣衛幾次想招他入夥，無奈他始終不肯。」

彭奇說：「我聽說過，可是誰知道那些傳說是真是假，誰也沒見過。」

童康說：「有一次聚會，他為了顯本事，露過一手，我看見過，他的狗確實能夠聞到幾里路外面的氣味。」

彭奇不作聲，眼下情況緊急，他也沒有別的好辦法。「我不認識他，常聽說他的爛事，錦衣衛裡他的案子裝了一箱子，只不過沒人過問，我可不想認識這樣的人。」

童康說，「我去找他瞭解瞭解。」

彭奇看著童康，問：「你怎麼瞭解？你跟他說了，他不去，就已經洩密了。」

童康說：「我要是去問他，就當然一定會說服他一起去，哪能跟他說說，泄了密，他還不去幫忙。」

彭奇警告他說：「那麼有把握，一定能說動他跟我們去？你有什麼神機妙算？可別太自以為是，幹什麼出圈的事。」

童康說：「我去找孟吟，讓她陪我一起去找湯傑。」

彭奇眼瞪得老大，拳頭差點揍到童康臉上，厲聲說：「我剛說完，你盡想些出圈的瞎主意。你知道湯傑追孟吟追多少年了，孟大人幾次差點要了他的命。你讓孟吟去求湯傑，那不是自投羅網。」

童康說：「你能想出更好的法子？找不到文大人，咱們乾脆別去關外，去了有什麼用？再丟一回臉，孟大人也救不出來。可是明擺著，不用千里眼順風耳，咱們在關外絕對找不到文大人。」

彭奇忽然說：「咱們找到雷豪。像你說的，跟他說明，他同意了，就會主動交出文大人。」

童康說：「未必。那麼個做法，一點壓力都沒有，就全得看文大人自己願意不願意了，這就有點懸乎。我想，咱們得雙管齊下，既不容文大人不同意，又說服雷豪不阻擋，這才能成功。」

彭奇點點頭，在思考方面，他從來不如童康，人家考中過舉人，會動腦子。

童康又說：「孟大人在命令裡交代，不惜一切代價，這也是代價之一。情況不同，要救孟大人性命，跟她說說，孟吟也許會考慮。都挺大的人了，還拿不了這主意？至於願意怎麼個說服法……」

彭奇不願意再聽下去，擺擺手，一扭頭，說：「得得得，別說了，隨你，隨你。」

錦衣衛確實橫行鄉裡，魚肉百姓，民憤民怨都極高。但錦衣衛的宗旨和對象，從建立時起到現在，都一直是對準各級官府和朝廷命官，而非平民百姓。太祖皇上一方面深知無限權力的害處，自古一貫，官府貪汙腐敗，昏庸殘暴，逼迫百姓造反，天下大亂，最後王朝覆滅。另一方面也深知對自己龍椅最具威脅的，並非造反起義的窮困農民，或者南北蠻夷外族的侵略，而是自己朝廷裡那些野心勃勃的官員。漢唐宋三朝，都是朝廷命官舉旗聚眾，最後推翻前朝帝王，而自立新政。所以太祖皇帝特別防備自己治下的官府，設立錦衣衛，監察各級官員，細至衣食住行。

傳說一日，某大臣與皇上談話，皇上問該大臣昨晚怎麼過的。因為都知道皇上猜疑心重，朝廷官員平日很少聚會，只上朝時見面，下了朝都各自悶在家裡，只怕大臣們私下見個面，被皇上疑為密謀造反。該大臣於是據實稟告，昨晚在家陪姨太太們打牌，皇上又問，那麼有沒有發生什麼有趣的事呢？大臣答說，很奇怪，正打牌間，忽然就丟了兩張牌，怎麼找也找不到了。皇上笑了笑，從自己的袖子裡摸出兩張牌，遞給這個大臣，問道：是這兩張麼？那個大臣接在手裡，幾乎嚇得死過去。錦衣衛居然隱在他自己家裡，在他姨太太屋裡，監視他的言行。如果他在姨太太面前，一句話講不小心，今天早已腦袋落地。

皇上偵察官員行為，時不時整治一兩個大貪官，自然很得民心。百姓們都相信，朝廷官府之中，從上到下，個個都貪，無一清白。坊間傳說：把天下所有鄉長以上官員，不問青紅皂白，一個不留，全部綁到午門斬首，也未必冤枉了一兩人。不管朝廷為什麼原因，只要殺掉一個官，都一定大快人心，給百姓們解解恨。為了這，錦衣衛幹得越出色，舉報的貪官汙吏越多，百姓就越滿意。那麼反過來說，朝廷命官則自然是對錦衣衛又恨又怕，惹不起躲不開，整日裡戰戰兢兢，只怕被列入錦衣衛的查訪名單。也是因此，童康一向湯傑提出請他幫忙，湯傑便立刻就答應了。他不能不答應，他也不敢不答應。

再說還有孟吟在旁邊落眼淚，求他幫忙。為了救哥哥性命，孟吟什麼都願意，自然答應童康去見湯傑。於是彭奇、童康、羅超三人頭天剛到關外，第二天湯傑就跟著到了。

二十 張大人獻媚取寵 小湯傑狐假虎威

盛京城裡大明使館的張大人一聽說湯傑來了，趕緊放開手邊一切公務，取消了當天的兩個宴會，非要親自到到城門口去接，還派了使館幾頂豪華的八抬大轎，又專門在城門外面支了個帳篷，擺了一桌酒，算是給湯傑接風。

彭奇和童康也只好跟著，一起到城門口，留下羅超待在使館，研讀關外和盛京地圖，這是他頭一次來關外。

張大人不過五十出頭，已經有副都督軍銜，本也有指揮上萬官兵的大權，可佔地為王，割據封侯。此刻站在城門口，卻好像身體不停瑟瑟發抖，魂不守舍，全不與他人交談，獨自一人，臉上一會兒微笑，一會兒哭喪。

過了不久，湯傑的車隊到了。他自己騎著馬，馬後跟隨著一部車，封閉得嚴嚴實實，兩旁圍著幾個全副武裝的騎兵，保護那個車廂，想必就是他的寶貝鷹犬了。那是他的看家本領，凡人絕對不準看一眼。

不等湯傑車馬隊到跟前，張大人便哆嗦著兩條腿，急急忙忙趕過六十幾丈，迎到湯傑馬前。湯傑只好下了馬，他穿著一身淺色便服，輕輕鬆鬆，笑笑瞇瞇。他中等個子，頭髮茂密，眉清目秀，相貌英俊，滿臉自信，身體挺拔，動作瀟灑，顯出一種什麼都見過，什麼都不大在乎的神態。

張大人剛要下跪，忽覺不妥，便彎腰九十度，抱拳打躬，點頭哈腰，問完湯傑自己好，接著問湯大人好，然後又問一遍湯大人好，然後又問一遍湯大人好。

湯傑煩了，半開玩笑說：「嘿，張大伯，我們還要不要進城去了？」

張大人聽了，臉色尷尬了一下。

湯傑便邁開步，朝前面的人群走過去，又說：「張大伯，要不你幫我提這條馬鞭吧，拿了一路，也挺累的……」

話沒說完，那張大人受寵若驚，早從湯傑手裡搶下那條馬鞭，換了個手，小心翼翼地提著，滿臉是笑，說：「真是，真是，看見你，盡顧高興了，忘了這事，你提了一路，當然很累。湯大人也是，出這麼遠的門，也不派個人替公子拿馬鞭……」

本來趁換馬鞭的機會，湯傑趕緊快走幾步，想躲開這個張大人。

不想張大人年紀不小，身手還很靈活，腳跟一轉，便又跟上湯傑，側著臉，繼續說：「您一回使館，是不是馬上給湯大人發個信，報告一下平安到達吧？湯大人一定惦記，兒行千里母擔憂嘛。發信的時候，千萬代我向湯大人問個好，報告他老人家，你在關外他儘管放心，我一定好好照顧……」

湯傑打斷他，說：「張大人，你是新來關外任職吧？」

張大人點頭哈腰，說：「對，才幾個月，臨行前，湯大人召見我一次，給我很多指教……」

湯傑又打斷他，說：「我不是說那個，我是說，所以你不知道，我來關外已經數不清多少回了，我知道關外怎麼回事，你用不著這樣。」

張大人連連點頭，說：「是，是，我瞭解，我瞭解，使館裡的人常說起，大夥還盼望哪一天能迎接湯大人來視察一下呢。」

湯傑笑了，搖搖頭，說：「那不可能，人活七十古來稀，他快八十了。」

張大人馬上說：「可湯大人那身體，真好，比我們有些年輕人都更好呢。那次召見我，我看他走路比我還快，說話聲音響亮極了……」

這麼邊說著話，兩人便走到人堆跟前。湯傑怎麼也甩不開張大人，只好站在那裡，抖著一條腿，轉頭向彭奇點點，又看著童康眨眨眼，皺皺眉，朝面前的張大人咧咧嘴角。

童康笑著，微微聳聳肩，指指旁邊的酒桌。

湯傑得到提醒，馬上走到酒桌邊，端起一杯酒，問身邊的彭奇：「來一點兒？跑了一天的馬，實在膩死了。」

彭奇沒有回答他的問題，抱拳一拱，說：「在下彭奇。」

湯傑趕緊把酒杯放下，抱拳還拱，說：「早聽說你的豐功偉績，五軍都督府沒有不知道的。怎麼樣？童康，你也來點兒？」

童康走過來，問彭奇：「現在不算執勤吧？來點兒就來點兒。」

張大人趕緊陪著笑，對彭奇和童康說：「你們不算執勤，只是陪我來接人，喝點兒，喝點兒，這兒我說了算。」

湯傑從桌子上拿起兩個酒杯，給每個酒杯裡倒了點酒，遞給彭奇。彭奇轉身遞給童康。

「為我們能有這次合作機會，乾杯。」湯傑舉杯，說。

不等彭奇回答，童康搶在前面說：「願我們合作能夠愉快。」

張大人插話說：「當然，一定會，一定會的。湯公子是我看著長大，人隨和，沒架子，脾氣也好，好相處，從小就看出長大能幹大事業。了不起，湯公子，一定好好幹，幹出成績，湯大人有這麼出息的孩子，一定很驕傲，天下的父親都像湯大人那樣教子有方，大明早就富強了。」

彭奇這一口酒喝了足有一分多鐘，酒杯放在嘴唇上，借機不必開口說任何話，也不至噁心得吐出來。

湯傑快快喝了一點，皺皺眉頭，手指摳摳右耳朵眼，放下酒杯，轉過身去，說：「那我們進城吧。」

張大人趕緊放手裡酒杯，點頭哈腰地說：「對，對，我們進城。我特意準備了幾頂大轎，請，請。」

彭奇和童康也想避開湯傑和張大人那些無聊的對話，早已慢慢走開，左顧右盼，觀察人群，那是他們幹錦衣衛的職業習慣。

「快看那邊三個人是誰？」童康忽然一拉彭奇，給他使的眼色。

彭奇順童康的眼光望過去，人群縫間，有三個人影正急速閃動，眨眼便隱到人群後面不見了。

「姜喜蓮他們，又跟著來了。」彭奇那是什麼眼光，只這一閃便都認出了人，確確定定。

童康說：「跟湯傑前後腳，顯然左軍都督府又來跟我們爭奪。」

彭奇說：「那當然，早料到的，他怎麼著也得報告他老爸。」

童康說：「可惜他只知道我們來關外逮捕文大人，可捉拿文大人又不是什麼機密。而且就是我們不來，他們也一定要來，孟大人早料到了，所以命令我們搶在他們之前。」

彭奇說：「不過我們得更加小心點，現在這情況，我們每走一步，湯傑肯定都會隨時通報給姜喜蓮。」

童康說：「對，羅超也要小心點才好，怕他嘴不牢靠。」

彭奇想了一想，說：「給他派個死差事，盯住姜喜蓮，阻止他們跟蹤我們，就行了。我們的行動，不跟他說。」

童康笑了笑，說：「奇哥，你現在也有點像大將軍，會用兵了。」

彭奇說：「孟大人不在，我們不自己動腦子，怎麼辦差。三個臭皮匠，頂個諸葛亮。」

童康說：「我們兩個，頂不了一個諸葛亮，比半個強點，也夠辦差，我們又不要三分天下。」

彭奇聽了，笑起來。

兩撥子人，一前一後，走到城門口停放的幾抬大轎邊。衙役僕人見了，趕緊掀起轎簾，跪在地上，等候張大人和貴客們上轎。

張大人伸著手，請湯傑先上轎。湯傑二話不說，便鑽進大轎去，隨手扯下轎簾，將也想跟著進轎，與他同乘的張大人擋在外面了。

張大人臉色一紅，隨即直起腰，轉過身，揚起頭，瞪著眼睛，吆喝：「我的轎呢？拖拉什麼，快，快，把我的轎抬過來。」

衙役僕人便趕忙呵斥轎夫，慌忙把張大人的轎子抬過來，服侍張大人上了轎。

於是張大人和湯傑兩乘大轎便起動了，另外三乘大轎空著，跟在後面。再後面則是隨湯傑來的馬車隊，一行數十人馬，浩浩蕩蕩，朝大明使館走去。

彭奇和童康，騎了自己的馬，慢慢地跟在後面，邊商談著行動計畫。

剛進了使館府大門，轎子還沒有完全停穩，湯傑便一撩轎簾，跳出來，大叫：「你們看那個招牌沒有？盛京有比武，哪天？是今天嗎？嘿，我的運氣不賴，趕上了。」

「什麼招牌？」張大人慌忙地下了轎，還沒站穩，便問。

湯傑轉回身來，氣得把轎頂一拍，大叫：「回去，抬我回去，看看今天晚上有沒有比武。」

張大人馬上對衙役下令：「老李，轉回去看看那個招牌。」

衙役老李說：「不就是想知道今天有沒有比武嗎？我給你問出來就行了，用不著再回去。」

張大人說：「不行，湯公子說了要回去，我們就得回去。」

湯傑說：「用不著，他能問出來就行了。」

張大人不再說話，只得低頭站著，生悶氣，討好沒落好，拍馬屁拍到馬腿上，挨了一腳。

老李急忙幾步，跑出使館府大門，沒一會兒，便又回進來，稟告說：「我已經派了人去問，您稍等，馬上就有回話。」

湯傑很高興，大聲說：「嘿，老李，你真能辦事。行，我回去跟我們老頭子說說，你叫什麼？」

老李還沒說出話，旁邊張大人搶著回答：「他叫李大柱，一直是我的部下，所以也算是湯大人的部下，多年在湯大人的領導下工作，強將手下無弱兵呀，哈哈……」

湯傑打斷他的話，說：「老李，回去想想，你想幹個什麼活，告訴我，我給你說說。」

老李答應：「多謝，我想想吧。」

「老李，還不趕緊謝謝湯公子，」張大人說。

「什麼他媽的玩藝兒。」彭奇突然冒出一句話，打斷他們的話題。

張大人聽了這話一愣，不知什麼意思，問：「什麼玩藝？你說什麼？」

童康看彭奇一眼，替他答道：「他說比武有什麼可看的。」

這時府門口有人叫老李，大家都不再說話。老李跑出門，轉眼便轉回來，稟告說：「今天晚上，在大西門比武場。」

張大人說：「那地方我認識，晚上我陪你去。」

湯傑說：「別，張大伯，您別去受罪。」

張大人說：「那怎麼行，你是客，我當然要盡地主之誼，招待不周，回去怎麼向湯大人交代。」

湯傑說：「這樣吧，我晚上要去看比武，沒時間給家裡寫信，就麻煩張大伯給我爸寫個信，告訴一聲我到了就行。」

「好，好，好，」張大人臉紅得簡直能滴出血來，眼圈睜得要裂，嘴角咧到耳邊，樂得差點喘不上氣，連聲說，「太好了，那太好了，我給湯大人寫信，一定，一定，向湯大人報告……」

「什麼他媽的雞巴玩藝兒。」彭奇又嘟囔一聲。

聲音不大，還是被張大人聽見，臉上笑容一時收不起來，但每條紋路都僵硬了，啞著嗓子問：「什麼？你說什麼？」

前面童康忍不住笑出了聲，沒回頭，嘟囔：「奇哥，這可不像你。」

彭奇看著張大人，說：「我說的就是……嗯……那個比武，全是蠻力打鬥。」

張大人鬆了一口氣，說：「哦……」

湯傑斜彭奇一眼，說：「嘿，你還真說對了，看的就是蠻力打鬥。你要是跟我一樣，什麼都見過玩過，盛京就沒什麼樂子可找了。說實在的，整個關外實在都很枯燥，很無聊，很平庸，根本不像咱們京城那麼熱鬧，生機蓬勃，有那麼多玩樂場所。」

那是你這樣的花花公子，彭奇哼了一聲，可沒說出聲，倒讓童康給搶過去了，說：「那沒錯，在玩樂方面，京城現在到處是歌廳舞場，酒店客棧，洗腳推拿，燈紅酒綠，鶯歌燕舞，繁榮昌盛。」

湯傑點點頭，說：「說得對，就這麼回事。咱們到關外來，不就圖著看點兒京城還看不到的新鮮玩藝兒嗎？說明了，其實就兩樣兒，要麼看蠻力打鬥，要麼看女人。現在呢，京城裡要看女人，也已經很容易。就蠻力打鬥這一齣，京城還很難找得到，只有到關外來看。」

童康說：「中原的武術還不是一樣。」

湯傑使勁搖頭，說：「那差得遠，差得遠。中原武術，雖然對打，拳腳幾乎不近身，一招一式，誰也傷不著誰。你不知道，人家關外這比武，雖然也是表演，可真往死裡打，真流血，真骨折，還有死人的。」

這兒站著的，都是當兵的，說流血死人習以為常。可彭奇看見湯傑說起這些蠻力，滿眼放光，眉飛色舞，覺有點奇怪，問：「你當過幾年兵？從來沒見過流血嗎？」

這一問，湯傑有點喪氣，收了眼神，沒說話。

張大人趕緊接上話：「湯公子那樣的頭腦，怎麼能去當兵。他一入伍，就在左軍都督府當參謀。那可真是一把好手，不管有什麼事，他腦子一轉，就有主意，比……」

童康回過頭，打斷張大人的話，問：「湯傑，你那樣的聰明人，怎麼喜歡看比武？」

湯傑又抬起頭，看著童康，反問：「那照你說，什麼樣的人會愛看比武？」

童康說：「我想都是關外那些窮苦勞工吧。」

湯傑說：「你們讓我這次來是幹什麼？幫你們找人，是不是？得，你們一點不知道，幹這種事，得靠靈氣。有了興頭，才會冒出神來之思，才能幹得出來。所以每回幹這種活兒，我非得先找點刺激，來了興頭，才能上手……」

他們聊著天，張大人引著湯傑到請他住的房間，讓他洗了臉，換了衣服，然後帶他到使館餐廳吃晚飯。張大人點了特別菜單，酒肉齊全，魚蝦兼備，六菜一湯，作工精緻，招待湯傑。彭奇、童康和羅超三人陪客。可前前後後不見姜喜蓮一行的人影。

湯傑心裡惦記看比武，胡亂劃拉幾下，碗筷一推，就站起身，說：「張大伯，我不要坐轎子，還是騎馬吧。」

張大人趕緊也站起來，有點不好意思地說：「這回騎馬小心點，我聽說前次……。」

湯傑說：「放心，上回出事也不是我的錯，他們撞我。」

張大人忙說：「那我知道，是他們專門要找岔子。」

湯傑哼了一聲，說完轉頭問彭奇和童康，「怎麼著，你們兩個還坐著？打算撐死。走呀，一塊去，我請客。」

彭奇搖頭，說：「我不看那玩藝兒，不如睡會兒覺。」

湯傑馬上來了氣，把手往桌上一拍，說：「你們不去，我也不去，那明天我回京城，你們也甭想找人了。」

張大人連忙說：「別，別，湯大人會怎麼想，說我這裡招待不好，一來就招你生氣，那我可擔當不起。」

童康也把手裡筷子往桌上一拍，說：「行，豁出去了，捨命陪君子，看一回。不過看過之後，你就得馬上幹活兒。」

湯傑臉上一鬆，說：「沒二話，看完了，你們要我幹什麼我就幹什麼，我今天晚上就給你們查出文元龍在哪兒，怎麼樣？」

童康拉彭奇一把，一塊站起來，說：「行，一言為定，走。」

二十一

武場湯傑大過癮　飯館田瑛遭調戲

三個人騎了馬，走出使館，三轉兩轉，在城裡繞。

「你真對盛京那麼熟，走城裡繞不丟？」童康說。

湯傑說：「怎麼會，常來，每次來都得住使館，這地方跑多了，也快煩死了。要不是孟吟求我，我才不來呢。」

聽見提起孟吟的名字，彭奇和童康都緊閉了嘴，不接話頭，只怕引起湯傑多說。可是顯然湯傑自己得意，老早就想借個話題誇誇口，現在更憋不住了，搖頭晃腦起來。

「也真別說，雖然她快三十歲了，可還真嫩，真跟個處女似的，有味兒。」湯傑說著，嚥了下口水，又說，「別看她個唱小曲的，還挺會作生意，討價還價，一點不鬆，也只讓我摸了摸手，就得給她先幹活。非得幹完活，那時候才肯跟我上一回床。不過，嘿嘿，反正親一口手也夠銷魂的……」

西門比武場大極了，裡裡外外，熱氣騰騰，彩燈閃爍，煙霧迷漫，聲響如雷，震得房頂直顫，樑柱搖晃。大廳中，走道上，座位裡，到處是人，擠得滿滿騰騰，胖子瘦子，個個神彩飛揚，興奮異常，笑聲如吼，說話似喊。

湯傑先去買了三張票，又在小攤上買了一大堆吃食，兩臂捧著，興沖沖領頭，帶彭奇和童康走進場子，找到座位，看來他是常客，路很熟。

剛一坐下，童康碰碰彭奇的肩膀，擺擺下巴。彭奇順向一望，就在人群裡發現了姜喜蓮和兩個助手董釗和杜亮，都打過交道的，正坐在不遠的座位上，假裝若無其事，東張西望。

彭奇對雷豪點點頭，一個手指在懷裡朝身邊的湯傑指指。

童康歪歪嘴角，表示明白，便故意跟湯傑廢話，又是說吃，又是說南京，又是說比武，嘴裡一直不閒著。

彭奇正好利用機會，查看姜喜蓮幾人的動靜

湯傑一邊應著童康，嘴裡胡說八道，一邊大吃，一邊圓睜眼睛，盯著看角鬥手出場的大鐵門口。他忽然把手裡抱的食品都放到童康懷裡，跳起身來，大喊大叫。

滿場子裡一片嚎叫，簡直要震聾人的耳朵，所有的觀眾都站起來，兩腳直跳，揮動雙手。出場口幾聲炮響，煙霧起處，走出兩個人，都很高大粗壯，身上都披著閃亮的絲綢長衣。

湯傑看著兩個角鬥手從網繩裡鑽進摔跤台，側臉對彭奇喊：「虧得今天來了吧，開眼吧，能過足癮。」

兩個角鬥手走到檯子當中，抱拳向觀眾們致意，然後他們轉眼間，兩手一扯，將身上的絲綢褂子拉開，揮臂脫下，甩到地上，露出赤裸裸的強壯肉體，到處是緊翢翢隆起的肌肉，三腳褲襠裡當然也有鼓鼓的一大塊硬肉。他們衝到摔跤台一角，縱身一跳，爬上去，站在網繩柱端，兩手抱拳，召喚觀眾更大一波歡呼，然後跳下，衝到對面的台角，又爬上繩端，再來一次。這麼八尺多高的壯漢，動作竟然如此矯健，倒也真是難得的功夫。他們在檯子四角各爬高一次，把觀眾的情緒鼓到極限。

一場接一場角鬥，擊，打，抱，摟，揪，抓，踢，踩，格，砸，壓，滾，飛，跳，個個揮汗如雨，人人氣喘吁吁，有幾個手臂流血，有幾個口吐白沫，幾十條八尺高的巨漢，都豁了命相撲打鬥，讓人飽看過癮。幾乎每個角鬥手都頭破血流，其中兩三個當場倒地不起，被人抬出場。快到終場時，更有一隊人，抬了一具死屍出來，繞場一周，把觀眾情緒煽到極致，幾近瘋狂。

直到午夜，比武才算完了。所有觀眾都筋疲力盡，搖搖晃晃，大喊大叫，酒醉一般走出比武場。

「過癮，過癮！」湯傑千次萬次，只重複這一句話，再沒有別的詞語能夠表達他此刻的感受。

彭奇跟在童康身後，輕聲說：「她們剛出門，看樣子先走了。」

童康點點頭，悄聲說：「他們肯定也住使館，今晚查查看。我已經叮嚀羅超，叫他盯著點。咱們拖湯傑一陣，讓他晚點回去。」

彭奇趕上幾步，擠到湯傑身邊，說：「我有點餓了，咱們找個地方吃點東西吧？」

湯傑說：「回去也有吃的，使館大廚我認識，叫他做點宵夜，沒問題。」

彭奇說：「半夜三更麻煩人家不合適，路上找個小舖子，隨便來點得了，我請客。」

湯傑說：「行，行。」

三個人騎馬才上路，就看見旁邊有個酒店，窗上掛著紅燈。

彭奇進店門之前，先到院內的茅廁去方便。湯傑一進門，就知道他不會後悔。他和童康兩人剛坐下，那櫃檯旁邊曬酒的女人，馬上就把他迷住了。

她二十七八歲年紀，個子不高，身材很豐滿，腰裡緊紮一條圍裙，更顯前挺後翹，腰卻不肥，正是湯傑最喜愛的那種女人。頭髮盤在頭上，露出細細柔軟的脖子，臉長得不怎麼漂亮，可是皮膚很滑很白，一白遮千醜，顯得動人。特別是一雙眼睛，飛飛閃閃，媚態百出，勾魂攝魄。

「你叫什麼？」湯傑開口就問。

曬酒女人格格笑起來，說：「魚香肉絲，怎麼樣？您來吃飯，只要知道菜名就好，問我叫什麼名字幹什麼？」

湯傑舉起手，在那女人胸脯上摸了一摸，說：「名字寫在這兒。」見他如此放肆，童康嚇了一跳，怕那女店員大發脾氣。不料她不僅不生氣，把湯傑的手拍了一下，笑著說：「告訴你就怎麼了，我叫田瑛。放規矩點，亂摸什麼？想吃豆腐嗎？」

彭奇剛走進門，坐到桌邊，正巧聽見這話，便說：「行，來個家常豆腐，不要麻辣。」

田瑛聽了，笑得前仰後合，身子抖得到處顫動，喘不上氣來，最後彎下腰，把兩個手搭到彭奇肩膀上，繼續笑著，說：「一個不夠，又加一個，人家受得了嗎？」

從小到大，從來沒有一個女人跟彭奇那麼接近過。此刻他肩上搭著兩個手，溫溫暖暖，柔柔軟軟。眼前是一對女人飽滿的乳房，顫抖搖晃。鼻子裡聞見那胸脯散出的女人肉味，香香甜甜，粉粉嫩嫩。他覺得頭腦有點迷迷糊糊了，眼睛望著田瑛的眼睛，胸口湧起一股從來沒有體會過的火熱感覺。

湯傑又伸手在田瑛屁股上摸一把，說：「那就再來個肘子吧，越肥越好。」

田瑛把手從彭奇肩上拿開，站直身子，轉過來，還笑著，看著湯傑，說：「大半夜的，吃肘子，不睡覺啦？」

湯傑說：「肘子就是要晚上吃，在床上吃才最好，吃完就睡。」

田瑛早聽出意思來了，更格格笑不停，眼睛在桌邊的三個男人臉上轉，從一個轉到另一個。

童康顯然聽懂了，扭過頭去，朝窗戶外邊看，不說話，不理他們。

彭奇沒懂，皺皺眉頭，說：「你瞎說什麼，隨便來點什麼得了。」

「你看，碰上你請客就難。得了，我來付帳，隨便點，乳豬，肥臀，口條，咱都愛。」湯傑眼睛瞟著田瑛，一邊說，掏出兩錠白花花的銀子，放在桌上，又問，「夠了嗎？」

看見銀子，田瑛停了笑，眼睜老大，說：「哪能用這麼多？又不開席。」

湯傑手一揮，說：「剩的都給你，行麼？」

這下子田瑛臉上通紅，眼睛不停飛來飛去，扭著身子，不說話。

彭奇現在才看出點苗頭來，心裡冒火，漲紅了臉，垂著頭，生悶氣，大腿上拳頭捏得格格作響，好像湯傑調戲了他的女朋友。

童康暗中早把湯傑、田瑛、彭奇三個人的一切神情動作都看在眼裡，這時候插嘴說：「一頓夜宵，簡單點，每人一碗麵，行了。」

湯傑把桌上銀子拿起來，抓住田瑛的手拉著，塞銀子，說：「得，就這，每人一碗麵，吃了就走。」

田瑛手裡捏著兩錠銀子，猶豫了一下。

湯傑抬手又在她屁股上一拍，說：「快點呀，我都餓死了，還磨蹭什麼。」

彭奇忽然站起來，說：「我出去一下，有點事。」說完不等別人做出任何反應，拔腳就走，幾步便出了餐館大門。

童康也忙站起，追趕出去，什麼話都沒說。

彭奇走到自己的坐騎旁邊，一手撫摸著馬頭，默默站了片刻，然後解開韁繩，躍上馬背，轉身而去。

童康一直跟著他，也一直不說話，站在他身後。見他上馬走了，趕緊也拉過自己的馬騎上，仍然跟在彭奇後面，不說話。

走了一陣，彭奇忽然又掉轉馬頭，慢慢走回那家小餐館，停在門外，對身後的童康說：「進去跟他說一聲，咱們不吃了，回家。」

童康看彭奇一眼，默默下了馬，走進餐館，轉眼又走出來，騎到馬上，說：「完事了，走吧。」

彭奇說：「他們走了。」

童康問：「誰走了？」
彭奇說：「湯傑的馬不在了。」
童康說：「對，他走了，不在店裡。」
彭奇拉轉馬頭，走上大路，又說：「田瑛跟他一塊走了。」
童康說：「那我就不知道了，沒看見。」
彭奇說：「收了人家兩錠銀子，怎麼能不跟著走。」
童康不聲響，過了一陣，又說：「奇哥，我從來沒見你這樣過。」
彭奇說：「什麼樣？」
童康問：「你是不是看上田瑛了？能那麼快嗎？一見鍾情？」
彭奇沒有回答，突然猛加一鞭，縱馬狂奔起來。
童康趕緊也策馬追趕，也不知彭奇往哪裡奔。

二十二 信鴿引路見孟嘯 面授機密敘往昔

跑了好一陣，總有一個時辰，童奇才認出，兩人是到了城門口，那個通往大明京城去的城門口。那時候滿清地盤上，還不像中原的城池，晚上不關城門，也無守軍，隨便人們進進出出，但是夜深人靜，也並沒有人進出城門。

彭奇難道是想跑回京城去了？童康趕緊加了兩鞭，追上彭奇，隔著馬，對他嚷：「悠著點兒，奇哥，別意氣用事。」

彭奇聽見這一嚷，好像猛然醒悟過來，急忙拉住馬轠，使那馬呼嘯一聲，直立起來，然後落地，撲撲地噴著響鼻。

「這樣怕不行吧，你不能專心，沒法辦咱們的差。」童康說。

彭奇點點頭，不聲不響，拉著韁繩，讓那馬在原地繞圈，走了一陣，這才停下，長長地嘆了口氣。

童康剛要講話，忽然一隻信鴿無聲無息地落在他的肩膀上。那是經過嚴格訓練的信鴿，孟嘯專門用來跟少數幾個親信助手緊急通信用的，能認識人。

「孟大人送信來了，」童康說著，急忙從肩上拿下信鴿，解開信鴿腿上綁的信筒，取出一張小紙條。

彭奇說：「也太難為這鳥兒飛這麼遠的路，深更半夜找到我們。」

童康匆匆看過紙條，笑了一下，說：「不遠不遠，就在眼前。」

彭奇問：「什麼就在眼前？」

「快跟我走。」童康邊說，邊催馬前行，「孟大人就在城外等我們。」

彭奇忙拍馬躍進幾步，趕上童康，問：「孟大人的身體行麼？跑這麼遠的路？」

童康說：「見到孟大人，就全知道了。」

彭奇問：「你知道孟大人住哪裡？」

童康說：「信鴿自會帶了我們去，只是我們要跑快，不然趕不上那鳥兒了。」

兩人再不講話，快馬加鞭，追趕著空中信鴿，一氣跑出去十幾里路，終於到了一處小集鎮。進了街道，望見那信鴿落入一個客棧院牆後面，兩人趕到那客棧門口，下了馬，拴在門前馬樁上。

「拍門麼？這麼晚了？」彭奇問。

童康左右巡視一下，說：「我想孟大人是微服私訪，我們最好不要打草驚蛇。」

彭奇點點頭，轉身便走。童康緊緊跟隨，轉過牆角。兩人對視一眼，同時雙腳點地，提身而起，輕輕躍上牆頭，然後又無聲無息地落到院內的地上。

「果然好功夫，神不知鬼不覺。」黑暗之中，有人悄聲讚道。

童康直起身子，也悄聲道：「但也瞞不過孟大人。」

「跟我進屋吧。」

兩個人跟隨著孟嘯，悄無聲息地走進院後面一個客房。他們顯然也看出來，那間客房旁邊的兩個房間，都住了保護孟嘯的衛兵和隨員。那些屋裡都黑著燈，但童康彭奇那樣的眼光，還是能夠分辨出窗上有人向外張望的影子。

關好了門，孟嘯點亮床前一個小燈，然後坐到床上。

「你們坐吧。」

彭奇童康雖說是孟嘯的親信，跟隨孟嘯很多年，出生入死，到了稱兄道弟的地步，但官場上的規矩，他們還是不敢馬虎，雙雙跪到地上，叩頭道：「謝孟大人。」然後站起來，坐到窗前的桌邊。

「你們來得比我預料的快，出了什麼事？」

童康看彭奇一眼，回答：「沒什麼特別，我們琢磨著怎麼向孟大人稟報，正在街上走。使館裡都是密探，不能久待，說話不安全。」

孟嘯點點頭，說：「那就稟報吧。」

彭奇並不稟報，卻先問：「孟大人，您身子怎麼樣？」

童康不等回答，又問道：「他們沒有監禁您吧？」

彭奇再問：「孟大人，他們沒讓您受罪吧？牢卒裡有我一個同鄉，我安頓過他。」

孟嘯說：「甭操心我，他們都對我挺好，要什麼給什麼，只是為掩人耳目，我還得待在牢房裡。一整個拐角地段，就我一個人，很安靜，門也不鎖，隨便出入。」

看著孟嘯呵呵笑起來，彭奇和童康對視一眼，放下些心來。

孟嘯接著說：「獄卒聽說過我的名字，對我很尊敬，閒了沒事，就要我到場子上，教他們幾下拳腳。你們沒見他們那份高興，還說看監獄沒意思，將來練好了功夫，調咱們神銳所去呢。」

「那沒可能，他們那兩把刷子。」童康冷笑一聲，說道。

「我連夜趕來，是要催促你們行動快一些，」孟嘯轉了話題，說，「李自成領著西北農民造反，情況很不妙，朝廷在策劃派兵鎮壓。我們必須趕在那事開動之前，解決文大人的問題。否則朝廷一開始剿匪，便無暇再過問文大人的事情，拖久了恐怕不好，總而言之，夜長夢多。」

彭奇說：「我們原想找雷豪，他肯定知道文大人在哪兒？可是他未必願意告訴我們。我們也想到找當地八旗大營幫忙，可那就暴露了自己，等於警告他們，逼他們增加戒備，我們更難下手。你不在，我們得更小心些。」

孟嘯點點頭，說：「不錯，彭奇，長進了，腦子動得好，想得對，不到萬不得已，最好不去打草驚蛇。」

童康說：「姜喜蓮又來了，也住在使館裡。羅超盯著他們。」

孟嘯說：「我早料到。」

童康說：「湯傑那小子，最拿手的是他有千里眼順風耳。」

見到孟嘯面露驚奇，彭奇趕忙解釋道：「時間緊，飢不擇食，只好找湯傑幫忙，都說他有神鷹神狗，能夠千里尋人。」

孟嘯說：「我也聽說過，不過沒有想到，他會那麼痛快答應幫你們的忙，有點出我意料。」

彭奇轉頭看童康一眼，沒有說話。

童康說：「哦，我跟他是老哥兒們了。我們同年考舉人，我考中了，他落榜。」

彭奇為轉移孟嘯的注意力，故意順岔多發展幾句：「花花公子，腦子裡一團漿糊，還考什麼舉人，那叫打著鴨子上架。。」

孟嘯說：「不過要小心，他是左軍都督府的人，也許是為了探聽你們的行蹤，才答應來關外。姜喜蓮他們一定就是得到他的通知，所以來跟你們爭奪。」

彭奇說：「對，他們前後腳來的。」

孟嘯又說：「他那麼個人，倒也不難對付，少向他透露機密，就得了。他拳打不出一招，腳踢不出一下，不至於跟你們為難。姜喜蓮他們呢，盯人是會的，想甩開他們不容易，可他們得靠盯你們的稍來找文大人，所以一時半會兒還不會礙你們的手腳，只有等你們遇到文大人了，他們才會出手，跟你們搶奪，那時候要小心。」

彭奇馬上回答：「遵命，孟大人。」

孟嘯說：「我專門跑來這裡，是要布置你們下一步的行動。」

這麼一說，彭奇和童康都坐直了身子，集中注意，仔細聆聽。

「你們知道，如果文大人決定躲藏起來，那麼你們就絕對沒有可能找到他。他是個老神探，知道如何查找暗藏之人，所以自然也最知道如何隱藏，不被發現。如果他決定不回中原，那麼即使你們得到高人幫助，找到了他，也決計無法把他弄回京城。」

彭奇著急了，問：「那怎麼辦？」

孟嘯說：「可是文大人的女兒，就沒有文大人那麼高明的本事了。」

童康立刻明白了，點點頭，笑起來。

孟嘯接著說：「文翠是文大人的掌上明珠，文大人對她愛得超過自己的性命。所以當初朝廷便走這部險棋，用扣留文翠來要脅文大人。」

這時彭奇也明白了，說：「孟大人的意思，我們既然找不到文大人，我們就用心去找文翠小姐。只要找到文翠小姐，文大人一定就會來搭救女兒，那時我們就能夠找到文大人了。」

孟嘯說：「父女交換。」

彭奇點點頭。

童康好像感覺不大舒服，說：「那跟綁票沒有兩樣。」

孟嘯說：「我想過，實出無奈。文大人逗留關外，終不是辦法，只有我把文大人保護到自己手裡，他才有活路。」

彭奇說：「我可以向孟大人擔保，一定能夠找到文翠小姐。」

孟嘯又說：「你們兩個記住，無論在任何情況下，絕對不準傷了文大人和文翠小姐，也不準傷了雷豪，聽見沒有？」

童康回答：「遵命，孟大人。」

彭奇說：「孟大人這是多慮，要傷文大人，沒那麼容易，他打過多少年仗，還是您的上級。傷雷豪呢，咱知道，更辦不到了。」

孟嘯說：「文大人以前功夫不弱，可這麼多年再沒用過，也許生疏了。再說他現在的身分，就算逼到眼前，他也不會再出手打鬥，所以還是可能受傷。至於雷豪，他可以說是徒手搏鬥天下第一。他從小練武出身，剛參軍觀看老兵搏鬥技能表演，忍不住露了一手，就把多年的老兵打敗了，因此才調他到特騎所，年年五軍徒手搏鬥得第一名。他教我幾招，後來每次碰上搏鬥，打不贏的時候，我也都是用他教的這幾路拳腳，克敵致勝，好像我本事多高，其實……唉！」

童康忙問：「孟大人，您怎麼不教教我們呢？」

孟嘯說：「雷豪教我招術，從來沒告訴過別人。我們偶爾使一下，也沒人看得出來，只道是我們身手矯健快捷，所以能取勝。我這也是頭一次告訴你們兩個，只是想警告你們，遇見雷豪，萬萬不可輕敵，他的功夫深不可測。」

彭奇說：「遵命，孟大人，我們記住了。」

童康問：「那他要是會傷我們呢？我們總不能不自衛。」

孟嘯說：「他絕不會傷你們，放心。」

童康問：「就算他主觀上不想，刀槍暗器不認人。」

孟嘯說：「不到萬不得已，他絕對不會使刀槍暗器，只用拳腳，能夠避免傷人。你們也不要對他動刀槍才好，再說一次，千萬不要傷了他，否則……唉，反正別傷他吧。」

童康好像有點故意，還要問：「為什麼呢？他現在背叛朝廷，替滿清做事。孟大人，您一貫愛憎分明，從不含糊。」

「他哪裡替滿清人做過事，他是自己開個鏢局，掙口飯吃而已。」孟嘯說著，嘆了口氣，看看門外，又輕聲說，「他也是不得已而為，才來關外。你們不瞭解，雷豪有個哥哥雷英，被……害死了。不到十歲，就只有他們兄弟兩個相依為命，是哥哥把他養大，所以他非常傷心。」

童康哼了一聲，說：「肯定又是朝廷罪孽，迫害賢良。」

孟嘯搖搖頭說：「不說了，總有一天要給他們平反，那時你們就會瞭解。記住好了，他的哥哥是好人，大英雄，絕不該死。我們不說這些了，已經凌晨，回去睡吧，明天還有事。」

彭奇說：「這情況下，哪裡能夠睡著。」

童康說：「湯傑答應今晚幫我們找人。」

孟嘯說：「那好吧，你們兩個保重，謹慎行事，隨時報告。」

「孟大人，您也保重。」彭奇說。

童康問：「孟大人，您準備怎樣？在這裡等我們的回音？」

孟嘯說：「不，你們走了，我就起身，回京城去了。我這趟出來，朝廷並不知曉，全是獄卒們放行，所以要儘快回去才好。」

彭奇和童康兩人聽完，雙雙跪下，給孟嘯磕了頭，道了珍重，然後起身，默默地走出屋門。

孟嘯一直坐在床上，不言不語，聽著彭奇童康出門，躍上牆頭而去，消聲匿跡，然後長長嘆了一口氣。

二十三　文大人行蹤暴露　小文翠懷陽被劫

回到盛京大明使館，已經凌晨，整個府裡，除了值班警衛，所有人早都睡熟。彭奇幾個客人住的房間也都滅了燈，可知羅超已經睡了，只有湯傑屋門下露出燈亮。

童康輕聲說：「他小子還沒睡，咱就讓他幹活。」

彭奇點點頭，跟著童康，推開門走進湯傑的房間。床上整整齊齊，被子枕頭都沒人碰過，顯然還沒有人上過這床。不知為什麼，彭奇好像放了點心，鬆了口氣，一屁股坐到床沿上。

湯傑背對房門，坐在桌邊，聽見有人推門進屋，忙轉過身，看見是童康兩個，笑了一下，說：「你們可真夠能磨的，半夜三更，盛京有什麼可看的，你們居然能逛兩個時辰。」

童康走到桌邊，說：「我們陪你看過比武了，你該還帳了吧？」

湯傑兩手一拍，說：「那還有錯，這不，一直等著你們呢。」

他哪裡在等他們，他在玩，桌子上擺滿了各種各樣的春宮圖。

「你們要我幹什麼？說吧。」湯傑一邊說著，又轉過身，繼續擺弄他的畫片。

童康說：「你這樣子，大概心裡冒火，魂不守舍，現在讓你找人，你有心思嗎？」

「怎麼樣？好看不好看？剛才買的，最新貨色。」湯傑好像沒聽見童康的話，嘿嘿笑笑，又轉動兩張圖片，然後說，「我心裡哪裡還會有火，剛才已經泄過了，兩回，現在平靜得很，身體舒服得很，這是最有靈氣的時刻。」

童康說：「你可別太過份，回去沒法交代。」

湯傑轉頭看童康一眼，說：「交代？我向誰交代？哦，你是說孟吟吧？哼，我來了關外，就一點不欠她了，對不對？公平交易。她沒跟我上過床，當然沒理由限制我跟別人玩。她不跟著我來，我怎麼辦？就打光棍？再說她也有點過時了，田瑛比她會玩……」

他話沒說完，彭奇通一聲從床上站起來，大步走出屋子，又砰一聲關上門。

湯傑嚇了一跳，看看童康，問：「他怎麼了？」

童康說：「他認為你這人太不要臉，你說的話太髒，沒法聽。」

湯傑說：「想不到這世界上還有那麼幾個假正經的人活著，那有什麼，你不是聽著挺自然。」

童康說：「我讀過些小說，知道這些亂七八糟，他沒讀過。」

湯傑忽然嘿嘿一笑，說：「我知道了，這號事我湯傑太內行，他瞞不了我。他也看上田瑛了，是不是？嘿嘿，那可更來勁了，奪人之愛，那玩著最刺激。」

童康心裡猛然冒起一股火，拳頭握得格格響，幾乎就要揮起來，照準湯傑那個醜惡的腦袋砸下去。可是他眼一斜，記起自己肩負的差事，馬上必須要做的事情。他壓住怒火，咬著牙齒，說：「我告訴你，你最好別玩火，他可不是好惹的。」

湯傑聽了，簡直摩拳擦掌起來，說：「好極了，咱們試試，看誰鬥得過誰。」說到這兒，又喪了氣，垂下頭，說，「那個田瑛，我已經睡過了，還有什麼可爭的，真沒勁。」

童康聽了一驚，不由問出聲：「你們剛才……在這兒？」

湯傑說：「誰敢帶她進使館來，我在外頭租了個小客棧。」

童康的手不由自主伸到後腰上，簡直忍不住掏出短刀，給面前那個下濺腦袋穿個洞，他又強忍住，喘幾口氣，說：「別廢話了。快點，你說的，現在有靈氣，給我查出文大人的蹤跡。」

湯傑眨眨眼，說：「那當然，關外這麼大點個地方，能費什麼事。」

童康說：「你別誇口，找到了才算數。」

不知為什麼，湯傑忽然顯得興高彩烈起來，嘴裡不停：「小菜一碟，手到擒來。」

童康說：「你自稱專家，可以查出世界任何角落裡的任何機密。」

湯傑搖頭晃腦，說：「那還真別說，一點不錯。」

童康不再開口話，他猜想，如果他繼續說話，湯傑也許要貧嘴沒完沒了。

果然，見童康不講話，湯傑嘆了口氣，說：「我已經查出來了，他在懷陽。」

「懷陽，懷陽是個什麼地方？」童康對關外還是不很熟，順嘴就問。

湯傑笑了，搖頭擺尾說：「說你還太嫩吧，這麼個地方也不知道。懷陽離盛京一百五十里路，是個不大不小的城鎮，沒盛京這麼熱鬧，山清水秀，是個住家的好地方。」

童康沒有想到，湯傑會這麼主動就幫他們查尋文元龍的蹤跡，但轉念一想，湯傑肯定也接受了父命，儘快找到文元龍，所以他才願意隨同彭奇兩人來到關外，並且主動查詢文元龍的去向。但是如此肩負雙重使命，他會不會把文元龍的真實住地告訴湯耀祖和姜喜蓮，而不對童康說實話呢？

「你可以確定，文大人在懷陽？」

「我當然確定，我湯傑查這種事，從來沒出過差錯。」

「懷陽有多大？」

「十萬人吧。」

「那你得查出來，文大人在懷陽的哪兒。」

「嘿，你們是錦衣衛，對不對？我給你們指出來文元龍住哪座房子，要你們錦衣衛幹什麼？不管。」

童康撇撇嘴，說：「少來這一套，你查不出來就得了。」

湯傑卻也沒有吃他這一激，把桌上的圖片一推，身子往後一靠，說，「你們準備怎麼著？到懷陽綁架他？」

童康不理他，直起身，在湯傑肩上拍了一下，轉身朝門口走。

「嘿，嘿，你這就走？」湯傑搖動座椅，轉身朝童康喊。

童康拉開門，頭也不回，一聲不坑。

湯傑又追問：「那你們到底要怎麼動手嘛……」

童康沒聽，也沒回答，邁出屋子，在身後關住了房門。然後又突然開門，探身進來，對湯傑說：「如果你騙我們，如果我們在懷陽找不到文大人，告訴你，今天就是我見你活著的最後一天。」

湯傑聽了這話，通一聲跳起來，大叫：「我為什麼要騙你，我湯傑做事，向來守信用。」

童康不答話，關上房門。他只是要嚇湯傑一下，藉以確認湯傑沒有騙自己。此刻，他擔心的是，湯傑知道文元龍的具體地址，卻不告訴他們，而告訴了姜喜蓮。所以他必須馬上行動，搶在姜喜蓮前面，找到文大人。這麼想著，他不及回自己房間，直接闖進彭奇的屋子。

不料，未等他開口，彭奇便舉個手指檔在嘴邊，示意他不要出聲。

童康在身後關了門，走到彭奇跟前，在床邊坐下，悄聲把湯傑的發現和自己的擔心，都講給彭奇聽了。

彭奇點點頭，小聲說：「不必擔心，姜喜蓮還在這裡，在他們自己的客房裡睡覺。我剛才問過羅超了，他一直盯著他們，寸步不離。」

童康說：「那就是說，湯傑確實沒有查出文大人的具體地址。」

彭奇說：「趕緊睡一覺，我們明天去找。」

第二天一大早，彭奇和童康悄然無聲地騎上馬，自顧自離開使館，趕到懷陽。湯傑沒有跟他們在一起，彭奇和童康離開使館的時候，沒有跟他打招呼，其實對誰都沒有說明，突然拔腳就走，沒人知道他們到哪兒去了，或者是否離開盛京了。羅超被派留在使館裡，監視湯傑和姜喜蓮幾個的行動。

彭奇和童康眼下還不知道能怎麼個找法，那得實地看過之後，才能做出具體計畫。既然孟嘯講了，根本不要打主意尋找文元龍本人，彭奇他們當然也就早早死了心。在懷陽，彭奇和童康到處打轉，按照孟嘯的指示，設法尋找文翠小姐。

果不出孟嘯所料，連續三天，彭奇和童康發現了文翠的蹤跡。那姑娘連續三天天，都是傍晚時分，趁著黃昏暗淡，突然出現在城南的一個市場上，購買些什物。她的身邊，總跟隨著一個膀大腰圓的武士，顯然是八旗派給文元龍的保鏢。

摸準了情況，彭奇童康制定了行動計畫，等待次日再次發現文翠，便斷然下手。不想恰巧那日半夜，羅超忽然也到了懷陽，向彭奇報告：姜喜蓮等三人當日到懷陽，所以他也尾隨來了。湯傑沒跟來，三天前他就到玉錦去了，聽說那裡是關外最大的賭城，吃喝嫖賭，聲色犬馬，五毒俱全。

彭奇他們早知道，雖然湯傑不瞭解他們具體的行動計畫，但可以斷定他們會利用他提供的線索下手。而且彭奇二人連續失蹤三天，顯然就是到懷陽來了。湯傑知道文元龍在這裡，所以姜喜蓮他們一定會到，本也在意料之中。但時間已緊，他們不能多拖延，只怕引起文翠警覺，從此消失，所以不可改變計畫，只好在行動之中，見機行事。

姜喜蓮她們住在懷陽城西一家客棧，羅超在街對面找了個客棧，能夠從窗口望見僵喜蓮住的客棧門口。本來知道此事瞞不住姜喜蓮，計畫就是讓羅超密切監視姜喜蓮幾人，盡力阻止他們插手干擾行動，現在還是這個差事。

第二日，彭奇兩人飽餐一頓，裝束停當，配了短刀暗器，騎馬來到城南市場，停在預先看好的路邊地點。他們把馬拴在一邊，蹲在地上抽煙，同時用眼角查看市場裡的動靜和往來人眾。

忽然一隻信鴿輕輕落在童康肩上，咕咕地叫。童康從信鴿腿上取下紙卷，展開一讀，便笑了，說：「姜喜蓮他們來不成了。羅超剛才跟他們打起來，讓八旗官兵給圍住了。」

彭奇樂了，說：「他個傢伙鬼主意倒挺多。」

童康說：「他的差辦妥了。」

彭奇說：「對，現在就看我們的了。」

文翠果然出現了，身後照例跟了那個高大粗壯的保鏢，邊走邊左右環顧。彭奇童康站起來，搖搖晃晃朝市場走過去。

接近文翠的側後，幾步之外，彭奇突然躍上，照準那保鏢後腦便是一拳。按說彭奇那等功夫，手臂上那種力氣，這一拳下去，不死也是半活。卻不料那保鏢也非凡夫俗子，顯是練過多年武功之人，一聽腦後風聲，便立刻反應，偏頭矮身，竟將彭奇那一拳讓過，同時順勢一腿後彈，朝身後偷襲之人踢去。彭奇見自己一拳落空，驚異之間，看到那踢來之腳，急忙團身後縱，只衣襟遭到那腳一掠，刷的一聲。

這當口，那保鏢跳過一步，轉身做勢，喝叫一聲：「何方盜賊，出手行兇？」他卻沒有想想，若是街痞流氓之輩偷雞摸狗，他那一腳下去，少說也得踢斷五幾根肋骨，而偷襲之人竟躲開了，可知武功甚高。

彭奇並不搭話，急上幾步，貼到那保鏢身邊，急風暴雨也似，一陣拳腳，打得那保鏢連連後退。彭奇如此打法，為的是不容他分心顧及身邊的文翠。

文翠早被身邊突發暴力，嚇得一顆心跳到嗓子眼。可她是將門之女，總還懂得遇到危險，頭一件事就是臥倒。彭奇和保鏢打得熱鬧，腳步跳來跳去，間不容髮，她完全無法躲開，只好兩手抱住頭，避免被踏碎。

這時間，童康迅速挨過來，伸手扶文翠站起，連推帶拉，將她拖出危險之地，然後在她耳邊輕聲說：「老老實實，別出聲，我不會傷害你。」

文翠原以為碰上了個救美的王子，得以躲開危險，心裡喜滋滋的。一聽這話，口氣不對，馬上嚇得臉色發白，渾身發抖，嘴唇哆嗦，哪裡還出得了聲，連臉也不敢轉動，根本沒看清身邊是個什麼人。

忙裡偷閒，彭奇看見童康拉著文翠跑開，便不再戀戰。但他必須繼續跟那保鏢打一會兒，為童康多爭取時間，讓他們跑遠一點。於是他一邊與那保鏢交手過招，一邊慢慢地往童康他們逃跑的相反方向挪動，以求讓保鏢難以找到文翠。保鏢不知有詐，只顧拼命相爭，緊追不舍。

估計童康他們已經跑遠，彭奇假裝被那保鏢打倒在地，右手舉起，似乎準備抵擋來拳，左手撐地，悄悄握起。那保鏢見打倒了偷襲之人，大笑幾聲，撲將過來，打算一拳結果對手小命。

突然之間，彭奇翻身躍起，左手一揚，送出一把從地上握起的浮土，撒在那保鏢的臉上。可憐那保鏢沒有防備這突然變故，中了此招，頓時眼睛鼻子都蒙滿灰土，既不能睜眼，也不敢呼吸，嘴巴裡也滿是土，咬得牙齒沙沙作響。保鏢無法，只好急忙停住，雙手擦臉揉眼，嘴裡不住地啐吐。

趁此機會，彭奇幾個跳躍，鑽進旁邊小巷，扯過一匹馬，飛身而上，疾馳去也。

童康拉著文翠，按照和彭奇事先計畫的路途，跑到一處隱蔽等待。片刻之後，彭奇騎一匹拉兩匹，三馬快快地來了。童康托著文翠，先騎上馬，然後自己騎好，順手一鞭，三騎便同時飛馳起來。

「盯著點後頭，我拉著她。」彭奇說完，又抖抖文翠坐騎的韁繩。

童康轉身，從後望去。天色已經灰暗，路上行人不多，便說：「根本沒人，放心。」

彭奇說：「後面有兩匹馬，好像跟了我們好一陣。」

童康聽這一說，趕緊忙轉回頭，伸手罩在眼上，說：「沒有吧，剛才上路的時候，我們後面沒跟馬，下個出口測它一下。」

「下路了。」彭奇在前面說著，拉著文翠坐騎的韁繩，奔上一條叉路口。

童康跟著下了叉路，然後勒馬轉身，張望片刻，說：「沒有馬下來，不是跟蹤的。」

彭奇這才放了心，撥轉馬頭，拉著文翠的坐騎，重新回到大路，繼續向前奔跑。童康則尾隨著他們，在後面警戒。

一行三人，奔了大約半個時辰，出了懷陽，來到一個市鎮，到彭奇他們事先訂好的客棧，並不言傳，穿過旁邊院門，直接進了後院，這才停下。童康立刻跳下馬，搶上去，將文翠從馬上拖下來，不容她發出點滴聲響，便把她推進一間客房。彭奇緊隨身後，把房門緊緊關上。

「你立刻寫信，報告千戶大人。」彭奇說。

童康趴在窗口，朝外張望著，回答：「明天我們再稟報吧。」

文翠聽到這裡，倒好像放了心，臉上不再那麼緊張，露出點笑容，開口說：「給我點喝茶，我要喝茶。」

彭奇點著油燈，根本沒理會她。

童康對她說：「你老實點，少找事，深更半夜哪兒找茶去。」

文翠坐到床上，不看他，說：「我找什麼事，我渴了，我要喝茶。」

「在這兒，喝吧。」彭奇話音沒落，在桌上放下一個海碗。

文翠扭過頭去，說：「我從來不喝水，我要喝茶。」

童康把手裡水罐伸在她面前，說：「沒有，就這一碗，愛喝不喝。看你就不是渴了，存心搗亂。」

文翠又吭吭嘰嘰說：「我要喝茶。」

童康把水罐往桌上一頓，大喝一聲：「你喝不喝，不喝算了，老老實實待著，不許鬧。」

文翠哼了一聲，說：「別裝厲害，我才不怕你們，你們是孟嘯孟大人派來的，我用不著怕。」

童康吃了一驚，轉過頭看她一眼，正碰上文翠亮晶晶的眼睛盯著他看，滿臉歡笑，說：「我猜對了吧？得，今天破例，我就喝點水吧。」一邊說著，她拿起海碗，茲一聲喝了一口。

彭奇和童康互相對視片刻，卻不知如何對付面前這姑娘。

文翠說：「你們要找我家嗎？甭想了，你們找不到的，我不會告訴你們，嚴刑拷打，坐老虎凳，灌辣椒水，我也不會說。」

童康搖頭，說：「住嘴。《水滸傳》看多了，滿腦子胡思亂想。」

彭奇說：「我們要找你家幹什麼？」

文翠說：「你們不是要找我爸爸嗎？你們找不到。」

童康從身上拔出短刀，擦著刀刃，一邊說：「我們才用不著去找他，他會自己來找我們……」

彭奇打斷他，說：「童康，別瞎說。」

童康馬上閉住嘴，斜了文翠一眼，又重新裝好短刀。

文翠好像想了一會兒，忽然明白了，很恐懼地喊起來：「那麼是綁票，你們要用我威脅爸爸？」

童康沒有回答，他知道這種做法實在很卑鄙，可是沒有別的辦法。他們如果捉不住文元龍，孟嘯就沒命了。而且他們也不能讓姜喜蓮弄到文大人，孟大人說過，文大人到了左軍都督府手裡，沒活路可走。童康這樣暗自想著，沒料到忽然聽見文翠的哭聲。

「都是我不好，都是我不好。」文翠邊哭邊嘮叨。本來文元龍為了安全起見，全家人誰也不許外出。可文翠偏偏不肯，鬧了半天，非要出去不可。兩個多月，她整天悶在家裡，早煩死了，總想出去透口氣。文元龍沒辦法，只好答應。結果因為她使小性子，讓童康綁了票，闖了大禍。文翠心裡明白，為了救她，爸爸會答應任何人提出的任何要求，所以童康說得對，爸爸一定會主動來找他們，落到他們手裡。想到此，文翠心裡又是後悔，又是難過，又是憤怒，忍不住傷心痛哭。

沒有人講話。彭奇從來沒有跟女孩子打過交道，見這情況也不知該怎麼勸。童康結交過女人，想點詞兒安慰個姑娘不是難事，可他知道文翠哭正是因為剛才他說了那麼一句莽撞話，所以現在最好不開口，免得雪上加霜。

天已黑透，彭奇忽然說：「我出去一下。」他一要躲開文翠，二也是為了警戒。

「不許再哭，要不我對不起了。」童康說完，在彭奇身後關好房門。

文翠是個聰明姑娘，知道分寸，聽童康一喝，馬上收淚斂聲。

「你先擦把臉吧。」童康指指屋角的臉盆。

看著文翠走過去，童康打開房門，走到門外廊邊，探身張望了一陣，不見彭奇的影子。童康想了一想，轉身回進屋子，重新關緊房門。

這時候文翠洗好了臉，而且還洗了頭，兩手梳理溼漉漉的頭髮，雖然沒換衣服，但還是顯得清新，臉上紅通通。

童康說：「你不用怕，我們不會傷害你。」

文翠甩甩溼頭髮，不看他，說：「誰說我怕你們了？我有什麼可怕你們的，只是都因為我不好，害了爸爸。」

童康不願意跟她討論公務的事，便沒話找話，問：「聽說你會唸書寫字？」

文翠看他一眼，坐到床沿上，繼續理頭髮，回答：「你怎麼知道？」

童康站著，兩手背在身後，說：「嘿，你忘了，我是幹什麼的？」

文翠說：「會唸書寫字又怎麼樣？還不是受人欺負。」

童康說：「不瞞你說，我中過舉人，你還得叫我一聲學兄。」

文翠橫他一眼，說：「套什麼近乎。」

童康說：「我套什麼近乎，知書達理之人，應該懂得禮數。」

文翠說：「懂得禮數？你們如果懂得禮數，何至於跟爸爸過不去，何至於綁架我？」

童康聽了，似乎在理，無話可說。

文翠又說：「逼得爸爸背井離鄉，跑來關外。」

童康搖搖頭，說：「叛國投敵，天理難容。」

文翠通一聲從床沿邊站起來，滿臉脹得發紫，眼裡噴火，下巴顫抖，兩個手捏著拳頭，衝到童康面前，幾乎鼻尖頂著鼻尖，大概若不是童康人高馬大，她早就對準他打過去，揍扁了他的臭臉。她咬緊牙關，喘了幾口氣，惡狠狠地說：「你要是再這麼說我爸爸，我跟你同歸於盡。」

臉離得那麼近，能從她的眼珠裡看見自己的倒影，面頰被她講話噴出的氣息搔得癢癢的，鼻子裡充滿她剛洗過的女人肉香，童康覺得一瞬之間頭有點昏，幾乎要跌倒。他根本沒有聽清文翠說了什麼，也回答不出任何話，只沉浸在自己的感覺中，忍不住深深吸了幾口氣。

這麼一來，猛然讓文翠發覺，她跟童康簡直身體貼著身體，趕緊後退幾步，又一屁股坐在床沿上，手蒙著臉，哭起來。

女人真是難以琢磨，忽陰忽晴，喜怒無常。童康終於穩住自己情緒，勸說：「嘿，嘿，嘿，又怎麼了，哭什麼呀。」

文翠抽泣著說：「你欺負我。」

童康無可奈何，說：「我怎麼欺負你了？我可一步路也沒走，碰也沒想過碰你。是你自己衝過來，兩個拳頭要把我揍扁。」

文翠撲哧又笑了，說：「要臉不要臉，錦衣衛，我揍得了嗎？」

童康手背在身後，說：「我只跟匪徒們交手，從來沒碰過女人一指頭，你就是真能把我揍扁，我也絕不會還手。」

文翠撇撇嘴，說：「說的好聽，誰信哪。」

童康說：「你來揍揍試試。這麼漂亮的姑娘來揍我，那是享受，我怎麼會還手。」

文翠聽了，扭轉身子，坐著不動，心裡砰砰跳。不管在任何情況下，姑娘都愛聽這樣的話，走遍天下都一樣。

童康忽然舉起一個手指，頂在嘴唇上，噓了一聲，迅速從腰裡拔出短刀，顛著腳尖，挪到門邊，手示意，讓文翠趴下。

文翠看著他，乖乖縮下身子，趴到床後面，憋住呼吸。

房門上有人輕輕敲了幾下，有一種什麼節奏，幾長幾短，重複兩次。童康鬆了口氣，扭鎖開門。

彭奇走進來，看也不看正從地上爬起來的文翠，逕直走到桌邊，拿起水杯，咕嘟咕嘟喝完，從水罐倒了一杯，又喝完，然後把水杯放下，轉過身來。面色烏黑，一臉喪氣。

童康把短刀插回到自己腰裡，說：「你來了，輪我出去透透風。」

「我跟你一塊去。」彭奇說完，大步朝門口走，半路又轉頭對文翠說，「老老實實在屋裡待著，別耍花樣。」

文翠噘起嘴，說：「我能耍什麼花樣？到你們手裡，還跑得了？」

彭奇不理她，跟著童康，走出屋子，反手關緊房門。文翠忙踮著腳尖，輕輕走到窗邊，微微撩起窗簾，朝外一看，嘆了口氣，坐回床邊。

彭奇和童康根本沒走哪兒去透風，兩個人就在窗外，背對著門，肩併肩，趴在廊前的矮牆上說話。

「什麼事？」童康問。

彭奇點點頭，說：「沒什麼，就是忽然想跟田瑛說個話。」

童康說：「羅超說了，湯傑把她帶玉錦去了。」

「是。」彭奇說完，又補充，「去那地方還有個好。」

童康看他一眼，回過頭，看著院裡拴著的三匹馬，半天沒說話。

彭奇嘆口氣，又說：「說不定已經上床了，湯傑那東西，臭蒼蠅一個。」

「奇哥，你比我年長，我把你當哥，咱倆也在一塊出生入死好幾回了，就不說外人話……」童康吞了口唾沫，終於沒有敢把湯傑告訴他的話，轉告給彭奇，又說，「要我說，你就別操心田瑛了，天涯何處無芳草。」

彭奇嘆口氣，說：「道理說起來我也懂，從來沒想到過，其實根本不由人。你說田瑛有多漂亮？不見得，還有個孩子。可就是鬼使神差，愣給迷住了，心裡老想著，也許是緣分。」

童康說：「過去就算了，反正她也不會回京城去，能有個什麼結果。」

彭奇說：「我知道，可心裡有這麼點想頭，也是挺舒服的。從小到現在，我還從來沒這麼想過一個女人呢。」

童康拍拍彭奇的背，然後轉過身，背靠矮牆，臉朝房間的窗戶，說：「真是的，咱這回要是不帶著湯傑來，就好了。」

彭奇仍然臉朝外面趴著，說：「只要湯傑能好好待她，那也行。」

童康搖搖頭，說：「你犯什麼傻，湯傑那樣的混蛋東西，會好好待人麼？」

彭奇說：「我知道。不過，也許只是安慰自己吧，只想聽他親口那麼答應一聲也好，就算對得起田瑛。」

童康轉過頭，說：「你跟他說過了？湯傑？」

彭奇說：「沒有，沒地方找去，玉錦太遠了，趕不及，差事要緊。」

童康直起身，說：「跟他費那唾沫，那號混人，就算答應你了，能信嗎？」

彭奇停了一停，忽然問：「咱是不是該給雷豪發個話？」

童康也說：「我已經給他發了信鴿，現在也該有回話了。」

正說著，一個信鴿落在面前的短牆上，咕咕叫了兩聲。

彭奇說：「說曹操曹操到。」

童康從信鴿腳上解下紙卷，展開讀了一讀，說：「他知道姜喜蓮他們又來了，要咱們得好好防備，明天換人，他負責警戒。」

彭奇說：「我們安排吧。」

二十四 羅超不慎現馬腳　俞鎮發誓誅湯傑

羅超策劃周密，在路上找岔子跟姜喜蓮她們打了一架，擋住她們的去路，沒能干擾彭奇童康的行動。羅超得意洋洋，回到自己住的客棧，走進房間，坐在窗前，一邊慢慢喝酒，一邊監視外面動靜。

沒多久，姜喜蓮幾個回來了，在街邊下了馬，垂頭喪氣走進街對面客棧大門。

羅超連喝兩口酒，揮手在椅子扶手上捶一下，大笑幾聲。

這時他看見一個陌生人，在姜喜蓮住的客棧門前轉了兩轉，又在手裡查看一下什麼，然後站住，思索一陣。憑他做錦衣衛的敏感，羅超馬上覺出這人形跡可疑。

老遠望去，不能看清那人臉面，只有他抬頭張望的時候，能夠看見一下子。他好像四十歲年紀左右，中等個子，容貌一般，屬於那種沒有特點的一種，頭頂已經禿了不少，穿一身普通的灰藍衣褲，皺皺巴巴，看得出來他騎了很久的馬。他大老遠跑來，有目標，就是這裡。

羅超從窗前椅子上跳起來，急忙衝出門，衝過馬路，直朝姜喜蓮住的客棧門口奔。那個人還站在路上，猶猶豫豫，羅超也好像沒看到，猛一下子撞到他身上。平時街上人碰人，頂多身體接觸一下而已，可羅超這一撞，不知怎麼搞的，竟然會撞得那人鼻血狂流。那人叫了一聲，也來不及看清是誰撞了他，趕緊抬起臉，舉手捏住鼻子。

羅超忙站住腳，連聲道歉，說：「抱歉，抱歉，實在抱歉。我幫你看看，得找點棉花，塞住才好……」一邊說著，一邊兩手托著那人的胳臂肘，連推帶拉，離開客棧門口，順道往南走。

那人捏住鼻子，仰臉朝天，看不清推他的人是誰，也無法掙扎，只好隨他推搡，跟著移步。走到街邊一條小巷口，羅超扭頭回望片刻，確認無人跟隨或注意，便將那人猛推一把，轉進巷子。

「你幹什麼？」那人這下子覺出不對了，仍舊捏緊鼻子，低下頭來，盯著推他的人問。

羅超樂了，反問：「你問我？我正要問你，你來幹什麼？」

那人再也不顧捏鼻血了，放下手來，扭扭脖子，說：「我來幹什麼，你管得著嗎？」

正說之間，他便側身進步，霍的一拳，直擊羅超下部。羅超從投軍開始，每日的功課，就是少林擒拿，曾經得過京軍三大營少林擒拿冠軍，所以調進錦衣衛神鋭所。他見到來拳，不慌不忙，使出一招白鶴亮翅，左手由上落下，接住對方擊來之手，右手則自下而上，挑打對方喉頭。這一擊如得打中，對方必致後仰而再無力抵抗。

那人也非等閒之輩，見自己右手被拿，喉間又受攻擊，急出左手，以虎口相迎，卡住羅超擊來之手。羅超一擊未中，右手反被對方卡住，忙側身橫出左掌，以掌邊力斬對方右肋京門穴部位。這一招怒斬龍腰如果得手，必使對方收手格攔，自己被卡之手便得解脫。

一見羅超施出此招，那人忙將左手落下，反抓羅超斬來之手，同時左足向右蓋步，右轉翻身，揮拳橫擊羅超太陽穴，意欲將羅超擊倒於地。這也像是少林一招反打太陽。

兩個人雖然來來往往，快如閃電，可一招一式，還都順著拳路，一分不錯，所以各自攻防得當，遊刃有餘，不像以死相拼，倒似切磋武藝。

正鬥間，那人忽然縱身一跳，躍出圈子，高聲叫道：「何處好漢，幹麼跟我過不去。」

羅超紮著勢子，說：「素味平生，窄路相逢。」

那人問：「你要怎樣？」

羅超問：「你來此處找誰？」

那人說：「我找人，與你何相幹。」

羅超說：「那要看你找誰？有幾個人卻偏偏不讓你找。」

那人猶豫一下，終於說：「我找個姓……姓湯的，你管得著嗎？」

羅超一聽，果未出他所料，此人與他們的差事多少有點關係，忙問：「你是什麼人？誰派的？找湯傑幹什麼？」

他們忙著對打，卻未覺察，這一切都沒有躲過一個人的眼睛和耳朵。姜喜蓮的實戰經驗比羅超多，當羅超在客棧窗邊看出有人在門口異動的時候，姜喜蓮也從自己客房窗口看得清清楚楚。而羅超過馬路撞破此人鼻子，誘進窄巷打架的一幕，更沒有逃過姜喜蓮的眼睛，她感覺事情有疑，便趕下樓，暗地跟蹤而來。不過她機警萬分，動作隱密，躲在巷中一個大木桶後，沒有被羅超發覺。

看到兩人惡鬥，姜喜蓮心中發笑，準備耐心等著他們打完之後，兩敗俱傷，那時再出來問話。忽然他們停了手，站在那裡交談起來。這下子姜喜蓮看清，那個撞人的冒失鬼，便是剛才在路上跟她打架的那人，這下她便知有詐，那傢伙是專門跟她搗亂的，心裡一怒，便要縱身跳出，三拳兩腳結果那小子的狗命，不料偏巧剛聽見他們提起湯傑的名字，便又壓下怒火，矮下身子，繼續聽他們說些什麼。

姜喜蓮從還未成年，偶然機會見到湯傑，就被迷住，從此無時無刻不想他。為了能接近他，姜喜蓮苦練武功，又仗著武功，進了左軍都督府，終於被湯耀祖選進他的標兵衛隊，有了跟湯傑來往的機會。她身材很好，模樣也不醜，說起來如果她不為了跟男人們競爭，必須時時處處兇像畢露的話，其實她是挺漂亮的一個姑娘。而她內心裡，實在完完全全是個癡情女，所以才會那樣深的單戀。

可湯傑對她毫無興趣，只當她一個標兵，她也從來沒有明白向他表示過。他們年齡相差不少，她也知道湯傑水性楊花，可就是無論如何不能不愛他。對她來說，只要能常常看見他，跟他說說話，就滿足了。特別當她完成某個差事，得到湯傑稱讚的時候，她會覺得格外幸福。為得到湯傑更多青睞，每次差事姜喜蓮都會盡心盡力，絕不失手。

可這次劫持文翠，因為孟嘯親自布置警戒，她還沒來得及下手，被雷豪搶了先。之後她又未能半路劫住雷豪，奪過文翠，湯傑大表失望，使她很傷心。所以她主動請纓，兩次到關外來追捕文翠，連帶把文元龍也弄到手。獲知這次湯傑也同來關外，姜喜蓮簡直歡喜若狂，做了許多彩色繽紛的美夢。不料一到盛京，湯傑便迷住了田瑛，比翼雙飛，到玉錦去了。連續幾日，顧影自憐，姜喜蓮心裡一直憤憤不平，忽然聽見兩個素不相識的人說起湯傑，牽動心思，不禁心酸起來。

窄巷之中，那人聽羅超說出湯傑的名字，大吃一驚，急不擇言，問：「你認識湯傑？那個混蛋在哪兒？讓我來取了他狗命。」

姜喜蓮這一聽，便知是心上人又遇到什麼麻煩了，這激起她的警覺。如果那樣，姜喜蓮當然要拼上性命去搭救。想到自己能從危險中救出湯傑，得到他的感激，姜喜蓮幸福得心裡癢癢的，滿臉通紅。

羅超伸手擋住那人，說：「等等，等等，人可不能隨便想殺就殺。他犯了什麼罪，你要殺他？」

那人情急如焚，推開羅超的手，頓腳道：「他殺了人，自古殺人償命，他今天也甭想逍遙法外。」

羅超聽了，不知怎麼回事，卻也絕不能讓對方壞了他監視姜喜蓮的大事，便問：「你怎麼能肯定他住在這裡？」

姜喜蓮也聽見這句話，發了一愣。她知道湯傑油頭滑腦，愛玩女人，可從來沒聽說過他會殺人，她絕不相信會有這種事發生，她絕不肯相信湯傑心會那麼兇狠歹毒。她該怎麼辦？她得出去問清楚。

正要跳出去，又聽見那人回答：「既然他跟姜喜蓮一夥，到了懷陽，自然會來找他們。」

一聽那人居然提到自己名字，而且說她和湯傑一夥，姜喜蓮心裡又驚又喜，又甜又酸，忍不住又收起腳步，要多聽聽他們談話了。

面前這人知道太多內情，羅超更加警惕起來，兩臂暗暗運氣，準備隨時一擊，將那人置於死地，一邊問：「你叫什麼？你怎麼知道姜喜蓮住這裡？」

那人說：「坐不更名，立不改姓，我叫俞鎮，怎麼樣？知道姜喜蓮住在哪裡有什麼了不起，有人告訴我的，怎麼樣？」

羅超追問：「誰告訴你的？他是幹什麼的？姓誰名誰？說出來聽聽。」

俞鎮嘿嘿冷笑兩聲，說：「說出來你別嚇一跟頭，站穩點兒，那人就是聞名天下的雷豪，大俠雷豪，怎麼樣？聽說過嗎？」

羅超一聽，混身緊張馬上都鬆懈下來，隨口說了一句：「原來是雷大哥的手下，誤會了。」

俞鎮說：「什麼誤會了？」

「走走走，這裡不是說話地方，到我那兒去。」一邊說著，前後看看，拉住俞鎮，快步走出巷口。

姜喜蓮剛要躍出顯身，叫住兩人問問明白，一瞬之間，行伍十年的辨差觀念突然一閃，啟動了她的理智。她穩住手腳，長吐一口氣，慶幸自己終於沒有被個人感情支配，做錯事。她來關外是要捕捉文元龍，她現在不能暴露，查清文元龍下落才是當緊要務。她這樣想著，已不見兩人影子，便緊跑幾步，出了巷口，左右一看，剛見兩人走過馬路，走進對面一家客棧門去。

羅超只顧跟俞鎮講話，一時忘記警惕身後，連姜喜蓮跟蹤而至也沒發覺。畢竟經驗不足，又是頭一次獨自辦差，難免不小心而出錯。

姜喜蓮遠遠看見他們二人進了店門，便快步跑到門口，稍推開一點門縫，不見二人在裡面走，便進了店門，轉過牆角，終於看見兩人背影，可以斷定那人的房間。於是姜喜蓮回到自己客棧，派杜亮和董釗到羅超住的那家客棧，輪流坐在門口監視，見到羅超出門，馬上報告，他們要反跟蹤。一切安排好，她把自己關在房間裡，靜靜坐著，思索湯傑殺人的傳聞，暗自傷心。

羅超進了房間，領俞鎮走到窗口，拍拍自己坐的椅子，又指著窗外，說：「我日日夜夜坐在這裡監視對面的客棧，設法阻止姜喜蓮他們十擾彭大人和童大人的行動。告訴你，我絕對沒有看見湯傑來這裡，至少到現在還沒有看到。他如果進那客棧，我絕不會錯過，剛才我就在這裡看見你來。他該什麼時候到？」

「那我不知道，我也只是猜他會來找姜喜蓮。」俞鎮垂下頭，猶猶豫豫地說。

「坐下歇歇吧。」羅超說著，又問：「你說他殺了人？怎麼回事？說說。」

俞鎮一聽，馬上又暴跳起來，眼睜的溜圓，咬著牙說：「他殺了人，所以我來殺他償命。他以為他老爸權大，就能跑得了？天涯海角，我追他一輩子，不親手宰了這個狗娘養的，我不姓俞了。」

罵了半天，還是什麼也沒說清，羅超又問：「他殺了誰？惹得你這麼火。」

俞鎮聽了，又忽然軟下來，甚至好像兩腿發抖，站不住一樣，歪了幾步，靠到牆上。

羅超忙過去，伸手扶他，往椅子上坐，問：「你怎麼了？有傷？」

俞鎮坐下，眼閉了片刻，才張嘴說：「他殺了田瑛。」

羅超明白這是真的了，心裡一沉，腦子一團麻。湯傑在京城仗著老爸位高權大，從小無法無天慣了，別人不敢的事，他都敢，從來不知大下有羞恥二字，吃喝嫖賭抽，坑矇枴騙偷，樣樣不少，錦衣衛裡他的犯罪案卷裝了幾大箱。可是朝廷決定，不論湯傑罪行多大，始終壓著不辦。滿天下大大小小的官府，上至皇帝宰相，下至鄉長鎮長，凡為官者，無一不貪，無一不暴，無一不色，已經想辨也辨不成了，所以只得不辨。對於朝廷而言，官僚貪汙腐敗，沒有多麼了不得，只要那些官僚死心塌地鞏固朝廷，就能得到朝廷保護和支持。既然官僚們得以公飽私囊，他們當然全力保護讓他們為所欲為的朝廷。所以貪官是暴政最忠誠的衛士，暴政依靠貪官維護才能生存。

大明天下，雖然朝廷不會因為貪汙受賄等罪行，就整肅某些貪官，更不會真正地整頓朝綱，但朝廷並非不收集各官僚的執政和生活行為，錦衣衛的職責便是明查暗訪各級貪官的點滴點滴。貪官罪行收集一大堆，都放在那裡，不出事時，成為勒緊貪官效忠朝廷的韁繩。貪官一旦真出了事，就是說被朝廷發現跟朝廷有二心甚至謀反跡象，朝廷便會立刻下重手整肅，平時收集到的材料，貪汙腐敗乃至包養情婦之類，便都公佈出來，構織罪行，證據確鑿，迅雷不及掩耳，讓被整肅的貪官無法辯解，也來不及抵抗，只有低頭認罪。湯耀祖和湯傑的境況，便是如此。

可羅超萬萬想不到，湯傑會有膽量殺人。他確實坑過人，逼人跳井懸樑，有過十幾回。他強姦婦女，害得人一家大小喝藥尋死，也有不止幾十次。他騎馬瞎撞，撞死撞傷人，起碼上百起。可說他設計謀殺，還真從來沒有過，至少羅超在錦衣衛神鋭所這三年，從來沒聽說過。到關外，他就敢親手殺人？俞鎮會不會搞錯？羅超再次問：「你說的是真的？你親眼看見的？」

俞鎮說：「我沒看見，可我確定是他殺的。我跟官府捕快一塊去的田瑛家。」

羅超說：「控告人謀殺可不是鬧著玩的，老俞哥，你想清楚，沒有事實證據，不敢亂說。」

俞鎮說：「我看見田瑛的信，上面說明了一切，就是證據。」

羅超大驚，問：「你說田瑛信上寫了被殺的事情？」

俞鎮說：「不是，但是她在信上說明跟湯傑一起去玉錦的計畫，以及準備求湯傑的事，還估計可能有些什麼結果。她走前也告訴我，說兩天以後她就回來……」說到這兒，俞鎮忽然氣短，停下來。

羅超問：「她要求什麼事？估計什麼後果？是不是挺嚴重？」

俞鎮點點頭，說：「她發現了湯傑的家庭背景，決定要敲他一下……」

羅超噓了一口氣，說：「難怪了，湯傑是什麼人物，從來只有他欺負別人的事，哪裡有別人能欺負他的份。」

俞鎮說：「田瑛也是從京城出來的，知道這號子弟膽大妄為，可她寡母孤兒，在關外過日子實在太辛苦，所以想冒一下險，敲湯傑一筆錢，其實不多，也就十萬兩銀子，給兒子將來打算。要不她怎麼會願意跟湯傑睡覺，田瑛不是那種隨隨便便的人，只是為求生計。誰知道，湯傑那麼有錢，又那麼小氣，居然為十萬兩銀子，把田瑛殺了。」

羅超說：「大概不僅僅是為那點錢，是怕田瑛從此沒完沒了訛詐他。或者沒準就是嚥不下那口氣，不能讓別人敲詐，一次都不行。」

俞鎮說：「我等了她四天，她沒回來。我到玉錦去了一趟，也沒找到人。」

羅超連連搖頭，說：「這些都只是猜測，不能成立控告謀殺，萬一她又跟著湯傑去了別處……」

「瞎說八道！」俞鎮打斷他，跳起來，腳踢著椅子吼叫，「玉錦衙門已經發現了她的屍體，行了吧？她已經死了，有證據了吧？他們也已經找到湯傑謀殺的兇器，上面還有田瑛的血，夠不夠？夠了吧？」

羅超過去拉住他，連聲說：「別這樣，別這樣，我們一起找他，一定找到他，冷靜點，冷靜點。」

俞鎮好不容易穩定一點，坐進椅子，滿臉的淚，哭得嗚嗚不停。

羅超拍拍他肩頭，問：「你跟田瑛很要好，是麼？」

俞鎮不停哭，點點頭，斷續說：「她……本來……要跟我，我成……成……」

羅超站起來，對俞鎮說：「我們現在去找彭大人和童大人，商量個辦法，找到湯傑。」

俞鎮說：「有你們幫忙，他跑不了，我就不去了。我去找雷大哥，他剛到懷陽，等著我們呢。唉，我怕動作晚了，讓湯傑跑了。」

羅超說：「他能跑到哪兒去？殺了人，跑哪兒也躲不掉。」

俞鎮說：「只怕他跑回京城去，到京城就沒有法能治他了。」

這話對，羅超一時無話可說。

俞鎮說：「那也不行。京城法不治他，我自己報仇，絕不容他殺人不償命。」

羅超看他一眼，說：「你如果去京城，找我，我幫你找到他。」

兩個人說著話，走出客棧，各奔東西。

二十五 父女交換夜相聚 臨終托孤大人淚

彭奇和童康忙了一大半天，選擇交換文元龍父女的地點，查看現場，安排交通工具等等，然後給孟嘯發了信鴿，稟報整個計畫，下午回客棧。昨晚文翠一夜沒睡，到清晨再也撐不住，睡了。彭奇又給她服了安眠草藥，所以她一直在客棧裡昏睡不醒。

彭奇童康回來，叫醒文翠，把買回來的饅頭鹹菜放到桌上，三個人默默不聲，各想心事，胡亂吃了一點，然後文翠要換衣服，彭奇童康走出房間等待。童康趁機寫了個短信，交給客棧小廝送給雷豪，交代換人地點和時間，希望什麼意外都不要發生，雙方之間安安靜靜順順利利完成交換，萬勿傷人。

文翠換上童康替她買的一身新衣服，稍微有點大，童康不知道她的尺碼，不過文翠穿上，什麼話也沒說。她的心思全在爸爸的安危上，旁的事什麼都無所謂。

彭奇看她一眼，沒有講話。

童康笑笑，說：「還不錯，可以去見文大人。」

文翠聽了，心裡難過，坐到床邊，低下頭，不再動彈，默默垂淚。

這時候羅超忽然到了，見文翠在屋裡，便把彭奇拉到一邊，貼著耳朵，講了幾句。彭奇突然大叫一聲，把拳頭朝牆壁上猛地一砸，雙腳暴跳起來，把文翠嚇了一跳，睜大眼睛盯著他。

童康問：「什麼事？有麻煩？」

彭奇在屋裡急急地踱步，一手捶打自己的頭，過了一陣，才穩住情緒，說：「田瑛被人殺了。」

童康大吃一驚，但又馬上明白過來，問：「她跟湯傑一起去玉錦，讓他殺了？」

彭奇揮著手，大喊：「對，就是那混帳東西，我現在就回京城找他去，非親手宰了那王八蛋不可。」

童康說：「你怎麼知道他回京城了？」

彭奇說：「那忘八蛋只有回京城，才能逃得脫殺人罪。」

童康從身上拿出筆墨，說：「別急，我來給孟大人發個信，就算湯傑回了京城，他也跑不出孟大人的手心。」

沒有聽完童康的話，彭奇已經走出房間，又趴在外面的矮牆上抽煙。

童康看著彭奇出了門，轉回頭來，才發覺羅超還站在角落裡。小夥子從沒見過彭奇發脾氣，這會子真嚇得夠嗆，嘴脣直哆嗦。童康便說：「羅超，你還得趕緊回去，盯緊姜喜蓮他們，別讓他們溜了。」

羅超似乎巴不得聽見這個命令，二話不說，拔腳就走，連房門都忘了關。

過了片刻，童康也走出門，與彭奇並肩站著，沉默了半天，說：「甭管怎麼說，田瑛就算活著，人在關外，大老遠的，跟你也沒什麼戲。」

彭奇垂頭喪氣，喘了一陣，才說：「我也知道，再說人家也未必看得上我，可就是，就是，心裡有一種從來沒有過的滋味。」

童康笑了，說：「那就叫做愛情，奇哥，嚐嚐吧，永遠是又苦又甜又酸又辣，攙在一起，讓人沒著沒落。」

彭奇說：「什麼亂七八糟，酸得掉牙。」

童康仍然笑著，說：「我還以為你會一輩子鐵石心腸，現在好了，情竇開了，奇哥，你該考慮考慮成家的事了，三十好幾了，給我找個嫂嫂，實在無處可去，也能去你那兒蹭頓飯吃。」

彭奇讓他這一席打岔的話，平熄了許多火氣，長嘆一聲，說：「人死不能復生，再想也沒用了。」

童康說：「羅超說，田瑛原本跟俞鎮訂了婚。你記得俞鎮麼？雷豪的手下。田瑛失蹤，俞鎮著急，於是查出了謀殺案。」

彭奇說：「等會兒見到俞鎮，得跟他說，他什麼時候回京城報仇，找我，我跟他一塊兒去，非把他媽的那小子千刀萬剮了不可。實在受夠了，我這個錦衣衛不幹了，絕不能容他繼續活下去，再禍害人。」

「到時候叫上我，給你打個掩護。」童康說。

彭奇沒吭聲，也沒轉頭，伸手拍拍童康的肩膀，算是回答。

兩個老戰友，情緒動蕩，在廊子上抽煙講話，沒太注意周圍，卻讓停在兩個街口遠的姜喜蓮發現了。誰也沒估計到，姜喜蓮跟蹤羅超，到了彭奇他們住的客棧附近。她隔著幾所房屋，騎在馬上，看了個一清二楚。最後決定親自出馬，去查看客棧房間裡有沒有文元龍。

姜喜蓮帶了杜亮，帶了長槍短刀，下馬步行，往客棧走過來。還沒到跟前，忽然看到一匹馬，飛速奔到客棧門口，羅超不等馬停，便颼的一聲跳下來，急急地跑進店門。姜喜蓮一看，忙拉杜亮急跑幾步，跳上一棵樹杈，隔著客棧側面牆頭，向裡張望。

羅超衝進後院，在廊子上見到彭奇童康，急急忙忙說了幾句什麼話，三個人便一起匆匆走進房間，關緊了門。

「他們發覺了。」姜喜蓮說完，跳下樹杈。

杜亮跟著跳下樹來，一邊問：「發覺什麼？」

「發覺我們失蹤了。」姜喜蓮說，「走吧，現在去也沒用，他們有了防備。」

果然，姜喜蓮他們兩人剛走回拴馬的地方，彭奇等四人便從房間走出，左看右視，匆匆上馬走了。沒有文元龍，只有個女孩子，不知是誰，估計是文翠，姜喜蓮一邊想，跨上馬背，帶領著董釗杜亮，遠遠跟著他們。

羅超在前，童康和文翠居中，彭奇在後，並不疾馳，勻速行進，一聲不吭。

童康忽然隔著馬背，遞給文翠一件盔甲，說：「穿上吧，有點大，套外面就行了。」

文翠手裡抓著，覺得很害怕，問：「真會打仗嗎？」

童康擺弄著一把鳥銃槍，說：「不會的，用不著怕。只是防備萬一，習慣而已。」

彭奇對前面的羅超說：「羅超，到了之後，我們準備現場，飛車一到，你就接手。」

羅超頭也不回，問：「他們會讓我自己駕嗎？」

彭奇說：「他們會，我安頓好了的。」

童康對文翠說：「別擔心，文翠，保證你平安回家。」

為了安全起見，他們沒有直接走到換人地點，而是繞來繞去，走了許多岔路，天已經黑了，他們才繞到預定地點。那是一片開闊沙地，為的是防備意外埋伏人。顯然雷豪他們早已經到了，遠遠就看見一輛馬車，孤零零站在沙地中央。旁邊僅有的兩條進出小路，靜悄悄的，但彭奇相信，樹叢後面一定埋伏了雷豪手下的精兵。

彭奇幾人放緩腳步，輕輕走到雷豪的馬車邊，在相距五尺左右地方停下。

兩邊都靜靜地等著，車馬不動，人也不動。文翠不明白，不敢動，也不敢問，急得不住拿手擦眼睛，可周圍一團漆黑，什麼也看不見，連剛才望到的那輛馬車影也消失了。

看見彭奇和童康到達，雷豪在自己車頂上升起一盞小燈，火光微弱，幾乎看不見。跟著這信號，四周先後也閃起同樣的小燈。雷豪細細查看，確認布置的幾處崗哨都就位，通知手下人馬，嚴密警戒，再不準許任何人進入這個地區。

雷豪收回車頂的燈火，轉頭對坐在身邊的文元龍說：「一切就緒，放心，文大人，不會出差子。」

望著面前空曠暗淡的沙地，文元龍說：「我在京城等著你，一定得把《烏鋼要義》親自交到你手裡，我才放心。」

雷豪說：「我把這邊事情安排好，馬上就回去。找到嘯哥，就找到你了。」

文元龍說：「京城裡的事情，很難說，沒有一定之規。這情況你清楚，當年還不就是上頭一句話，就把你哥哥害了。」

雷豪低下頭，沒說話。

文元龍接著又說：「我回了京城，誰知道會怎麼樣？也許剛下飛車，就人頭落地。」

雷豪說：「不會的，嘯哥一定有辦法保護你。彭奇他們帶你回去，在親手把你交給嘯哥之前，也絕對不允許任何意外發生。我已經親口託付過。」

文元龍說：「孟嘯才不過是個千戶，上頭還有鎮撫，檢事，同知，指揮使，再上頭還有更大的官兒，他們下命令，誰能不服從。就像當初，我何曾不想保護住雷百戶，可是我有多大的權力，身不由己。」

雷豪說：「文大人，就為那，您連降兩級。您還能怎麼辦，別老責備自己了。」

文元龍說：「我這一回去，是死是活，無可預料，有很多話想說出來。」

雷豪說：「不會的，文大人，你不會死，你得活著，咱們說什麼也得把那個老不死的給滅了，不能再容他繼續為非做歹。」

文元龍搖搖頭，說：「誰也碰不了他一根毫毛，否則我怎麼會不敢把《烏鋼要義》上呈朝廷。」

雷豪說：「也許沒那麼糟。嘯哥報告了烏將軍的事，朝廷就保護他。」

文元龍想了一下，忽然說：「事到如今，我回京城，生死難料，有件事只好交代給你。」

雷豪說：「文大人，您說，上天入地，只要我雷豪辦得到，絕無一絲猶豫。」

文元龍說：「那份《烏鋼要義》，我是刻在一塊玉墜上的。」

雷豪聽了，有點不解，問：「那要多大的一塊玉石？」

文元龍笑了，伸出一個手，說：「我這根拇指一般大小。」

雷豪更吃驚了，問：「《烏鋼要義》多少字？」

文元龍說：「《烏鋼要義》，四百二十字。」

雷豪說：「刻在拇指一般大的玉墜之上。」

文元龍點頭，道：「你到關外多年，尚不知情。近來中原興起一種匠藝，在極微的物件上，雕畫刻字。最聞名者，叫做王叔遠，曾將一枚核桃雕為小舟，名東坡詠赤壁，共五人八窗，有蓬，有艙，有楫，有爐，有袍，有足，有手，有壺，有扇，有手卷，有念珠，對聯題名，字三十有四。」

雷豪搖頭嘆道：「這種事情，我這麼個粗人，無論如何想不出來。」

文元龍說：「我聽說此事，便親到蘇杭等處，被我訪出一個匠人，有此手藝。我便買了一塊象牙，一寸長短。說是玉，其實只是象牙。我命那匠人雕做一個麒麟墜，在背面刻上《烏鋼要義》，一字不差，細若蚊足，凡眼難辨。」

雷豪說：「所以那個匠人知曉文大人的要義。」

「我豈可容他活口。」文元龍嘆口氣，說，「待他刻畢全文，我便將他殺了。」

雷豪聽罷，靜默片刻。他想知道那麒麟墜現在何處？若要到中原地區，尋找一塊玉墜，豈如大海撈針。

正此時，就聽見遠遠傳來一陣轟鳴。夜空裡一紅兩黃幾個小燈忽明忽暗，飛馳過來。那就是飛車，車體特別輕，且駕車的四匹馬經過特別訓練，跑起來步伐統一，所以車子奔跑，比任何馬車都快，稱為飛車。飛車到了跟前，慢慢停下，一切都非常準時。

雷豪說：「飛車到了。」

與此同時，對面彭奇喝一聲：「羅超準備接車。」

羅超策馬奔過去，飛身下馬，躍到飛車前面，熟練地登上，然後繼續趕著車駛近。

這時彭奇跳下馬背，朝前走了幾步，到了雷豪車前。

童康仍然騎在馬上，陪著文翠，說：「你放心，我們一定保證文大人的安全。」

文元龍說：「我的一家就交給你了，細翠兒今後的一輩子，都靠你處置。」

雷豪說：「你放心，文大人。我們該出去了，別耽誤，夜長夢多。」

文元龍邁出車去的時候，腳下滑了一下，身體打個趔趄。雷豪趕緊一步跳過去，伸手攙扶。文元龍自己站穩了腳，甩手推開雷豪，然後昂著頭，挺著胸，邁開大步，朝對面的飛車走去。他當了幾十年兵，打過很多仗，槍林彈雨是家常便飯，死人見過無數，也掛過好幾次彩，除了朝廷權力鬥爭還會讓他覺得恐怖之外，再沒有能讓他怕的事情了。

對面文翠可沒她父親那樣的經歷，也沒有父親那種鎮定和英勇。童康一說允許她下馬，她跳下馬背，馬上大叫著爸爸，張開雙臂，跌跌撞撞，向文元龍衝過去，撲進父親懷抱，臉埋在父親的胸膛上，痛哭起來。

沒有任何人聲，沒有一個人開口講話，這樣時刻，語言太多餘，太無力，太蒼白。

雷豪的憤怒已經平熄，他完全能夠理解孟嘯之所以這樣做的無奈。

文元龍充滿一種犧牲的豪邁，摻雜一些父愛的溫情，過去歲月他一直為幫助別人奪取利益而冒死犯難，想來實在毫無價值，眼下他要為了自己的女兒走向京城，奔赴刑場，人一生有過這樣一次獻身，就夠得上不虛度，可以無悔。

文翠心裡除了難過和自責，別的什麼感覺都沒有，甚至沒有想到父親回到京城就會死。她只希望歲月能夠倒流，她不吵鬧要外出逛市場，那麼眼前的一切都不會發生。

彭奇只想快點把這件事幹完，早點離開，盡快回到京城，交差之後，就可以開始偵察湯傑行蹤，一刀結果那條狗命。他睜開兩眼，仔細查看，前面只有雷豪和文元龍兩人，俞鎮不在，可見他參與戒備，埋伏在哪裡了。

童康卻感到滿心的慚愧，覺得自己很無恥，竟然參與並親自動手幹這麼一樁見不得人的勾當。劫掠人質是失敗者們的最後一搏，利用別人對生命的熱愛和尊重，來換取自己卑鄙的利益。雖然中原文化傳授給人們的信念是，為了達到目的，可以不擇手段。他們為了辦差，為了朝廷，這樣做沒有什麼不對，可是看到眼前一對父女相擁而泣，想到這之後他們又要分離，或許是永遠的訣別，童康忽然明白，自己成了劊子手，此生罪責難逃。

忽然間，雷豪拔腳往文元龍父女兩人衝過來，一邊大叫：「有人，有人。」

文元龍和文翠聽見喊叫，吃了一驚，不由自主鬆開了手，站在那裡轉過身。

彭奇和童康兩個早已幾個縱躍，衝到文元龍跟前。彭奇將他一抓，就往飛車邊狂奔。童康則拔出大刀，背貼彭奇，倒退著跑，掩護他們。

雷豪奔到文翠跟前，將她一摟，沒有轉身跑回自己的馬車，反而繼續往前跑，奔到彭奇他們騎來的馬匹旁邊，按文翠蹲下掩蔽好。

這時候遠遠地已經聽到有腳步奔跑的聲音，還有人高高低低的呼喊。

雷豪朝飛車揮手，大叫：「走你們的，走你們的，這裡有我們。」

飛車上沒有人能聽得見他呼叫，羅超早已揚起皮鞭，凌空一甩，唰地一聲，準備隨時出發，駿馬嘶鳴，馬蹄急馳，卷得地上沙土狂衝，直立起來。

彭奇和童康，拉著文元龍，繼續頂著氣流，往飛車狂奔。

二十六　勇彭奇鳥銃發威　姜喜蓮討價還價

遠處姜喜蓮帶著人馬已經到了沙地跟前，跟俞鎮他們幾個警戒哨交了手，刀光閃爍，喊聲震天。

彭奇衝到飛車邊，先把文元龍往車裡推。文元龍怒衝衝地不住掄臂，甩開彭奇的手，然後自己迅速爬進車門，坐到一個座椅上。

童康到了飛車邊，兩腳站住一個瞬間，轉身張望，想看看文翠在哪裡，是否安全，可什麼也看不到，只有一片黑暗當中，許許多多火紅的亮線，混雜交叉，許多人都在使暗器，還有人射火箭。

「出發，出發。」彭奇嘴裡喊著，縱身躍進車門。

羅超急忙掄鞭一抽，四馬躍起，飛車跳了兩下，幾乎升離地面。童康這時剛跳進車門，一下沒站住，急忙轉過身，在門邊緣坐下，一手抓住車幫，一手抱緊鳥銃槍，繼續張望面前的黑暗。

不知是雷豪的人，還是姜喜蓮的人，放了一枚火彈，束的一聲尖哨，拉著一道紅線，升上夜空。跟著轟地一響，炸開來，燃起一團金黃的火，把個沙地朝得透亮。

這時候，飛車加快速度，已經衝出數丈，轉過車頭，剛好對準沙地上的馬匹。那是他們騎來的馬，側躺在沙地上。火彈照耀之中，童康看到文翠，蜷曲身體，兩手捂耳，混身發抖，就像一片激風中的枯葉。

彭奇喊叫：「關上門。」

童康說：「我得下去。」

彭奇說：「我們已經……」

童康說：「我對文翠下過保證。」

「羅超，停車！」彭奇忽然轉頭叫了一聲，又對童康喊，「你給我全身回來，蹭破一點兒皮我都不答應。」

羅超猛一拉轠繩，四馬長嘯直立，飛車立刻減速，但一時仍然停不下來。

童康喊了一聲：「你放心。」然後雙腳一蹬，飛身躍出車門。

跟著他落地，彭奇從車上丟下一個布包。童康滾了兩滾，停住身，順手將那布包提起，就地伏倒。飛車早已恢復速度，從他身邊呼嘯著急速馳去。

童康躬著腰，一手提著鳥銃槍，一手提布包，奔回沙地，趕到文翠身邊。

文翠身子被他猛烈一撞，嚇了一跳，轉過臉來，看見是他，又驚有喜，問：「你怎麼在這兒？」

童康動手打開大包袱，說：「看你們打，手癢癢，湊點熱鬧。」

雷豪說：「那文翠就交給你了。」

「沒錯，就為這來的。」童康說著。

文翠聽見童康的話，心裡熱乎乎的，臉上發燒，說不出話來。

不多時，那飛車已無蹤無影，絕塵而去。沙地上只剩刀槍撞擊聲，夾雜著眾人的喊聲。

童康從布包裡取出一堆鳥銃槍彈，排列在腳邊，笑了。到底是老戰友，彭奇知道他愛玩鳥銃槍，也確是一名好槍手，所以替他準備了這麼一包槍彈。有了這麼多槍彈，童康心裡就有數了，姜喜蓮那麼幾個鳥人，算不了個啥。

雷豪說：「你們留在這裡別動，我去前面看看。」

童康把手裡鳥銃槍一順，說：「放心走你的，我掩護你。」說完，往地上一趴，把槍從馬鞍上探出，扣動扳機，啪的一聲巨響，震得文翠兩耳轟鳴，再也聽不清任何聲音。

雷豪則趁著槍響，衝出去，躬著身子，朝前面奔去。

聽見鳥銃槍的射擊，兩方眾人都停止打鬥，靜下來，整個沙地夜空，只聽童康獨自一人的槍聲。轉眼之間，連發四響，然後停下來。

那鳥銃槍，聲音巨大，火力兇猛，百丈之內，著彈喪生，人人都曉得，所以不管是誰，對鳥銃槍都存幾分畏懼。不過鳥銃槍每次只能裝一發槍彈，點一次火，打出一槍。打過之後，必須重新安裝槍彈火藥，然後才能再發第二槍，通常總要不少時間。所以在真槍實彈的戰鬥之中，身手矯健的人，要躲過鳥銃槍的火力，也並非難事。但是眼下，這支鳥銃槍居然在轉眼之間，連發四槍，足見使槍之人，對槍之熟，操槍之精，定然是天下無雙，那麼要想在槍擊的間隙空檔中動作，恐怕不易，稍不小心，免不了喪命，所謂槍子不認人哪。所以沙地上剛才殺得熱火朝天的人們，都停了手，伏下身，張望放槍之人。

童康見到雙方不再惡鬥，對鳥銃槍產生恐懼，達到自己連射的目的，又看見雷豪安全轉移到一個有利地形，掩蔽起來。童康回過頭，望著文翠，微微笑笑，說：「甭害怕，這點小玩鬧，不算事。」

文翠已經習慣了槍響，兩手捂著耳朵，湊到童康身邊，說：「有你在，我不怕。」

忽然對方也打出鳥銃槍來，而且也是在轉眼之間，連發了四槍。

童康一聽，棋逢對手，哪肯罷休，便舉起鳥銃槍，又在同樣的短促時間裡面，再一次連發四槍，顯示自己超人的射擊技術。

卻不料，童康這裡槍聲剛落，對方也急促地連發起來，而且這次是一口氣連發六槍，明明要告訴童康，對方也有同樣高明的鳥銃槍手，而且使槍還高過童康一籌。

這一下子，沙地上更加安靜了。

「姜喜蓮，你打的吧，槍法不錯。」雷豪忽然高聲叫起來。

姜喜蓮的女聲從黑暗中回應：「謝謝誇獎，想不到你手下也有會打鳥銃槍的。」

「你怎知那不是我打的。」雷豪說，他以為姜喜蓮看不清自己剛才的行動。

姜喜蓮喊：「你當我沒長眼睛，看不見你移動？」

雷豪愣了一下，這丫頭真是很厲害，會用拳腳，又會使鳥銃槍，更會用心思。在戰激之時，她還能眼觀六路，耳聽八方，可見十分鎮靜從容，而且想不到她練出一雙火眼金睛，暗淡中能看清楚。

姜喜蓮忽然喊：「雷豪，咱們停戰，跟你商量個事，怎麼樣？」

雷豪說：「在這兒嗎？剛打得那麼熱鬧，過不了一袋煙，八旗人馬就來了。」

根本不理會雷豪的話，只顧自己說自己的想法：「雷豪，你確實經驗豐富，技術高超，我怎麼也鬥不過你，服了。現在文元龍讓人帶回京城去了，當然一定關壓得很緊，沒準就是死牢……」

文翠一聽這話，嘴一張，就要喊出聲來。她身旁的童康眼急手快，一把捂住她的嘴，不許出聲，怕姜喜蓮聽見。文翠憋得難受，急速喘息，胸部大起大落，眼淚呼啦呼啦冒出來，順著臉橫流。

童康手指指遠處的雷豪，對文翠搖搖頭，然後鬆開捂住她嘴的手。文翠自己抬起兩手，緊緊壓住自己的嘴，眼淚仍舊狂流不停。童康看著她悲痛萬分的模樣，心潮洶湧澎湃，伸出一手，搭在她肩上。文翠順勢前倒，撲進童康懷裡，臉埋在他的胸口，嗚嗚痛哭。童康緊摟著文翠，手撫摸著姑娘的後背。

雷豪說：「那是你們京城裡的事，跟我沒關係。」

姜喜蓮說：「可我知道你一定不會坐視不管，要回京城去救他。」

雷豪說：「到京城去劫獄？我可沒那麼大本事，你們五軍都督府那麼大勢力都弄不成的事，我一個人怎麼可能成功。」

姜喜蓮說：「所以我跟你商量，文元龍交給我們來處理。我向你擔保，我們絕不傷了文大人。怎麼樣？」

雷豪沒有馬上回答，文翠急了，直起身來，張開嘴巴。童康在側，手急眼快，將她一拉，止住她喊叫。

這時候，雷豪說：「讓我想想吧。」

童康湊在文翠耳邊，說：「雷大哥絕不會不救文大人，他現在這麼說，只是緩兵之計，你別著急添亂。」

文翠想想此話有理，也便不再聲張。

姜喜蓮說：「別想得太久，拖久了，節外生枝，京城裡對文元龍感興趣的人可不止一兩個，多了。」

遠遠地，可以聽見群馬奔馳的聲響，往這方向而來。

姜喜蓮說：「八旗的人馬來了，咱們得撤。」

雷豪說：「你先撤，我跟著。」

他話剛完，遠遠黑暗之中，就見幾個人影站起來，匆匆上馬離開。

雷豪馬上下令：「全體撤出。」

然後他轉身朝童康他們跑過來，說：「我的馬打死了，只好騎你們的馬了。」

「騎彭奇那匹，快走。」童康說著，扶文翠上了馬。

二十七 懷柔院森嚴壁壘　文元龍斷腿失蹤

甚至用不著動腦子想，就會曉得，雷豪絕不會放任姜喜蓮去處置文元龍。沙地分手之後第二天，雷豪帶了俞鎮和邢田兩個，跟童康一起出發，披星戴月，不幾日到達京城，拂曉時分安頓下來。天一亮，童康就回到錦衣衛，向彭奇和孟嘯稟報經過。

自打文元龍回到京城，孟嘯便時刻沒有放鬆監視。雖然他沒有能夠成功地把文元龍控制在錦衣衛的手裡，朝廷到底將文元龍弄走了，但孟嘯還是立刻查出朝廷拘禁文元龍的地點。難處是，孟嘯身為朝廷命官，無法自己動手，劫持朝廷監禁的罪犯。但他當然猜得到，雷豪一定會趕到京城，解救文元龍。所以童康一到，孟嘯便囑他立刻將文元龍監禁於懷柔大院的消息，帶給雷豪。

那本來是一個廢棄了的莊院，在京城北郊懷柔一片空曠荒地中間，並不是專門建造的監獄。可這幾座房屋乃用修京城城牆的城磚修造，特別堅固厚實，人在裡面說什麼也無法挖通一個洞。別說夠鑽出個人身體那麼大小，連有個亮能看一眼外面藍天也做不到。因此朝廷選定這地方，改建為特別監獄，叫懷柔大院，專門關押最祕密的犯人。當初孟嘯獲刑，也是準備送到懷柔大院關押，結果被雷豪劫了刑車。

莊院房子的所有屋頂都重新修造，換去木樑木椽，改用鋼條鐵柱。房屋四周圍了一道兩人高的磚牆，磚牆外面是十尺寬一條沙地，能夠留下逃跑者的足印。沙地外面是一道鐵網，兩人高。鐵網外面是十五尺寬一條石塊地，鋪滿切削得十分尖利的三角形石塊，不穿厚底靴，跑在上面必要磨壞鞋底和腳上皮肉。石塊地外面又一道鐵網，也是兩人多高。

此處地形也易於警戒，荒地北面和西面是滿布岩石的山涯，完全無法騎馬走近。南邊是一大片沼澤，長滿野草，水面不深，可下面泥漿卻厚，車馬都無法行走。因此進出這座孤零零懷柔大院的唯一通路，只有東面一側。一條單車道路，穿越兩道高大密集的鐵網和高牆大門，在四個崗樓的嚴密監視下面通過，才能進入。

接到孟嘯的消息，雷豪立刻騎馬出遊，查看地形，觀察警戒，策劃行動。連續奔波兩天，他忽然有一種奇怪的感覺，好像身後有人在跟蹤和監視他。為此，他特意多拖延一天，派邢田和俞鎮二人，交叉尾隨監控，進行反跟蹤，希望捉住他身後的那個影子。但是沒有成功，他們在京城轉了一天，到底沒有發現何人跟蹤雷豪。可是雷豪的感覺絲毫沒有減輕，他相信自己的直覺從來沒有出過錯，但憑他的超人功夫，居然查尋不出跟蹤者，實在讓他又覺憤怒，又覺無奈。

可他不能再拖了，他們必須行動，即使可能被跟蹤者識破而失敗。夜長夢多，文元龍的性命要緊。那日晚上，雷豪三人坐在一起，喝著酒，吃著肉，看著地圖，把整個計畫一點一滴地講述一遍。都是幹了多年的老手，這種案子也幹過多次，不用多說，都明白自己該做的事。然後就睡了，睡了足足一夜，到第二天中午才起床。

吃飽飯之後，三個人都穿上細軟的貼身鎧甲，外面罩上夜行黑衣褲，紮緊袖口褲腳。頭裹黑巾，面塗青色，足蹬厚底軟靴。各種應手長短刀劍，都綁緊在身側，暗器彈丸封在袋裡。邢田的背上綁了一個細袋，內裝他特用的一根長鞭。俞鎮腰上則綁了一把利斧，削鐵如泥。

裝備齊全，看看天色已暗，雷豪一聲令下，三個人便上馬出發。跑過一陣，大約幾十里路的樣子，雷豪召喚二人停下，說：「到了，前面就是，馬就拴在這兒。」

俞鎮和刑田下了馬，舉目望去，看到前面遠遠的黑暗之中一處院落的影子。

雷豪簡捷地說：「情況早都說明白了，各人要做的事也都很清楚，不必再重複。這裡是走進懷柔大院的最後一個轉彎處，前面那個彎轉過去，就筆直通去大院的頭一道鐵網，再沒處藏，也沒處退了。」

「豪哥，甭說了，咱們動手吧。」俞鎮拔出身上的短刀，說。

雷豪沉默片刻，仔細聽著周圍，他仍然有那種被人跟蹤的感覺，心中頗為不安。但他還是什麼都沒有聽到，於是只好點點頭，說：「出發。」

俞鎮和邢田聞聲，一躍而出。

「慢。」雷豪忽然又一叫，說，「隱蔽。」

隨著他的話音，所有人都臥倒在地，慢慢拔出刀劍，握在手裡。這時才聽見他們剛轉下來的那條公路上，從懷柔大院方向，飛馳而來一眾人馬，風馳電掣而過，揚起的煙塵落了他們一身。

聽著馬蹄走遠了，俞鎮才拍拍頭上的土，嘴裡啐了一口，說：「剛換崗。」

雷豪也站起來，四處張望片刻。難道剛才那種周圍有人的感覺，是因為這一隊人馬嗎？不及細想，雷豪一揮手，輕聲說：「出發！」

三個人便躍上路面，躬著身子，急速向懷柔大院奔去。不多時，便到得鐵網底下。奇怪的是，他們奔跑這一路，竟然沒有被懷柔大院崗樓上的哨兵們發現。他們奔跑時並沒有特別加以小心，事實上這條路上根本也無法藏身，可是居然沒有引起任何懷疑，難道那些哨兵都在睡大覺？

然而時間緊迫，不容雷豪多想。既然沒有被發現，那就是他們的運氣，必得趁機下手。

不等雷豪吩咐，俞鎮早從腰後拔出利斧，掄將起來，對準鐵網左一揮，又一砍，把那鐵網破出半人高一個洞。雷豪側身一閃，已進到鐵網裡邊，邢田緊跟其後。俞鎮一手提著利斧，側身鑽過破洞，跟著他們朝裡跑。

尖石地面只有十五尺，他們穿了厚底靴，毫不在意，輕易跑過。又是一道鐵網，俞鎮同樣砍破，三人迅速鑽過去。奔過沙地，印上鞋印也無所謂，反正他們是劫獄，早晚官府要追捕。崗樓上好像仍然沒有人聽到，什麼反應都沒有。雷豪邊跑邊覺得不解，可是他沒時間多想，便已經到了高牆跟前。

雷豪在牆跟站住，對俞鎮邢田兩人招一招手。兩人點點頭，縮身彈腿，身體一縱，躍起數尺，隨後在空中猿手一伸，攀住牆頭，趁勢一拉，側身搭到牆上。也正此時，雷豪使出輕功，拔地而起，連牆頭都不沾，便飛躍高牆，直接落入牆內側去了。俞鎮邢田早見過雷豪這身輕功，雖然羨慕不已，但卻沒有學到。雷豪說他們那一手攀牆躍脊的功夫已經夠用了，不必學輕功，所以不教給他們。這時見雷豪已經落進大院，兩人趕緊縱身降落到牆內地上。

三人都不講話，落地之後，伏身傾聽，不見動靜，便繼續前進。

一切都計畫好了。雖然雷豪他們很能打鬥，可並不願意輕易招惹警覺，引起不必要的血戰，到底他們才只三個人，可能寡不敵眾。而且打起來，未必對救出文元龍有什麼好處。幹他們這行的人，做這樣的事情，最理想的，是不被查覺而完成。

雷豪趴在地面，帶領俞鎮邢田，匍匐前進，一邊輕聲說：「好像有點不對頭，一點動靜都沒有。」

俞鎮說：「不要我們的行動被發現，他們設下圈套了吧。」

雷豪停下爬動，側頭望著身後兩個崗樓。

邢田也停下來，似乎自言自語：「是不是都死了？」

「死了？」雷豪嘴裡叨念一句，忽然暗叫，「不好，文大人可能遭了不測。」

邢田趴在雷豪身邊，聽見此話大驚，問道：「什麼？豪哥，你說什麼？」

雷豪突然通地一聲，就地站起，把俞鎮邢田嚇了一跳。

「豪哥，你暴露了。」邢田一邊喊，一邊便蹲起身，拔出後背的長鞭，準備隨時揮鞭檔箭，掩護雷豪。

「還是沒有動靜。」雷豪著，拉一把邢田，說，「起來吧，那些哨兵全部都死了，一個活的也沒有，我們來晚了。」

邢田慢慢站起身子，仍然警惕地盯著崗樓，問：「怎麼會？」

雷豪放下手裡的刀，說：「已經有人來劫過獄了。」

俞鎮也站起來，說：「那怎麼可能？」

「也許就是剛才在路上跑過去的那批人馬，就是姜喜蓮她們，對，就是他們，一定是他們。他們人在朝廷，得天獨厚，要查出文大人的去處，易如反掌，搶在我們前面，也屬尋常……」雷豪說著，忽然停了話，然後又繼續，「只希望文大人沒有被他們殺了。」

俞鎮忽然抬手示意，說：「你聽，好像裡面有動靜」

雷豪側耳一聽，然後說：「我和邢田進去看看。俞鎮，你在這裡警戒。」

「好。」俞鎮回答。

雷豪和邢田一前一後，慢慢走到門邊，輕輕推推，門虛掩著，手一推就開了，右側地上躺了兩個警衛，一動不動。

邢田拿腳輕輕踢踢一個身體，沒有任何反應，身體軟軟的，顯然剛死不久，或許剛才還沒死，所以有點動靜，但到底沒活到雷豪他們進來，便嚥了氣。

雷豪繼續往前走，步子很輕，用心聽動靜。

邢田跑兩步跟上，說：「二十幾個，都殺了？什麼人那麼狠？」

雷豪忽然轉身，往身後左側看過去，背後地上又躺了兩個死屍。他有點發怒，高聲說：「都被殺了。」

兩個人再不講話，朝前走，轉過一個通道，就看見一個裝了鐵柵欄門的牢房，石牆石桌石椅石床，桌上亂七八糟，床上被褥揉成一團，沒有人，沒有文元龍，只有滿地的鮮血。

雷豪蹲下身，伸手一摸，血還沒有凝固，黏稠稠的。雷豪心裡不知該怎麼感覺。剛才一發現有人比他們先來一步，他就怕文元龍已經被劫走了，但是看到眼前的慘景，他更怕文元龍還留在這裡。如果文元龍還留在這裡，那就是說他已經被人殺死了。只要文元龍還活著，就是被劫到天涯海角，他也一定能把他救出來。但如果他已經死了，那麼就一點辦法也沒有了，他就失去了一個摯友，文翠就失去了父親，而那個《烏鋼要義》，也就可能永遠也找不到，無法大白於天下。

邢田打斷他的思索，說：「文大人也許藏起來了，咱們找找。」

雷豪搖頭說：「這麼點小的牢房，還能怎麼藏？」

「豪哥，在這兒，你看。」邢田進了屋便開始搜索，忽然站在石床邊，大聲說。

雷豪從血跡邊站起身，走過去一看，高聲叫罵出來：「這幫禽獸！」

二十八　彭奇童康齊出動　烏鋼要義危旦夕

「豪哥，豪哥，有人，有人。」俞鎮忽然從外面跑進門，高聲叫道。

雷豪一聽，馬上應道：「各自隱蔽。」

俞鎮根據事先雷豪的安排，跑出門外藏身。

雷豪左右看看，不出聲，朝邢田擺手，指了一指，然後自己繞過石床，蹲下身子，隱蔽起來。邢田按雷豪手勢，三腳兩步跳到石桌後面，也蹲下隱蔽起來。這樣他們兩人的位置，剛好跟門形成一個三角形，如果有人要衝進來，他們可以交叉攻擊，既能互相掩護，也能封鎖住這間牢房。

片刻之後，幾隻腳匆匆趕路的聲響，在空曠的石屋裡震蕩，聽得清清楚楚。來人走走停停，好像猶猶豫豫，越來越近。

「這也太過份了，劫獄就劫獄，怎麼可以殺這麼多人？」一個人憤憤地大聲說。

來人這麼說著，已經到了這間牢房門口。

「童康，是你麼？」雷豪突然在裡面大叫一聲。

沒有回答。房門外的兩個人一聽有動靜，早已各自跳開，貼到門邊兩側，一人直立，一人蹲下，同時從腰間拔出刀劍，兩手端握，指進屋內，一左一右，一高一低，交叉掩護。

「你是誰？」童康向對面的人點點頭，發聲問。

雷豪仍舊隱蔽在石床後面，說：「我是雷豪。」

「是你來劫文元龍嗎？為什麼要殺這麼多人？」另外一人怒聲問。

「別誤會，彭奇，我一個人都沒殺過。就你們兩個人來了？那好，你們看著，我站起來了，看清楚。」

雷豪慢慢在石床後面站起來，雙手高舉。

邢田蹲在石桌後面，始終一聲不吭，緊張地盯著門口，手握長鞭，準備一見異動，馬上揮出，掩護雷豪。

門外兩人仍然不露形跡，童康稍探頭張望一下，看到雷豪，轉回頭來，對彭奇點點。

彭奇便喊：「另一個呢？另一個也站起來。」

雷豪說：「什麼另一個？我不懂。」

彭奇說：「嘿，雷豪，這點把戲誰不會玩。你這麼大的行動，會一個人衝進來麼？另一個人呢？趕緊站起來，別想暗算。」

雷豪笑了笑，朝邢田點點頭，說：「好吧，我們都暴露了，行了吧？我們表示了和解的誠意。」

邢田只好也站起來，雙手高舉，那長鞭早不知何時已經裝回背後的套中。

彭奇和童康保持一高一低的姿式，繼續同步行動，慢慢挪動身體，轉到門邊，同時朝屋裡張望片刻，確定再無處隱蔽任何雷豪的殺手了，這才走進屋來。

雷豪說：「幸虧你們兩個來，要不就得一場好打。」

彭奇不接他這話頭，板著臉，問：「你們是來劫獄的麼？」

雷豪說：「是，可是來晚了，別人已經先劫了。」

彭奇問：「你怎麼曉得？」

雷豪說：「牢卒都是他們殺死的。我們只先你們一步進來，只看到你們也看到的這番景象。」

童康問：「那麼他們把文元龍劫走了？」

雷豪一聽這話，忽然暴怒起來，把手裡的刀往面前的石床上猛然一拍，說：「你們看，這群狼心狗肺的畜牲……」

彭奇和童康吃了一驚，急朝前走兩步，站到石床前，低頭一看，都倒抽一口涼氣，仰起臉來，望著房頂。石床上零亂的被褥裡，裹著半條截斷的人腿，赤裸無遮，腳上布鞋脫落，掛在兩個腳趾上。到處血跡浸滿布面，都已乾透，變成紫紅。那腿上截斷之處，血肉模糊，些微暗褐，開始痿縮。

這屋裡的四個人，都久經沙場，死人見過無數，可是面對這條顯然生生被截下的人腿，被那種冰冷的殘酷震撼，禁不住心頭瘋狂顫慄。

「誰的腿？」彭奇扭過頭，避免繼續看見那條斷腿。

雷豪動手拿起一塊尚算乾淨的布頭，把那條斷腿包裹起來，一邊說：「文大人的腿。」

「你能斷定？」

「他腿上有個刺青，我認得。」

童康彎腰從地上拾起雷豪包腿時掉落的那隻鞋子，說：「什麼人？心竟會這麼狠，下得了這毒手，裡裡外外殺那麼多警衛，還一刀剁斷人的腿。」

「我能肯定，就是姜喜蓮他們。他們幾次跟我們搶文大人，這次讓他們成功了。」雷豪說著，狠拍自己腦袋一下，說，「我真不該多拖延那一天。」

童康說：「姜喜蓮再狠，一個姑娘家，至於能動手切斷一條活人的腿麼？我可真想不到。」

雷豪懷裡抱著文元龍的斷腿，坐倒在石床上，直發愣。

彭奇似乎自語：「姜喜蓮下不了手，誰能親自動手切斷文大人的腿？」

雷豪嘆了口氣，說：「湯耀祖那個老不死的，我敢肯定，只有他親自來，才下得了手。」

彭奇聽他提到湯耀祖的名字，有點不能相信，問：「你說湯耀祖嗎？大名鼎鼎的常勝將軍？他怎麼會參與劫獄這樣的陰謀活動？」

雷豪說：「對，我說的就是那個老不死的。姜喜蓮他們幾次跟我們作對，都是他指派的。姜喜蓮是左軍都督府的親兵，對不對？」

童康不解，問：「就算他真的來了，怎麼會親手切斷自己部下的腿。文元龍不一直是他的嫡系部下麼？」

雷豪說：「你們太年輕，太不瞭解湯耀祖。他怎麼撈到常勝將軍的名聲？就靠他的陰險殘暴，他殺人無數，殺敵人，也殺自己人，殺人不眨眼。」

童康說：「雷大哥，給我們講講，讓我們也長點學問。」

「告訴你們，我跟他有殺兄之仇。此仇不報，枉為七尺漢子。」雷豪說完，通一下從床沿上跳下地，剛才一直抱在懷裡的那條斷腿，裹著枕巾，落到地上。他趕緊彎腰拾起，放到床上，不住撫摸。

童康看著雷豪，說：「真不知這條腿切斷多久了，以後還能不能再接好。」

彭奇說：「甭那麼想，文元龍落到他手裡，不害他的命，就算不錯。」

雷豪說：「接腿是一定沒可能了，文大人到他手裡，一定沒日沒夜嚴刑拷打，腿非爛了不可。可是害他性命，倒也還暫時不會。他們找文大人，並不是只要他這個人，而是要找他的《烏鋼要義》。只要還找不到，他們就不會殺他。殺了他，就沒有線索了。」

童康說：「要是文大人吃不住他們的折磨，那就糟了。」

雷豪搖搖頭，說：「如果他們能逼文大人交出《烏鋼要義》，他們早成功了，哪會拖到今天。文大人絕對不會把《烏鋼要義》交給他們，哪怕他自己犧牲。其實他一定也知道，哪天他們拿到《烏鋼要義》，哪天他就死定了。」

彭奇說：「那就是說，我們也得想法子找到《烏鋼要義》。要是讓姜喜蓮他們先找到，文大人就完了。」

俞鎮忽然又跑進門來，大叫：「豪哥，豪哥，有人，有人！」

雷豪回應：「你在外面隱蔽，準備接應。」

「遵命，」俞鎮說完，奔出門外。

「有人來了，馬上就會到。」雷豪對邢田，彭奇和童康三人簡短地說了一句，手一揮，四個人便分散開，在小牢房裡掩蔽各處。

二十九　小牢房拋血惡戰　傳密信殘留鞋底

沒一陣，就聽到一陣雜亂的疾促腳步聲，毫不遲疑，直接朝這間牢房走過來。聽得出來，至少有四五個人，還聽見許多金屬撞擊的聲音，就是說他們身上都佩帶了武器。

姜喜蓮剛在門口一顯身，朝牢房裡掃了一眼，馬上朝後一跳，掩身門邊，拔出長劍，對身後人擺擺手，都叫藏好身，然後大叫：「裡邊人出來。」

她實在機警異常，經驗豐富，一瞥之下，竟然就發覺有人在這間牢房裡。或許彭奇他們兩匹馬停在院裡，已經引起了她的疑心。

雷豪馬上從床後站起，朗聲說：「姜喜蓮，你真不簡單。」

姜喜蓮仍在門外站著，側過半邊臉，從門邊向裡張望，下令說：「舉起手來。」

雷豪舉起手來，什麼都沒有拿，說：「人都讓你們劫走了，這裡一空如洗，你們又跑回來幹什麼？」

姜喜蓮說：「我們丟了幾樣東西，現在來取。你老老實實交出來，什麼事都沒有，否則的話，這次我可是手下不再留情。」

雷豪說：「這裡還有什麼？就剩他的一條腿了。姜喜蓮，你心也太狠了……」

姜喜蓮打斷他的話，喊叫：「那是上峰下令，我是軍人。雷豪，你也是當過兵，知道怎麼回事。」

雷豪說：「你們動作也夠神速。」

姜喜蓮冷笑一聲，說：「都說你雷豪有多麼了不得，最終還是逃不出湯大人的算計吧？好了，少廢話，把文元龍的東西都交出來，讓我們走。」

雷豪說：「那條腿我得留著，做個紀念，永遠記住這個深刻教訓。」

「那由不得你，給得給，不給也得給。」姜喜蓮喊叫著，突然一個縱身，從門邊躍進牢房中央。

她身後的四個助手，早都提刀在手，躍躍欲試，此刻也都跟著一擁而入。

幾個人腳剛落地，未及站穩，早已聽見耳邊風聲做響，手裡提的刀便紛紛脫手落地。抬眼望時，面前站著童康和邢田，個個臉色烏黑，眼冒兇光，拳頭握得骨頭格格響。

身後門邊，杜亮更已經與彭奇混做一團，打得不可開交。兩人使相同拳法，都是五軍都督府訓練的每日功課，頃刻之間，十數回合，不分上下。彭奇便覺心躁，他跟隨孟嘯五年多，學會一路少林擒拿，順手而來。少林擒拿本是嵩山少林寺十三武僧創造的絕技，遵踢、打、摔、拿、靠傳統常規，又以抓筋、拿脈、反挫關節為則，剛柔相濟，以攻取勝。此時彭奇心急，一手應接來招，另手疾出，挑打杜亮中腕。杜亮正打得應手得心，忽見彭奇拳路驟變，不知招自何來，大驚之下，趕忙縮臂回身，躲避腕部被擊。不想彭奇此拳落空，並不停止，拳勢繼續上衝，直指杜亮喉頭。這杜亮跟著姜喜蓮轉戰南北，總算機靈，見自己無處可躲，乾脆後倒到地，順勢滾翻，隨即站起，呼呼直喘。這一招倒很出乎預料，彭奇不禁停了手，看著杜亮發愣。

「雷豪會一手燕虎拳，你們都小心，我來對付。」姜喜蓮這時忙裡偷閒，突然大叫一聲。

她此刻正與邢田激戰，哪裡有空去對付雷豪。趁她分心喊叫，邢田並起二指，直點姜喜蓮太陽穴。姜喜蓮聽得耳邊生風，頭一偏，借勢左手伸出，撩開邢田之手，拿住他肘關節處，同時上右足，插入他中門，急出右拳猛向他咽喉擊去。這也本是短打招法，邢田使出一招撥草尋蛇，反趁姜喜蓮進擊自己咽喉之勢，右手撩撥，抓住她一腕，另手緊抱她肋尖，側肩使力下壓，同時一腿上前，跪壓她小腿，上下一齊用力，克住其身體，卻不將她放倒在地，嘴裡嘿嘿壞笑。

雷豪聽見姜喜蓮這一叫，呵呵一笑，說：「小丫頭片子，記性倒不壞。今天我就不使燕虎拳，多跟你們練一會兒，怎麼樣？」

「什麼狗屁燕虎拳，無名鼠輩，充什麼大老。」旁邊董釗哇哇叫著，搶先一步，擋在姜喜蓮前面，衝將上來。

聽他這話，雷豪真的氣了，搖搖頭，說：「這話是你說的，那我今天就使一招，讓你見識見識。」

「廢話少說，過招吧。」董釗咕嚕一句，雙臂舒展，便朝雷豪猛撲過來。這董釗，武學世家子弟，學過不少雜拳野腿，在姜喜蓮的部隊，也是一把好手，素以腿腳快速刁鑽，拳法兇猛迅疾著稱。當初雷豪偷走文翠，在荒地遇人截道，打出一招木棉掌的，就是他。董釗當然知道雷豪絕非等閒之輩，連姜喜蓮都懼他三分，現在自己不管天高地厚，放出大話，所以更加使出十二分心思和力道，轉瞬之間，已經打出十數招拳腳，連串進攻，凌厲變化，教人眼花瞭亂，若是武功差些，早已讓他擊倒於地，爬不起來了。

可雷豪並不接招，只是身體不住晃動滾扭，拐抹轉曲，避讓於幾步之遙，藏形不定，察看董釗拳腳路數，尋找反擊空檔。忽然之間，他雙目圓睜，發出一聲長嘯，震得石頭房子轟轟作響，眾人都不由停住交手。待轉過頭去，卻只見雷豪縮成一團緊繃的身體，猛然前縱，似滾似翻，與身體躍進之時，兩臂衝擊，一拳一掌，內力灌指，挾雷帶電，一眨眼間，彷彿尚未觸及董釗肉身，卻已將他騰空放出數丈之外，撞到石牆之上，頭破血流，攤倒地上，動彈不得。

「領教沒有，還敢說燕虎拳無名鼠輩麼？」雷豪依然憤憤然，幾步躍至董釗面前，教訓他說，「此時再使一招，你的小命就沒了。」

姜喜蓮這時正讓邢田抱著，心裡惱透，眼裡餘光又見到董釗受傷，更是一急。忙將右足往左一進，猛一翻身，遂出左手，以姆食二指卡住邢田咽喉，迫他鬆開兩手，破解被克之危，同時側肩上前，將邢田一拱，順勢一掌，將邢田推倒在地。然後哇哇叫著，姜喜蓮團身而進，舞動兩把短刀，畫出圈圈寒光，擋到雷豪和董釗之間。她並不欲傷人，只想護住戰友。

邢田自小練武，除了師傅，很少戰敗。剛才大意了，讓一個姑娘家摔在地上，這口氣很嚥不下去。一個小翻，躍身而起，揮起雙手，略一作勢，穩著氣息，調整內力，便要縱身過去，找姜喜蓮拼命。

不想卻被雷豪一把捉住，說：「算了吧，讓她救護她的人。」

邢田氣得滿臉通紅，大喝：「姓姜的，你記住，此仇不報，邢田誓不為人。」

姜喜蓮只顧綁紮董釗，根本不理會邢田。她是正規軍人，並非烏合之眾，打鬥之事只是為了辦差，從來不把一次打鬥勝負看得比性命還重。

童康正跟姜喜蓮另一副手，打作一團。那人一拳朝他太陽穴打來，童康左手伸出撩開，同時拿住他肘關節，上足插入對方中門，急出拳猛向對方咽喉擊去。不想那人倒會摔跤，撩抓童康右腕之際，另手緊抱他肋尖，一肩使力下壓，一腿上前，跪壓童康右足三里，意欲克住他右半身體。好個童康，臨危不亂，右足往左一進，猛一翻身，遂出左手，以姆食二指卡住對方咽喉，迫其鬆手，破解被克之危。那人喉間被卡，忙出右手反採童康左腕，右手向上環抱，克住他左膀，抓勾其肘關節，同時右肩下沉，左手上提，如果使力過猛，童康肘關節就會折斷。可童康不待對方使出力來，急以右手拿住對方右腕，先解抱肘之危，隨即用力後撤左足，同時出左手反採對方左腕。

牢房對面角落，邢田剛才敗了一招，心裡窩火，又找到姜喜蓮另一個助手，打得難解難分。邢田這下再不敢大意，只使最普通的一路拳法，可是招招含勁不吐，意在拳先，舉手投足之間，隱含內力。對方見他一味躲避，全不搶攻，以為他好欺，倒急燥起來，一拳擊出，呼的一聲，直指邢田額頭，勁道凌厲。邢田低頭躲過，好像伸手來抓那拳，卻忽見他縱身而起，在半空中飄動之際，左手兜過，右拳穿出，逕撲面門，來勢奇急。對手大驚，遂將身體後仰，想躲來拳，已來不及，竟被打中，只覺頰上一陣麻痛，頓時鼻血噴流，不由自主抬手捂鼻。那邢田緊追一步，雙掌推出，當胸一擊，將那人跌出數尺，滿地打滾。而他自己則已借勢後躍，躥出丈把遠，吐出剛才被姜喜蓮捽倒的一口惡氣。

姜喜蓮替董釗擦淨臉上血跡，實在無心戀戰。杜亮跟彭奇都知道了對方的厲害，不再輕易先出手，只是對峙而立。邢田對著牆角捽倒的對手，虎視眈眈。

正這時，門外忽然響起一聲巨響，震得房簷上石塊瓦片劈里啪啦，碎成萬片。雷豪心裡明白，知道必是俞鎮在外面做手腳，掩護他們。屋裡人都驚了一跳，忙停下手，縱身跳出圈子，各自靠牆站立，左右張望。

童康機靈，見狀便猜到怎麼回事，馬上接著虛張聲勢，朝門外喊叫：「給我把大院圍住，一個鳥也不準放走。」

滿屋人都聽得一清二楚，猜出他帶了人來。董釗杜亮幾個心裡立刻打鼓，都轉過臉看著姜喜蓮。姜喜蓮自然明白，再多來兩個孟嘯部下，把他們五個一口氣都收拾了，抓進錦衣衛去，不費吹灰之力。

於是她把略微恢復了一點的董釗扶起，手一揮，叫：「撤！」

杜亮便領著另外兩人，並肩排列，倒退行走，掩護姜喜蓮和董釗，慢慢走出房門，然後轉身快步走出去。

雷豪幾人動都不動，隨他們去遠。

「邢田，門外警戒！」雷豪下令。

邢田不吭聲，拔腳便往門口走。

雷豪又說：「肯定是文大人不透露藏《烏鋼要義》的地方，他們才……」

忽然門外邢田一聲喊，接著就聽見交手打鬥的聲響。雷豪三人同時縱身，躍出門外，看見外面走廊上，邢田同杜亮二人打成一團。

原來撤出牢房之後，姜喜蓮多了個心眼，把杜亮留在牢房外面，本來並不是要偷聽雷豪他們講話，只想等他們走後，再回進牢房，尋找他們要找的東西。不想邢田突然從房門躥出，一眼看見，以為他竊聽雷豪談話，二話不說，就出殺手，立意滅口。

杜亮見到一個邢田尚且相鬥不下，門邊又冒出三個高手，自己必定要吃虧不可，心裡想著，右手不由暗暗從後腰抽出一根黑油油鑲金邊的短棍，握緊在手裡。這短棍在手，既可掄圓了打人，也可架在小臂上格架拳腳襲擊，而讓這短棍一架，對方手臂縱使不斷，也得骨裂。杜亮是捕快出身，使這短棍多年，遇有危難，必取此物，化險為夷。

一見杜亮手裡多了件兵器，邢田左手一揚，也從背上綁的袋中提出一條長鞭來。這長鞭是邢田最用心操練的兵器，可遠可近，可砍可抽，可捲可伸，得心應手，打遍天下無敵手。此刻手裡揮動的這一條，上面更裝了密集的尖刺倒鉤，一沾人身，那就必定刮皮扯肉，疼得不死也只有半活。所以只要邢田抽過鞭去，即使杜亮用短棍擋住，那長鞭卷過來，繞住杜亮的手臂，那也必要拉碎一圈骨肉。

雷豪曉得邢田的習性，一甩出這條長鞭，那就是要跟人性命相搏了。只聽他將那長鞭在空中甩得溜圓，啪啪一串脆響，看得杜亮心驚肉跳，幾乎不知該進該退。眼見邢田連甩之間，已經暗下使力，忽然一下，將那鞭尖向杜亮頭頂削去，雷豪高叫一聲：「邢田，手下留情，不得傷人。」

然後前縱數步，擋在邢田跟杜亮中間，迫使邢田急忙半路收鞭轉向。那鞭梢順力從石頭牆上劃過，立時刻出一條兩寸深的溝槽，看得杜亮心涼如冰。若不是雷豪挺身相救，這一鞭打在自己頭上身上，這條命恐怕早已不在了。

「他聽了你們講話，留下是個禍害。」邢田大叫。

雷豪抬手一指，對杜亮喝道：「還不快走，休教傷了你性命。」

杜亮這才醒悟過來，明白自己死裡逃生，急忙轉身，頭也不回，一溜煙地跑了。

雷豪走回到邢田跟前，對他說：「再怎麼，不可輕易傷人。」

童康跟著湊到面前，說：「嘿，邢田哥，你這條鞭真厲害，可不可以讓……」

話沒說完，邢田手一抖，那長鞭直立空中，就像一根木棒，然後刷刷兩聲，躥進他背後的那個牛皮袋，活像一條蛇，自來自往。

雷豪對童康一笑，說：「這是他的寶貝，我都沒有細看過。」

童康擺擺頭，表示無所謂。

俞鎮跑過來，問：「怎麼回事？」

雷豪說：「你小子還有這一手，會放炮。」

俞鎮問：「放什麼炮？我還要問你們呢，怎麼回事？」

雷豪感到有些緊張，忙問：「剛才外面不是你放炮，引誘姜喜蓮她們？」

俞鎮說：「不是，我身邊沒有帶什麼炮。我聽見炮響，但沒有看到炮火，還以為是錦衣衛的人放的。」

彭奇說：「不是我們的人，我們沒有帶人來。」

雷豪想了想，感覺到是那個跟蹤他的人幹的，但他又不知道是誰。

童康看看雷豪，說：「不管是誰，也許根本不是在這裡放的炮，不過歪打正著，解了我們的圍。」

雷豪不願意把自己的擔憂告訴大家，便點點頭，對俞鎮說：「你繼續到外面去守望，有事進來報告。」

俞鎮答應一聲，跑出去。

邢田也背轉身，朝外走，邊說：「我到處走走看看，或許他們還藏了人。」

彭奇拉了童康一把，扭頭走回牢房裡面，一邊說：「他們剛才來劫人的時候，一定已經細細搜查過這間牢房，大概什麼也沒找到。」

童康接著說：「他們也一定細搜過文大人的身體，還是什麼都沒有，除了敲碎他的腦袋，他們沒有別的辦法找到線索。」

雷豪跟著進了牢房，點著頭，說：「對，他們細想之下，文大人的東西，遺留在監獄裡的，就剩這一條斷腿了，所以又回來找。」

童康說：「也許這條斷腿上真有什麼線索呢？」

雷豪覺得有理，便又拿起文元龍那條被切斷的腿，解開包裹的枕巾，細細查看，發紫的皮膚上，除了凌亂骯髒的血跡，別的什麼也沒有。

彭奇忽然說：「他們剛才說，並不是只來拿文元龍的斷腿，好像要拿幾樣東西，對不對？」

「聽那意思，好像是。」童康點著頭，說著，轉頭在房裡查看。

這麼一來，三個人分散開，又一次仔細查看牢房中每一寸地方。

「是這個了。」雷豪忽然叫起來，手裡提了兩隻藍布鞋，驚喜萬分，說，「文大人只讓人切斷了一條腿，可是兩隻鞋都留在這裡，就是說，一定是他有意把另一隻鞋也脫了。」

童康說：「對，姜喜蓮他們搜過他身上之後，才發現他一隻鞋都沒有。他們回來不是來要那條腿，而是來找這兩隻鞋，鞋裡有線索。」

雷豪說：「對，一定。」

三個腦袋湊到一起，六隻久經訓練的眼睛，沿著鞋子，從底到幫，自裡而外，一分一分地查看，每個線槽，每處泥跡，都不放過，要看幾次。終於他們都看到了，兩個鞋子的裡面鞋底，本來都已陳舊模糊，一片黑灰汗跡。可是細看，那汗跡上面好像有幾道極細極微的刻畫痕跡。顯然是文元龍在獄裡，想留下一點線索，又要祕密，想來想去，只有這鞋子，可以隨便脫下，留在某地。可他沒有紙筆，所以用石頭把鞋底弄黑，然後拿個什麼尖東西刻字。他沒有刀剪，沒有鐵器，也許咬下一片手指甲，用那尖頭，在汙跡上刻字。

三個人都看到了，可沒有一個人說話，只是盯緊細看，反覆看，看了又看。那依稀可認的刻痕，像是個雲字。

是一個人的名字嗎？雷豪想，卻沒有問出口。

「童康，我們回去向孟大人報告。」彭奇叫了一聲，捏著手裡的鞋子，站起來往外走。

童康轉頭望雷豪一眼，點點頭，跟著彭奇走出去。

雷豪拿著文元龍的那條斷腿，站在那裡。錦衣衛掌握每個人許多材料，在文元龍的生活裡，有沒有叫雲的這麼個人，他們一查出，就找到《烏鋼要義》了。

看他們走到門口，雷豪叫：「彭奇，《烏鋼要義》我必須先拿到，事關文大人一家兩口的性命。」

彭奇在門口站住，轉過身，看著雷豪，說：「可孟大人的性命也在這上面。」

雷豪說：「那我們一塊找，誰也別誤了。」

彭奇說：「這事我作不了主，你得跟孟大人商量。」

雷豪說：「孟嘯也不會只顧自己性命，不管文大人。」

彭奇不再說話，轉身走出門去。

童康跟在他身後，臨出門又轉臉對雷豪點點頭，然後走了。

三十 錦衣衛力克兇徒 遇佳人彭奇走運

次日下午，彭奇便到慶和班去調查。他一稟報情況，孟嘯立刻就指示他一條重要線索：文元龍過去的舊相好，叫溫小葉，是慶和班的戲子。於是彭奇套了便服，隻身前往訪查。

從班主到領班，他磨來磨去，結果是一次又一次反復證實，慶和班從來沒有過一個叫做雲的人。至於慶和班的溫小葉，已經離開好幾年了，沒人瞭解她的近況。說到溫小葉與文元龍的相好，班主一股勁搖頭，鐵嘴咬定毫無所知。再提及湯耀祖與溫小葉有什麼關係，所有的人便都臟貴了臉，滿頭流汗，不吭一聲。

彭奇也碰見幾夥普通女戲子，三五成群，打扮得花枝招展，說話鶯聲燕語。問起溫小葉，年輕點兒的都沒聽說過，不知所云。年紀大點的就抿嘴笑，什麼都不置可否。彭奇於是覺得奇怪起來，中國人從來對性最為敏感，津津樂道，無事還會平空生出些是非來，流言滿天，飯後茶餘，助助消化。這文元龍與溫小葉的戀情，確屬事實，沒有不透風的牆，慶和班怎麼可能無人知曉。

就算文元龍官職不高，人緣又好，所以大家不願意多議論。湯耀祖可不一樣，官大了，人人恨，稍有點閒事尾巴，大眾不可能不借機發泄，把芝麻誇張成西瓜。為什麼慶和班裡，上上下下，人人這般諱莫如深。

彭奇默默走出慶和班，琢磨怎麼向孟嘯稟報，討取指教，一邊順馬路走過高牆，到了路口，拐過彎去，遠遠看見一大群人團團圍住，阻擋了整個交通，還可時不時聽見人群裡面有男人怪笑，還有女聲慘叫。

彭奇從小受人欺侮，所以才去當錦衣衛。因此，彭奇最不能容忍見到人欺侮人，不論什麼地方，什麼情況下，只要見到有人受欺侮，他絕對忍不住，必要拔刀相助。他左右看看，不遠處站著兩個官府的捕快，聊著天，似乎沒有看到這裡圍攏的人群。彭奇加快腳步，往前面圍觀的人群趕過去。

人群裡面女性叫聲愈加淒慘，更為劇烈，男性的怪笑聲也越來越密集，越來越囂張。

彭奇趕到跟前，伸出雙手，分開眾人，擠進圈去。

圍觀人群之中，靠著牆跟，四個惡徒，都只二十幾歲，頭髮油亮，穿著華麗，每人手裡拿把明晃晃的尖刀，嘻皮笑臉，圍住一個年輕女子，來回輪流，摟摟抱抱，一邊撕扯她的衣裙。那女子雙手緊摟在胸前，遮掩已經半露的雙乳，兩腿扭在一起，努力夾緊已然相當破碎的裙子，左右躲避，尖聲哭嚎，乞求饒命，呼喚好心人相救。

彭奇轉臉看看身邊，那些圍觀的同胞，有人臉上無動於衷，有人臉上幸災樂禍，有人臉上驚喜歡欣，迫不及待想沾光看看裸女肉體，或者看一場姦污強暴的活戲劇。沒有一張臉上顯露出些微的同情和憤怒，這就惹得彭奇更加怒不可遏。他小時候受人欺侮，總是這樣，不管有多少人圍觀，從沒有一個站出來說個不字。所以他認定，惡人之所以為惡，不是他們有多大的本事，而是因為世上太多助紂為虐的刁民小人。

突然之間，彭奇緊咬牙關，大喝一聲：「你們幹什麼?光天化日之下，為非作歹，還有沒有王法了。」

那四歹徒正在得意忘形，猛然聽到這一喝，大出意料，先不禁一愣，好像聽到什麼天外來音。

旁邊圍觀的人也都大吃一驚，齊刷刷扭過頭，睜圓兩眼，望著這個吃了豹子膽的亡命徒。有人眼裡冒出火來，恨他攪了這台好戲，耽誤他們看裸女的機會。更多人則都紛紛往後縮躲身子，料定一場惡鬥勢所難免，眼前好戲，要從色情變成暴力，捨不得不看，又怕傷及自己。

身邊一個好心人暗暗拉拉彭奇的袖子，低聲忠告：「別管閒事，惹自己受累。」

再旁邊又有人拉拉那人袖子，說：「你別攔，讓他們打一架。」

這些話彭奇都聽到了，眼裡冒火，拳頭捏緊，抖了幾抖，恨不得伸手先將那說閒話者打他個滿臉花解解恨，可他畢竟受過孟嘯多年訓練，終於咬牙忍住。

這麼稍一耽擱，那四個惡徒便都緩過氣來，互相對視一眼，作個眼色，從腰裡拔出尖刀。其中一個個子最高的，狠狠踢了那女子一腳，厲聲喝叫：「坐著不許動，老子們回來再找你算帳。」

那女子坐倒地上，捂臉哭泣，一邊挪動身體，靠到牆跟邊上去。

四個歹徒並排一列，磨拳擦掌，舞動尖刀，猙獰地笑著，朝彭奇逼過來，一個說：「哈哈，王法？什麼王法？老子就是王法。」

另一個接道：「你要王法？行，找我老爸給你定一條，如何？哈哈。」

第三個說：「對，他爸書案上放了一百條王法，等著挑一挑給你用用。」

最高個子那人乾脆：「你他媽的活膩了，找死是不是？」

圍觀的人更往後退得遠了，把彭奇一個孤零零留在四個惡徒面前，成了圈中的土角。他站在那裡，動也不動，說：「我看是你們四個自己活膩了，狗膽包天。」

「你他媽的敢罵老子，兔崽子。」惡徒們更被激怒，亂喊亂叫，「少跟他廢話，花了他小子再說。」一邊喊著，四個人便同時一湧而上，舉著刀衝過來。

彭奇不慌不忙，舉臂一揮，將左手往上一迎，轉瞬收回，疾如閃電，已教其中一把刀子在袖子上劃了一道破口。他隨即後縱一躍，離開那四個惡人，舉起破袖，身體轉圈，對周圍人說：「眾位看清，是他們先動手，持刀行兇，存心傷人，這下我不得不自衛了。」

四個歹徒聽見這話，更是氣不從一處來，嘴裡喊著：「今兒個就是要你小命，你怎麼著？」又一次舉起尖刀，撲將過來。

彭奇眼見他們近了，身子一矮，右腳踢出，一記掃堂腿，踢到右首頭一個歹徒的腳脛。這一腳看似輕便，其實蓄了千鈞內力，那人哪裡抵擋得住。只見他立刻雙腳離地，身往後飛，兩手在半空裡亂揮亂抓，尖刀落地，接著後腦便重重撞到地面，通的一聲，眼前金星四射，頭昏腦脹，口吐白沫，半天爬不起來。

其餘三個歹徒見狀，微微一愣，不禁有點膽怯，一時不知如何是好。

彭奇這時早已收起右腿，重心悄悄移過，又將左腳橫踢出去，迅捷如電，踹在左首頭一個歹徒的小腿上，也是發足了內力。聽得一聲長長慘叫，那歹人立時只能一個腳跳動，挨踢的那條腿半抬不抬，兩手只顧伸去抱腿，尖刀早已丟掉不要了，然後一屁股坐倒在地，疼得滿地打滾，渾身冷汗直淌，那小腿看來是被踢斷無疑。

剩下兩個惡徒，剛好面對彭奇，近在咫尺，早已嚇得膽戰心驚，眼中出血，面色臘黃，額角冒出豆大的汗珠子，哆哆嗦嗦，往後退走。

「你們傷人的時候，不是挺厲害的嗎？不是無法無天的嗎？現在怎麼了？怎麼不上了？上呀，上呀，把你們刀子捅過來，照我這紮兩個眼兒試試。」彭奇不饒，拍拍胸口，朝他們逼進一步。

「大哥，小的有眼不……」一人想求饒。

彭奇不容他說完，一勁說：「上啊，上啊，咱們好好練練。」

那兩個惡徒明白今天是惹下了個喪門星，專來尋事打鬥的，看來輕易脫不了身，沒有別的法子，只好拼命。同是一夥，當然想法差不多，兩人對視一眼，同時怪叫一聲，猛然一起舉刀，朝彭奇撲來。

彭奇揚手做勢，空手入白刃，右手一撈，捏住一把刺來尖刀，順力拉近，左手劈面一拳，打得那歹徒鼻血噴流，疼得馬上雙手捂鼻，仰面往後倒下，把自己的尖刀留在彭奇的手裡。

剩下沒有挨打的最後一個，再不敢拖延，轉身就跑。好彭奇，縱身一躍，無聲無息，飄落他旁邊，左手橫掃如風，施展擒拿手法，抓住他手腕一扯，轉過身來，右手二指，直點他雙目，如雷似電，嚇得他緊閉兩眼，只道從此再也不能見天日了。卻料彭奇不過點到為止，嚇他一嚇，並沒有真的戳瞎他雙目，兩個手指僅在他額前擦過，劃出兩條血印，也就算了。彭奇手一鬆，那惡徒自己半昏過去，倒在地上。

前前後後，連鬥嘴帶鬥拳，一共不過片刻，四個剛才還旁若無人，光天化日為非作歹的惡棍，現在都倒在地上，齜牙咧嘴，哼哼唧唧。一個揉後腦，一個抱小腿，一個捂鼻子，一個擦額頭。

旁邊圍觀的好幾十路人，也都看得目瞪口呆，萬想不到彭奇武功竟然如此，刀槍不入，難怪他有膽子站出來，抱打不平。

這時候，剛才遠遠站著的兩個官府捕快，快快跑過來，喊叫著：「什麼事？什麼事？聚眾鬧事？散開，散開……」

彭奇不理會他們，從自己口袋裡掏出一個暗器，朝天一甩，颼的一聲，發出一道光，到了空中，爆出一顆紅星，瞬間消失。

兩個捕快走到圈中，指著彭奇，大聲教訓：「你在這裡鬥毆行兇，跟我們到市府衙門裡走一趟吧。」

在牆跟受侮哭泣的那女子，這時忽然勇氣十足，站起來，走到彭奇身邊，指著倒在地上的四個惡徒，大聲對兩個捕快說：「他們幾個才是壞人，這位大哥救了我……」

一個捕快伸手拉住那女子，說：「那好吧，你跟著也走一趟，去作個證。」

「不管救人也好，行兇也好，反正都是聚眾鬥毆，都得跟我們到市府衙門裡去。」另外那個捕快說著，伸手去扯彭奇。

彭奇後退一步，不讓他抓住。

那個捕快發怒了，大喝一聲：「怎麼著？拒捕？對抗法律？罪加一等。」

另外一個捕快馬上鬆開女子，叫道：「今天就教你嚐嚐衙門的厲害。」

「慢著。」彭奇實在不能像揍那四個惡徒一樣，把兩個捕快當眾打倒在地，他叫了一聲，撩開外面大氅衣襟，露出裡面黃色飛魚服一角，大聲宣布：「我是錦衣衛千戶佐吏，辦差，現場逮捕兇犯，誰敢阻擋。」

圍觀的人們一聽，慌亂起來，紛紛撤步後退，都想趕快離開。那兩個捕快也驟然愣在那裡，動彈不得。

彭奇從後腰拔出繡春刀，厲聲喝叫：「都給我站住，誰敢離開這兒一步。」

這麼一說，周圍還有哪個還敢動一動，人人兩個腳都像釘了幾隻三尺長釘，大鐵槌砸也再挪不開去。那兩個捕快更如泥雕一般，站在那裡，滿臉苦相，只恨地上沒有個洞可以鑽進去。

街上奔來一眾人馬，停到路邊，馬上跳下四五個錦衣衛檢校，由羅超帶領，急急忙忙跑到彭奇面前，齊刷刷跪下，高聲呼叫：「稟報彭大人，羅超待命。」原來剛才彭奇朝天發出的那個暗器，是錦衣衛神銳所在緊急情況下相互聯絡的信號，那羅超見到，立刻帶了人馬，前來接應。

彭奇手一擺，說：「這四個歹徒，銬起來，作案主犯。這一群人，全部帶走，畫押入冊，都算協同案犯，蹲一夜班房。」

旁邊幾十人，都苦了臉，暗吞口水，鴉雀無聲，沒人敢說一個字。當庭廣眾下對惡徒行兇熟視無睹的人，必定對權勢更習慣於奴顏卑膝。

幾個錦衣衛檢校，馬上站起身，拔出繡春刀，遵命照辦。兩個前去銬那四個惡人，兩個指揮眾人排隊，一條繩子拴住，就像捆一串螃蟹。沒多久，街上便空空盪盪，不見人影。因為同是吃官府飯的，彭奇沒有下令捉拿那兩個失職的捕快，讓他們快快跑掉了。

彭奇轉過身，看看還站在自己身邊的姑娘，問：「你怎麼還在這兒？快回家吧，換換衣服。」

姑娘依然雙臂抱胸，說：「我不走，跟你在一塊兒，才安全。」

彭奇聽了，臉上有點發燒，忙說：「好吧，你住哪兒？我送你回去。」

姑娘說：「就在慶和班，轉過彎去就到。」

「哦，你是慶和班的？」彭奇說完，抬眼看看才發現，可不是麼？那姑娘長得很漂亮，一眼就能看得出是戲子。彭奇趕緊挪開眼睛，轉過身，說：「這幾步路，你自己能走，用不著我送。我就站在街角上看著你進去，就得了。」

姑娘忙伸手拉住他的袖子，也顧不得胸口了，說：「當然要你陪我進去，這樣子別人要笑死了。」

彭奇一聽，連忙脫下自己的外衣，披到她身上，讓她自己裹緊。

「你怎麼辦？」姑娘問。

「什麼怎麼辦？」

「你穿著飛魚服，我可不敢跟你一路走，怕死了。」

彭奇低頭看看自己，剛才外面罩了長衣，現在脫給姑娘，自然將飛魚服露出來了。他轉念一想，便乾脆將飛魚服脫下，翻了個兒，讓姑娘披著，自己又把原來穿在外面的長衣穿好，這樣就妥貼了，然後伴著姑娘，慢慢走回慶和班。

鬧了這麼一場，時間過去，天色漸暗，兩個人肩並肩，從慶和班門口走進，又從大院裡走過，旁邊有人經過，都驚訝地看著他們。認識的便笑起來，叫：「嘿，小玲子，交了男朋友啦？真帥呀。」

小玲子不好意思，嘴裡喊：「胡說什麼，胡說什麼……」手下把彭奇袖了一拉，加快腳步，往房舍門口跑。

聽見這話，彭奇比小玲子更羞，臉上火辣辣的，只是天黑，沒人看得見而已。他本想趕緊轉身跑出大門了事，可經小玲子這麼一扯，他又不由自主，便也跟著小玲子跑進慶和班戲子房舍去了。

三十一　舊愛重逢英雄淚　柔腸寸斷公主悲

慶和茶園今天晚上演出關漢卿《竇娥冤》等幾齣戲。雷豪買了一張票，坐在園子裡的後排。很多年以前，曾經有過一段時間，他經常到這個茶園來看戲。每次來，他都是坐在最後一排，左側角落。今天照舊，叫了一壺碧螺春，邊飲邊沉思，卻並沒有聽戲的興致。他喜歡武術比賽，對戲劇沒有什麼瞭解，直到認識了孟吟，才開始接觸。又因為孟吟的講解和薰染，坐在茶園裡，總算能夠看下去，勉強不打瞌睡。

可今天來，他絕對的一點也沒有打瞌睡的可能。或許由於心情特殊，他甚至平生頭一次感覺，能夠懂得《竇娥冤》的一些意義，發現自己有了一些共鳴，彷彿很感動。

戲演完了，觀眾們叫了好，慢慢離去。過一陣，演員們卸了裝，從兩側走下舞臺，園子裡都空了。夥計們走出來，收拾杯盤碗碟，桌椅板凳，一排一排地吹滅燈火。

雷豪仍然坐在最後一排角落裡，望著舞臺。過去那段時間，每次孟吟演出完了，他就會到茶園門口等她，兩個人到附近哪個小舖吃點夜宵，然後送她回家。可今天，他在等什麼？誰知道他坐在這個角落？

身後忽然先飄來一陣淡淡的香味，熟悉的香味，然後傳來一陣細碎的腳步，熟悉的腳步，雷豪的心劇烈地跳，慢慢站起，不敢轉身。

「你來幹什麼？」是孟吟的聲音，停在身邊。

雷豪咽了口唾沫，喉嚨發乾，說：「你看見我了？這麼黑……」

孟吟沒有講話，她無法講，也不肯對他講，十年了，每次演出完了，她依然總是止不住這樣張望，到這裡來看看，只期盼有一次，能看到他熟悉的身影。

雷豪轉過身，看著她，兩臂抬起，放下，又抬起，又放下，終於放下了。

孟吟哭了幾聲，忍住抽泣，說：「我恨你。」

雷豪說：「我知道，我對不起你。」

孟吟擦一把眼淚，說：「你心怎麼那麼狠，真是一聲不吭，扭頭就走了，你讓我，我……怎麼……」

雷豪沉默一陣，等孟吟哭聲落下，也穩住自己情緒，才說：「我那時候去關外，人生地疏，不知這輩子能怎麼過，不能拖累你。」

「我會在乎跟你去要飯麼？你不會問一聲？」孟吟禁不住提高聲音，嚷了兩句，馬上又停下。

雷豪努了幾次，才說出聲：「我真不知道能怎麼跟你說。」

「那後來呢？」孟吟不依不饒，說，「後來你在關外落下來了，不能來封信？」

雷豪好像站不住了似的，坐到座位上，才說：「我沒法跟你說……我恨這個朝廷，我永遠不想再看見京城，可是你做不到……」

孟吟又哭起來，輕輕地哭，無聲無息，然後說：「媽急得多少夜睡不成覺，病倒了，再沒好過來……」

雷豪說：「那是我最大的罪過。前次回來，我給老人家掃過墓，謝過罪，求老人家能饒恕我。」

孟吟依然不停抽泣，說：「你害了我，害了我媽，還沒夠……現在又要來害我哥，我不答應。」

最後一排燈火也都熄滅，園子裡一片黑暗。

「咱們得走了，」雷豪說。

孟吟抹著眼淚，轉過身。雷豪隨她身後，默默走出茶園大門。

十一月，晚風很涼。孟吟打了個抖，拉拉衣領，掏出一條絲圍巾，纏到脖子上，一把沒拉住，圍巾一頭飄開。雷豪手快，一把揪住，遞回孟吟張開的手裡，塞進衣領。

時間好像從來未曾消逝過，十年冬去春來，彷彿一成不變，還是她們兩人，這樣並肩，默默在深夜的街上漫步。

他們沒有覺察，在茶園大門口旁邊，姜喜蓮站在房屋拐角處，注視著雷豪與孟吟離去。昨天在懷柔大院跟雷豪他們打過一場之後，姜喜蓮便估計到，彭奇或者雷豪一定已經在牢房裡找到什麼線索，能夠尋出文元龍的《烏鋼要義》。所以她派手下人，分頭監視彭奇和童康，自己則跟蹤雷豪。卻也沒有料到，雷豪居然會來聽戲。

為了順利辦差，戰勝雷豪，姜喜蓮做了許多背景調查，瞭解到十年前，雷豪去關外之前，曾經跟孟嘯的妹妹孟吟來往密切，所以對於雷豪來看孟吟演出，並不覺得有什麼特別奇怪，只當是雷豪故地重遊，舊情複發，沒太在意。在茶園裡，她當然不能離他很近，觀眾都走了之後，她也不能獨自留下，免得雷豪發覺，只好到茶園門外等候，所以根本無法知道雷豪和孟吟剛才在茶園裡說了些什麼。

見到他們兩人一起走出茶園，夜已深，街上沒幾個行人，姜喜蓮又不能跟蹤了，只好遠遠站著，看他們在暗影中慢慢消失。姜喜蓮忽然想起自己的身世，自己的青春，自己的單戀，自己的未來，覺得一陣悵惘，沒著沒落，若無若失，胸間酸甜苦辣，顛三倒四，一時不知身在何處，眼裡湧滿的淚，潺潺流下，順著面頰淌進嘴角，苦澀不堪。

姜喜蓮慢慢朝相反方向走去，默默體味著自己得不到回報的愛，淒楚漸漸變成了怨恨。她並不怨湯傑喜歡玩女人，天下哪個男人不喜歡玩女人。她只怨湯傑不肯分給她一點點憐憫和溫情，哪怕只是百分之一，只給她一個溫柔的微笑，一句體貼的話語，她也就滿足了，那麼她就真的為他死了，也心甘情願，歡喜無限，此生再無遺憾。她能想得到，湯傑那樣的花花公子，玩弄過那麼多女子，絕對不會看不出她的心意，可他偏偏那般無情無義，除了對她下令，從來不看她一眼，不跟她多說一句話。他看不起她，他討厭她。

她這樣想著走著，沒有發現，離她不遠，對面一條小巷邊，另一個人，也在張望雷豪和孟吟，心裡衝湧著幾乎相同的悲苦。那是富察小姐。

自彭奇一眾把文元龍帶到京城，富察小姐便奏請皇太極恩準，領了幾個鑲黃旗鏢旗營的精兵，化妝潛行，進了關。富察小姐此行，目的有二。第一是跟蹤雷豪，找到文元龍，把《烏鋼要義》弄到手，那是關乎滿清帝國最終是否能夠戰勝大明王朝的大事。第二則是跟蹤雷豪，弄清雷豪到底是否另有相好，所以才疏遠了她。

雷豪在京城幾日，總感覺到身後有人跟蹤監視，就是感覺到他們的存在，卻又沒有發現他們的蹤跡。他們確實也跟蹤雷豪三人到了懷柔大院，而且在姜喜蓮意外出現的緊急當口，果斷地採取調虎離山之計，放炮示警，解了雷豪的圍。不過這一切，都是在隱密之中做的，始終沒有露出絲毫端倪。富察小姐心裡明白，只要沒有把文元龍弄到手，或者只要沒有把《烏鋼要義》弄到手，她的差事就沒有完成，她就不能暴露。哪怕現在，終於發現，雷豪確實另有情人。

富察小姐心如刀絞，萬念俱灰。她能夠猜得出，雷豪那麼一個英雄好漢，博取女人歡心，並不費力，她自己便是主動陷入情網。她也能夠猜出，雷豪在關內另有相好。但她無論如何不能相信，雷豪所戀之人，居然是個戲子。這使她堂堂大清帝國皇家公主的驕傲和自尊，受到巨大的打擊，讓她難以忍受。

現在怎麼辦？依著她公主的脾氣，她很想立刻衝出去，把那戲子暴打一頓，跟雷豪算清這筆帳。可是富察小姐的身體裡流淌著大清皇室的血液，幼承庭訓，曉得社稷天下對她的家族有多麼重要，不可當作兒戲，所以即使在這個時刻，她仍然沒有忘記自己入關的使命。她知道自己的父兄，怎樣寄予她厚望。她不能為自己的私情，誤了大清霸佔中原的大業。所以她強忍著粉碎的心，繼續不動聲色，監視著雷豪與孟吟的聚會。

雷豪和孟吟，坐在過去常來的一家夜宵店，吃著一點細麵條，是孟吟最喜歡吃的東西。

「你給哥哥添了麻煩，你得給他整理乾淨。」孟吟說。

雷豪點點頭，說：「我保證。」

孟吟問：「那你說吧，找我有什麼事？」

雷豪看她一眼，靜了片刻，決定不做任何解釋，放下手裡的筷子，說：「那好，我也是為了給嘯哥洗雪，得找到文大人的一份《烏鋼要義》。現在急於想瞭解，文大人是不是跟你們慶和班裡什麼人要好？」

孟吟說：「那早不是祕密，好幾年了。」

雷豪問：「跟文大人相好的那女人，大名是不是叫雲？」

孟吟搖搖頭，說：「不是，你問她幹什麼？」

「那麼那個雲字哪裡來？」雷豪不回答孟吟的問題，自言自語一句，又問，「她是幹什麼的？」

孟吟說完問：「你問她幹什麼？文大人早跟她沒關係了。」

雷豪奇怪了，問：「真的麼？哦，我也聽說過，湯耀祖把她從文大人手裡奪走，你說的是這事嗎？」

孟吟看他一眼，說：「你在關外，離挺老遠，消息還挺靈通。」

雷豪說：「也不是，都是為這次這事，才聽文大人順嘴這麼提了幾句。」

孟吟點點頭，說：「她叫溫小葉。」

雷豪有點不解，問：「她叫溫小葉？我以為她叫溫小雲？」

「你怎麼知道？你也認識她？跟她有勾結？」孟吟真的發起脾氣來，提高了聲音。

「你別叫喊，」雷豪轉頭看看周圍，說，「讓人聽見不好。」

孟吟落下眼淚來，說：「我不怕，我怕誰，我都讓人說得臉皮厚了。」

雷豪說：「我是聽文大人提到一個人名，叫雲什麼的，以為就是她。」

孟吟擦擦眼睛，喘了幾口氣，說：「溫小葉有沒有別的名字，我就不知道了，我們都叫她小葉。」

雷豪問：「她是臺柱子？」

「臺柱子？笑話，」孟吟撇撇嘴，說，「跑龍套的，頂多演個丫環，沒一句臺詞的那種，一年上不了幾回臺。」

雷豪順嘴應道：「不上臺的，也這麼招人？」

「長得漂亮，不管幹什麼，都能引人注意。」孟吟說完，又口氣酸酸地補充，「只有我這樣的的，從來沒人看。」

雷豪發現自己說錯了話，急忙岔開話題，無邊無際問了一句：「文大人這些艷聞，大嫂她們知道嗎？」

「那誰知道？」孟吟順嘴回答，又說，「湯耀祖霸佔溫小葉，文大人很惱火，找哥哥商量，想找個法子整湯耀祖。讓我聽見了，才知道文大人也不那麼清高。不過我從來沒跟大嫂提起過。人家私事，我管不著。再說我自己這德性，有什麼資格議論別人這種事情。」

雷豪知道她這話什麼意思，只好緊閉嘴，低著頭，不敢吭氣。

孟吟又說：「現在京城裡有點錢的，當了官的，誰不三妻四妾？你在關外都知道了，大嫂就在京城，怎麼會不知道。」

雷豪說：「你知道文大人對我有大恩……」

孟吟打斷他，說：「為了報文大人的恩，就能害我哥。」

雷豪忙說：「那怎麼會，嘯哥也是我的恩人。要不是他們倆，我哥被害以後，怎麼收屍。那時候，誰對我哥表示點同情，就是反朝廷的大罪，得抓起來砍頭。天底下只有文大人和嘯哥，肯冒殺頭的危險，半夜三更到法場偷出我哥的屍體，給埋了……」

孟吟說：「哥哥跟我說過，那天夜裡，你們三個焚香禱告，磕頭拜了把兄弟。」

雷豪說：「文大人有難，嘯哥也會跟我一樣，兩肋插刀。」

孟吟說：「那你幹麼把文翠弄走，壞哥哥的事。他是為了借機能自己把文大人保護起來，才那麼幹的，免得讓別人弄走，出岔子。」

「我知道，」雷豪有點急不擇言，說，「我向你擔保，文大人和嘯哥都不會出事，我有法子。我三次回來，就是為了擺平這件事。」

孟吟賭氣說：「哥哥也這麼說。我知道，你們都只是安慰我，瞞著我。」

雷豪靜了一靜，不知怎麼解釋，忽然又問：「你說溫小葉不在慶和班了？」

孟吟回答：「嘿，十年不見，你老盯著問溫小葉幹什麼？」

雷豪猶豫了一下，回答說：「也許，她那裡有點什麼有用線索，對嘯哥和文大人都很要緊。」

孟吟搖搖頭，說：「哪裡可能，溫小葉早都死了。」

三十二　莽彭奇談情說愛　小玲子道溫小葉

「你說什麼？溫小葉死了？溫小葉死了？」彭奇站在窗口，看著小玲子，連問兩句。

小玲子領著彭奇跑到自己的房子，讓彭奇站在門外等著，自己急急忙忙跑進屋，挑了兩件衣服換了，又洗了臉，梳了頭髮，然後提著彭奇的飛魚服，開門讓彭奇進屋。

這間小屋，面積不大，只夠一個人住，可裝飾得很舒適，也美觀，純粹一個妙齡姑娘的閨房，到處都是淺淡顏色，淺綠窗簾，淡紅桌布，鵝黃床單，水藍椅墊。一面牆上貼滿圖片，幾個花旦戲，幾個小生戲，而武生戲更多，可見她喜歡硬派生角。彭奇看到，覺得有趣，便站在圖片前面，看了一陣。

「怎麼？看過那些戲麼？」小玲子過來，站在他身邊，指著招貼，問道。

彭奇似乎一凜，忙答道：「沒有，沒有，我很少看戲，不懂。」

「那有什麼不懂的，我給你講，要聽麼？」小玲子笑著說。

彭奇從來沒跟一個女孩子這麼近乎過，只有上次在關外餐館裡，田瑛在他肩膀上搭過一下。那田瑛是有個孩子的媽，而眼前小玲子是黃花閨女，跟他並排站著，胳臂碰胳臂，清新芳香的少女肉體氣味，一陣陣衝進鼻子，他覺得有點頭昏眼花，站立不住。

「哦，不用，不用，別忙，別忙……」他嘟囔著，語無倫次，慌慌亂亂轉過身，又跟小玲子挨到一處，胸口相撞，臉跟臉差點相互磨擦。嚇得他急忙倒退一步，兩手亂擺，表示道歉，可是說不出話。

小玲子一動不動，直挺挺站著，臉色通紅，兩個眼睛亮閃閃，望著他微笑，腮邊兩個小酒窩一跳一跳。她換過衣服，更漂亮了，簡直就像畫中的仙女。

彭奇覺得頭頂一下一下蹦跳，嘴合不攏，氣也喘不上來，兩個眼直盯住她看。

小玲子讓他看得不好意思起來，低下頭，說：「你怎麼這麼看人？從來沒見過？」

彭奇這才覺出自己實在粗魯無禮，趕忙也低下頭，收起目光，嘟嘟囔囔解釋：「是，是，從來沒……沒見過，你這麼漂亮的女……」

小玲子聽了，歡喜得滿臉笑開花，擰著身子，說：「那也不許這麼看我。」

彭奇連忙答說：「是，是，不可以，不可以。我是當兵的，粗慣了。」

小玲子忽然又轉嗔為喜，說：「呀，你剛才可真棒，真英武，三拳兩腳，就把他們都打趴下了。那麼多錦衣衛跑來，對你下跪。你呢，左一個令，右一個令，真帥，把那些人訓得孫子似的。」

彭奇聽得渾身不自在，說：「我該走了，還有差事。」

「不許走，把你身上那件外衣脫下來。」小玲子說著，往桌前的椅子上一坐，說：「你替我打架，袖子割破了，不讓我替你補補呀？」

彭奇說：「不用了，我回去自己能補。」嘴裡說著，手卻不由自主，脫下外衣。

小玲子不理他，接過彭奇遞過來的外衣，拉開抽屜，取出針線盒，手裡一邊忙，嘴裡一邊說：「自己補？你自己會補？不讓內人補麼？」

彭奇沒說話，他不知怎麼說，他已經三十的人了。

小玲子不見他回答，抬起頭來看看，問：「沒成家，還是……」

彭奇趕緊回答：「不是，不是……是沒成家，從來沒成過。」

小玲子臉紅了，低頭做針線，說：「我說嘛，你這麼好的人，誰捨得不要呢。」

這話在彭奇耳朵裡，簡直像最美妙的樂章，最動人的詩篇。從小到大，小玲子是頭一個姑娘，說他好，說他有魅力。彭奇的心酥了，頭暈了，輕飄飄的，兩腿發軟，直想往地上躺下去。從他懂事開始，二十多年，他從來不肯放鬆對自己感情上的管制。為了不受到更大傷害，他的辦法就是不去追求，他從自己苦難的青少年經歷中深深懂得，沒有期望才會不失望。直到最近在關外遇見田瑛，才發覺自己仍然還存有對女性的渴望，又聽說她死了，心裡產生的激蕩，使他感到一種異樣的熱情和衝動，混雜從未感受到過的甜蜜和辛酸。那次童康告訴過他，那就叫做愛情，他覺察出了一種恐懼，可是再也無法克制。春水一泄，便不可止，或許因此，他才被小玲子一扯，便像個毛頭小子一樣，魂飛魄散，跟著跑進她的房裡來。

彭奇站在窗前，看著小玲子低頭縫補自己的外衣，覺得屋子裡充滿一種家的溫馨和安謐。他真盼望日月能夠停止轉動，時空都消失，讓他永遠地這樣站著，永遠地這樣望著，永遠地享受這份美麗和幸福。可是彭奇沒有經驗，別說談戀愛，他根本就不會跟女孩子聊天。當他覺得不能再沉默下去的時候，他衝口而出：「我在你們慶和班一下午了。」

話一說完，他就懊惱不已。這叫什麼話，八杆子打不著，把氣氛都破壞了，沒準還把小玲子嚇一跳。

小玲子倒沒嚇著，唱戲的人，見識多，膽子大，不容易驚嚇。她只順嘴應了一聲：「來幹什麼？」

既然自己開了這個話題，只好繼續下去。彭奇無可奈何，說：「找個人，可是不在。」

這時候，他靜下點心來，才發覺自己只穿著短衫內衣，外衣在小玲子手裡，便趕緊把丟在小玲子床上的飛魚服抓過來，穿到身上。

聽見彭奇的話，小玲子倒機警起來，停下手，揚起臉，看著他，問：「找人？找誰？你沒跟我說，你認識這班裡的人。」

彭奇覺出她誤會了，慌得朝前走一步，擺著手，說：「不，不，我不認識任何人，不認識……」

小玲子看見他那副有口難辨差點急死的樣子，倒笑了，說：「你急什麼？你認識不認識這班裡的人，跟我什麼關係。」

彭奇忙說：「我真的不認識，我一個唱戲的人都不認識。只是辦差，調查一個叫溫小葉的。」

小玲子聽了，撲吃一笑，哦了一聲。

因為說起這事，彭奇做錦衣衛的意識覺醒過來，便又問：「你知道慶和班有個叫溫小葉的嗎？都說沒這人，我可以肯定有，錦衣衛有這個記錄。」

小玲子抬頭看他一眼，說：「錦衣衛也有我的記錄嗎？」

彭奇才明白自己說錯話了，忙解釋：「不是那意思。溫小葉有外遇，所以……」彭奇又停住了，不知該怎麼說。

小玲子又哦了一聲，說：「那我知道。」

彭奇忙問：「你知道什麼？」

小玲子說：「溫小葉跟有婦之夫來往呀。」

彭奇說：「慶和班確實有溫小葉這麼個人？」

小玲子點點頭，沒說話。

彭奇說：「為什麼慶和班的人，都說班裡沒這個人，當官的不說，老百性也不說。」

小玲子終於說：「我覺得你是個正直的人，就跟你實說了，你別把我出賣了。」

彭奇說：「那怎麼會，我起誓。」

小玲子笑了，說：「起什麼誓，我知道你不會，你捨不得，對不對？」這麼一說，彭奇真的羞得滿臉通紅，氣也喘不勻，講不出一個字。

小玲子更美了，說：「我就知道。」

彭奇臉還紅著，不敢開口。

小玲子轉了口氣，說：「不跟你逗了，說正經事。從溫小葉跟上湯耀祖，就離班了，所以慶和班現在真沒有這個人。後來不知為什麼，忽然死了，不過只是聽說，誰也沒見到什麼。後來班主發下話來，要維護湯大人的形象，誰也不許亂說湯耀祖和溫小葉的事，就當班裡從來沒有過這個人。有兩次，班裡人說露了嘴，真的馬上就開除，然後都給抓起來坐牢，所以再沒人敢說一句了。你是錦衣衛的，我出了事，你可不能袖手旁觀。」

彭奇說：「我能嗎？還不認識你，路見不平，拔拳相助，現在……更不能了。」

小玲子聽了他的表白，很得意，就說：「聽說是她不好好伺候湯耀祖，私會以前的舊情人，惹湯耀祖惱怒，把她給藥死了。」

彭奇聽了，有點吃驚，自言自語：「私設刑牢，謀害人命，這麼大的事，居然錦衣衛都不知道，可真是無法無天。」

小玲子不理彭奇，咬斷線頭，站起來，把彭奇的外衣一甩，說：「好了，穿上吧。」

「多謝你啦。」彭奇說完，接過外衣，罩在飛魚服外面，深吸幾口，又說，「帶上你的味兒了，真好聞。」

小玲子站在桌邊收針線，聽他這麼直截了當的讚美，不免有點吃驚，但又知道他絕不是虛假的獻媚奉承，而是發自內心，所以又很喜歡。收好針線，她說：「好了，那麼出去吃個飯吧？」

「出去吃飯？」彭奇好像沒聽明白，問了一句。

小玲子見了，忙解釋：「你別以為所有女戲子都隨隨便便。讓我隨便，我才不幹，還得看我願意不願意。跟你說實話，想跟我好的人太多了，可我看不上，誰也看不上，誰也不跟，天馬行空，獨往獨來。」

彭奇馬上說：「那剛才欺負你的那夥子人，是不是有點這個背景，你得罪了誰，找你報複……哦，對不起，這是幹錦衣衛的毛病。你接著說，接著說。」

小玲子笑了，說：「接著說什麼？說完了，就這麼多。要是一條烏賊魚，官再大，錢再多，成天看著，受得了麼？」

彭奇聽見這麼說，想笑，又想哭。他這一輩子，小玲子是頭一個，這麼真心實意地表示，他彭奇不是一條烏賊魚，不是一根苦黃瓜。而且是這麼美麗的小玲子說的，慶和班的藝人。他說：「要不咱們就在你這兒做點什麼吃吃得了，甭出去。我覺得，你這屋裡最好，又溫暖又舒適，跟個家似的……」

正說到這兒，忽然聽見門外有人通通地奔跑，小玲子嚇了一跳，說：「怎麼了？外頭？」

「先別開門。」彭奇的警覺馬上爆發，叫了一聲，隨即快步走到房門邊，把燈吹滅，然後拉著小玲子的手，輕輕走到窗口，稍稍撩開窗簾，朝院子裡張望。

院裡站了很多人，有穿軍裝的士兵，也有穿便服的人，還有穿彩色衣裙的戲子。

小玲子說：「好像班主和頭兒們都在那兒，出什麼事了？來那麼多當兵的。」

彭奇細細張望一陣，嘴裡說：「果然是她，不出孟大人所料。」

小玲子問：「誰？誰是孟大人？」

彭奇繼續仔細查看整個院子，地下和房頂，一邊說：「孟大人是我的上司，錦衣衛神銳所的千戶。下面那隊軍人，領頭的叫姜喜蓮，我跟她打過好幾回交道了。」

小玲子望著院子，問：「當中那個女的嗎？那麼漂亮的女子也有當兵的麼？」

彭奇說：「她是左軍都督府的標兵，拳腳厲害的很，你見到她，可別招惹她。」

小玲子假裝生氣說：「我怎麼會去招惹她？如果她不來這個院，我想碰也碰不見她。」

彭奇顧不得安慰她，院子裡所有士兵忽然分散開來，分別往周圍房屋奔去。彭奇忙轉過身來，說：「他們開始搜查了。」

小玲子聽說，忘了剛才假生氣，問：「搜什麼？今天怎麼了？那麼多人忽然對我們慶和班那麼感興趣。」

「都為了溫小葉吧。」彭奇笑笑，故做輕鬆，說，「得，沒法子，不能在家做飯了，非出去下館子不可。走吧，我請你。」

小玲子歡叫一聲，跳起來，情不自禁，拉住他的手。

彭奇紅著臉，拉著小玲子的手，走到門邊，輕聲說：「這院子有別的門可以出去麼？我可不願意走前面大院子。不瞞你說，我一碰見那個姜喜蓮，就非得打一架不可。」

小玲子吃吃笑著說：「你這人，就愛打架，是不是？不過打女人可不是好漢。」

彭奇這時心思可不在談談情說愛，又問：「我們走旁門出去。」

小玲子說：「當然，我領你走。」

三十三 路見不平拔刀助　女扮男裝退官兵

從京城南下，穿越華北平原，是那高遠而冷淡的烏黃天空，那收割之後秋風蕭瑟的赤裸田野，那幾棵雜樹環繞散亂孤寂的古舊村落，那夢裡懷念涕淚漣漣的故鄉河北。夜裡不能安睡，雷豪走出客店，在路上漫步。走過旁邊是另一家客店，高門大宅，金碧輝煌。

前面是一家餐館，推門進去，看到大群客人都站著，好像觀看什麼。不少人乾脆站到板凳甚至飯桌上，踮腳伸脖，張著嘴，流淌口水。聽到許多重重的呼吸聲，嘖嘖的咂嘴聲，低低的邪笑聲，中間還夾雜一個粗粗的男人叫聲，和一個女人的哭泣和尖叫聲。

雷豪個子高，湊近些一踮腳，就隔著前面兩三排人頭，看清了是怎麼回事：在屋角飯桌邊，一個年輕男子，正在調戲旁邊一個女客。

「莫呀，莫呀……」那年輕女人別的說不出什麼，只是緊緊拉著自己的衣服，縮在角落裡，連聲叫。

那男人嘿嘿笑著，拿手抹著嘴巴，說：「什麼莫呀，你不是到京城去做丫環的麼？做丫環的事，就是伺候人，今天伺候伺候老子吧。」

「不要，不要，俺爹俺媽……」那女子是河南人，說話全是河南口音。

那男人從口袋裡掏出兩個銅板，拍在小桌上，說：「你爹你媽看見這些錢，準樂得屁顛屁顛的。來吧，小妞兒，今兒個老子高興，想看看你奶子鼓不鼓？要是鼓，老子再給你幾個銅板。」

周圍的男人們都轟一聲，大聲笑起來，忍不住嘸口水，喘氣不勻，只恨自己個子太矮，脖子太短，眼睛太小。

那女子兩手忙抱到胸前，尖叫：「莫呀，求求你大爺，莫呀……」

那男人忽然不耐煩起來，抬手啪一聲搧了她一記耳光，提高聲音，罵道：「真是給臉不要臉，他媽的一個河南賤貨，窮得沒褲子穿，還當你是金童玉女啦……」

話沒說完，又聽更響的一聲啪，男人自己臉上狠狠挨了一巴掌，左半個面頰立時布了四個鮮紅指印，跟著便腫大起來，嘴角邊也一股一股冒出鮮血，滴在他衣領胸口上，燦如麗花。

那男人抬手把嘴一抹，看見手背的血跡，通地跳起，轉過身，伸手從後腰拔出一把短刀，亮出鋒刃，褶褶生光，噴著滿嘴的血，大叫：「你他媽是什麼人？敢打老子。」

雷豪甩甩自己右手，說：「我是河南人，不容你罵河南人。」

「罵你？罵你是輕的，還要宰了你呢？」那人叫著，舉起刀來，卯足了勁，就朝雷豪刺過來。

周圍人又轟的一聲，都朝後退去，最前面的都縮頭閉眼，只怕無緣無故挨上一刀，這時只恨自己個子太高，脖子太長。站得最高的幾個，被前面人退後碰撞，跌下板凳，隔了腰腿，拉長聲音喊叫。

雷豪是何等功夫，那人刀子還沒到跟前，手一抓，腕一擰，臂一甩，尖刀便已脫離那人之手，撲的一聲，立在旁邊小木桌上，刀尖紮進桌面一寸多深，刀身刀把不停震動，寒光閃閃，發著嗡嗡聲響。

周圍看熱鬧的人立時目瞪口呆，都嘶一聲倒抽一口涼氣，再沒有人敢動一下，既不敢上前，也不敢再後退，僵在原地，泥塑一般。

剛才張口閉口老子的男人看了，更加膽怯，抖著嘴唇，說：「你……你，老子不……不怕你……」

雷豪又掄圓手臂，啪的一聲，反抽那傢伙右臉一記耳光。

那傢伙連個反應都沒來得及，更別說躲得開。他左臉手印還沒消退，半個臉腫起，從鮮紅變成紫紅，這下子右臉又印上一道紅印。他不由自主，伸手摸摸自己這邊臉，又摸摸那邊臉，喪門狗樣，說：「你，你……你要幹什麼？……幹麼打我……」

「我要幹什麼？我還想問問你呢？你要幹什麼？」雷豪咬緊牙關，狠狠說了一句。又突然抬起手，照那人頭頂往下一擊，同時腳一踢，踹在那人膝蓋上。

「哇——！」一聲撕裂人心的慘叫之後，那人應聲跪倒在地板上。

雷豪說：「我要幹什麼？我要你給那個河南小女子下跪求饒。」

「讓讓，讓讓，怎麼回事？怎麼回事？」門外走來一隊官府公人，撥開圍觀人群，擠過來，嘴裡呼叫。他們看見地板上跪著的人，兩個臉紅腫如瓜，嘴裡哇哇亂喊亂叫，又看見小木桌上立著的尖刀，便喊叫起來：「誰啊？誰啊？在這裡行兇傷人？」

雷豪不理不睬，回轉身往門口走，打算出去。

幾個看熱鬧的人這時也活過來，跟著喊：「是他，就是他打人。」

一個捕快跨前一步，伸手就去抓他的後脖衣領。有武功的人，就算沒準備打鬥，但遇到突然襲擊，一定會本能地使出拳腳，或躲或擋，見招拆招。雷豪正要走，忽聽腦後風聲，自然一側身讓過，順勢轉身，雙臂一錯，掌穿拳出，將那捕快手臂蕩開，進而一掌擊去。忽然意識到不對，急忙掌向一轉，將一股內力都擊在旁邊把高背座椅上，直打得椅背碎裂萬片，木屑亂飛。

雖然沒有打到身上，只那一蕩，已將那個捕快掀翻起，騰到半空，斜斜跌將出去，撞到旁邊的桌沿上，通一聲，頭破血流。

周圍群眾見了，更覺恐懼，哇哇亂喊，四散奔逃。可是店面窄小，無處可去，只好你擠我，我擠你，沒頭蒼蠅一樣，亂作一團。

剛才挨雷豪拳打腳踢的那個惡人，雖然膝蓋碎了，攤坐地上，站不起來，可是潑性不改，揮起一個手，嘶聲狂叫：「看呀，看呀，他打官府捕快，他打官府捕快……」

帶隊的捕頭，當然都看在眼裡，手一揮，對身後幾個捕快下令：「真是無法無天了，給我抓起來。」

三個捕快聞聲衝過來，張開六條手臂，就要捉拿雷豪。

雷豪見打得捕快流血，知道不該，哪還敢戀戰，只想趕緊溜走了事，便又往門邊邁步。可那三個捕快已到身後，眼看就要抓到他。而這次，他是該自衛反擊，還是該束手就擒？他正想著，忽然伸腿一踢，早將旁邊一張大桌踢得飛轉起來，往人群裡橫掃過去。

那大桌受力之大，帶動所有碰到的桌椅板凳，都一起順勢滑行，滿店裡就像發生了地震，所有的人都被碰得四處亂摔，你撞我，我踩你，東倒西歪，大呼小叫，不絕於耳。許多女人尖起喉嚨，殺豬一般。小孩子們更是使出吃奶力氣，嚎啕大哭。

那歹徒男子，本坐在地上，正兩手揮動，大喊大叫，這麼一碰，毫無扶持，便直直滑出三五尺去，屁股磨地，皮破肉爛，後背失控，左摔右掄，頭在一排桌椅腳上碰來撞去，疼痛難忍，慘叫聲聲。

正朝雷豪衝來的捕快，也都站立不住，仰面朝天，往後跌去，揚著雙臂，活如溺水之人，想抓一根頭頂漂浮的稻草。那個鼻青臉腫的捕快，本來摔倒在地，正在掙扎爬起，這下又被碰倒，身子一溜，鑽進桌子底下，頭撞在腳柱上，起了個大包。

雷豪轉過頭張望，那個被欺負的河南女子，因為一直緊縮在牆角座位裡，雖然搖晃幾次，頭碰在牆上，撲通撲通響，可是沒有像其他人跌得那麼慘。此時看見雷豪為她惹了禍，正轉回頭來看她，便對他咧嘴笑了笑，算是感謝。

這時門外更多官府公差趕到，一擁而入，揮刀舞棒，擋住雷豪去路。店裡跌倒的人們慢慢掙扎爬起，扶老攜幼，揉頭摸腿，自傷自憐。

捕頭儘管摔得狼狽，人還坐在地上，見到店門裡擁進一批公差，剛好堵在雷豪身後，便指著雷豪，揮手大叫：「抓住他，抓住他！」

外面來的公差不知怎麼回事，見捕頭下令，便圍住在雷豪身邊，雖不動手抓捏他，卻也不放他一條出路。於是店裡捕頭幾人匆匆爬起身，顧不得揉摸跌痛的頭臉臂腿，衝將過來，兇神惡煞，站在雷豪面前，恨不得張口把他咬碎萬片，卻又不敢再對他動手動腳。

「你他媽的是什麼人？膽敢出手行兇，毆打官府公差，今天非把你抓起來，教訓教訓不可。」捕頭爬起來，滿臉是血，走過來，喘口氣，邊罵著，張開兩手，朝雷豪撲來，大有要跟他拼命的架勢。這次雷豪再不出手，只將身體一晃。那捕快半昏半瘋，根本沒有顧到對方還會躲避，不及收身，便又直直把個腦袋撞到門框上，慘叫一聲，倒在地上。旁邊幾個公差趕緊彎腰，將他扶起，他滿臉滿身的血跡，抹了許多人一身。

突然之間，門外大亂，叫殺驟起，喊聲一片。剛湧進飯館的捕快們，紛紛後撤。那先在店裡的公差們，也驚於突變，生怕稍不小心，再遭雷豪暴打，緊跟著退出大門。

卻不知何方來客，臉上包了黑布巾，耍槍弄刀，滾在官府公差當中，左砍右殺，勇猛異常。雖然捕快人眾，但禁不住黑巾客亡命，又怕傷了坐騎，只能虛晃幾槍，望風而逃。那黑巾客，緊追不舍，剎那間，大群人馬便不見了蹤影。

三十四 左右為難烏將軍　雷豪敞懷道身世

官府公差如此敗走，那店主店員，以及圍觀人眾，哪裡還敢久留，一哄而散，轉眼便只留下一座空屋，兩個人影。

那黑巾裹面的人這時才問：「怎麼回事？你在這兒翻天？」

雷豪聽見聲音，方才認出原來是男裝的富察小姐站在門口。他吃了一驚，反問道：「你怎麼在這裡？」

說完，雷豪恍然大悟，不禁自語出聲：「這些時，一直跟蹤我的，原來是你。」

富察小姐並不答問，卻說：「若非我替你解圍，看你今天怎麼走得脱身。」

雷豪搖搖頭，說：「你如今實在本事高了，跟蹤我幾日，我居然發現不了。」

富察小姐指指他，笑笑說：「我跟天下最頭等的師父學出來的。」

雷豪說：「青出於藍，反勝於藍了。」

「我們最好快些離開此地，只怕官府大隊人馬還會再來討你的命。」富察小姐對他擺擺頭。

兩個人不說話，一前一後走出店門，走過街道。

到了旁邊那家豪華旅店，富察小姐帶著雷豪進去，走過一條過道，推開一個門，伸手請雷豪進屋。

「這是你的房間？」雷豪站在門口，往裡看，不進去。

「這是我的房間，就我一個，沒別人。」富察小姐說。她的隨從，都在旁邊的屋裡。

雷豪邁步走進去，站在房間中央，左右打量。不大，四四方方，靠窗一個小桌，桌邊一把椅子，一套茶具。小桌邊有一個床，床對面擺個搖椅。

富察小姐康跟著進來，關了門，看他那神情，便問：「怎麼了？沒見過？」

雷豪在一個椅子上坐下，說：「高門大宅，從來沒見過，頭一回。」

富察小姐坐到他對面的搖椅上，順手把桌上的茶杯往雷豪面前推了推，說：「剛沏的，還沒喝過，乾淨的。」

雷豪端起茶杯，喝了一口茶，然後放下。

富察小姐問：「去哪兒？」

雷豪不回答，反問：「你跟蹤我，自然知道。」

富察小姐不說話，站起來背轉身，脫下頭上的便帽，抖落長長黑髮。

雷豪說：「我知道了，你想跟著我，找到文大人，找到《烏鋼要義》。」

富察小姐轉過身，坐到椅子上，伸手理著頭髮，說：「不錯。《烏鋼要義》對於大清帝國，實在太重要，不可不取。」

雷豪低下頭，不講話。他不知該如何估量這件事，如果滿清帝國得到《烏鋼要義》，造出烏將軍，那麼他們進犯中原，滅亡大明，就易如反掌。而如果大明王朝獲得《烏鋼要義》，造出烏將軍，則便有了機會，抵抗滿清帝國的進犯，保住大明江山。他該怎麼辦？面對這一對矛盾，文大人會怎麼辦？雖然文大人說是要將《烏鋼要義》送給滿清王室，但他並沒有真的把《烏鋼要義》帶在身邊，也沒有將要義內容透露給關外，或許他還在猶豫之中，他最終並不一定會把《烏鋼要義》送給清人。

過了片刻，他才躲過這個話題，轉而問道：「你在京城幾日，一直跟著我麼？」
富察小姐沒有明白這問的意思，抬起頭，答說：「寸步未離。」
雷豪一驚，便低下頭，不再出聲。瞬時間，他將自己在京城的所作所為回想一遍，便省出富察小姐看到他與孟吟的重逢。
富察小姐扭著頭，望著窗外，忽然說：「這裡離定保不遠了。」
雷豪很高興富察小姐主動改變了話題，說：「對，是定保。」
富察小姐說：「從來沒去過。」
雷豪仍舊望著窗外，目不轉睛，說：「大地方，是個大地方。」
富察小姐問：「定保能大到哪兒去，你去過？」
雷豪說：「去過，小時候常去，去過很多次。」
富察小姐有點吃驚，問：「你在定保附近長大的嗎？不是說你是河南人麼？」
「是，我是河南人，河南生的……」雷豪說著，忽然停住。
富察小姐哦了一聲，又說：「後來搬到河北來了。難怪感慨萬千，故地重遊啊。」
雷豪忽然抬起一隻手，蒙住兩個眼睛，蒙了好半天，才又拿開，眼睛直眨，站起身來，踱了幾步，又回桌邊坐下，朝窗外望著，說：「我很想在定保停一停，到父親墳上看看，很多年沒給他掃墓了。」
富察小姐馬上站起來，說：「老人家埋在這裡麼？我跟你一塊去掃個墓，怎麼樣？」
雷豪說：「不用了，沒時間，辦完了事再去，我哥也埋在那兒。」
富察小姐又坐下，問：「你說這不是你老家，對不對？怎麼父兄都埋在異鄉，不歸根呢？」
雷豪朝外張望，沉思默想，若有所失，不再講話。

富察小姐不作聲，她知道此刻雷豪的心情，說什麼都多餘。

過了半袋煙，雷豪才慢慢講：「這裡是我的第二故鄉，我和我哥，我們在河南牛，可是到了這裡才有口飯吃，算是活下來。」

富察小姐問：「你們老家原來在河南何處？」

雷豪說：「河南信陽，窮得要命的地方。我兩歲頭上，河南到處鬧飢荒，鄉下人吃樹皮，啃草根。樹皮草根吃完了，就吃觀音土。母親把一切能吃的東西都給我們兄弟吃了，最後自己餓死。臨埋，連一領草蓆都弄不到，就那麼布裹著，軟埋了……」

說到最後，雷豪聲音打著抖，停下來，又用手蒙著自己的眼睛。

富察小姐發呆地坐在對面，身體僵硬得石頭一樣，兩眼盯著雷豪，胸膛堵得厲害，喘不上氣來。她一直很想瞭解雷豪的身世，弄清楚何以雷豪會養得如此內向的性格，幾乎不近人情，現在突然之間，雷豪似乎打開了心扉，卻竟然是如此深刻的悲情。

過了一會兒，雷豪放下蒙眼的手，端起茶杯喝了一口，又說：「父親不肯也死在信陽，他不忍心讓我們兄弟倆成孤兒，就帶了我們兩個逃荒。哥哥五歲，我兩歲，爸爸挑一對蘿筐，一頭是哥哥，一頭是我和一條爛棉絮，離開了家鄉。」

富察小姐等他停下話，才悄聲問：「這些你都能記得？」

雷豪解開胸口兩個扣子，伸手到最裡面一件衫子口袋，取出一個卷得很緊的小布包，一層層打開，拿出一個發黑的木塊，說：「這是爸爸用小刀給我刻的一個木頭小雞，他教我，實在餓極了，別哭，咬這個小雞……」

富察小姐抖著兩個手，接過那個早已沒有了形狀的小木塊，上面咬滿細碎的小牙齒印，好幾處還沾著點滴的暗紫色血跡。這真是難以忍受，富察小姐眼裡充滿了淚，拼命忍住，不教流出，嚥回喉嚨。她出生帝王之家，雖然二十年間，她的長輩親人，經常有人犧牲，但那都是為國為民，英勇壯烈，令人敬仰。她從來沒有想到過，人生一世，特別是人的童年歲月，竟然會有如此慘烈的情景。

雷豪收回那木塊，握在手裡，說：「我太小，不記得很多事，可我記得咬這個小木雞，記得清清楚楚，從來不曾忘記過。這麼多年，我天天貼在胸口上，我不能忘記童年的苦難，不能忘記我的母親，我的父親，我的哥哥，不能忘記他們怎麼死的。」

富察小姐問：「別說了，緩口氣兒。」

雷豪說：「憋心裡好幾十年了，今天反正說了，就說出來，也不怕你笑話。」

富察小姐說：「這麼淒慘的故事，誰要當笑話，那就不是人養的。」

雷豪苦笑一下，說：「你想不到吧，我其實心裡挺軟弱的。」

富察小姐說：「無情並非真豪傑。」她說了半句，聲音打顫，突然停住。下半句話：因此我才如此地愛你，她卻是無論如何講不出口來。

雷豪沉浸在自己的回憶裡，沒有留心富察小姐的心思，繼續說：「父親帶我和哥哥逃荒北上，到了定保，先要飯。父親會做木工，後來東家西家給人打點短工，掙口米湯，給我們兄弟吃。這麼過了三年，父親有一次趕車睡著了，撞死了。那年哥哥八歲，我五歲，沒法回老家，我們倆給人磕頭，算把父親埋了。從此只剩哥哥給人做小工，賺口吃的養活我。有時候沒法子，他就偷，什麼都偷，只要能吃，他就偷來給我吃。為這也沒少挨打，可他從來不哭，打過了還去偷。也許就這麼練得他腰腿靈活，耳明目聰，動作迅疾。你沒見過我哥那身手，比我可高太多了。」

富察小姐見雷豪說到這題目，正好離開感傷，便馬上說：「我們在關外，聽說過中原有個姓雷的，天下無敵。我先以為說的是你呢，後來才知道是你哥，可惜沒機會見識見識他的功夫。」

雷豪聽見誇他哥，心裡高興，喝口茶，接著講：「後來我們遇見一個人，說我們兄弟面相好，把我們引去他家，離定保一百二十多裡路，在嶺西一帶，給他作長工。我哥十歲，跟他一塊種地，砍柴，打獵，我七歲，在家餵雞，扣鳥，挖野菜。過了一年，那人看我們老實能幹，就燒香磕頭，收我們倆作了義子，給我們起了新名字，我哥叫雷英，我叫雷豪。原來那人是春秋戰國時代燕王的子孫，收我們作了兒子以後，就把燕王創立的一套燕虎拳傳了我們。夏練三伏，冬練三九，起早貪黑，整整練了七年，義父覺得我們招數都記熟了，剩下的就是自己苦練了，就放哥哥出山當了兵，那年他整十八歲。過了三年，我也拜別義父，下山當兵。我們原來不在一個衛所，參加比武才碰面，後來調進一個新編的衛所，到了一塊，像個家了。」

富察小姐忙問：「就是文大人組建的那個特騎所，是不是？孟嘯也在裡頭。」

雷豪說：「是，嘯哥大我一歲，跟我一個小旗，上下鋪睡覺。我哥軍齡長，又是幾次武打冠軍，所以當總旗，不過不是我的總旗。頭兩年特騎所只是一個司，文大人是百戶。主要是訓練，偶而有點實戰，還是為訓練。到高麗去，打過幾仗，都是夜襲之類的行動。完成得好，就擴編，成了一個所，文大人作了千戶，我哥升了百戶，我和嘯哥都作總旗。後來發生交趾反擊戰……」

一說到這裡，雷豪就停住了，緊抿著嘴，腮幫一跳一跳。

富察小姐見他如此神情，必定心中有難以容忍的悲痛，便不再問，說：「天快亮了，該上路了。」

雷豪眼睛看看窗外，說：「我去施莊。」

富察小姐轉過頭，盯住他看一眼，忽然說：「溫小葉在施莊？」

雷豪好像才剛醒悟過來，站起身，看她一眼，講不出話。

三十五　童康殺人有緣故　墓地終獲麒麟墜

那是一個不小的村落，可離大路很遠，所以不富，路上偶而見到一二徒步老鄉，大多面黃飢瘦，衣衫相當襤褸。誰料得到，草窩裡居然飛出個金鳳凰溫小葉，人漂亮，嗓子又好，先在縣裡演戲，後來到京城，進了慶和班。

剛進村頭，就聽見遠處有人殺豬一樣嚎哭。雷豪趕緊下馬，朝哭聲跑過去。富察小姐也下了馬，在後面緊緊跟隨。

剛過打麥場，雷豪便看見前面不遠，童康也在疾步趕往叫聲所在。雷豪略施輕功，飛騰幾步，趕上童康，問道：「你怎麼也在此處？」

童康轉頭看他一眼，腳下不停，說：「知道你會來，緊趕慢趕，還是沒趕在你前頭。」

村子中心空地上，滿村老鄉，男男女女，老老少少，都靜靜地站著，沒有人說話，沒有人移動。哭聲從人群中間發出，還夾雜一個粗暴的男人吼叫聲。

雷豪和童康擠進人群，看見一對夫婦跪在地上，懷裡擁抱著一個七八歲的男孩子，哭天搶地，痛嚎失聲。他們腿邊還跪著一個四五歲的小女孩，抱著母親的腿，臉蒙在母親腰間，也拼命地哭。他們面前站著一個矮個子男人，頭髮蓬亂，穿件破舊折皺的長袍，不知從哪裡撿來，不合身，袖子卷起。他兩手叉腰，瞪著眼睛，噴著唾沫，不住聲對著地上那家人喝罵。

「怎麼回事？」童康低聲問身邊的一個老鄉。

那人嘆口氣，說：「把好好一個娃踢死了。」

童康問：「死了？」

那人說：「死了，踹在胸口上，一腳就踢死了。唉，養那大了，一個好好的兒，老拴家真可憐……」

童康顧不得再聽，拔腳衝出去，到老拴大婦跟前，也不說話，分開他們緊抱的手臂，把那男孩搶過，平放在地上，翻眼號脈，他想搶救那個孩子。

雷豪看著，又問剛才答話的那個老鄉：「死了多久了？」

老鄉轉頭看他一眼，說：「那倒不多時，不過沒救了，血吐了那麼一大攤。」

老拴一家這時都坐倒在後跪的腿上，驚恐地望著兩個陌生人。母親懷裡緊緊抱著女裡，嘴唇哆哆嗦嗦，想必是在念佛，求觀音保佑。

那個兇狠的男人繞著他們踱步，大喊大叫：「你們是什麼人？到我村裡來管什麼閒事？你們……」

雷豪聽了心煩，看童康一眼，見那惡人剛走到自己背後，冷不丁踹出一條腿，把那人立時蹬倒在地，翻了兩個滾，啃了滿嘴的泥。

人群裡立刻發出幾聲驚叫，接著就爆發出一陣高高低低的哄笑。連本來在母親懷裡哭的小女孩看見，也忘記了哭，睜大眼睛，看著面前的幾個人。

童康蹲在小孩子身邊，在他身上臉上拍打一陣，把耳朵貼到他胸口上，聽了片刻，又抬起來，垂頭喪氣，對老拴夫婦說：「救不活了。」

那母親又嚎起來，昏死過去。懷裡的女孩也滑落地上，坐著兩腿亂蹬，哭喊不停。老拴重新抱起男孩，仰天放聲。

童康站起來，臉色烏黑，兩眼冒火，捏緊拳頭，掃視人眾，咬著牙關，惡狠狠地問：「是誰踢了這孩子？跟我說，是誰踢了這孩子？」

看見他那神情，周圍老鄉都嚇壞了，不禁聳動起來，紛紛往後退卻。

童康見狀，兩手一揮，大喝一聲：「不回答我的問題，誰也甭想離開這裡。」

老鄉們便都站住腳，轉過身來，朝遠處看，一些人慢慢移動，露開一條縫隙。

童康和雷豪從那縫中，看見剛才威風凜凜的那矮個子男人，正匆匆朝遠走。他挨了雷豪一腳，摔個狗啃泥，本來心裡惱火，很想發作，可明白惹不起眼前這兩個陌生人，好漢不吃眼前虧，便趁他們搶救孩子，自己從人群中鑽出，打算溜走。

「大夥都看見了，是哪個渾蛋踢了這孩子？」童康問。

老拴再也忍耐不住，抱著兒子，通地站起來，大聲喊：「就是他。唉呀，你好心狠，你踢死我娃」

遠處那矮個子男人顯然聽見喊聲，回頭看了一眼，便轉身跑起來。

童康拔腳就要追趕，被雷豪扯住，說：「我去把他抓回來。」

雷豪說著，使出輕功，兩腳一點，縱身而起，眨眼之間，躍出丈餘，已到那人身後，伸手將他後領一提，然後又是幾躍，便拖回到原地，把他往地下一丟。

鄉下人誰見過這樣的功夫，都看傻了眼，嘴張得老大。雷豪身不動，氣不喘，安然如常，好像剛才沒有露過那一手，趕了好幾丈遠的路。童康看了，也自覺得驚訝不已。看來雷豪實在很了不起，難怪孟大人那麼佩服他。

摔在地上的矮個男人爬起來，拍打著那件破長袍，大叫：「你弄髒這件長袍，你狗膽包天，你知道這是誰的？是縣長太爺賞的。」

童康暴怒，飛起一腳，又把他踢了一滾，罵道：「住嘴！」

抱著死了的兒子，老拴朝前走一步，對那人嚷：「你心咋地那麼狠，真就一腳踢死我娃，你賠我娃來呀。」

矮個子男人從地下爬起，看看童康和雷豪，不敢靠近來，一邊後退，一邊還喊：「他罵我家的狗，他拿石頭砍我家的狗。打狗看主人，他打我家的狗，就是打我。」

童康聽了，狂怒難耐，朝前邁一步，大吼：「打了你的狗，你就敢打死人？你，你是什麼東西，還有沒有王法。」

矮個子男人一聽，兩腳一跳，也大喊：「我是什麼人？告訴你，聽清楚了，我是本縣縣太爺的小舅子。怎麼樣？誰能管得了，王法？告訴你，我就是這個村的王法。」

不等他喊完，童康掄起手，啪一聲煽了他一記耳光，力用得太大，打得他站不住，往一邊倒下去，忙錯幾步，穩住身體。這一來，他可再不敢逞兇爭辨，轉身就跑，卻不料一頭撞進雷豪胸口。再轉身朝旁邊衝，才跑兩步，卻又撞到雷豪胸口上。不管他怎麼變方向，怎麼亂衝亂跑，總也躲不過雷豪阻擋。最後他只好放棄，站在雷豪面前，哭喪了臉，不再挪動。

雷豪輕輕伸手，把他一推，便將他摔出丈許，倒在童康腳前。

童康順勢又踢他一腳，喝道：「站起來。」

那惡霸趕緊從地上站起來，討饒說：「好漢饒命，讓小的幹什麼都行。」

童康拿手一指，大聲說：「我要你給那孩子跪下！」

眾人聽了，都一愣。

那惡霸站著，朝抱在老拴懷裡的男孩看了一眼，沒有動。

童康抬起腳，使力照他一條小腿踹過去，聽得格喳一聲，顯是腿骨踢裂。

那惡霸拼命慘叫一聲，撲通一下跪倒在老拴家人面前，接著便趴下身，縮腰抱腿，嚎叫不止，滿地打滾。

那母親忽然像瘋了一樣，撲將過來，舉起拳頭，狠命捶打那惡霸，一邊長長的嚎著，又去扯他的頭髮，最後趴下身，張嘴撕咬他的臉。

那惡霸抱著斷腿，一路打滾躲閃，想躲開女人的捶打撕咬。

突然之間，始終圍在旁邊觀看的村民大眾都發一聲喊，擁上前去，都撲到那惡霸跟前。男人們拳打腳踢，女人們手扯嘴咬，都可著嗓子咒罵，罵惡霸，罵村長，罵鄉長，罵縣長，罵省長，罵京城裡的官，罵皇上，亂罵一通，好像手下打罵的不光是惡霸一個，而是天下所有貪官暴吏。

誰能經得起如此之多積怨已深的鄉民們瘋狂的毆打報複，片刻之間，那惡霸已經體無完膚，躺在血跡之中，奄奄一息。

童康想勸鄉民住手，雷豪在旁邊拉他一把，說：「古所謂，善有善報，惡有惡報。這等橫行鄉裡殘害百姓的禽獸，容他不死，才是天理不公。你又偏要去拉他們做什麼？讓他們打吧，出出氣，解解恨。」

「我是朝廷官員。」童康說了一句，便也啞了聲音，決定袖手旁觀。

雷豪看了，不再說話。他是個是非嚴格，善惡分明的人，相信有仇報仇，有冤申冤，天經地義，合情合理。

鄉裡百姓，善良懦弱，平素整日彎腰曲背，任人宰割，就算偶爾動怒，又沒有練過武功，一拳一腳，總也畏畏縮縮，軟弱無力，萬無傷人之理。但是當他們再也忍耐不住，不顧性命地爆發起來，那也似狂濤駭浪，可以翻天覆地，如唐太宗所言：水可載舟，亦可復舟。百姓百姓，謂之眾也。千拳萬腳，手撕齒咬，就算鋼筋鐵骨，也要被砸斷錘碎。那惡霸不知何時，早已沒了性命，百姓們卻仍然不肯罷手，繼續拳打腳踢，發泄自己心頭積蓄的怨恨。

這個時候，雷豪得了閒，前後左右張望一下，發現沒有看見富察小姐。她沒有跟來麼？剛才在村口，她是跟著他的，但是現在不在跟前。她不忍看這一幕慘劇，躲開了？雷豪想著，卻不能走開，他不想讓童康知道富察小姐跟著他，也在尋找《烏鋼要義》。童康是大明朝廷命官，不會允許《烏鋼要義》落入滿清人的手裡。

不知過了多久，在鮮血和暴力交錯的過程裡，沒有人會注意時間。最後那惡霸爛成一團汙穢，村民們打得自己也累了，便慢慢停下手，坐到一邊，靜靜地望著童康和雷豪。

童康站起來，對村民們說：「咱們湊點錢，讓村裡年紀大的主持，把這孩子好好埋了。我這裡有一兩銀子，帶個頭。」

說完，童康彎腰把銀子遞到老拴的手裡。雷豪看見，一聲不吭，也從口袋裡掏出一兩銀子，遞給老拴。跟著，鄉親們有的三，有的五，都從身上取出些銅板碎銀，湊過來，塞給老拴。

老拴一家跪在童康雷豪和眾人們面前，接著眾人的錢銀，不住叩頭，哭得蓬頭垢面，聲嘶力竭。然後被一些婆娘們扶著，回了家。

雷豪和童康跟著，來到老拴家。幾個跟老拴家最相好的男女，陪他們在廂房炕上坐著安慰。雷豪在堂屋灶邊，麻利地填柴燒火。

童康坐在一個小板凳上，看著他說：「你還真行。」

「跟你說了，我在河北鄉下長大的。」雷豪說著，又在屋角大缸裡拿起水瓢，舀水到進灶上的大鐵鍋裡，說，「你今天有點衝動。」

童康說：「天底下犯罪的事多了，形形色色，我最不能容忍的，就是大人欺負孩子。有種的，大人跟大人自己幹，一對一，殺了砍了，任由你們。小孩子惹了誰了，小孩子知道什麼，挺老大的人，沒種，拿小孩子出氣。五尺高的漢子，你打孩子，孩子還不了手，只有白挨打，那算什麼東西。虎毒不食子，他媽的大人欺負孩子，連畜牲都不如。一個下三爛縣太爺小舅子，竟然就敢一腳把個七歲孩子踢死，你說這天下成他媽什麼了。」

「要吃點什麼嗎？還沒吃晚飯，問問他們，我做點什麼？」雷豪問，現在他只想快點弄完這點事，去找溫小葉的家，去找富察小姐，去找《烏鋼要義》。

「甭做，不餓，氣也氣飽了。」童康答了一句，搖搖頭，又說，「你知道我為什麼中了舉人，反去當兵？我們鄰居一個小孩，也是七八歲，因為讀書讀得不好，讓他爸罰。怎麼罰？剝光衣服，渾身赤裸，遊街。滿街的大人小孩圍著看，鬨笑，啐唾沫，砍磚頭。那孩子不光身體，整個心神也全毀了。我碰巧路過，看見這事，那孩子已經不行了，跌跌撞撞，神志昏迷。我衝過去，把那孩子抱起來，他軟得像一團棉花，眼睛看著我，嘴裡說：爸，我不了，不了。撲答撲答流了幾滴淚，就閉上眼睛，死在我懷裡。他爸追過來，大吼大叫，亂罵一頓，嫌我抱了他孩子。那他媽還是父母嗎？還他媽算是人嗎？心比蠍子還毒呀。我動了怒，手裡抱孩子，沒法動，只能踢他一腳。那狗娘養的爸，是個膿包，我一踢，就趴下了，滿嘴吐血。過後，他整死了兒子，說是當爸的管教孩子，沒事，還倒把我告了，說無故傷人，坐了班房。這事傷我傷得大了，好幾個月睡不成覺，老覺得手裡抱著那孩子，老看見那孩子的眼神，老聽見那孩子說的話。從那，我就下定決心，當兵，專門保護兒童，非整治整治那些虐待孩子的大人。可你想怎麼著？咱這中原天下，大人虐待小孩子，不算犯罪，不受管制，我沒法辦哪。」

雷豪一直聽著，一聲不吭。

天已全黑，鄉親們都走了，老拴恢複些神志，走進堂屋，坐著發愣。母親仍然抱著兒子，躺在裡屋炕上，一邊拍一邊哭。女兒累了一天，沒吃晚飯，自己趴在炕上睡著了。

「您好點了，那我們就走了。」童康站起來，對老拴說。

老拴坐著，無動於衷。

童康看一眼雷豪，轉身走出堂屋，到了院子裡。

「鍋裡燒了水，等會兒給他們娘兒倆做點什麼吃吧。」雷豪說完，跟著走出屋去。

他們一前一後，走出院子，順著村裡土路，朝村口停馬的地方走。忽然聽見背後有人喊：「等等，等等。」

轉過身，原來老拴追了來，又出了什麼事，童康緊張起來。

老拴跑到跟前，雙膝一跪，喘著氣，說：「兩位大恩人，吃了飯再走。」

聽說這話，童康才放下心，笑笑說：「不了，我們還有公務。」

老拴仍然跪著，說：「我知道，我知道，看得出你們是衙門裡的人。」

雷豪插嘴，說：「老拴大哥，你起來，跟你打聽個人，不知您認識不認識？」

老拴慢慢爬起身，說：「你說，這個村的，我都認識。」

雷豪說：「對，這個村的，叫溫小葉。」

老拴聽了，身子一震，盯著他們看，問：「你們專門來找她？」

童康說：「對，我們來找她。知道她死了，來找她家的人，您能給指個路嗎？」

老拴搖搖頭，說：「走了，都走了。」

「什麼都走了？溫小葉一家人都走了？都死了？」雷豪忙問。

老拴說：「不是，不是死了，是走了他鄉。先是小葉那娃跑回來，過了幾天死了。她爹她娘也沒聲張，給埋了。聽說她在外頭行為不端，肚裡懷了娃，見不得人，自殺死了。」

雷豪問：「她家人呢？後來失蹤了？」

老拴說：「沒人知道，沒人見他家人出村去哪兒，出門看親戚也不會不說一聲。忽然就不見了，過些日子，他家大姨來村裡走親戚，才知道他們出門了，忙找人打聽，到處都沒有，這才慌了，報給衙門，說是查找，好幾個月過去了，沒找著。」

童康想了一下，說：「老拴大哥，能不能麻煩您帶我們先認認溫小葉的墓，然後領我們去她家看看，我們這個公務很重要。」

老拴點點頭，說：「走，我領你們去。」

不知為什麼，溫小葉的墓造得離村子很遠，三個人在黑暗裡高高低低走了好一陣，才算到了。順著老拴手指，雷豪和童康看見了一個孤零零的墳頭。

雷豪童康點燃兩條火絨，才看到那墓竟然被打開了。老拴頭見了，昏倒在地，半天醒不過來。雷豪童康趕到跟前，看出那墳土方新，顯然是剛才挖開的。墳裡棺木也被打爛，其中物什，全部倒出，溫小葉屍體倒在一邊，身上衣物不整。

童康嘆了一聲，說：「還是有人趕在我們前頭了，如果《烏鋼要義》確實藏在此處，他們斷然已經得手。」

雷豪舉著火絨，一邊照，一邊在墳地周圍尋找，說：「也不一定。」

童康在溫小葉屍體邊看看，說：「他們已經搜過這身體，老大一冊《烏鋼要義》，早已被取走了。」

雷豪想起，文大人只告訴過他一個人，《烏鋼要義》刻在一塊寸把方圓的麒麟墜上，其他所有人都還以為那是一冊書。

童康突然轉身，疾步走開，一邊說：「我馬上報告孟大人，即刻派人追趕姜喜蓮，奪回《烏鋼要義》，否則文大人性命不保。」

雷豪見童康走遠了，趕緊轉過身，蹲到溫小葉屍體邊，一手持火絨照亮，一手翻動屍體的脖項手腕，腰際，那些女人通常佩帶飾物之處。他知道挖墳者，並非姜喜蓮，而是富察小姐。他懊惱自己粗心大意，竟然沒有發現，富察小姐後面還帶了其他人馬，居然如此之快便找到溫小葉的墳地，神不知鬼不覺，迅速挖開，裡外搜索。

溫小葉身上飾物不多，項鏈手鐲都很一般，大概因為馬馬虎虎埋葬。雷豪確定翻過溫小葉身上所有飾物之後，便再次開始搜索棺木裡外，墳坑上下。他翻開墳地裡外所有的土塊石頭，每見散落的玉器飾物，便都拿起來，在火絨下細細查看一番，但始終沒有看到一個麒麟墜。

老拴頭醒過來，嘴裡嘟囔著：「見鬼，見鬼。」慌慌張張地跑掉了。

雷豪點亮另一塊火絨，繼續尋找，他相信沒有人會想到那《烏鋼要義》刻在一個玉墜上。富察小姐是大清帝王的公主，整日裡穿金戴銀，見過無數玉器寶物，不至稀罕百姓人家的一塊玉墜。那些跟隨，是皇家武士，非盜墓賊，恐怕也不敢偷竊死屍上的飾物，自找晦氣。所以只要那麒麟墜還在墓地，他就一定找得到。

他終於找到了，在一塊石頭下面壓著，已被砸成幾個殘片。雷豪坐在地上，把碎片拼湊起來，可見是麒麟圖形，但無法辨認是否刻有字跡。他把碎片裝進自己口袋，喘了口氣，站起身，往村口走去。既然麒麟墜已然碎不可復，那麼不管是滿清還是大明，若想造出烏將軍，只能要麼在湯耀祖那裡奪到造炮原本，要麼從湯耀祖手裡奪到一門烏將軍大炮，再行研製。

不過那都不關他的事，那是關內關外兩家朝廷的事。他覺得放心的是，只要姜喜蓮沒有找到《烏鋼要義》，湯耀祖就得留下文元龍的性命，那他就有時間去解救文大人。現在這麒麟墜裝在自己身上，自然是萬無一失的了。

三十六　話古今兄弟把酒　貴公主心碎喪身

既然已經不必擔心《烏鋼要義》被湯耀祖或姜喜蓮獲得，文元龍的性命一時半會不至於有什麼危險，雷豪放了些心，不再那麼匆忙。

他在村裡留了一日，散了幾兩銀子，請鄉親們幫忙，重修溫小葉的墓，把她掩埋妥當。溫小葉是文大人的心愛，當然不能容許她屍不入土，雷豪覺得自己有這個責任，替文大人做好她的後事。

然後雷豪回到定保，盤桓幾日，為父親和兄長兩座墓培土正碑植草栽樹，又獨自一人，在墳前殺豬宰雞，焚香燒紙，默默悼念父親和兄長的亡靈，流盡心中的苦淚。自他遠走關外，這是第一次為父親和兄長掃墓，了還宿願。

回到京城，雷豪感覺輕鬆了許多。他聽說孟嘯已經出獄，便立刻約了他，在西城一個酒館裡見面。他太想找個人聊聊，述說自己對父親和兄長的懷念。

兩個人坐下，酒保送來一壇好酒，切了四斤牛肉，擺到桌上。隨著幾杯酒下肚，雷豪的故事也便講完了。他並不習慣講述自己的生活，即使是跟孟嘯在一起。

「你怎麼樣？身子都好利落了？」雷豪用一句問話，轉移了話題。

孟嘯點點頭，又往嘴裡倒了一杯老酒，說：「好利落了。」

雷豪也點點頭，說：「那麼我們可以合夥，一塊對付那老不死的了。」

孟嘯夾了一筷子牛肉，放進嘴裡嚼著，說：「自然，不過要快些，不能再拖。皇上為了急於找到《烏鋼要義》，讓我戴罪立功，才放我出來。我們當然也使了些銀子就是。」

雷豪問：「皇上曉得《烏鋼要義》了麼？」

孟嘯說：「不知道皇上怎麼曉得的，但是他曉得了。」

雷豪喝了一杯酒，說：「可惜沒有找到，我是說，在溫小業的墓裡。」

「我派彭奇和童康去找姜喜蓮了，」孟嘯說，「既然文大人留了信，說是《烏鋼要義》在溫小葉手裡，她的墓也確實被挖開了，那一定是姜喜蓮下的手。」

雷豪不好說，挖墓一事是富察小姐幹的，他不願意讓孟嘯知道，富察小姐現在京城。事實上，他自己也並不能確定，富察小姐眼下是否還在京城裡。她挖了溫小葉的墓，卻沒有找到《烏鋼要義》，她必能料到雷豪已經知道是她搶先了一步，肯定會很惱火，也許她便立刻退出關外去了。

此外，雷豪也不願意讓孟嘯知道，文大人藏的《烏鋼要義》，刻在一枚麒麟墜上，已經被砸碎，不復存在了。他跟孟嘯是生死之交的弟兄，他們之間沒有什麼可隱瞞的。但孟嘯是朝廷命官，有些事情他不能對朝廷隱瞞。關於《烏鋼要義》的下落，既然皇上親自過問，如果孟嘯知道而不向朝廷報告就屬於犯罪，那就還不如不讓他知道，對他也算一種保護。

而且更深一層，如果皇上知道《烏鋼要義》不復存在，便停止了對此案的追查，那麼他找湯耀祖報仇的機會就沒有了。他必須保持朝廷對《烏鋼要義》的追尋，最後查到湯耀祖的頭上，他便得以親自去殺了那個老不死的王八蛋。

「估計姜喜蓮還不至於已經找到了《烏鋼要義》，否則他們早已下手，害了文大人。」雷豪說，「可是誰都沒有聽說文大人遇難的消息，是嗎？」

「沒有。」孟嘯點頭。

雷豪說：「不管文大人存的《烏鋼要義》在哪裡，我們如果能夠找到烏將軍大砲，你也就可以向皇上交差了。而據我想，找那門跑，肯定要比找文大人藏的《烏鋼要義》容易得多，那老不死的肯定知道烏將軍在哪裡。」

「對，捉住湯耀祖，就問得出烏將軍。」

「只要在他開口之前，我沒有一刀宰了他。」

「他開過口之後，隨你砍他多少刀，我都沒看見。」

雷豪靜了片刻，連喝了兩杯酒，又說：「你能猜出烏將軍藏在哪裡麼？」

孟嘯搖搖頭，說：「湯耀祖有好幾處住宅和軍營，找起來怕很費事。」

「如果文大人在就好了，他知道老不死的在哪裡造烏將軍。」

「對，也許我們最好先找到文大人。」孟嘯說，「只要救出文大人，就算你先砍了那老不死的，我們也能找到烏將軍。」

雷豪高興起來，說：「對，我們找到文大人，救出他來。那麼只要見到老不死的，我就二話不說，一刀結果了他的狗命，替我哥報仇。」

孟嘯低頭臉喝了兩杯酒，才說：「這事交給我了，我一定找出湯耀祖眼下的所在，他一定會把文大人關在自己的地方，拷問《烏鋼要義》的去處。」

雷豪給孟嘯斟滿一杯酒，舉起來，說：「謝謝嘯哥成全。」

兩個人一飲而盡，用手背抹抹嘴巴，大笑一陣。

「雷豪，跟你說個事，」孟嘯想了一想，說，「我出獄這兩天，看著孟吟好像比以前好了不少。是不是你跟她見過面了？」

雷豪點了點頭，沒有講話。

孟嘯說：「我想，這樣吧，這一兩天裡，你到家裡去一趟，吃頓飯。你嫂子時常叨念你，說你單身一個，日子可怎麼個過法。她也常強迫孟吟跟她學做飯，說是將來做主婦不能少。說實話，孟吟現在做飯手藝不錯，你該嘗嘗。」

雷豪仍然沒有講話，獨自喝了一杯酒。

孟嘯說，「她一直想著你，我看得出來，你也從來沒有忘了她。把話說開了，改日咱們就辦喜事，老大不小的人了。」

雷豪紅了臉，又喝一杯酒，假笑說：「嘯哥，我可從來不知道你也這麼婆婆媽媽，還會給人做媒。」

孟嘯說：「那是你，換了別人，我管他死活。一句話，你去不去？」

雷豪不好意思了，說：「你嘯哥下了話，我敢不從。」

孟嘯得意了，說：「那就後天。我讓你嫂她們準備準備，買些雞鴨魚肉，咱哥兒倆一醉方休。」

兩個人又說了一陣閒話，酒喝盡，肉吃光，這才走出酒店，兩相分手。

雷豪趁著酒性，迎著涼風，想著孟吟，心裡甜滋滋的，兩腿晃晃地走著。忽然間，感到有人接近身邊，便下意識地反應，躍開一步，轉身馬步，使個旗鼓。睜眼看時，卻是個從不相識的生人。

那人見狀，急忙止步，單膝跪下，一手撐地。

雷豪一見，趕緊上前，一把將他提起，小聲說：「這是大明京城，大庭廣眾，你敢行滿清之禮，不要命了？」他立刻猜出，果然富察小姐的人還在跟蹤他。但是他現在其實一點也不在乎了，因為他根本不會再去尋找《烏鋼要義》了。

那人滿眼的淚，說：「雷大人，求大人趕快救救我們格格。」

雷豪聽了，心裡一驚，問：「誰？」

那人答說：「公主殿下。」

雷豪急了，抓緊那人脖領，幾乎勒死了他，問道：「富察小姐怎麼了？」

那人噎得出氣不順，斷續地說：「公主殿下，她，她病重了。」

雷豪放開那人衣領，跺腳說：「怎不早說，她在哪裡，走，去看看。」

那人這才喘過氣來，說：「公主殿下要大人去一趟，小的們已經找了雷大人好幾天。」

雷豪刷一記耳光打過去，大叫：「少囉嗦，頭前帶路。」

兩個人便急匆匆，擇路而行，快快趕到一條安靜小巷裡，進了一個相當豪華的四合大院。那顯然是滿清王朝在大明京城裡的一處密宅，雷豪忙裡偷閒，拿眼一掃，便看到院牆四周密布的兵丁，都在隱蔽之處，訓練有素，戒備森嚴。因為是富察小姐的家丁帶了雷豪來，那些衛士便沒有顯身。

那家丁帶雷豪到三進後院，走上正房台階，單膝跪在門外，大聲說：「報格格，雷大人到。」

只聽裡面一聲喚：「有請雷大人。」

門簾掀起，一個盛裝丫環站在門邊，一手托著門簾，低著頭，請雷豪進入。

屋裡光線很暗，只在牆角點了兩枝蠟燭。雷豪顧不得觀察屋子，便快步隨丫環走進內室。裡面更暗了，床邊幔帳撐開，富察小姐正在努力抬起身子。

雷豪疾步趕前，說：「小姐不必起來，快快躺下。」

丫環也趕往床前，雙手扶住富察小姐躺倒。

富察小姐頭仰在枕頭上，滿臉流汗，雙脣抖動，急急地喘氣。

雷豪看了，心痛如絞，低聲問：「小姐這是怎麼了？幾天前相見，小姐還是精神抖擻的。」

富察小姐喘了幾口氣，側過頭，似乎抬抬手，對丫環搖搖食指，說：「你去吧，有事我叫你。」

丫環便欠身道過萬福，倒退著走出內室，在身後掩了門。

富察小姐轉過臉，看著雷豪，說：「你好難找。」

雷豪朝前伸伸手，終於沒有敢去觸摸富察小姐。

不想，富察小姐突然有了力，張指抓住雷豪的手，按在自己胸前的被上，說：「我硬撐著，就為了等你。」

雷豪的心好像不住地下沉，沉入無底的深淵，讓他喘不上氣來。他喉頭抖動幾下，卻發不出一點聲音。

「人之將死，其言也善。」富察小姐說，「我們今天都說實話，好嗎？」

雷豪點點頭，一滴眼淚落出左眼，滾下面頰。

富察小姐看見了，說：「你流淚了，我第一次見你流淚，為我流淚，我此生不虛，死而無怨了。」

雷豪使勁穩住自己喉嚨，說：「小姐，你如此年輕，前程似錦，萬勿輕言死。」

富察小姐說：「你不曉得，我的心已經碎了，哪裡還能活。」

雷豪說：「我給你找大夫，我認識幾個極好的大夫，給你治。你的父王也會不惜一切代價，給你治。小姐，你要鼓起勇氣來，繼續活下去。」

富察小姐在枕上搖搖頭，說：「我沒有繼續活下去的理由了。」

「小姐，你有，你有一千條一萬條理由繼續活下去。」

富察小姐說：「我在你前面挖了溫小葉的墓，你不惱我麼？」

「不，小姐，一點也不，」雷豪此刻願意說盡天下所有的好話，只要能讓富察小姐活下來，「你不要瞎想，那對我一點都不重要。」

富察小姐嘴角動了動，沒有笑出來，說：「我知道，那對你很重要，那關係文大人的生死。可是我跟你說，我沒有找到《烏鋼要義》。」

雷豪說：「小姐，不要急，不要急，我們不說這事，好嗎？不說了。」

富察小姐不肯停，她好像想抓住最後機會，把心裡話都講出來：「進關之前，我對父王發了誓，一定找到《烏鋼要義》。可是我敗了，那關乎我們大清帝國的成敗，我實在沒臉回去見父王。」

說著，她突然身體聳動兩下，張口嘔吐。雷豪手快，張到她臉邊，接下她吐出之物，那是鮮血。

「小姐，你休息休息，不要再講話。」雷豪不收回手，讓富察小姐的血在手上流淌著。

「我的心，疼啊。」

雷豪聽了，不由自主拉住富察小姐握住自己的那只手，貼到自己的臉上。

富察小姐的手，跟著他的手，輕輕地摸著他的臉，說：「這是我第一次摸你的臉吧？」

雷豪點點頭，沒有講話。他想說，你活下去，我會經常讓你撫摸，但是他不能說。即使對於將死之人，也不能說謊。或者也許對將死之人說謊，讓她帶著一個假象離開人世，才是最殘忍的罪行。

富察小姐到底是相當了解他，替他說：「你不用想法安慰我，我知道。從我在茶園門口，看見你跟她在一起，我就知道了，我永遠不會得到你。」

雷豪吃了一驚，他知道富察小姐跟蹤自己之後，也沒有想到，或者不願意知道，富察小姐親眼看到他與孟吟在一起。「他是孟嘯的妹妹，跟我自己的妹妹一樣。」

富察小姐身體又突然震動兩下，說著：「我知道，我查了她的底細。」跟著又吐出兩口鮮血。

「我的心，疼啊，疼啊。」她又說。

雷豪拿手貼在她的臉上，說：「不說話，不說話。」

富察小姐閉住眼睛，緩了一陣，又睜開，看著雷豪，說：「小時候聽長輩們講故事，家族先人有過心碎而死的事。我現在知道，不得與心愛之人相聚，生有何樂，不如死了。」

雷豪兩個眼睛都流出眼淚，落到富察小姐的臉上。

「我的心碎了，心碎了。」她說著，張開嘴，大股大股的鮮血噴吐出來，淹沒了雷豪的臉，雷豪的手，雷豪的胸膛。

富察小姐死了，死在雷豪的懷抱之中。

因為是在大明京城，他們不敢聲張。連夜駕車，雷豪親自護衛，奔出關外。

三十七　孟吟獻身苦肉計　群英突襲都督府

家丁早已趕回盛京，將惡耗報給滿清朝廷。雷豪伴著富察小姐的靈車，剛一出關，便看見大路兩旁支起幡帳，布滿白花。軍政官員和黎民百姓，都跪在道旁，哭迎公主格格殿下。

見此狀況，雷豪急忙轉下道路，躲開儀式，遠遠地騎馬站著，目送富察小姐的靈車，在萬眾簇擁之中，漸行漸遠。

然後他住進附近一個小客店，他完全沒有力氣再走一步，不論是朝盛京走，還是朝京城走。他病倒了，躺在關外的小客店裡，五天五夜，昏迷不醒。

等他回到京城，已是九日之後。

孟嘯一見，大喝一聲，當胸一拳。雷豪應聲而倒，仿彿一根枯草，倒讓孟嘯吃了一驚。雖然他知道自己非常憤怒，這一拳使了七分力，常人恐難對付，但照雷豪的武功，錯身讓過，當不是問題。就算他沒有讓過那一拳，依雷豪的內功修養，或承受或化解，總不至於即被擊倒在地。

「起來，坐在地上好看。」孟嘯仍然怒火中燒，又喝叫一聲。

雷豪在地上掙扎著，一時站不起來。

「叫你裝蒜。」孟嘯罵著，上前照他肩頭踢一腳，又問，「老實說清楚，你這幾日躲到哪裡去了。」

雷豪被踢得又打了一滚，坐起身，垂著頭，說：「關外。」

「叫你來家吃飯，你跑關外何事？」

這些天，雷豪心中悲痛，又加昏迷，根本就忘記了孟嘯約定吃飯一事，現在聽問，似乎有點影像，卻又不甚明白，便仰起臉，看著孟嘯，說：「富察小姐死了。」

孟嘯聽了，大吃一驚。他認識富察小姐，他捉過她，用以交換文元龍。他也能覺察，雷豪跟富察小姐的關係不一般，他只是為了修補雷豪與妹妹的事，不願意捅破那一層而已。「她死了？」他問。

「死了，我看著她死的。」

孟嘯這才看清，雷豪面孔烏黑，兩頰深陷，目光獃滯，脣無血色，好像瘦了一圈。「你病了？」孟嘯問。

雷豪再次掙扎，要爬起身，邊說：「有幾日了。」

孟嘯忙上前，兩手將雷豪扶起，望著他的病容，問：「怎麼突然死了？我說，富察小姐。」

雷豪搖搖頭，長嘆一聲，道：「一言難盡。」

孟嘯聽了，便也不再說話，低下頭。

靜了一陣，雷豪才完全想起幾天前在酒館裡，孟嘯說過要他去家裡吃飯的事，於是便問：「孟吟呢？我得跟她解釋一下。」

孟嘯聽說，怒火再生，臉漲得通紅，說：「你還問呢。等了你整整十日，到處找不到，想你是再次不辭而別。孟吟一怒之下，就走了。」

「走了，走去哪裡？我去找她。」雷豪著急起來。

「你哪裡去找？」孟嘯看他一眼，說，「他到湯傑那裡去了。」

「什麼？」雷豪大喉一聲，劈手一掌，砍到孟嘯臉上。

孟嘯急躲，讓過頭臉，到底不及雷豪之速，肩上還是著了這一掌，隨即倒地。那雷豪此時悲憤交加，下手不知輕重，聽見喀嚓一響，料是肩骨打折。

雷豪緊跟著上前，朝孟嘯腰裡就是一腳，又喝：「你怎敢把親生妹妹送進狼窩。」

孟嘯疼得就地一滾，抱住左肩，掙扎坐起，道：「且慢，雷豪，先住手，你聽我說。」

「說什麼說，她什麼時候走的？」

「今天早上。」

「去到哪裡？我去找她。」雷豪說著，便要拔腳。

「慢著，雷豪，先扶我起來。」

雷豪不動。

孟嘯只好自己爬起身，依然抱住左肩，喘著粗氣，說：「朝廷逼問《烏鋼要義》，你又到處找不到人，走投無路，我只好自己計畫動手找湯耀祖。卻又不知道，湯耀祖現在在哪裡，也不知道烏將軍和《烏鋼要義》是不是就在他身邊。實出無奈，孟吟便提出苦肉計，她深入虎穴去探聽。」

雷豪聽了，跺腳叫苦不迭，卻也沒有辦法。

孟嘯說：「你回來了就好，我們可以聯手去攻湯耀祖，救出文大人和孟吟，找到《烏鋼要義》。」

雷豪看他一眼，問：「肩膀如何？」

孟嘯說：「不像斷了骨頭，卻似脫了肩環。」

「你現在可真不禁打了，才一掌，就傷了。」雷豪說著，上前捏住孟嘯肩臂，兩手一托，便將脫落之肩裝回原處，然後連拿穴脈，推宮過血。

孟嘯疼得咧嘴，同時說：「天下有幾個，能夠躲過你這一掌。」

雷豪拿捏了一陣，孟嘯感覺好多了，至少肩膀能夠活動了。

「走吧，看你病病殃殃的，到家去將養幾日，」孟嘯說著，便前面走起來，「現在反正還不能馬上動手，我們得等孟吟的消息。」

雷豪低著頭，默默地跟著走。連續兩個心愛女人的遭遇，對他造成的打擊，實在讓他有點身心交瘁。

孟嘯繼續說：「而且我們也可以利用這兩天時間，組織人馬，安排計畫。」

過了幾日，他們從孟吟那裡得到情報，文元龍被關在湯耀祖的左軍都督的冬季別墅內。左軍都督府在離京城四百多裡一處隱蔽的山腳，修造了一所冬季都督別墅，萬般豪華，不輸京城內的皇宮。湯耀祖和湯傑，現在就住在那裡面。

孟吟曾答應過湯傑，他到關外幫助彭奇和童康辦完差，回京城後報答他。可是從關外回來之後，湯傑因為殺了田瑛，到底心虛，藏了好些天，一面不露，也沒顧上找孟吟尋歡。忽然間孟吟主動找他，他自然欣喜異常。姜喜蓮警告湯傑，說看見孟吟跟雷豪幽會，她來找他，可能有什麼陰謀。可湯傑好色成性，饞孟吟已經十年，好不容易到手，怎肯放過。再說也是人之常情，越有人反對，就越想幹。湯傑曉得姜喜蓮吃醋，越發不在意，把孟吟接到老爸在左軍都督的冬季別墅，準備跟她好好親熱幾天。

到達湯耀祖別墅不幾日，孟吟便查出，文元龍確實關在此地，馬上發信鴿用暗語通知給孟嘯。她後來又訪到，那烏鋼大炮，也藏在這別墅的地窖裡，一天到晚，踩在湯耀祖的腳下。

孟嘯為從魔窟裡救出妹妹，雷豪為報殺兄之仇，彭奇為找湯傑算帳，童康為實現對文翠的諾言，俞鎮為報田瑛被殺之仇，邢田為找姜喜蓮討個平手，羅超為洗雪丟失文翠的恥辱，除救出文元龍這個共同目標之外，每人都跟湯家父子有點個人恩怨，懷有不同的個人動機，誓以不達目標決不罷休。

雷豪和孟嘯帶了眾人，騎馬繞附近地區，仔細查看後，找個隱蔽所在，安頓下來。孟嘯不準他們太靠近別墅，怕被發現，他知道湯耀祖在京城的住宅，有許多警衛保鏢，這個別墅也一定會有更嚴密的戒備。

天還早，他們藏好馬，在野地裡，慢慢穿戴，一邊交換意見，行動計畫早就確定，可是觀察了地形之後，必須做些修正。

每個人都穿上細軟鎧甲，佩帶長劍短刀，各裝暗器，背伏弓箭，足蹬厚靴，頭紮黑巾，面塗青彩。邢田把他的寶貝長鞭袋綁在背上，雷豪裝了一口袋應手的石子兒，童康背了心愛的鳥銃。都裝備好了之後，各人找棵樹幹坐下，抱著長槍，靠在樹上閉目休息，養精蓄銳，今夜無疑必有一場惡戰。

孟嘯和雷豪兩人，坐在一棵樹下，最後一次查閱湯耀祖別墅內外地形圖，低聲討論。好半天後，雷豪停下手，仰臉看看天色，說：「差不多了，咱們出動吧。」

孟嘯點點頭，站起來。

兩個人走到跟前，那些抱槍靠樹小息的人，馬上都睜開眼，望著他們。這些職業武士，打盹也睜半個眼睛。

雷豪招呼一聲：「好了，各位，出發。」

樹邊上坐著的幾個人一聽，馬上都跳起來，整整身上的裝備，邁步朝孟嘯和雷豪跟前走，牽來各自的馬匹。羅超頭一個上馬，抖擻韁繩，躍躍欲試，這是他第一次打你死我活的仗。

俞鎮走到雷豪跟前，問：「豪哥，你想好沒有？我真的一定得進去。」

雷豪看著他說：「我知道你的心情。可外面不能沒有警戒，如果他們來了援兵，我們不知道，那很危險。」

俞鎮說：「換個別人，讓我進去，我非得親手宰了湯傑那個狗東西不可。」

雷豪說：「這也是我的擔心，俞鎮，今晚這一仗，事關重大，好幾條人命。我們得特別小心，不能意氣用事。你這樣子，一見湯傑就瘋了，沉不住氣，還不壞事。」

俞鎮說：「不會，豪哥，我跟你打過多少仗了，你看過我沉不住氣麼？我絕對聽你的，叫怎麼幹就怎麼幹，只要最後你把湯傑那小子讓給我親手殺了，就行。」

旁邊站的孟嘯忍不住插進話來，說：「這樣吧，雷豪，讓他進去，我讓羅超留下。」

俞鎮趕緊轉身，對孟嘯下了一拜，說：「多謝，多謝孟大人，從今往後，凡我俞鎮能出力的地方，孟大人一句話。」

「那倒也不必。」孟嘯笑笑說完，轉過身叫，「羅超，過來一下。」

羅超答一聲得令，跳下坐騎，跑到孟嘯面前，抱拳行禮。

孟嘯說：「計畫有點變動，你留下，負責外圍警戒，然後接應我們撤退。」

羅超不同於俞鎮，軍人以服從為天職，站在那裡，聽完孟嘯命令，乾乾脆脆回答：「遵命，孟大人。」

孟嘯又說：「別掉以輕心，差事要緊。記住，發現別處派來的增援人馬，通知我們，你不要在這裡單打獨鬥，誤了大事。」

羅超又乾乾脆脆回答：「遵命，孟大人，保證萬無一失。」

雷豪補充：「你記住，不管發生什麼問題，這裡就你一個人，沒人商量，沒人援助。你是單兵作戰，一切得你自己拿主意。」

羅超仍然乾幹脆脆回答：「下官明白。」

孟嘯又說：「沒事別去惹事，最好從頭到尾沒人發現我們，沒人來找麻煩。我寧願你閒著，也不願意這裡發生什麼戰鬥。」

羅超回答：「孟大人，下官小心從事，就在周圍巡邏，不讓人發現。」

雷豪拍拍他的肩膀，說：「那好了，拜託。」

所有人都跳上馬，出了樹林，奔向湯耀祖的別墅。

冬日天短，時間不晚，已經很黑。到湯耀祖別墅，先走大路，還有些來往車輛，到一個出口，下一條小路，因為只通到湯耀祖別墅一處，所以是私家路，只有湯耀祖家的車馬會走。而且路上也安了崗哨，閒雜人等經過，不到大門口，半路就會受到阻攔盤問。

這些情況，雷豪他們已經瞭解，所以不到那個出口，便都下到路邊，停在一處橋下，拴了馬匹。然後幾個人順著野地荒原，趁夜摸黑，接近湯耀祖別墅。

趴在草叢裡，遠遠望去，只看得見一片高大繁茂的樹木，根本看不見任何房屋，顯然湯耀祖的別墅是掩藏在這些樹木之中。順著那條小路，到一個大門口。兩側兩人高的石牆，夜裡辨不出顏色。大門緊閉，兩邊高牆安裝了鐵欄杆，門外左側修了一個崗樓，樓頂有士兵持長矛站崗。

孟嘯笑著，低聲說：「我告訴你吧，那老傢伙警戒很嚴。」

「我先去看看。」雷豪說完，縱身而出，轉眼之間便躍出數丈，不見了蹤影。

「真好功夫。」黑暗裡，有人讚嘆。

「少說話，盯著點。」孟嘯下令。

不一會兒，就見遠處半空裡，隱隱約約閃了一下紅色的光亮。

孟嘯蹲起身，說：「我們走吧。」

幾個人都不出聲，迅速爬起來，尾隨孟嘯，躬身前行。趕到院牆邊，仰起頭來，才望見雷豪伏在牆頭的身影。

孟嘯不聲不響，拔身一躍，蹲到雷豪身邊。其他幾人，也都是武林高手，跟隨著，前前後後，跳上牆頭，動作迅即而且安靜，甚至聽不到點滴刀槍相碰的聲響。

雷豪說：「進了院子，兩人一組行動，只要不讓他們認出來，不至引起太多疑心。他們自己也有人巡邏。」

孟嘯點點頭。

看大家都準備停當，帶領眾人，先後躍下牆頭，進了院落，無聲無息。

三十八　湯耀祖調兵遣將　開殺戒血濺官衙

他們這樣跳進湯耀祖別墅，並非沒有一個人看見。別墅建築最高處的瞭望臺上，值班監看全院戒備的標兵軍官閣立，覺得自己彷彿看見前院牆頭有點什麼動靜，所以跑下瞭望台，想去查看清楚。

他剛跑到中廳，門外傳來一聲吼叫：「老子問你，姜喜蓮怎麼還不回來？」

閣立一聽，嚇得忙轉身，雙膝跪下。來人是湯耀祖，人未到，聲先至。

接著是湯傑的聲音：「問她幹什麼？要是她們回來了，不就糟了，就說明東西已經讓別人弄走了。她們不回來才好，還在找，說不定找到了，那不就去了心病了麼？」

「老子跟你說過，文元龍在這裡，要加強警戒。」湯耀祖說著，進了屋門，朝跪在地上的閣立叫，「你在這兒幹什麼？去去去，查哨去。」

「遵命，湯大人。」閣立答應一聲，朝門口走去。

湯耀祖跟他響亮火暴的聲音不同，或者說根本相反。將近八十歲，坐在一張下面裝了輪子的木椅上，縮肩塌背，瘦骨凌丁。其實也難為湯耀祖老將軍，為了朝廷皇上，真是鞠躬盡粹，嘔心瀝血，戎馬一生，偉積豐功。前半輩子帶兵南征北戰，辛勞成疾。後半輩子雖然養尊處優，則又酒色過度，未得妥善保養。到了老年，難免渾身病，幸虧總算過上帝王生活，幾次起死回生，終於活到如今。至今每日人參銀耳兩頓，晚飯喝一盅三鞭藥酒，補陽壯身。每月喝一湯匙童子精，從九個處男童子身上取來，據說連喝七七四十九天，即可返老還童，多年以來，已經不知喝過多少遍。功夫不虧人，湯耀祖七十多歲了，還有性慾，幾個月前把溫小葉弄到手，還能做愛。

湯傑把木椅推到桌前放下，自己坐在旁邊一個椅上，說：「我剛聽見報告，一切都正常，您甭擔心。」

「哎呀，這屋裡怎麼這麼冷，凍死人了。」湯耀祖渾身忽然猛烈打了個抖，馬上大發雷霆，吼叫起來，「你們都傻了麼？十一月了，還不生火，要害死老子麼？你們沒一個好東西，個個都想害死老子，你們才好隨心所欲，糟蹋這份家業。」

湯傑說：「爸，你別整天這麼叫喚，誰倒想害您呀，不都是為您健康長壽，這才修了這個別墅……」

「你也想教訓老子？你懂個屁。」湯耀祖身體又打個抖，轉頭叫，「大鑾，下我的令，叫他們給我把所有的火爐都給我燒大，給老子全房子燒火，燒熱。媽的，個個都虧待老子，個個都想害死我，老子偏不死，偏要活到一百歲。老子辛辛苦苦打了天下，現在還不該多享幾天福麼？你們有什麼不滿意？你們不滿意有什麼用，老子想做什麼就做什麼，這是老子流血流汗掙來的天下，誰也甭想奪去……」

他這麼嘮嘮叨叨，大發脾氣，沒完沒了。原來站在門口的貼身保鑣大鑾走進屋來，到湯耀祖椅邊，彎腰鎖住車輪，然後一句話不說，又走出去，傳達他的命令。

大鑾是湯耀祖的貼身保鑣，身高八尺，體重三百四十斤。十歲上被湯耀祖在一個小山村偶然發現，看出他天生體大力壯，便收養在身邊，召天下各派名師日日教習，壯體強力，拳腳搏鬥，至今十五年。他雖然說不上武功超人，卻也練出一身蠻力，心狠如狼，與人搏擊，下手不顧死活，自己命也不惜。他這樣打鬥成性，如果參加五軍比武，恐怕年年要拿搏擊冠軍，可湯耀祖從來不許他公開露面，只在自家隔不幾時找兩個士兵，同他演練，讓他打死尋樂。湯耀祖這樣做，一則要把大鑾當做祕密武器，保護自己，免得別人有所防備。二則也怕大蠻在公開場合斷人肋骨，傷人臂腿，眾怒難犯，損自己聲譽。所以這個大蠻，天下人裡，只忠誠於湯耀祖，叫殺人就殺人，叫放火就放火，從不問一句話。

湯傑說：「爸，烏將軍就在地窖裡，這麼生火，不會爆炸吧？」

「你他媽的個膽小鬼，怕死啦？」湯耀祖伸手指指腳下，說，「老子造的炮，老子不發令，它敢爆炸。」不到一袋煙功夫，便聽得滿房子裡都發出呼呼著火的聲響，接著上上下下的門窗都放出熱氣來，屋裡馬上溫度升高，湯傑趕緊把身上衣衫脫掉，只穿貼身一件背心，滿腰裡冒汗。

湯耀祖這才覺得舒服了，縮在椅裡，說：「最好姜喜蓮她們在跟前，老子才安心。」

湯傑張了幾回嘴，終於沒有說出什麼刻薄話，只嘟囔一句：「爸爸，人老了，免不了有時候疑神疑鬼。」

湯耀祖生氣了，說：「老子一輩子打勝仗，不打敗仗，憑的什麼？老子的預感從來沒錯過，你給我把姜喜蓮馬上叫回來。」

湯傑說：「咱這院裡人也不少，裡裡外外幾十個標兵，就是孫悟空也進不來，怕他誰。」

聽見門口大蠻咳嗽，湯傑回頭看看，又說：「對呀，還有大蠻不離前後，您還怕什麼。閻王老子來了，讓他一拳也得花了。」

湯耀祖不買帳，說：「少廢話，你給老子把姜喜蓮找回來。」

湯傑沒辦法，只好說：「我跟姜喜蓮講過了，叫她們幾人馬上回家，她已經在路上了。也許那個姓文的不吉利，他在這兒圈著，老爺子睡不安穩覺。」

湯耀祖厲聲喝斥：「你瞎說什麼，老子這輩子什麼時候怕過一個人……」

湯傑聽見老頭子喊叫，回頭瞟了一眼，忽然叫起來：「爸，爸，那是什麼？快看，那是什麼？」

「什麼都沒有，疑神疑鬼，大驚小怪。」湯耀祖哼了一聲說。

湯傑衝到窗口，動手撕開一點窗紙，朝外張望，嘴裡還叫著：「我看見窗戶上有人影，有人影子。」

湯耀祖看了看窗戶，說：「老子什麼都沒看見，你別瞎咋呼。」

「有情況，有情況，有人進院兒了。」湯傑不住聲喊。

這時候，果然聽到窗戶外面有些腳步奔跑的聲響。接著就聽見有人高聲呼喊：「什麼人？站住，站住。」

湯傑臉色發白，轉過身，埋怨說：「你還說沒看見，老眼昏花，誤事吧。」

湯耀祖大吼：「放你娘的狗臭屁，老子眼怎麼會花，老子不用眼睛都看得見。」

「那你說怎麼辦？有人進院了，準沒好事。」湯傑氣短著說。

「看你這點出息，區區幾個鳥人來偷偷摸摸，把你嚇成這樣，還敢說你老子不行。哼，現在大敵當前，沒功夫罵你，大蠻！」湯耀祖是何等人物，身經百戰，足智多謀，臨變不驚，馬上下令調度，「傳我的將令，各哨位馬上隱蔽，巡邏的也別走大路，自己不暴露，才能逮住敵人。見著生人，格殺勿論，提了首級來見我，有賞。」

「得令！」大蠻答應一聲，轉身就走。

湯傑這時候對老爸爸敬佩之極，到底是常勝將軍，名不虛傳。

剛跑出去的閻立跑進來，地上一跪，報告說：「發現兩名歹徒偷進了院子。」

湯耀祖打斷他的話說：「傳我的令，所有標兵都馬上全副武裝，多帶些刀槍弓箭，都給我到前後兩門守衛，任何人不準進我的房子，聽見沒有？聽見沒有？」

閻立應了一聲，急忙就跑。

湯傑趴在窗口上張望一陣，說：「爸，您也別太急。人影又沒了，說不定……」

正這麼說著，前門外面突然爆發激烈的喊聲，還有密集的火箭射入夜空。

湯耀祖偏頭聽了聽，說：「怎麼不見動手呢？」

湯傑把窗紙撕開更大些，想看清敵人是誰，可外面漆黑。「光看見人跑，沒見交戰，媽的。」他罵了一句。

他話音未落，就聽見外面通的一聲鳥銃槍響，驚天動地，跟著就是一片喊聲，顯然是滿院標兵都嚇了一跳，沒想到偷襲者居然會帶有鳥銃槍。

「那是什麼？」湯傑從沒聽見過鳥銃槍開槍，驚得差點從椅子上掉下地。

湯耀祖橫他一眼，說：「說你沒打過仗，鳥銃槍也聽不出來。」

湯傑穩住身子，問老爸：「那鳥銃槍厲害嗎？也能殺人？你使過嗎？」

「廢話，老子什麼刀槍沒使過。」湯耀祖說著，停著話，聽了聽，又說，「只放了一槍，還是朝天放的。看來開槍的人，並不會使槍，嚇嚇人而已。沒準那一響，把自己也嚇懵了。」

湯傑聽了老爸的話，笑了一下。

卻不料，這時外面又響起一聲鳥銃槍響。

沒等湯傑問話，湯耀祖立刻說：「這槍還是朝天放的，根本傷不著人，放那鳥銃槍簡直是鬧著玩兒，用不著怕。」

湯傑回身對大鑾說：「出去看看，到底怎麼回事，回來報告。」

大鑾傳達過湯耀祖的命令，不知什麼時候已經回來，聽見湯傑的話，站著不動，望著湯耀祖。

湯耀祖說：「遇見這種情況，大鑾就是保護我一個人，你派他出去幹什麼。」

聽了湯耀祖的命令，滿院裡所有不值班的標兵都帶了彈藥武器，分為兩隊，一隊衝到房前，一隊衝到房後，參加戰鬥。

其實雷豪在房子前門只放了兩個人，隱蔽在很安全的地方，不斷四處射箭飛鏢，根本沒有想打死誰，只是製造一場大激戰的假像，吸引所有人的注意力。雷豪和孟嘯仔細商討，專門派了彭奇和童康做這差事，他們兩個都是錦衣衛軍官，自然不會真去殺傷湯耀祖別墅的標兵，打佯攻最合適。也是這個原因，童康躲在暗處，過一陣朝天放一槍鳥銃，製造緊張空氣，卻並不打仗傷人。

在他們掩護下，雷豪和孟嘯等四人摸到側面，破窗而入，潛進房屋，如果碰見抵抗，可就真難免要傷人。雷豪帶領俞鎮和邢田三人的目標，是尋找湯耀祖和湯傑，必不可免，要跟湯耀祖的標兵們作戰，那俞鎮和邢田，跟軍隊沒有任何淵源，到時候下得了手。孟嘯的目標是尋找文元龍，單獨行動，儘量避免跟任何標兵發生正面衝突，不至會傷人。

房子裡面很大，房間很多，像個迷宮，不知哪裡去找人。雷豪和孟嘯幾人蹲在門內兩根大柱邊，張望大廳，看不見一個人走動。他們不敢出聲說話，對視一下，相對伸出手指，打了幾個手勢，取得溝通。然後雷豪拔出腰間一把短刀，朝著房頂飛擲而去，啪的一聲釘在天花板上。

立刻，從大廳左後方角落裡一陣弓箭射將過來，打得窗紙破碎，滿處飛濺。

孟嘯看得清清楚楚，便又伸手指給雷豪看標兵所在。然後兩人分組，順著牆根，繞著石柱，悄然無聲，從兩邊朝那放箭之處包抄過去。

弓箭射過一陣之後，又都停下，兩個標兵悄悄從隱蔽的兩側露出臉來，查看戰果。

孟嘯縱身一躍，便至右邊標兵面前，不待他看清面前的人是誰，已經一臂環過緊勾他脖頸，另一手按著他的嘴。與此同時，俞鎮則也跟進，動手卸下他手裡的弓弩。

雖然那標兵未及喊叫或者放箭，樓梯左側那個標兵還是聽到動靜，探出身，橫過弓，準備射箭。

說時遲，那時快，雷豪才要揚手打出一枚飛鏢，他身後的邢田早已搶著甩出他的長鞭，刷的一聲，抽打在那標兵臉上和頸間。只聽那標兵大嚎一聲，身體往後仰去，一支箭射出，打到天花板。那標兵將弓甩開一邊，兩手抱著臉和脖子，滿地滾了幾下，便伏下一動不動。

「邢田，不要隨便傷人。」雷豪轉頭說。

邢田收著鞭，恨恨地說：「血債血還，天經地義。」

雷豪走出隱蔽的石柱，領著邢田朝孟嘯走去，說：「害你母親的，並不是他。」

邢田說：「一丘之貉。」

「他也許是窮人家的孩子，活不下去，才當了兵。」

邢田不說話了，回頭看看那個倒在地上的兵，搖搖頭。

孟嘯剛審完活捉的那個標兵，轉頭對雷豪說：「你找湯耀祖，在中廳，這裡過去。文大人說是囚在地牢，可是地牢很大，他不知道在哪一間，我一個人從後面下去找。」

雷豪點點頭，說：「好，我們分頭行動，待會兒見。」

他們各自轉身之際，俞鎮忽然舉手揮拳，照準那被捕的標兵腮邊額角，砰的一拳，立時把他打得昏將過去，傾倒在角落裡。

三十九

文元龍九死一生　巧孟吟急智救人

雷豪他們進入院子的時候，孟吟正在她自己的房間洗澡。跟隨湯傑到別墅之後，孟吟一直左推右擋，找出各種理由躲避湯傑的糾纏。可昨天夜裡，不知怎麼搞的，也許是喝了點酒，也許是湯傑在酒裡放了迷藥，總之她好像完全失去知覺，直到今天中午才醒來，發現自己躺在湯傑的床上，渾身赤裸。於是她便曉得，昨晚發生了什麼樣的事。她很想瘋狂地發作一頓，抹脖子自盡，可是她不能，她還得幫助哥哥救出文大人。而且不管她多麼惱怒，總是她自願隨了湯傑來到這裡，誰都曉得湯傑會幹出些什麼來，她能怨誰呢？

湯傑不在屋子裡，孟吟用被單裹住身子，默默回到自己房間，讓女傭們搬來大木盆，燒了熱水，然後獨自一人，在盆裡一直泡到深夜，渾身上下反覆用皂角和絲瓜瓤擦拭，好像要把湯傑留在自己身上的每一分痕跡都消除得乾乾淨淨。

突然聽見外面鳥銃槍聲，孟吟猛然一機靈。雖然她並不曉得哥哥什麼時候會突襲這裡，救文元龍和她自己，但她相信哥哥一定會來，甚至或許雷豪也會一起來，那就好了，她一直這樣盼望著，所以一聽見激戰，便立刻想到，哥哥他們來了。唉，如果他們早一天來，該多好，現在對她來說，怎麼也晚了。

外面戰鬥越來越激烈，孟吟腦子裡突然閃出一個念頭。她馬上跳出木盆，匆匆擦乾身體，穿好衣服，跑出房間。她知道一旦有外人突襲這個別墅，湯傑一定在中廳忙，調動所有標兵打防禦，沒有人能顧及到她。

孟吟左轉右轉，下到地牢，轉到後面，敲打一扇門。她暗中早已打聽清楚，文大人關在哪裡。門開了，露出一個膀大腰圓的士兵，光著膀子，滿頭大汗。

「你們聽見外面打仗了麼？」孟吟問。

那漢子抹抹臉，搖搖頭，又側過耳朵注意聽聽，這才聽見房子外面果然戰鬥激烈，便睜大眼睛，看著孟吟，問：「怎麼回事？」

孟吟急急忙忙說：「有人偷襲進來了，湯大人有令，所有人馬上都拿起刀槍，趕去參戰，千萬不能讓外面人攻佔了這裡。」

那漢子聽了，一點疑心也沒有，轉身朝裡招招手，大喊：「大山子，趕緊走，外面打起來了。」

那個大山子忙跑過來，跟隨門口的漢子，一邊穿衣，一邊猛衝，口裡還喊：「孟小姐，這裡交給你了，幫我們照看著點兒。」

孟吟理也不理，一步邁進那間牢房，猛然間，險被刺鼻的血腥嗆倒。她倒退一步，拿手捂住鼻子，睜眼看，不禁渾身冷徹，驚恐萬分，打個寒戰。屋子很小，沒有窗，擺滿刑具，老虎凳，火烙鐵，吊鍊，勾爪，鐵釘板，皮鞭，木棍，鐵杠，鹽水桶，鍘刀，繩索，刺槍，還有許多叫不出名字的刑具，橫七豎八，猙獰可怕。件件上面都沾滿了鮮血，四面牆上也都濺滿了片片血跡，地上更是連血帶水到處流淌。

文元龍躺在那血泊之中，奄奄一息。

孟吟趕緊過去，伸手碰碰他，眼裡使勁地流淚，模糊了視線，擦也擦不淨。

文元龍只剩下一條腿，那被切斷的半條，傷口裸露，舊創方合，新傷又開，血流不止。左胳臂已經被打斷，斷骨的毛刺紮出皮肉，讓人看得驚心動魄。兩個手指都腫得溜圓，十個手指全成了黑色的，每個指甲裡都釘著半尺長的竹籤。渾身上下無一寸完整，傷如鱗片，層層疊疊，鮮紅的血和紫紅的血混和一起，不知哪裡是新傷，哪裡是舊疤。

孟吟蹲下身，抖著聲音，輕聲叫：「文大人，文大人，我是孟吟，我背您出去。」

文元龍好像聽見了，頭稍稍動一動，可他睜不開眼睛。他兩個眼睛都被打得烏青，腫得桃子那般大。額頭面頰都是刀傷鞭痕，汙血塗滿，嘴角撕裂，腫得翻起，兩顆脫落的牙齒還連著肉斜掛，慘不忍睹。

孟吟左右看看，找不到一塊乾淨布。她一狠心，扯下自己一條衣袖，輕輕給文元龍擦去臉上的血，然後就用那條衣袖，幫文元龍綁起那條打斷了骨頭的胳臂。

文元龍疼得打起抖來，可仍然喊不出聲，只哼了幾哼。

「弄疼您了，文大人，我得背你出去，咱們得快走。」孟吟說完，又將另一條衣袖扯下來，幫文元龍綁緊那條斷腿，不使流血。然後又說：「文大人，咬緊點牙，我背您出去。」

文元龍極輕微地點點頭，表示聽懂了。

孟吟不顧一切，咬緊牙關，忍著熱淚，兩手拉住文元龍的肩膀，使勁一提，扶他坐起。文元龍已經沒有多少體重了，孟吟沒費太多事，把他背到自己背上，然後一步一步走出刑堂。

文元龍的一條腿拖在地上，被孟吟拉著走，在地面留下一條鮮紅的血跡。

孟吟別處也不大認得，怕跑錯了地方，自投羅網，只有把文元龍拖出地牢，上一層樓梯，轉進自己的房間。將文元龍放倒地上，把剛才洗澡沒用的一桶清水提過來，拿條毛巾沾濕了，一點一滴替文元龍擦淨臉面。一邊擦，淚水不住流到文元龍臉上，她便摻水帶淚，一起擦抹。擦了臉，又擦脖子，肩膀，擦身體。

過了好一陣，文元龍似乎有了一點體力，嘴裡喃喃：「水，水……」

孟吟聽到，趕緊站起，在水桶裡洗淨了手，然後到桌上取過自己一口沒沾的茶，端過來遞到文元龍嘴邊，一點一點滴進他的嘴巴。不知餵了多少茶水，文元龍才終於恢復了一些，強睜開眼，腫脹的眼睛裡露出一點光芒，看著孟吟。

孟吟繼續替他擦著身體上的血跡，說：「文大人，我哥他們來救你了。我斷定，雷豪也一定來了。」

文元龍聽了，慢慢搖搖頭，沒有說話。

孟吟看見了，說：「別看這裡好像警衛多森嚴，沒用，根本擋不住我哥和雷豪。今天不把你救出去，他們絕不會罷休。」

文元龍又搖搖頭。

孟吟有點急了，說：「你別不信，他們已經打進來了，已經進了這房子了。」

文元龍聽了，這才不再搖頭，忽然斷斷續續說出聲：「我活……活不了……孟吟，托你……轉告一句話……」

孟吟說：「別急，文大人，您一定能活下去，您出去了，就能活下去。」

文元龍不理她，自顧自說：「我……對不起雷豪，沒保護住雷英。我沒能……我有愧，我心裡一直很難過……」

孟吟說：「雷豪知道，他跟我說過，當時您幾次給朝廷上摺子，為雷英大哥辯護。還因此受到責罰。這他們都知道。」

文元龍忽然有了更大的力量，一口氣不停地講起來：「那都沒什麼，我不在乎。我寧願跟雷英一塊留在戰場上，寧願替他去坐牢，一塊被砍頭。唉，他們那個所，為掩護我們撤退，才被困了。沒有他們死戰，我們大家都完了。可是我們活著，他們卻死了。沒死在戰場上，沒死在敵人刀下，可死在京城，死在自己人手裡。」

孟吟說：「文大人，您別太激動，別說了。雷豪知道，雷豪一直很感激您。」

突然通一聲，房門被一腳踢開。孟吟嚇了一跳，轉身掩在文元龍面前。

四十

壯雷豪劍指世仇　怒元龍刀劈兇酋

中廳裡，湯耀祖父子還在指揮外面的激戰。

忽然湯耀祖叫起來：「小傑，小傑，趕緊命令大山子，別再上刑了。」

湯傑不耐煩，說：「爸，什麼時候了，火燒屁股，還操心文元龍那傢伙。」

湯耀祖喝罵：「傻瓜，留下他活口，給我們做擋箭牌。」

湯傑一聽，才明白老爸的智慧，連忙奔下地牢，趕到刑訊室，發現房門大開，屋裡空蕩蕩，一個人都不見。這一嚇，不得了，湯傑全沒了主意，只知道跑回中廳，向老爸爸報告。

湯耀祖聽了大怒，吼叫起來：「大蠻，馬上給我去看看，人都上哪兒去了？找到了給我把文元龍拖到這兒來。媽的，不聽將令，私離職守，抓起來，通通殺頭……」

可是大蠻走不了，他一轉身，看見一個人站在門外，虎視眈眈，厲聲喝叫：「又想殺人了麼？湯耀祖，今天再不能容你胡做非為了。」

那是雷豪。

「大蠻，那是誰？你給我快快收拾了。」湯耀祖只回頭瞥了一眼，根本沒當回事，隨口下令，便又轉回頭去。

大蠻自持身高力猛，武藝高強，完全沒把雷豪放在眼裡，吐個門戶，直衝過來，揮動雙拳，連環珠般，照雷豪頭部胸部猛擊過來。既然他是湯耀祖的貼身保鏢，一定武功不弱，雷豪心裡明白，決定後發制人，先行觀察，所以他不格擋，也不還擊，繞著大蠻，旋轉數周，變換身手。這又是燕虎拳的一招，聚內神內氣內力於一處，布陣造勢，可大可小，可長可短，可虛可實，可輕可重，可緩可急，多方位，多角度，這裡一閃，那裡一晃，蹤跡不定，弄得大蠻眼花繚亂，昏頭漲腦，神思恍惚，手腳飄動。

這時雷豪忽然上步，直撲大蠻陣門，迅猛異常，拳腳並用，波浪疊打，起伏不定。那大蠻身中數擊，連連後退，嘴裡哇哇亂叫。這才引得湯耀祖父子注意，轉回頭來觀看，奇怪這麼半天了，大蠻竟然沒有把雷豪打死。

大蠻畢竟雜學兼備，又經過明師點撥，見到處境不妙，一縱身跳出圈子，渾身一搖，抖擻精神，使個旗鼓，嘿嘿一笑，大叫：「來呀，來呀，今天把你摔扁……」

不等他話音落下，雷豪躍進一步，略一走勢，隨即施出正衝招法，殺入大蠻中門死地，右腿向他襠部一點。大蠻見機，雙手伸來抱腿，以為只需一拽，便可將雷豪扯翻在地。不料雷豪那一腿原是虛招，大蠻低下身抱腿，便將一個頭頂露在雷豪面前，雷豪收腿變勢，轉過身來，右拳施出虎心錘點招法，猛然打在大蠻頭頂的百會穴上。大蠻哼都沒有哼一聲，順勢仰面後跌，如山傾倒，轟然落地，昏迷過去。

湯耀祖見了，驚訝更多於恐懼，望著橫在腳下的大蠻，不肯相信。那湯傑，看見大蠻頭一輪敗北的時候，便早已側身貼牆，溜出房門，桃之夭夭了。屋裡只剩下雷豪和湯耀祖二人，湯耀祖坐在椅中，雷豪站在他面前，從身後將長劍拔出，直指湯耀祖。

「知道我是誰麼？」雷豪厲聲喝道，一雙圓眼，怒視湯耀祖。

湯耀祖瞇著眼，看看他，撇撇嘴，說：「打家劫舍的強盜匪徒。」

「記得雷英嗎？」雷豪更提高聲音問道，看湯耀祖面露疑惑，便補充一句，「交趾反擊戰，你親自下令砍頭的一個兵。」

湯耀祖哦了一聲，好像想了想，說：「你說是那個膽小鬼百戶，舉手投降的那個。」

「住口，他是我哥哥。」雷豪猛吼一句，實在憋不住怒火，揮劍一陣亂砍，把屋內什物通通斬成碎片，終於沒有把那劍刃砍進湯耀祖的腦袋。

湯耀祖聽這麼說，開始感到有點膽怯了。什麼國家啦，朝廷啦，君主啦，都是說大話，其實對人而言，最可怕的，是報私仇。他知道，自己今天肯定是沒命了。

可是雷豪並不要一劍結果湯耀祖的性命，他今天要做的，是對湯耀祖罪行進行嚴厲的審判。他穩定住自己的感情，垂下劍鋒，說：「當時我們打進敵後，被包圍了，我哥他們奉命掩護中軍突圍，打到彈盡糧絕，又與中軍失去聯系。為救一百條性命，這才決定，放下武器，做了俘虜。他們在交趾監獄受盡折磨，停戰放回，不但沒有得到朝廷絲毫的歡迎，反而馬上又被送進自己人的牢房。」

湯耀祖看見雷豪沒有殺死自己，又恢複了昔日的威風，冷笑一下，說：「我當了一輩子兵，只知道輕傷不下火線，重傷不哭，寧死不當俘虜，沒聽過別的。」

雷豪大吼一聲：「那是野獸，畜牲，滅絕人性。」

話沒說完，倒在地上的大蠻突然醒來，躍身跳起，瘋狂嘶叫著，不顧一切，朝雷豪猛撲。雷豪聽得腦後風聲，旋即低頭側身錯步，要閃過這一擊偷襲。不料剛才一直站在房門外警戒的邢田早已跳進屋子，橫裡殺出，忽地一拳，直擊大蠻額頭，勁道凌厲。這就逼得大蠻收住對雷豪的攻擊，轉身使手來抓邢田的拳。

那邢田身手何等輕巧，怎能被大蠻抓住。只見他縱身而起，在半空中飄動之際，左手兜過，右拳穿出，逕撲大蠻面門，來勢奇急。

大蠻已知不及躲避，猛地雙腳一跺，也縱身而起，凌空轉身，讓過邢田那一拳。那麼巨大一個人，居然跳躍如此靈巧，卻也真見其功夫不一般，把邢田看得呆了。而大蠻自邢田側面躍過之時，雙拳相夾，直擊邢田雙肩。

邢田忙側身躲避，已來不及，竟被連連打中，只覺左肩一下麻痛異常，一條胳臂脫落下來，恐怕已經斷了，疼得連連後頓，直跌到牆邊角落。

大蠻一下得手，哇一聲叫，從後腰拔出一柄四尺長刀，左右一看，不再理會邢田，揮刀一抖，閃出一圈刀花，朝雷豪劈過來。

雷豪見邢田受傷倒地，只想前去救護，無心戀戰，腳步稍移，上身一縮，斗然退開兩尺。大蠻一刀遞空，正要回手再搠，勁未使出，忽覺手裡長刀一轉，自行前去，掉頭看時，只見邢田掄出一條長鞭，已將他的單刀纏緊，向前拉扯。大蠻借力打力，趁勢向前送刀，直指邢田胸口，刀鋒銳利，閃閃發光。邢田忽一側身，單臂一帶，旋即鬆力。這一招出其不意，大蠻不及收勢，向前撲倒下去。

說時遲，那時快，邢田將手中鞭一勒，大蠻手裡那柄刀便轉過刀鋒，橫在他自己胸口前，聽得撲通一聲巨響，大蠻直挺挺前撲倒地，那柄刀切進他自己的胸膛，鮮血繃射。邢田再一縮手，將自己的長鞭從大蠻身下抽出。要知那鞭上布滿倒刺尖鉤，這一扯，便將大蠻的脖頸割了個稀巴爛，再也沒有一口氣了。

雷豪趕過去，一腳踢開大蠻屍身，扶起邢田，問：「怎麼樣？」

邢田一手握著鞭，靠在牆根，呼呼喘氣，頭上流淌豆大的冷汗珠，面色臘黃，說不出話。傷筋動骨，自是奇疼難忍。雷豪忙從身上口袋裡掏出刀傷藥，給邢田施藥捆紮。

打得如此激烈，邢田斷臂，大蠻喪命，總共實在也不過才一盞茶的功夫而已。俞鎮忽然急急衝進門來，一路大喊：「房子後面起火了……」

話沒說完，又見孟嘯和孟吟兩人，攙扶文元龍走來，不是扶，是拖，文元龍本已只剩一條腿，又被壓老虎凳打斷，根本站也站不起，更別說走路。剛才孟嘯到地牢尋找文元龍，發現走廊地上的血跡，只有一條腿，便估計是文元龍。於是跟著血跡，先找到刑房，沒人，又跟著血跡，上到孟吟房間，衝進去，找到文元龍和孟吟。

文元龍看見湯耀祖，怒得渾身抖如一片殘葉，連聲說：「刀，給我刀，刀……」

孟吟說：「文大人，您別……」

文元龍還在拼命地喊，聲如蚊蠅：「刀，給我刀……」

孟嘯將自己一把刀遞給文元龍。剛才孟吟不敢動手，直至孟嘯到了，才幫忙把文元龍十個手指裡釘的竹籤拔出來，然後用孟嘯帶的繃帶把他的手包裹好。文元龍接過刀，卻握不住，便暴怒起來，大喊：「給我拆了，拆了。」

孟嘯明白他說什麼，動手把他手上繃帶卸下，鮮血又流出來，滴在地上。

文元龍終於捏住刀，對準湯耀祖，咬緊牙關，說：「我等了二十年，現在親手殺死你這老東西。」

羅超忽然衝進來，慌忙稟告：「東北方向路上發現大批人馬，估計是左軍都督府派了援兵。」

雷豪轉身對孟嘯：「這裡交給你了，絕不能放了這老不死的。」說完便急忙跟隨羅超，跑出房間。

湯耀祖忽然間高舉起雙手，兩眼看著文元龍，怒聲吼叫：「砍呀，砍呀。我湯耀祖當了一輩子兵，從來沒有這麼舉起手過，不知道投降的滋味。好，現在我舉手投降，這輩子就也算齊全了，死而無憾。你砍呀，文元龍，一刀砍死我。」

文元龍沒有砍下，站在那裡發愣。真正的軍人，絕不刀殺徒手之敵，更不會殺舉手投降的戰俘。

湯耀祖繼續高舉著手，瘋狂地叫：「別膽小，當了一輩子兵，刀也不敢砍嗎？」

忽然間，聽得轟的一聲巨響，整座房子裡外同時起火，四通八達的火爐和風道，剛才按湯耀祖的命令，全都大開，熊熊燃燒，現在爆炸起來，劈劈啪啪，連環不止，到處響徹，煙霧迷漫。

孟嘯伸手拿下文元龍手裡的刀，說：「文大人，你打過那麼多仗，從來沒有殺過一個戰俘，現在也不要這樣做。他不值得您毀去一生的聲譽。」

湯耀祖卻還在叫：「砍呀，砍呀。老子真後悔，當初沒有一窩打盡，留下你們這些禍根孽種，投敵叛國，無恥之徒。告訴你們，你不殺我，等老子回過手來，殺你們可絕不會手軟。」

文元龍轉頭對孟嘯，說：「他說得到做得到，他一定要殺死我，我們大家，我們的親人兒女，我不能留下他。孟嘯，替我把他結果了。」

孟嘯說：「文大人，他這是有意激你，要把你也變成一個殺人不眨眼的魔王。文大人，他舉手投降了，你不能跟他一樣毫無人性。」

雷豪跑進來，一見屋裡景象，便大喊：「好呀，我也看見了，湯大人自己也有舉起雙手的時候。膽小鬼，投降，該當何罪？」

孟嘯大聲應答：「該死，就地正法。」

文元龍忽然痛哭失聲，垂下手來，跌在地上。

四十一 孟吟氣絶雷豪懷　喜蓮殉情心上人

不知不覺之中，湯傑忽然在門外偷偷溜回來，手裡拿把刀，貼著門邊，輕輕舉起，對準雷豪，猛擲過來。千鈞一髮間，剛巧孟吟扭過頭，看到湯傑暗器打來。她不及喊叫，甩開扶文元龍的手臂，縱身躍去，把自己身體擋在雷豪面前。

「孟吟——」孟嘯失聲大喊。手裡的文元龍失去孟吟攙扶，也即倒下，孟嘯不能鬆手，只好扶他坐到地上。

樸的一聲，那罪惡的飛刀，刺進孟吟胸膛。她猛然向後倒下，撞在雷豪身上，然後癱軟下來。雷豪將她抱住，慢慢跪下一腿，把孟吟緊緊摟在懷中，連聲急叫：「孟吟！孟吟！」

俞鎮轉過身，看見門外的湯傑，狂吼一聲，揮舞大砍刀，對準湯傑，上下左右，猛砍連番，連那門框也砍得稀爛。聽得一陣哇哇慘叫，湯傑後揚兩手，身體滿是創口，鮮血迸飛，兩腳離地，像一片風中枯葉，震蕩飄浮，半天倒不下去。

孟吟在悠悠的昏迷中，聽見耳邊熟悉的叫聲，慢慢睜開眼睛，看見雷豪淚水奔流的眼睛，便動動嘴唇，喃喃說：「你抱著我……」

雷豪使勁忍著淚，不使滴落到孟吟臉上，說：「是，孟吟，我抱著你，抱著你。」

孟吟漸漸失去血色的臉，露出一絲滿足的微笑，說：「死在你懷裡，多幸福……」

雷豪的淚又湧出來，一個手緊緊揑起她一隻手，擦去自己臉上的淚，說：「不，孟吟，你不能死，不能死，我要帶你走遍天涯海角……」

孟吟面色越來越蒼白，但是笑得更加燦爛，說：「你還愛我……」

雷豪劇烈地點頭，不停地劇烈點頭，說：「是，孟吟，我愛你，我愛著你，一直愛著你，孟吟……」

孟吟已經漸漸延緩呼吸，眼神也一層一層暗淡，臉上的微笑卻仍然跳動著，輕聲地說，簡直像耳語：「親我一下，豪哥……」

雷豪低下頭，把自己浸滿淚的嘴唇按到孟吟冰冷的雙唇上。他感覺到她那被握的手輕輕回握了他一下，然後就在他模糊的淚霧之中，孟吟的眼皮緩緩落下，遮去她美麗的目光，口中的呼吸停止了。

「孟吟——！」孟嘯感覺到雷豪異樣的一震，明白不幸終於發生，禁不住叫出聲來。

雷豪繼續跪在地上，緊緊摟抱住孟吟，繼續親著她的嘴唇。他愛了她十年，後悔了十年，盼望了十年，夢想了十年，卻從來沒有料到，他竟會這樣給她久別重逢後的第一個親吻。

湯傑倒在地上，身上槍傷處處流血，可是好像仍在微微蠕動。

俞鎮恨得牙癢，慢慢走過去，握刀在手。他走到湯傑跟前，踢了他一腳，叫道：「起來，我們再戰一回合，看我怎麼宰了你。」

湯傑一動不動，仰臉躺著，四肢攤開。

俞鎮彎腰提著他的衣領，一把提起，挺刀連刺，刀刀紮在他的胸上，確定他必死無疑，然後放手一甩，把他丟到地上。

「湯公子——！」忽然聽到一聲撕裂人心的驚叫，跟著從走廊遠處傳來一陣猛烈的腳步，跟隨著空中飛來的一把尖刀。

躥出門外的俞鎮，還站在那裡怒視著手刃畢命的湯傑，突然間被那飛刀擊中，抖動著身子轉過來，好像想看清是誰，可他眼前一片漆黑，什麼也看不見，然後重重地倒在地上。

「傑兒，傑兒——！」門外剛才發生的一切，坐在屋裡椅上的湯耀祖都沒有看到，直到這時，他聽見有人慘叫，才意識到外面是他的兒子遭到不幸，這才也跟著驚叫起來。

走廊裡，隨著驚呼，姜喜蓮不顧一切衝過來。她剛趕到別墅，見滿房起火，便知情況緊急，馬上拼命衝進來，遠遠地便望見這裡發生的一幕，看到湯傑被刀斃的經過。她悲憤已極，飛刀打死俞鎮，然後撲到湯傑屍體上，兩手緊緊抱住，放聲大哭，不住叫：「醒來啊，湯公子，醒來啊，我是小蓮，我是小蓮，我愛你呀，一直愛你呀……」

她完全地瘋狂了，邊叫邊俯下身，拼命親湯傑毫無反應的唇，拼命哭嚎：「我來晚了，湯公子，我來晚了，我沒能保護你，我害了你……湯公子，我對不起你，對不起你……我隨你去，我隨你去，永遠……」

這樣哭喊著，姜喜蓮神志迷亂，突然從腰裡拔出一把短刀。

俞鎮死在旁邊，一動不動。雷豪仍然緊抱孟吟，沉浸在自己的巨大悲痛中，顧不及旁人。彭奇正在給文元龍包紮捆綁各處傷口，也顧不得外面。

只有倒在牆邊的邢田看到姜喜蓮的動作，大吃一驚，顧不得自己重傷，猛然甩出自己的鞭，照準她持刀的手臂抽去。

孟嘯蹲在雷豪身邊，望著妹妹，心碎如粉。忽見旁邊邢田揮鞭，忙叫一聲：「不要再傷人！」轉過身來，才見到姜喜蓮剛剛舉刀對準自己脖頸。孟嘯急忙縱身躍去，伸著兩手，意欲奪下姜喜蓮的刀。

可是誰都沒有來得及，邢田的鞭沒有來得及，孟嘯撲去也沒來得及。姜喜蓮一手將湯傑抱扶起來，緊緊摟住，與他臉貼臉，另一手橫刀割斷自己的喉管。一瞬之間，她還沒有死絕，短刀脫落，那持刀的手彎過，摟住湯傑的頭，口中吐出的最後一口氣，帶出長長的嘆息：「唉……」然後兩人一起斜斜地倒到地上，廝摟廝抱，臉貼臉，胸靠胸，走上黃泉之路。

看著這一幕，門裡門外，所有的人都呆了。只有湯耀祖蒼老無力的呼喊，還一聲接一聲響：「傑兒，傑兒！」

童康通通衝進來，大喊大叫：「孟大人，雷大人，趕緊撤，整個房子都著了火，到處火藥爆炸，很危險……」

孟嘯站起來，決然下令：「全體撤退。」

雷豪不說話，兩手平托著孟吟，默默站起，轉身朝屋外走。

童康趕來，伸手扶起文元龍，揹到背上，說：「文大人，我背著您。文翠托我告訴您，她都好，等著您回去呢。」

彭奇走進屋，要扶邢田。

邢田推開他的手，說：「我能走，別留下俞鎮。」

彭奇點點頭，轉身抱起俞鎮的身體。邢田支著一根長槍，一瘸一拐，兩人並排走出房門。經過湯傑身邊，邢田又狠狠地踢了他一腳，啐了口唾沫。

湯耀祖還在屋裡狂喊：「砍呀，打呀，你們殺了我兒，老子饒不了你們，饒不了你們，老子要把你們都殺光，一個不留，都殺光……」

孟嘯不理他，走出門，過去把姜喜蓮從湯傑身上分開，兩手抱起，默默地跟著前面幾人，走出房子。

整個房子已經都浸沒在熊熊大火之中，爆炸聲仍然不斷，每一處爆炸，就衝騰起一股新的燃燒。猩紅色的火焰，飛竄搖動，灰黑的濃煙，團團翻滾。連房屋旁邊的樹木叢林也開始燃燒起來，煙霧迷漫整個院落。

孟嘯雷豪一行，扶著背著攙著抱著，衝出建築，冒著濃煙烈火，向大門口奔跑，背後還能依稀聽見，湯耀祖在火焰之中孤獨而瘋狂的嚎叫。

突然間，在已經熊熊燃燒的火焰之中，爆發出幾聲無比巨大的轟鳴，震動了整個天地，然後衝出異常明亮的光芒，照得人眼花繚亂，跟著升騰起一種奇怪的煙霧，直衝上天，而後散開成蘑菇形狀，遮天蔽日。

「那是什麼?從來沒見過。」有人問。

文元龍喘了口氣，說：「那就是烏將軍大砲，現在全毀了。」

尾聲餘響

雷豪和童康騎馬趕車，帶了文元龍、邢田，還有孟吟、俞鎮、姜喜蓮三人遺體，離開左軍都督府，穿過中原。童康用他的錦衣衛神銳所的身分，輕易過關，到達關外。

孟嘯和彭奇及羅超三人，回到京城，將湯耀祖造反陰謀上呈朝廷。於是一切對孟嘯的控告全部撤消，官陞都指揮使同知。

彭奇立功受獎，升千戶。一個月後，他跟慶和班小玲子成家，邀雷豪、童康、邢田一塊，好熱鬧了一回。羅超也因功升為彭奇的千戶佐吏。

童康原計畫與孟嘯彭奇一起回京城。他忽然覺得把什麼都看透了，不再想重操舊業。到了關外，孤身一個，無處可去，便借住文元龍家，後與文翠成婚。

文元龍養好傷，把家安在關外一風景秀麗之處，兩耳不聞天下事，頤養天年。

雷豪回到關外，買了一塊墓地，把孟吟、俞鎮和姜喜蓮鄭重掩埋，焚香立碑。他繼續經營自己的鏢局，邢田仍舊不離左右，跟隨雷豪征戰。祇是每月月底，雷豪必會突然失蹤，悄悄到富察小姐的墳前，枯坐一日。

（全書完）

釀冒險18　PG1847

麒麟墜

作　　者　沈　寧
責任編輯　洪仕翰
圖文排版　楊家齊
封面設計　葉力安

出版策劃　釀出版
製作發行　秀威資訊科技股份有限公司
114 台北市內湖區瑞光路76巷65號1樓
電話：+886-2-2796-3638　傳真：+886-2-2796-1377
服務信箱：service@showwe.com.tw
http://www.showwe.com.tw
郵政劃撥　19563868　戶名：秀威資訊科技股份有限公司
展售門市　國家書店【松江門市】
104 台北市中山區松江路209號1樓
電話：+886-2-2518-0207　傳真：+886-2-2518-0778
網路訂購　秀威網路書店：http://store.showwe.tw
國家網路書店：http://www.govbooks.com.tw
法律顧問　毛國樑　律師
總 經 銷　聯合發行股份有限公司
231新北市新店區寶橋路235巷6弄6號4F
電話：+886-2-2917-8022　傳真：+886-2-2915-6275

出版日期　2018年2月　BOD一版
定　　價　400元

Printed in Taiwan

國家圖書館出版品預行編目

麒麟墜 / 沈寧著. -- 一版. -- 臺北市 : 釀出版,
2018.02
面 ;　公分. -- (釀冒險 ; 18)
BOD版
ISBN 978-986-445-240-8(平裝)

857.9　　106022223

讀者回函卡

感謝您購買本書，為提升服務品質，請填妥以下資料，將讀者回函卡直接寄回或傳真本公司，收到您的寶貴意見後，我們會收藏記錄及檢討，謝謝！如您需要了解本公司最新出版書目、購書優惠或企劃活動，歡迎您上網查詢或下載相關資料：http:// www.showwe.com.tw

您購買的書名：________________________________

出生日期：________年________月________日

學歷：□高中（含）以下　□大專　□研究所（含）以上

職業：□製造業　□金融業　□資訊業　□軍警　□傳播業　□自由業

□服務業　□公務員　□教職　□學生　□家管　□其它_____

購書地點：□網路書店　□實體書店　□書展　□郵購　□贈閱　□其他

您從何得知本書的消息？

□網路書店　□實體書店　□網路搜尋　□電子報　□書訊　□雜誌

□傳播媒體　□親友推薦　□網站推薦　□部落格　□其他__________

您對本書的評價：（請填代號　1.非常滿意　2.滿意　3.尚可　4.再改進）

封面設計____　版面編排____　內容____　文／譯筆____　價格____

讀完書後您覺得：

□很有收穫　□有收穫　□收穫不多　□沒收穫

對我們的建議：________________________________

____

____

____

請貼
郵票

11466
台北市內湖區瑞光路 76 巷 65 號 1 樓

秀威資訊科技股份有限公司 收

BOD 數位出版事業部

………………………………………………………………………………

（請沿線對折寄回，謝謝！）

姓　名：＿＿＿＿＿＿＿＿　年齡：＿＿＿＿　性別：□女　□男

郵遞區號：□□□□□

地　址：＿＿＿＿＿＿＿＿＿＿＿＿＿＿＿＿＿＿＿＿

聯絡電話：(日)＿＿＿＿＿＿＿＿　(夜)＿＿＿＿＿＿＿＿

E-mail：＿＿＿＿＿＿＿＿＿＿＿＿＿＿＿＿＿＿＿＿